DUMONT

Franziska
Fischer

UND
DAS
MEER
VOR
UNS

Roman

DUMONT

FSC
www.fsc.org
MIX
Papier aus ver-
antwortungsvollen
Quellen
FSC® C083411

Originalausgabe
August 2020
DuMont Buchverlag, Köln
Alle Rechte vorbehalten
© 2020 by Franziska Fischer
© 2020 by DuMont Buchverlag GmbH & Co. KG
Dieses Werk wurde vermittelt durch die Michael Meller
Literary Agency GmbH, München.
Umschlaggestaltung: Lübbeke Naumann Thoben, Köln
Umschlagabbildung: Hintergrund: © istock / saemilee;
Muscheln: © istock / Artis777
Pflanzen: © 123rf / monamonash
Satz: Angelika Kudella
Gesetzt aus der Garamond Pro
Druck und Verarbeitung: CPI books GmbH, Leck
Gedruckt auf säurefreiem und chlorfrei gebleichtem Papier
Printed in Germany
ISBN 978-3-8321-6541-3

www.dumont-buchverlag.de

Für Geli
Du wolltest doch immer eine Rolle
in einem meiner Romane spielen.
Vielleicht tust das längst in jedem von ihnen.

Kapitel 1

Das laute Klappern des Müllfahrzeugs dringt tief in meinen Schlaf und reißt mich aus einem Traum, der nicht mehr hinterlässt als ein vages Erinnern an Unruhe und Sehnsucht. Schläfrig taste ich zur Seite, wo Ben nicht mehr liegt, wahrscheinlich schon seit einer Weile nicht mehr. Ich warte, bis es wieder ruhiger wird und der Traum verklingt. Aus der Wohnung dringt kein Laut.

Langsam stehe ich auf und schlüpfe nach einer raschen Dusche in ein schlichtes schwarzes Kleid. Es ist einer dieser Tage, an denen sich der Gedanke, die ganze Zeit allein oben im Atelier zu verbringen, eng und ermüdend anfühlt, weil nichts dorthin kommt, keine Stimmen, kein Gefühl, kein Draußen. Der Tag ruft, er zieht mich hinaus, und obwohl ich arbeiten müsste, folge ich ihm. Ich könnte mich ohnehin nicht konzentrieren.

Auch im Treppenhaus ist es still, der alte Teppich fängt meine Schritte auf. Als ich die Haustür öffne, steht eine junge Frau davor, ihr unschlüssiger Blick huscht von den Klingelschildern zu mir. Kurz lächelt sie, doch es ist ein Lächeln, das keinen Halt findet, ihre Augen wirken viel zu groß.

»Zu wem wollen Sie denn?«, frage ich und halte die Tür auf, bevor sie hinter mir ins Schloss fallen kann.

Noch immer antwortet sie nicht, starrt mich nur an, dann huscht sie an mir vorbei ins Haus. Für einen Moment frage ich mich, wen sie wohl besuchen will. Vielleicht einen der Studenten aus der WG in der ersten Etage. Sonst ist kaum jemand um diese Uhrzeit zu Hause.

Ein paar Straßen weiter betrete ich einen kleinen Blumenladen. Die Verkäuferin kennt mich, sie nickt mir mit einem Lächeln zu und bietet mir einen frisch gebundenen Spätsommerstrauß an, den ich sogleich entgegennehme, ohne ihn einwickeln zu lassen, nur etwas feuchtes Küchenpapier an den Stielenden wird ihn frisch halten. Der Geruch erfüllt den Bus, in den ich kurz darauf steige, Blumenduft trifft Schweiß und Käsebrot, keine besonders gelungene Kombination.

Etwa zwanzig Minuten später hält der Bus vor dem Grazer Zentralfriedhof. Wie immer bleibe ich eine Weile vor dem Eingang stehen, der die Toten von den Lebenden trennt, und frage mich, ob das überhaupt stimmt, ob es diese Trennung wirklich gibt.

In einer halben Stunde beginnt die Beerdigung. Noch habe ich genug Zeit, um an den Grabreihen entlangzuschlendern und jemanden zu suchen, dem länger niemand mehr Blumen gebracht hat. Schon nach ein paar Minuten finde ich ein Grab, das kahl und einsam wirkt, auch die Blumen können nicht viel daran ändern. Stumm nicke ich wie zu einem Abschied, dann fällt mein Blick auf die Grabstelle daneben.

Kleine Autos stehen auf dem blanken Marmor, als warteten sie darauf, dass ein Kind vorbeikommt und mit ihnen spielt. Doch das Kind, dem sie gehören, spielt nicht mehr. Joel ist knapp fünf Jahre alt geworden, und die einzigen Leben, die ihm noch bleiben, sind die, die sich andere für ihn ausdenken.

Vorsichtig hocke ich mich vor das Grab und berühre den Fotorahmen, der auf hellen Kieseln am Grabstein lehnt. »Du wächst viel zu früh auf«, sage ich. »Die Sonne scheint, heute kommt dein Opa zu Besuch. Nein, nicht der griesgrämige, der nur in Ruhe in seiner Zeitung blättern will, sondern der andere, der mit dir Legohäuser baut und dir Bücher vorliest, und manchmal geht er mit dir ins Naturkundemuseum oder an die Mur, wo ihr Steinchen ins Wasser werft und den Passagieren auf vorbeiziehenden Ausflugsschiffen zuwinkt. Deine Mama hat einen Kuchen gebacken, der Duft erfüllt die ganze Wohnung. Wahrscheinlich hat er dich geweckt, denn der Kindergarten fällt heute aus. Wenn Besuch kommt, musst du nicht in den Kindergarten gehen.« Ich atme tief ein, während das Foto lebendig wird. Der Junge wächst, ich sehe ihn bei einem Streit mit seinem Kumpel, beim Apfelpflücken, seine Oma bringt ihm das Stricken bei. Ich sehe ihn auf seinem neuen Fahrrad, im Urlaub in Spanien, mit seiner ersten Freundin, die Beziehung hält nicht lange, auch die zweite nicht. Als er siebzehn ist, stirbt sein Vater. »Es tut mir leid«, sage ich, »auch imaginäre Leben schmerzen.« Er ist ein Abenteurer, er heuert auf einem Kreuzfahrtschiff an, hält den Job jedoch aufgrund der anstrengenden Schichten und der schlechten Bezahlung nicht lange aus. Stattdessen wird er Bergsteiger, jeden Tag sucht er sich eine neue Herausforderung, das muss so sein, er möchte jede gelebte Stunde fühlen. »Du willst weiter kommen als jeder andere«, sage ich. »Denn dort oben, wo der Sauerstoff kaum noch ausreicht, dort oben bist du frei.«

Ein Geräusch von rechts lässt mich aufblicken. Ein älterer Herr kommt heran, er läuft langsam, so als müsste er sich jeden Schritt genau überlegen. Ich stehe auf, unschlüssig verharre ich.

Der Herr lächelt freundlich, während er weiterschlurft, doch dann bleibt er stehen und dreht sich noch einmal um. »Kannten Sie den Jungen?«, fragt er.

»Ich … Nein.«

Er trägt eine karierte Schirmmütze, die er sich nun ein Stück aus dem Gesicht schiebt. »Meine Frau blieb auch immer an den Gräbern der Kinder stehen.«

»Es tut weh, wenn sie noch so jung sind«, murmle ich, und der alte Mann nickt sanft.

In dem dunklen Anzug muss ihm viel zu warm sein.

»Es ist so friedlich hier«, sage ich, mehr als diese abgenutzte Phrase fällt mir nicht ein. »Ich mag die Ruhe und die Einsamkeit.«

Wieder nickt er. »Vergessen Sie nur nicht, dass Sie noch viel Zeit dort draußen haben.« Damit deutet er mit dem Kopf in Richtung des Ausgangs.

Um uns herum knistert der Spätsommertag, er fühlt sich an wie ein Tag Mitte August, mit einer Sonne, die keine Lust darauf hat, dem Herbst das Feld zu überlassen.

»Wenn ich könnte, würde ich noch viel mehr Draußen sammeln«, murmelt er so leise, dass ich die Worte nur schwer verstehe.

»Wieso tun Sie es nicht?«

Wieder lächelt er auf diese sanftmütige Weise. »Das Alter ist nicht immer etwas, das man sehen kann. Es sitzt tief in den Knochen, egal, wie viel man noch gern erleben würde.«

Die Kirchenglocken beginnen zu läuten. Eigentlich bin ich aus einem ganz anderen Grund hier, der nichts mit dem Jungen oder dem Mann zu tun hat, er hat überhaupt weniger mit den Toten als mit den Lebenden zu tun.

»Ich wollte …«, setze ich an.

»… zur Beerdigung?«

»Ja«, erwidere ich zögernd.

»Ich auch.« Er setzt sich in Bewegung. »Kommen Sie mit?«

Ich folge ihm, mit jedem Schritt nistet sich stärkere Nervosität in mir ein. Das tut sie immer, bevor ich auf eine Beerdigung gehe, während ich am Rand stehe, während ich unauffällig die Menschen beobachte, die sich ein letztes Mal von jemandem verabschieden. Ich gehöre nicht zu ihnen, ihre Geschichten gehen mich nichts an, doch selten wird so intensiv gefühlt wie in diesen Momenten voller Erinnerungen. Selten zeichnet sich so viel Leben in Gesichter, finden sich so viele Facetten von Trauer, aber auch Freude, Glück, Sehnsucht, nur kann ich das keinem alten Mann erklären, der mich gar nicht kennt. Er würde mich für verrückt halten. Für eine Beerdigungstouristin, die sich an dem Leid anderer labt.

»Die Gesichter sind Spiegel«, sage ich unvermittelt, ich weiß selbst nicht, woher dieser Satz kommt.

»Welche Gesichter? Und ein Spiegel wofür?« Kurz sieht er mich an, bevor er sich wieder auf den Weg konzentriert.

»Die der Beerdigungsgäste. Für … ich weiß nicht. Wahrscheinlich ist das der Grund, weshalb ich hierherkomme. Um das herauszufinden.« Ohne weitere Erklärungen ziehe ich meinen Skizzenblock aus der Tasche. Ich klappe ihn nicht auf, niemals würde ich jemandem die Gesichter zeigen, die ich in den letzten Monaten gezeichnet habe, seit ich alle drei bis vier Wochen den Friedhof besuche.

Beide bleiben wir gleichzeitig stehen, während er das Heft mustert.

»Ich halte sie fest, weil … Ach, ich weiß nicht. Aus keinem wirklichen Grund, glaube ich.«

»Wir haben alle unsere Themen, nicht wahr?« Er wirkt kein bisschen erschüttert oder wütend, nicht einmal irritiert, vielmehr lächelt er, als wäre dieses Lächeln so tief in die Falten seines Gesichts gegraben, dass es sich nicht mehr daraus lösen lässt. »Meine Frau hielt sich gern in der Nähe von streitenden Pärchen auf. Ich vermute, das liegt daran, dass wir selbst kaum Differenzen miteinander auszutragen hatten, trotz einer Ehe, die vierzig Jahre lang dauerte.«

Ich frage nicht, wo seine Frau ist. Vielleicht stand ich schon einmal vor ihrem Grab und erzählte ihr Dinge, die sie nie erlebt hat. Vielleicht hörte sie mir sogar zu.

Vor der Kirche warten bereits zahlreiche Trauergäste. Dieses Wort, als wäre Trauer etwas, das man besuchen könnte, mit einer Flasche Wein und einer DVD, die man sich gemeinsam ansieht, die Trauer und man selbst, und dann lacht man und trinkt zu viel Alkohol und schläft nebeneinander auf dem Sofa ein, während der Abspann in ein kerzenlichtflackerndes Zimmer fließt.

Ich werde langsamer, je näher wir den Besuchern kommen. Normalerweise halte ich Abstand, ich dringe nicht in ihren Bereich ein, ich bleibe nur nah genug, um ihre Gesichter erkennen zu können, die Landschaften aus Augen und Nase und Kinn, aus Falten und Mundwinkeln und Grübchen und Sommersprossen. Manchmal sticht jemand hervor, und dann halte ich all diese Linien fest, wie eine Fotografie in meinem Gehirn, bis ich auf einer abgelegenen Friedhofsbank oder zu Hause das abzeichne, woran ich mich erinnere.

Trauer sieht immer wieder anders aus.

Mit einem Mal spüre ich die Stille, sie erfasst mich so plötzlich, dass ich für ein paar Sekunden aufhöre zu atmen. Sie ist nicht wie die Stille auf hoher See, die schweigend die Asche auffängt und in spritzender Gischt vergräbt, doch ich spüre die salzige Frische des

Wassers, den Wind, der an den Haaren zieht, als würde er mit ihnen spielen, ich höre, wie er mich rief, wie er alle ruft, die seine
Sprache verstehen. Ich schließe die Augen, bis das Bild wieder verschwindet.

»Ist mit Ihnen alles in Ordnung?«, fragt der ältere Herr.

»Ja. Es ist alles okay.« Sofort bemühe ich mich um ein Lächeln.

»Woher kannten Sie die Verstorbene?« An ihren Nachnamen erinnere ich mich nicht mehr, obwohl ich ihn heute Morgen erst im
Online-Kalender eines Grazer Bestattungsunternehmens gelesen
habe. Wilhelmine.

»Ach, das ist keine sonderlich spannende Geschichte.« Sein Lachen geht in ein Husten über, mit einem Mal wirkt er blass, der
Atem rasselt in seiner Lunge. Er räuspert sich. »Wir haben uns im
Urlaub kennengelernt. In Kroatien. Meine Frau wurde am Meer
geboren, deshalb sind wir immer wieder dorthin zurückgekehrt.«

Ein paar Meter von den anderen entfernt bleiben wir stehen.
Sie strömen bereits in die Kirche, so viele Menschen unterschiedlichen Alters. Ich suche mir immer Lehrer aus oder Ärztinnen, Menschen mit einem großen Bekanntenkreis, in dem ich sicher verborgen bleibe.

»Ich wurde auch am Meer geboren.«

»Dann wissen Sie ja, wie das ist.« Er knöpft sein Jackett auf, darunter trägt er ein weißes Hemd. »Es ist schwer, ohne es zu leben.«

»Ja. Das ist es.« Für einen Moment schweigen wir. Dann frage
ich: »Reisen Sie jetzt nicht mehr?«

»Nein, jedenfalls nicht besonders weit. Ich fahre regelmäßig
zum Gasthaus in der Nähe des Flughafens und schaue den Flugzeugen zu. Meine Frau und ich, wir sind nie geflogen, und ohne sie
ist reisen nicht dasselbe.« Sehnsucht liegt in seiner Stimme, wahr-

scheinlich denkt er an all die Orte, die sie gemeinsam besucht haben, und all jene, die sie nie besuchen werden.

Wieder läuten die Glocken, fast alle Trauergäste haben die Kirche betreten. Heute werde ich ihnen nicht folgen. Heute werde ich mich nicht in ein fremdes Leben drängen und aus den Gesichtern derer, die zurückbleiben, herauslesen, was das für ein Leben war, ich werde die Landschaften nicht zeichnen und nicht an die Stille der See denken, an die Stille eines Hauses, in dem die eigene Kindheit verpufft. Viel lieber würde ich mich mit dem alten Herrn auf eine Bank setzen und mir aus seinem Leben erzählen lassen, doch er räuspert sich und schaut den letzten Menschen dabei zu, wie sie in dem Zentralbau verschwinden.

»Ich werde nicht mit hineingehen«, sage ich.

»Das dachte ich mir.« Er nimmt die karierte Schirmmütze ab, graue Haare bedecken nur noch dünn seine Kopfhaut. »Es war mir eine Freude, Sie kennenzulernen.« Mit einem letzten Lächeln verabschiedet er sich, bevor auch er auf die Kirche zuschreitet.

Als der Eingang geschlossen wird, drehe ich mich um und laufe über den breiten Weg auf eine Bank zu. Meine Beine fühlen sich schwer an und mein Herz schlägt ungewöhnlich schnell, doch sobald ich mich hingesetzt und mit geschlossenen Augen ruhig ein- und ausgeatmet habe, wird es langsam besser. Ich ziehe die Füße auf die Bank und stütze das Kinn auf die Knie. Eine alte Frau läuft vorbei, sie geht gebeugt, die Arme auf dem Rücken verschränkt, und sieht kaum auf. Fast unbewusst hole ich den Skizzenblock aus der Tasche und klappe ihn auf. Die ersten Seiten überblättere ich, belanglose Zeichnungen beliebiger Menschen. Zu Hause werde ich sie wegschmeißen.

Mit dem Bleistift ziehe ich die ersten Linien, grobe Umrisse, die kaum als Gesicht zu erkennen sind, nur ein Rahmen, ein Gefäß, das erst gefüllt werden muss. Normalerweise warte ich, bevor ich die Details ergänze, diesmal jedoch drängen sie sich in meinem Kopf, sie wollen hinaus. Runde Grübchenwangen, wie im Gegensatz dazu ein ausgeprägtes Kinn, das hart und eckig wirkt, große Ohren mit knubbeligen Ohrläppchen. Dazu dieses warme Lächeln wie tröstende Worte, nachdem man sich das Knie aufgeschlagen hat oder das Lieblingskuscheltier verloren, ein Lächeln, das wie eine stumme Antwort auf alle ungestellten Fragen ist.

Als ich die Schirmmütze fertig gezeichnet habe, öffnen sich die Türen der Kirche und die ersten Trauergäste kommen wieder heraus, ihre Stimmen kehren zu ihnen zurück. Den Mann im Fischgrätenmusteranzug kann ich zwischen den zahlreichen Leuten nicht entdecken. Bewegungslos bleibe ich auf der Bank sitzen, während die Trauergesellschaft an mir vorbeizieht, zu Grüppchen formiert, auf den Ausgang zu. Offenbar findet das Begräbnis selbst ohne sie statt, nur im Kreis der Familie.

Es wird wieder ruhig, nachdem alle gegangen sind. Hier und da ziehen Wolken über den Himmel, ein paar Spatzen streiten sich um ein halbes Butterbrötchen.

Nach einer Weile erhebe ich mich und verlasse ebenfalls den Friedhof.

Mit vollen Einkaufstaschen bepackt, öffne ich die Haustür und schleiche die Stufen hinauf in die oberste Etage. Bestimmt sitzt Frau Gerberer wieder auf ihrem alten Stuhl mit dem Blümchenbezug in ihrem Flur und lauscht nach draußen, um sofort ihre Wohnungstür aufzureißen, sobald jemand vorbeikommt. Jemand, das sind entweder Ben oder ich oder der Pizzabote, und heute habe ich keine Kraft für Arztgeschichten, neugierige Fragen oder den neusten Tratsch aus dem Häkelclub.

An unserer Tür klebt ein Briefumschlag. Eine Spur zu laut stelle ich die Taschen ab, bevor ich ihn abreiße, nur Sekunden später steht Frau Gerberer in ihrem Türrahmen. »Da war eine junge Frau«, erklärt sie wie immer viel zu laut.

Freundlich lächelnd wende ich mich zu ihr um. »Was für eine Frau?«

»Ich kenne die Dame nicht. Sie hat sich vor Ihre Tür gesetzt und diesen Zettel angebracht, obwohl ich sie darauf aufmerksam gemacht habe, dass Sie durchaus einen Briefkasten besitzen.« Sie schüttelt missbilligend den Kopf.

»Danke, das ist sehr freundlich von Ihnen.« Ich lächle schwach.

»Fast hätte ich die Polizei gerufen«, ergänzt Frau Gerberer aufgeregt, dabei hätte sie das nicht getan, sie hat noch nie die Polizei gerufen, obwohl sie schon viele Gründe dafür sah.

»Hat die Dame denn versucht, bei uns einzubrechen?«

»Nun ja, sie lungerte im Haus herum, obwohl sie nicht hier wohnt.«

Den Briefumschlag lasse ich in einen der Stoffbeutel gleiten und angle den Wohnungsschlüssel aus der Handtasche. Dabei fällt mein Blick auf den Blumenkübel, der neben unserer Tür steht, und auf etwas schwarz Glänzendes, das dahinter liegt. Ich bücke mich danach.

»Vorsicht! Das könnte eine Bombe sein«, warnt Frau Gerberer fachmännisch, doch natürlich ist es keine Bombe, sondern nur ein Smartphone, und in dem Moment, in dem ich es aufhebe, beginnt es zu vibrieren. Vor Schreck lasse ich es beinah wieder fallen.

Frau Gerberer verschwindet panisch in ihrer Wohnung.

Matthias, steht auf dem Display, das Gesicht eines jungen Mannes erscheint, eine blaue Wollmütze auf dem Kopf, die ihm zu tief in der Stirn hängt, darunter graublaue Augen.

»Wollen Sie denn nicht rangehen?«, fragt Frau Gerberer hinter ihrer Wohnungstür.

Statt zu antworten, schiebe ich die Einkäufe in unseren Flur und ziehe die Tür hinter mir ins Schloss.

Ich trage die Lebensmittel in die große Wohnküche und lege das Handy auf die Kücheninsel. Mein Blick streift durch den Raum, und erst, als ich ihn nicht finde, merke ich, dass ich Nanju gesucht habe, der mich sonst immer schon an der Wohnungstür begrüßt, weil er es hört, wenn Ben oder ich nach Hause kommen. Er hörte uns immer.

Schnell verstaue ich die Nougat-Eiscreme im Tiefkühlschrank und reihe das Gemüse auf der Arbeitsfläche auf. Mit dem Brief in der Hand wandere ich zu der Truhe, die mit Decken und Kissen belegt vor dem größeren der beiden Fenster steht, und setze mich darauf.

Sie kennen mich nicht.
Ihnen einen Brief zu schreiben, ist der feige Weg. Fast so feige, wie gar nichts zu tun. Das hatte ich eigentlich vor.
Ich war nur für drei Tage in der Stadt. Die Klimaanlage meines Mietautos funktionierte nicht, aber natürlich ist sie trotzdem nicht schuld daran, dass ich abgelenkt war und nicht aufgepasst habe. Die schwarze Katze habe ich nicht gesehen. Es tut mir sehr leid!
Ich konnte nichts mehr tun. Ich habe sie in die Tierklinik gebracht. Sie hatte keinen Chip, und die Aushänge habe ich erst

heute gesehen, als ich schon wieder abreisen musste. Trotzdem wollte ich mich persönlich entschuldigen und habe Ihre Handynummer gegoogelt. Ich mag Ihre Website. Sie malen sehr schöne Bilder.
Vielleicht war es gar nicht Ihre Katze.
Ich hoffe, es war nicht Ihre Katze.

Minuten dehnen sich endlos, während ich nur auf der Truhe sitze und zu verstehen versuche, dass Nanju tatsächlich nicht mehr zurückkommen wird. Dabei war es nur ein unachtsamer Moment, in dem die Wohnungstür offen stand, während ich noch schnell den Müll holen ging, um ihn mit hinunterzunehmen, und als mir der Nachbar aus dem Erdgeschoss, der ohne Namen am Klingelschild, entgegenkam und mich fragte, ob das meine Katze gewesen wäre, die da gerade hinausgeschlüpft sei, war es bereits zu spät.

Ich schaute unter alle parkenden Autos. Ich lief in alle Hauseingänge.

Nirgendwo fand ich ihn.

***

Vereinzelte Stadtlichter werfen Schatten in das Grau meines Zimmers, sodass sich die Umrisse der beiden Staffeleien aus der Dunkelheit schälen. Wie stille Wächter stehen sie da, mustern mich und warten darauf, dass ich das Licht einschalte und die Farben hervorhole, obwohl sie wissen, dass ich das nicht tun werde.

Dass ich das seit Ewigkeiten nicht mehr getan habe.

Einen Moment lang warte ich auf das Quietschen der Wohnungstür, deren Angeln dringend geölt werden müssten. Wenn ich das jedoch tue, höre ich nicht, wann Ben nach Hause kommt, und wenn ich ihn nicht kommen höre, merke ich irgendwann gar nicht mehr, ob er überhaupt da ist.

Ich schalte das Licht ein, räume den Zeichentisch und den Schreibtisch auf, sortiere alles zurück in die richtigen Fächer und Schränke. Jolie hat mich für meine Ordnung immer belächelt, aber ich kann einen Tag nicht richtig beenden, solange Dinge herumliegen, vorwurfsvoll, müde, und letztlich kann ich nichts von ihnen erwarten, wenn sie sich nicht ausruhen dürfen.

Mein Blick bleibt an dem Foto hängen, das in A3-Größe über dem Skizzentisch die Wand verziert. Island von oben, Grün und Braun und Weiß in unendlichem Blau. Ein kurzes Zögern, dann schiebe ich einen Stuhl heran, steige auf die Sitzfläche und nehme den schwarzen Rahmen ab. Darunter kleben Zettel an der Wand, drei Post-its in unterschiedlichen Farben.

Fritz (gelber Zettel).

Luise (blauer Zettel).

Joel (roter Zettel).

Zögernd öffne ich die Schreibtischschublade, nehme einen grünen Klebezettel und schreibe sehr sorgfältig einen vierten Namen. Ich brauche mehrere Versuche, immer wieder setze ich neu an, immer wieder verharrt meine Hand in der Luft, als könnte sich, wenn ich nur lange genug warte, noch etwas ändern. Als wäre es erst dann vorbei, wenn der Name auf diesem Zettel steht.

Nanju.

Nun klebt er unter den anderen. Ich setze mich auf den freigeräumten Skizzentisch, die Beine angezogen, bis meine Gedanken davonschweben. Sobald ich die Augen schließe, riecht es nach Meer und nach Pfeifenrauch, ich schmecke das Salz auf den Lippen, höre das Blubbern eines Eintopfes, der langsam auf kleiner Flamme eindickt, und manchmal murmelt eine helle Kinderstimme Zahlen in den Raum. Eine schwarze Katze liegt auf der Fensterbank, und aus einem anderen Zimmer dringt Musik, zu der, da bin ich mir sicher, jemand tanzt.

Nur mühsam befreie ich mich aus diesen Bildern, die sich anfühlen wie echte Erinnerungen, hänge das Foto wieder über die Post-its und verlasse das Atelier, das sich im Dachgeschoss über der Wohnung befindet.

In der Küche brühe ich mir einen Kräutertee auf und schalte das Display meines Smartphones ein. Das Rezept für das Abendessen leuchtet mir entgegen. Daneben nur eine Nachricht von Ben, er kommt später, mal wieder.

Die Tomatensuppe habe ich bereits mittags gekocht, um mich abzulenken, auch der Quinoa-Gemüse-Auflauf ist fertig. Ich wärme beides in der Mikrowelle auf, jeweils nur eine Portion.

Mit dem Abendessen setze ich mich vor den Fernseher. Auf meiner Netflix-Liste stehen so viele Serien, die ich mit Ben schauen wollte. Anfangs habe ich noch gewartet, ab und zu haben wir eine gesehen, immer dann, wenn er mal Zeit dafür fand, und wenn er zu lange eben keine fand, fing ich allein eine an. Die Anzahl der Serien, die ich ohne ihn geschaut habe, übersteigt schon seit Langem die derjenigen, die wir uns aneinandergekuschelt auf dem Sofa zusammen angesehen haben.

Während *The Mystery of Peter Rabinshaw* lädt, rühre ich etwas Sahne in die Tomatensuppe. Noch immer räume ich Butter und Käse sofort nach Benutzung in den Kühlschrank, noch immer lasse ich die Schlafzimmertür offen, damit der schwarze Kater sich nachts an meine Füße legen kann oder auf Bens Bauch, das sanfte Schnurren wie eine Abschirmung gegen die Welt.

Nach zwanzig Minuten schalte ich den Fernseher wieder aus. Stimmen quellen von der Straße durch das offene Fenster, von irgendwo Musik, fast könnte Wochenende sein, fast könnte ich eine derjenigen sein, die in einer der Nachbarwohnungen tanzt, in dieser Stadt, die mir auch nach vier Jahren noch fremd ist, die mir trotz oder gerade aufgrund ihrer Schönheit einfach nicht passt.

Ich war die freie Künstlerin und Ben der mit dem lukrativen Jobangebot in einem erfolgreichen Maklerbüro. Es gab keinen Grund, sich gegen Graz zu entscheiden und für Berlin, auch wenn er dort sicher ebenfalls einen Job gefunden hätte.

Die leeren Teller räume ich in die Spülmaschine, dann setze ich mich auf die Bank vor dem Fenster. Wenn ich die Hand ausstrecke, in die Dunkelheit hinaus, berühre ich die Nacht, ich spüre das Leben der anderen darin, es summt wie Strom in einem Elektrozaun.

Ein Klappern im Schloss der Wohnungstür.

»Hey, du bist ja noch wach«, begrüßt Ben mich, als wäre es ungewöhnlich, dass ich um zehn noch nicht im Bett bin.

Ich nicke, lächle, stehe auf und frage ihn, wie sein Tag war, in zwei, drei Sätzen fasst er ihn zusammen. »Morgen muss ich früh raus«, sagt er, und: »Danke, ich habe unterwegs gegessen«, und: »Schlaf gut«.

Für ein paar Minuten verschwindet er im Bad.

Mitten im Zimmer bleibe ich stehen und warte auf ihn, bis er frisch rasiert wieder herauskommt. »Wir haben einen Brief bekommen«, sage ich.

»Aha?« Er sieht mich nicht an, bestimmt ist er noch mit seinem Tag beschäftigt, mit organisatorischen Fragen, mit einem Kunden, mit einem technischen Problem.

»Er klebte an unserer Tür.«

»An der Tür?« Aus dem Schrank holt er sich ein Glas und hält es unter den Wasserhahn. In großen Schlucken trinkt er es leer, das Geräusch füllt den Raum.

»Wegen Nanju.«

Nun richtet er den Blick auf mich. »Was ist mit ihm? Hat ihn jemand gefunden?«

»Nein. Er …«, ich atme tief ein, »er wurde überfahren.«

Wortlos hält Ben inne. Seine Augenbrauen ziehen sich zusammen. »Und das hat dir jemand geschrieben?«

»Ja. Jemand hat ihn überfahren und uns das so mitgeteilt, weil der Kater ja nicht gechippt war.«

»Okay.« Ben nickt langsam. »Wenigstens wissen wir jetzt Bescheid.« Für einen Moment zögert er, bevor er zu mir kommt, mir einen Kuss auf die Stirn gibt und dann im Schlafzimmer verschwindet. Die Tür schließt er hinter sich, und der rabenschwarze Kater, der nicht da ist, sitzt davor und blinzelt mich vorwurfsvoll an.

»Ich hätte dich reingelassen«, sage ich, aber nur leise, mehr in Gedanken.

Ich könnte noch einmal nach oben gehen und an den Kinderbuchillustrationen arbeiten oder die Serie weiterschauen, ich könnte die Farben hervorholen. Irgendwann sollte ich das wieder tun, bevor es zu spät ist, bevor es etwas wird, das mit mir und meinem Leben nichts mehr zu tun hat. Das Licht im Flur ist ausgeschaltet, dunkel erstreckt er sich bis zur Treppe, die ins Atelier führt, und ich weiß, der Kater wird nicht zusammengerollt auf dem Lesesessel schlafen, also bleibe auch ich unten.

Als ich das Schlafzimmer betrete, atmet Ben noch sein Wachatmen, es sind keine Träume darin, nur Gedanken und Sorgen.

Leise schlüpfe ich unter die Decke und kuschle mich an ihn. »Du schläfst noch nicht«, flüstere ich.

Ein kurzes Schnauben, ein müdes Lachen. »Aber fast.« Seine Hand fährt über meinen Bauch.

Im Dunkeln ist alles nur eine Ahnung. Sein Körper unter der Decke, sein Gesicht, die Augen, das Kinn, das alles gehört schon so lange zu mir. Mein Mund sucht den seinen, so oft haben wir das schon gemacht, dass es wie von selbst geschieht. Zaghaft erwacht das Kribbeln tief unterhalb meines Magens, ich rücke noch näher an Ben heran. Gerade öffne ich die Lippen, taste mit der Hand nach der Stelle zwischen dem Saum seines T-Shirts und der Schlafanzughose, als seine Hand von meinem Bauch gleitet und er sich umdreht.

»Schlaf gut«, murmelt er.

»Ja«, murmle ich zurück. »Du auch.«

Draußen fällt fahles Mondlicht auf eine blasse Stadt. Ich blinzle ein paar Tränen weg, schlucke die plötzliche Schwere hinunter und denke an die Jahre, die ich mit Jolie in Berlin gewohnt habe, die ständige Musik in unserer Wohnung. Wenn ich morgens aufwachte, stand sie bereits in der Küche, wir haben Sandwiches zubereitet oder Rührei oder Pancakes und beim Essen ferngesehen. Wir haben geredet und gelacht, manchmal habe ich sie gezeichnet und ihr von dem Jungen erzählt, in den ich verliebt war, er studierte mit mir zusammen. Wenn die Wohnung zu eng wurde für unser Lachen und unsere Worte und die Musik, sind wir hinausgegangen, um einen Kaffee oder eine heiße Schokolade zu trinken. Wir haben uns in Parks gesetzt und den Menschen beim Leben zugesehen und ihnen Namen und Geschichten gegeben, und manchmal glaubten wir, dass diese Namen und Geschichten echt sind.

Dass wir diejenigen sind, die diese anderen Menschen erfinden.

Kapitel 2

Nachtluft strömt durch das geöffnete Fenster und kühlt den Raum merklich ab. Trotzdem bleibe ich auf dem Schreibtisch sitzen und blicke in die Dunkelheit hinaus. Neben mir liegt der Skizzenblock, das Gesicht des alten Mannes vom Friedhof ist fast fertig, mit Buntstiften habe ich es koloriert. Eine der wenigen Zeichnungen, die ich in den letzten Monaten beendet habe. Ich werde sie aufhängen, vielleicht neben das Islandfoto oder über meinen Lesesessel.

Mindestens eine halbe Stunde habe ich neben dem schnarchenden Ben gelegen, bis ich das Einschlafen aufgegeben habe.

Ich schließe das Fenster und knipse die Lichterketten an, die an dem Regal mit den Arbeitsmaterialien und über dem Schreibtisch befestigt sind. Während der Computer hochfährt, wandere ich durch den Raum und versuche, mich auf die Kinderbuchillustrationen einzustimmen. In ein paar Tagen muss ich sie zum Verlag schicken. Die meisten Entwürfe sind ganz gut gelungen, doch ein Bild, das wichtigste des ganzen Buches, erscheint mir langweilig, wie aus tausend anderen Geschichten kopiert, und so sehr ich mich auch bemühe, einen anderen Ansatz zu finden, fällt mir einfach keiner ein. Vielleicht gibt es nur eine begrenzte Kapazität für Hasen-Bilderbücher, und auch ich kann dem nichts Neues mehr hinzufügen.

Auf der Kommode neben der Tür liegt das gefundene Telefon.

Ich schalte das Display ein, um nachzuschauen, ob noch jemand angerufen hat, nur kenne ich natürlich den Code für die Displaysperre nicht. Das Gerät wirkt fremd hier in meinem Zimmer. Aber es lag vor meiner Wohnung, absichtlich oder versehentlich, und fällt damit unter meine Verantwortung. Mit meinem Ladegerät schließe ich es an die Steckdose, bevor ich zurück zum Schreibtisch gehe.

Sobald das Grafikprogramm gestartet ist, öffne ich die letzte Zeichnung und versuche, einen Grünton feiner auf die anderen Umgebungsfarben abzustimmen. Ein paar Minuten lang plage ich mich mit Einstellungsdetails herum, gebe jedoch rasch wieder auf.

Erneut blicke ich aus dem Fenster. Nächte sind so viel größer als Tage, ich könnte in ihnen verschwinden und nie wieder auftauchen, ich könnte ein Teil ihrer Dunkelheit werden. Meine Gedanken stolpern schwerfällig, ich bin wohl doch zu müde, um mich zu konzentrieren.

Ich wickle mich in meine Kuscheldecke, setze mich in den Lesesessel und ziehe die Füße auf die Sitzfläche. Manchmal ist es mir zu still in meinem Atelier. Manchmal betrachte ich die zitronengelben Wände, die Staffeleien, die Arbeitsflächen, die Regale und versuche mich zu erinnern, wie all diese Dinge hierhergekommen sind, wann ich sie ausgesucht, gekauft und eingeräumt habe, was sie überhaupt mit mir zu tun haben.

Über der Leseecke hängen schmale Regale, auf denen Bücher stehen und Gläser mit Fundstücken, die ich aus Urlauben mitgebracht habe: Muscheln, Sand, getrocknete Blätter und Blüten, Steine, vom Meer geschliffene Glasscherben, Baumrinde, aber auch eine zerbrochene Brille, Knöpfe, ein Ohrring. Die zerknickte Postkarte ist das letzte Mitbringsel, das sich zu den übrigen Sachen reiht, eine Tuschezeichnung von Venedig, wo Ben und ich unseren dritten Hochzeitstag gefeiert haben. Danach gründete er mit Oliver die Umzugsservice-Agentur, und seitdem reichen Zeit und Geld nicht mehr für Urlaub.

Keines der Bücher spricht mich an. Für eine Weile blättere ich in einem Bildband über Architekturgeschichte, bis ich aufstehe und wieder vor die Kommode trete.

Der Akku ist fast voll. Es sind keine Nachrichten eingegangen. Wieso will niemand dieses Handy zurück? Vielleicht klingelt morgen der Besitzer an meiner Wohnungstür oder die Besitzerin, eine Fremde, die zögernd vor mir steht, die sich noch einmal stotternd wegen des Katers entschuldigt, obwohl er davon nicht zurückkehren wird.

Ich nehme mein eigenes Handy in die Hand und öffne den Browser. Eher oberflächlich google ich nach *Displaysperre knacken*. Natürlich existieren zahlreiche Tutorials zu dem Thema, Texte und YouTube-Videos, aber wirklich Lust habe ich nicht, sie mir anzusehen.

Mit dem Rücken gegen die Kommode gelehnt, scrolle ich durch meine Kontaktliste. Ben. Oliver. Frau Gerberer. Jolie. Tante Lisbeth. Ein paar Auftraggeber, Verlage, Autoren, mit denen ich schon mehrmals zusammengearbeitet habe. Wenige Freunde, die ich seit Ewigkeiten nicht mehr gesehen habe. Tanja.

Ohne nachzudenken, drücke ich auf das grüne Telefonhörersymbol. Um diese Uhrzeit hat sie das Handy wahrscheinlich schon auf lautlos gestellt, und morgen wird sie sich wundern, weshalb ich sie nachts anr...

»Caja? Ist alles okay?«

»Äh, ja.« Irritiert halte ich inne. »Wieso schläfst du noch nicht?«

»Wieso rufst du an, wenn du denkst, dass ich schlafe?« Im Hintergrund poltert etwas, darauf folgt ein Quäken, das in laute Schluchzer übergeht. »Warte kurz, ja? Mimi ist was runtergefallen.«

Ein paar Sekunden lang lausche ich den Hintergrundgeräuschen, Tanjas Stimme, Mimis Weinen, dann eine Weile nichts.

»Okay, bin wieder da.«

»Miriam schläft auch noch nicht?«

»Die Kleine ist krank, sie wacht immer wieder auf und denkt, es ist Zeit aufzustehen.« Tanja klingt erschöpft, obwohl sie diese Fröhlichkeit in ihre Stimme presst, wie sie das schon als Jugendliche getan hat. Immer dann, wenn sie zu lange aufblieb, um noch zu lernen oder Hausaufgaben zu erledigen, wenn sie selbst am Wochenende um sechs aufstand, um eine Stunde joggen zu gehen, später auch während des Abis, während des Studiums, während der Schwangerschaft, immerzu.

»Ach so.« Ich schweige, Tanja schweigt, nur Mimi plappert vor sich hin. »Wie geht es euch sonst?«

»Gut. Das Kind redet den ganzen Tag und isst so viel wie ich, entwickelt sich also prächtig.«

Ich bin nicht sicher, ob der ironische Unterton wirklich da ist oder ob ich ihn nur höre, weil ich ihn immer höre, selbst dann, wenn meine Schwester gar nichts sagt.

»Und was macht Claudio?«

»Musik, wie immer. Was ist bei dir los? Wieso rufst du eigentlich an?«

Ein »Ich wollte nur wissen, wie es dir geht« verkneife ich mir. »Ich habe ein Handy gefunden«, sage ich stattdessen.

»Ein Handy? Wieso … und wo?«

»Keine Ahnung, wieso. Jemand hat es vor meiner Wohnung liegen gelassen.«

»Merkwürdig.«

»Ja. Jedenfalls habe ich es erst mal behalten.«

»Gibt es bei euch kein Fundbüro?« Das Klappern von Geschirr ist zu hören, vermutlich wäscht sie ab, das Telefon zwischen Ohr und Schulter geklemmt.

»Bestimmt.«

»Dann gib es doch dort ab.«

Leise seufze ich. Natürlich könnte ich es dort abgeben, aber es lag nun einmal vor meiner Wohnung, es lag dort aus einem Grund, und ich kann es nicht jemandem überreichen, der sich nicht dafür interessiert, der es mit einer Nummer versieht und in eine Kiste wirft, in der es so lange lagern wird, bis man es entsorgt.

»Was machst du jetzt damit?« Wasser plätschert in ihre Worte.

»Eigentlich wollte ich dich fragen, wie man die Displaysperre knackt, damit ich den Besitzer erreichen kann.«

Abrupt bricht das Plätschern wieder ab. »Willst du ihn auf dem Handy anrufen?« Sie lacht, es klingt etwas gekünstelt.

»Vielleicht hat derjenige noch eine andere Nummer eingespeichert oder jemanden namens Mama oder so. Jemanden, den ich kontaktieren kann.«

»Hm.« Wieder Wasserrauschen, das laute Zuschlagen der Kühlschranktür. »Ich müsste erst mal selbst recherchieren, wie das funktioniert. Ist es eine Mustersperre oder eine PIN?«

»Nein, keine Zahlen, ein Muster.« Meine Füße sind kalt, ich ziehe sie unter die kobaltblaue Decke.

»Hast du dir das Display mal genauer angeschaut? Wenn es nicht oft gereinigt wird, kann man eventuell eine Spur darauf erkennen.«

»Warte kurz.« Ich ziehe das Smartphone zu mir und schalte

die Leselampe ein, um das Display genauer begutachten zu können. »Kann sein, dass man etwas sieht, aber das ist nicht so eindeutig.«

Wieder beginnt Mimi zu schreien, diesmal deutlich lauter als vorhin.

»Probier doch einfach ein paar Kombinationen aus. Die meisten fangen oben links in der Ecke an. Ich ruf dich gleich zurück, ja?« Schon hat Tanja aufgelegt.

Sie wird nicht zurückrufen, zumindest nicht heute. In einem Monat vielleicht, wenn in ihrem Kalender auch ein *L* steht, erst dann wird sie mit schlechtem Gewissen nach dem Telefon greifen, und ich werde mit schlechtem Gewissen abnehmen.

Ich stehe auf und setze mich an den Schreibtisch, die Lampe eingeschaltet. Auf ein Blatt Papier zeichne ich drei Reihen bestehend aus jeweils drei Punkten und hole meine Buntstifte hervor. Mit meinem Handy versuche ich, ein möglichst genaues Foto von den Fingerspuren auf dem Display des gefundenen Geräts aufzunehmen. Eine andere Möglichkeit, als einfach herumzuprobieren, bleibt mir allerdings nicht, also fange ich bei der ersten der etwa eine Million Möglichkeiten an. Nach einer Viertelstunde mache ich eine Pause und arbeite ein wenig an den Kinderbuchillustrationen weiter. Nach einer weiteren Viertelstunde finde ich ihn tatsächlich: den richtigen Code. Ich bin selbst derart überrascht, dass ich fast vergesse, ihn aufzumalen.

Das Hintergrundfoto zeigt zwei Frauen, jünger als ich, vielleicht Mitte zwanzig. Sie haben die Köpfe aneinandergelehnt, die Sonne blendet sie, doch sie lachen, um sie herum Sand und Meeresstimmung. Aus irgendeinem Grund macht mich der Anblick traurig, als wäre ich das auf dem Bild und die Erinnerung an diesen Augenblick längst verloren. Eine der Frauen kommt mir vage bekannt vor, irgendwo habe ich sie schon einmal gesehen.

Das Klingeln meines Telefons reißt mich zurück in die Gegenwart.

»Endlich ist sie richtig eingeschlafen«, sagt Tanja, und diesmal lässt sie die Erschöpfung zu. »Morgen geht sie wohl nicht in die Kita.«

»Du brauchst Urlaub«, antworte ich.

»Allerdings. Geht aber nicht. Im Laden ist es gerade super stressig.« Sie öffnet die Terrassentür, die unten am Rahmen schleift. »Hast du den Displaycode geknackt?«

»Ja. Hat ein bisschen gedauert, aber ging.«

»Gut.« Ihre Stimme klingt abwesend. »Und bei dir?«

»Alles okay. Ben arbeitet viel, aber das Unternehmen wächst.« Ich stehe auf, sortiere ein paar Becher mit Acrylfarbe im Regal um.

»Ja, kann ich mir vorstellen. So eine Firma aufzubauen, ist sehr viel Arbeit.«

»Ist es.« Unwillkürlich huscht mein Blick wieder zu dem fremden Smartphone.

»Was habt ihr am Wochenende vor?«, fragt Tanja.

Ich lehne den Kopf gegen den Sessel und schaue durch das Schwingfenster im Dach in den sternenlosen Himmel hinauf. »Nichts Besonderes. Ben arbeitet sicher Liegengebliebenes ab, ich werde mit dem nächsten Auftrag anfangen.«

»Ach so.« Sie schließt die Terrassentür.

»Und ihr?«

»Ich schätze, wir machen einen Waldspaziergang. Die Pilzsaison hat angefangen. Vielleicht fahre ich zum Reiten.«

»Du reitest wieder?« Ich stehe auf, setze mich auf den Schreibtisch, näher an die Nacht. In der Wohnung gegenüber geht das Licht an. Ein Pärchen torkelt küssend in ein kahl eingerichtetes Zimmer. Weiße Wände, übergroßer Fernseher, Glastisch. Normalerweise sitzt der Mann allein auf dem weißen Ledersofa und liest.

»Nicht oft, nein. Nur wenn Claudio auf Mimi aufpasst und sonst nichts Dringendes zu tun ist.«

Die beiden landen auf dem Sofa, sie auf ihm, erste Kleidungsstücke fliegen durch den Raum. Was für ein Klischee. Zum Glück höre ich das Stöhnen nicht.

Wenn ich mit Jolie telefonieren würde, würde ich ihr von den Nachbarn erzählen, sie würde lachen und mich darum bitten, ihr ein Foto zu schicken, und dann würde sie behaupten, dass nichts davon echt aussieht, sondern wie aus einem Film, und ich würde sagen, dass der Unterschied für viele nicht groß ist, und dann würden wir darüber lachen.

»Mist, Mimi ist schon wieder wach«, sagt Tanja plötzlich. »Ich lege mich zu ihr, sonst schläft sie gar nicht mehr. Wir reden morgen weiter, ja?«

»Ja, ist okay.«

Mit einem knappen »Tschüss« legt sie auf.

Inzwischen sind beide nackt, sie liegt unten, viel zu schnell fahren ihre Hände seinen Körper entlang. Das Leder fühlt sich sicher unangenehm an, kühl und klebrig, keinen von beiden scheint es zu stören.

Eher halbherzig schlage ich den Architekturbildband auf, und obwohl ich keine Lust dazu habe, beginne ich damit, ein Jugendstilgebäude abzuzeichnen, nur so, zur Übung. Als ich das nächste Mal aufsehe, sind die beiden verschwunden. Das Sofa war ihnen wohl doch zu unbequem. Ohne sie wirkt der kahle Raum noch leerer. Wie von selbst blättere ich eine Seite in meinem Skizzenheft weiter und zeichne ihn, glatte Formen, überall Kanten und Ecken und viel zu grelles Licht.

Erst weit nach Mitternacht räume ich alles zusammen und gehe leise die Treppe hinunter. Ben schnarcht vor sich hin, als ich das Schlafzimmer betrete. Ich kippe das Fenster und krieche unter die große Decke. Gedanken wirbeln durch den Raum, die sich nur nach und nach in Ecken verkriechen.

Ich lausche ihnen mit geschlossenen Augen. Unter der Decke spüre ich Bens Wärme, ohne ihn zu berühren.

Kapitel 3

Ich sitze auf der Bank vor dem Wohnzimmerfenster und blicke hinaus, während ich esse. Früher, als wir noch frisch zusammen waren, sind Ben und ich häufig bei Regen spazieren gegangen. Wir mochten das Prasseln auf den Schirmen, wir mochten es, wenn unsere Haare nass wurden und unsere Kleidung, aus der wir uns gegenseitig schälten, wenn wir wieder nach Hause kamen, und jedes Mal wollten wir eigentlich gemütlich einen Tee trinken und einen Film schauen, während das richtige Gewitter losging, und jedes Mal landeten wir stattdessen im Bett und sprachen über Dinge, über die wir sonst nicht sprachen. Es entsteht ein ganz eigener Raum, nachdem man miteinander geschlafen hat, abgeschieden vom Rest der Welt. Eigentlich gibt es keinen Grund, ihn jemals zu verlassen.

Manchmal scheint mir dieser Anfang so ewig weit weg, dass er genauso gut nie gewesen sein könnte. Das Leben zersplittert in einzelne Teile, die mit zunehmender zeitlicher Distanz auseinanderdriften. An Tagen wie heute schaue ich sie mir an und versuche, sie zusammenzupuzzeln, doch immer sehe ich die Bruchstellen, immer passt nicht alles zusammen, und ich blicke in die Lücken und frage mich, was dazwischen gewesen ist. Denn etwas muss gewesen sein, die Zeit ist nicht einfach ins Leere geronnen. Schon gar nicht acht gemeinsame Jahre.

Mit einer Kanne Jasmintee gehe ich wieder nach oben und lese meine E-Mails. Der Verlag hat geantwortet, sie sind zufrieden mit den Zeichnungen, die ich ihnen am Vormittag geschickt habe. *Ich liebe die Illustrationen*, hat mir die Lektorin geschrieben, doch diese Worte fühlen sich nicht so an, als wären sie an mich gerichtet.

Müde lege ich den Kopf in den Nacken, versuche, meine Schultern zu massieren. Weil das nichts bringt, stehe ich auf, laufe ein paar Schritte durch das Atelier. Trotz der großen Fenster erscheint die Welt unerreichbar weit entfernt. Selbst der Sonne gelingt es heute nur mühsam, gelegentlich zwischen den dahineilenden Wolken hervorzubrechen.

Vor der Kommode bleibe ich stehen.

Mittlerweile frage ich mich, ob das Handy in Wahrheit niemandem gehört. Vielleicht ist es aus der Zeit gefallen oder stammt aus einem Paralleluniversum, in dem gerade verzweifelt jemand versucht, es zurückzubekommen, ohne es erreichen zu können, denn es liegt ja hier, in meinem Atelier, und klingelt einfach nicht.

Unsicher nehme ich es in die Hand und deaktiviere die Displaysperre.

Die Kontaktliste gibt wenig her. Matthias, Leira, Großeltern, Eva. Alles deutsche Nummern, nur Evas hat eine österreichische Vorwahl.

Mehr steht dort nicht.

Kann man wirklich so wenige Leute kennen? Dagegen bin ich ja ein extravertierter Partylöwe.

Die Frage ist nur: Wen rufe ich an? Die Großeltern erschrecken sich vielleicht, wenn sie eine Fremde nach ihrem Enkel oder ihrer Enkelin fragt, die anderen könnten irgendjemand sein: der Chef, die Putzfrau, die Nachbarin, ein Taxifahrer, mehr als die Nummern finden sich nicht im Speicher.

Außer vielleicht, ich schaue mir die Nachrichten an. Mein Daumen schwebt knapp über dem Button einer Messenger-App, doch mit einem Mal bin ich unsicher, ob das überhaupt legal ist, in den persönlichen Daten eines Fremden herumzuwühlen. Rasch schiebe ich das Gerät zur Seite und versuche, im Internet zu recherchieren, wie weit ich mich bei einem Zugriff in den illegalen Bereich bewege.

Vielleicht helfen mir andere Apps weiter. Ich durchstöbere die Programme, finde jedoch nichts Brauchbares. Bisher war mir nicht bewusst, dass man sein Smartphone für derart viele Dinge verwenden kann. Eine App für einen Putz- und Haushaltsplan, eine für Einnahmen und Ausgaben, eine für Listen, eine für Rezepte ... Von den meisten habe ich noch nie gehört. Eher wahllos öffne und schließe ich Applikationen, ohne sie mir wirklich anzusehen. Die ganze Zeit fühle ich mich beobachtet, immer wieder blicke ich auf, obwohl ich gleichzeitig weiß, wie übertrieben das ist. Ganz offensichtlich wurde diesem Gerät sehr viel anvertraut, ein halbes Leben befindet sich darin, mindestens, und jetzt schwebt es hier in meinem Refugium und breitet sich aus.

Es muss unheimlich sein, so viel über sich selbst an einem anderen Ort zurückzulassen. In mein Smartphone trage ich nur die Termine ein, die sich gelegentlich ergeben, und nutze es, um Ben zu schreiben. Eine Übersicht über meine Aufträge führe ich in einem normalen Notizbuch, und die Organisation unseres Haushalts funktioniert auch ohne App. Mal besser, mal nicht ganz so gut.

Zögernd betätige ich ein zweites Mal das Symbol für *Homeorganizer*. Nur mal so, um mir anzuschauen, wie die App aufgebaut ist.

Eventuell kann sie Ehepartner daran erinnern, ihre Schmutzwäsche in den Wäschekorb zu legen oder den Kaffeebecher in den Geschirrspüler zu räumen. Das wäre doch sehr praktisch.

Alle möglichen Haushaltstätigkeiten finden sich in einer Liste, eingetragen mit einem Rhythmus, in dem sie erledigt werden, und der Information, wer dafür zuständig ist: Nathalie, Leira.

Ich gehe zurück zu den Kontakten und klicke kurzentschlossen auf Leiras Namen.

»Diese Nummer ist nicht vergeben«, teilt mir eine mechanisch klingende Frauenstimme mit.

Rasch lege ich wieder auf.

Leira.

Nathalie.

Eine ohne Nummer.

Eine ohne Handy.

Als würden sie gar nicht existieren.

Noch während ich über die beiden Namen nachdenke und die fröhlichen Frauengesichter auf dem Displayhintergrund, schrillt die Türklingel in meine Stille. Normalerweise ignoriere ich solche Störungen. Ben lässt sich seine Pakete ins Büro liefern, und Frau Gerberer fragte mich einmal, ob ich denn wirklich zu Hause arbeite, sie habe mir Kekse vorbeibringen wollen, doch niemand habe ihr geöffnet.

Wieder klingelt es, anders als sonst, ich weiß, dass etwas anders ist, es liegt keine Frage in diesem Klingeln, keine Bitte, sondern nur eine Aufforderung.

Ich schleiche die schmale Wendeltreppe hinunter in den Flur, wo ich stehen bleibe und den Atem anhalte.

Noch einmal klingelt es, dann klopft jemand gegen die Wohnungstür. »Caja? Mach verdammt noch mal auf, ich muss echt dringend aufs Klo.«

Jolie?

Überrascht reiße ich die Tür auf.

»Na endlich, ich hätte fast in den Hausflur gepinkelt.« Ohne ein weiteres Wort lässt sie einen riesigen Rucksack auf den Boden fallen und rennt an mir vorbei auf die Toilette. Während sich gegenüber langsam die Tür öffnet, drücke ich unsere so schnell wie möglich wieder zu.

Kurz darauf kommt Jolie zurück. Noch immer stehe ich im Flur, wahrscheinlich habe ich mich kaum gerührt.

»Hey, jetzt erst mal ein ordentliches Hallo.« Sie umarmt mich, drückt mich fest an sich, wie sie das immer macht. Schlappe Umarmungen sind keine Umarmungen, findet sie.

»Was machst du hier?«

»Ich freu mich auch, dich zu sehen«, sagt sie grinsend und streift die Schuhe von den Füßen, markenlose Sneakers in Waldgrün, greift nach ihrem Rucksack und schleppt ihn ins Wohnzimmer.

»Du hast nicht Bescheid gesagt …«

»Ich sage nie Bescheid, weißt du doch. Soll ich auf dem Sofa schlafen? Oder in deinem Arbeitszimmer?«

»Mein Arbeitszimmer ist jetzt oben und heißt Atelier. Wir haben doch vor zweieinhalb Jahren umgebaut, weil wir das vor dem Einzug nicht mehr geschafft haben.«

»Mir ist das ziemlich egal, wie der Raum heißt, in dem ich schlafen werde.«

»Lass den Rucksack erst mal hier, ich muss Ben fragen, wo wir dich am besten einquartieren.«

»Okay.« Sie lehnt ihn gegen das Sofa und lässt sich darauf fallen, die Füße legt sie auf den Couchtisch. »Mann, das war eine Odyssee, ich bin total fertig. Komm, setz dich her. Oder störe ich gerade? Musst du arbeiten?« Mit einem Lächeln pustet sie sich den Pony aus der Stirn. Ein Pony, wann hatte sie den das letzte Mal? Zu Beginn des Studiums? Sie sieht jünger aus als vor einem Jahr bei unserem Treffen in Berlin. Die dunklen, fast schwarzen Haare reichen bis über die Schulterblätter, diesmal trägt sie nur ein paar lilafarben schimmernde Strähnen darin. Die Zeit, in der sie sie ausbleichen und in grellen Tönen färben ließ, ist wohl vorbei.

»Eigentlich schon«, erwidere ich wahrheitsgemäß. »Aber für dich mache ich immer eine Pause.« Ich brauche eine Weile, um mich daran zu gewöhnen, dass meine beste Freundin auf meiner Couch sitzt, ein helles Top mit auberginefarbenem Muster über der braungebrannten Haut, und dass sie lächelt und über die Tagesplanung spricht, als würden wir noch immer zusammenwohnen. Für einen Moment ist dieses Gefühl vertrauter Nähe so intensiv, dass ich tatsächlich glaube, wir würden das noch tun. Zusammenwohnen.

Sie lehnt den Kopf zurück und streckt die Arme zur Seite. »Gib mir zwei Minuten, dann koche ich was, und du arbeitest so lange. Einverstanden?«

Zögernd setze ich mich neben sie. »Wieso bist du hier?«

»Ich war gerade in der Gegend.«

»Du bist überall, aber nie gerade in der Gegend. Ist etwas passiert?«

Nun hebt sie den Kopf und sieht mich an. »Was soll die Fragerei? Du kennst mich doch, ich bin immer unterwegs, und jetzt war ich eben hier und wollte dich sehen.«

Sie wird nicht auf meine Frage antworten, nicht jetzt. Jolie ist wie eine warme Meeresbrise, die einen streift und wieder verschwindet. Meeresbrisen kann man keine Fragen stellen, sie tragen sie mit sich und verwehen sie auf ihrem Weg, und nur selten erinnern sie sich daran, dass man überhaupt existiert.

»Na gut. Ich habe zwar schon gegessen, aber das ist schon ein bisschen her. Also, du kochst, ich arbeite, ja?« Ich lege meine Hand auf ihre, wie um zu überprüfen, ob Jolie wirklich hier ist.

»Kann ich auch was bestellen?« Herausfordernd grinst sie mich an, doch ich zucke nur mit den Schultern.

»Klar kannst du. Ich überlasse die Küche ganz deinen fähigen Händen und bin in einer Stunde wieder unten.«

»So lange brauche ich nicht.«

»So lange brauchst du schon allein, um die Töpfe zu finden.« Ich stehe auf und hole vorsichtshalber eine Packung Schokoladenkekse aus dem Schrank.

Natürlich gehe ich nicht zurück ins Atelier, sondern setze mich auf einen der beiden Hocker, die an der Kücheninsel zum Wohnzimmer hin platziert sind, und schaue Jolie beim Kochen zu. Sie erledigt das gern allein, ohne dass man ihr im Weg steht oder die Paprika falsch schneidet oder den Pfeffer zu früh in die Pfanne gibt, selbst damals, als wir noch zusammenlebten, war es ihr lieber, wenn ich ihr einfach nur zusah. Meist habe ich währenddessen gelernt oder für Hausarbeiten recherchiert, manchmal auch Jolie dabei geholfen, sich auf Klausuren vorzubereiten, indem ich ihre chaotischen Unterlagen in eine vernünftige Reihenfolge brachte. Hinterher wusste ich in der Regel mehr über Ökohydrologie und Katastrophenschutz als sie.

»Wie läuft das Zusammenleben?«, fragt sie, während sie unsere Pfannensammlung durchgeht und schließlich eine auswählt.

»Wir wohnen schon seit Ewigkeiten zusammen, da fragt man so was nicht mehr.« Mit einem Rascheln öffne ich die Kekspackung.

»Was ja nicht heißt, dass die Antwort selbstverständlich ist.«

Ich nehme einen Keks. »Kann sein. Es gibt nichts zu erzählen.«

Sie sieht mich an, eine Augenbraue hochgezogen. Mir fällt nicht mehr ein, aus welchem Film sie diese Mimik gestohlen hat, ein Klassiker sicher, den wir uns an einem dieser langen Abende in ihrem oder meinem Zimmer angesehen haben, zwei, drei Filme, Pizza, Schokolade, Nachos mit Käse überbacken, unsere Mägen waren danach vollgestopft mit Junkfood, während die Stimmen unserer beiden WG-Mitbewohner durch den Flur hallten. Die Jungs hatten immer etwas vor, wir hatten manchmal etwas vor. Nein, ich hatte nur manchmal etwas vor, und Jolie ließ ihr Immer gelegentlich sausen und blieb bei mir und den Filmklassikern und dem Käsegeruch und lachte über Dialoge, an die ich mich kaum noch erinnere, und weinte über verpasste große Lieben, weil das alles war, was wir damals wollten, so sehr fühlen, dass es unser Herz zerreißt.

»Hast du deinen Cocktailshaker noch?«, fragt sie.

»Irgendwo, ja.«

Sie lächelt. »Dann such ihn.«

»Ich habe gar nichts für Cocktails da, glaube ich.«

Jolie hat inzwischen Zwiebeln und Knoblauch gefunden und beginnt damit, Kartoffeln zu schälen. »Du wirst genug da haben, um uns einen Drink zu mixen. Über Beziehungen kann man mit dir nur betrunken reden.«

»Wieso Beziehungen? Du stehst seit Ewigkeiten plötzlich vor meiner Tür und hast noch kein einziges Wort darüber verloren, weshalb. Kein einziges Wort über Chile, kein einziges Wort über diesen Typen, wie hieß er gleich?«

»Welchen? Es gab mehrere.«

»Klar gab es mehrere.« Triumphierend strahle ich sie an.

»Okay, okay, ich erzähle gleich. Aber erst die Cocktails.«

Während Jolie die Kartoffeln fertig schält, in Scheiben schneidet und in einen Topf mit Wasser gibt, finde ich ganz hinten in der Bar im Wohnzimmerschrank den Dry Gin und, nach längerem Suchen, Lime Juice. Wir haben doch einige Zutaten für Cocktails im Haus, nur ist es lange her, dass ich welche gemixt habe. Am Anfang, als sie sich noch in der Planungsphase für ihr Start-up befanden, kam Olli häufiger zum Abendessen, manchmal brachte er seine damalige Freundin mit, und das Essen und das Pläneschmieden gingen über in lange Cocktailnächte, die meist in Spaziergängen durch die Stadt endeten, Olli und seine Freundin, Ben und ich, Arm in Arm.

»Siehst du, geht schon los.« Jolie lächelt, ich schüttle die Erinnerung ab.

»Ich habe bloß an etwas gedacht.«

»Ich weiß. Meine ich ja.«

Mit dem Messbecher gebe ich Gin und Sirup in zwei Vintage-Champagner-Schalen im Zwanziger-Jahre-Stil, die ich irgendwann in einem Antiquitätengeschäft erstanden habe. Grob zerstoße ich ein paar Eiswürfel, lasse in jedes Glas einige Bruchstücke fallen und garniere das Ganze mit je einer halben Zitronenscheibe und einer Lavendelblüte, die ich frisch von der Topfpflanze geschnitten habe.

»Bitte sehr.« Ich schiebe ein Glas zu Jolie, die damit beschäftigt ist, eine Paprika zu würfeln.

»Prost.«

Das Kristall klirrt sanft gegeneinander, wir lächeln, jung und fröhlich und schön, dabei weiß ich nicht, ob wir das jemals waren, über einzelne Momente hinaus, ob ich das jemals war.

»Chile.« Wieder setze ich mich an die Kücheninsel. Gimlet und Schokoladenkekse, das passt nicht besonders gut zusammen.

»Ja, Chile.« Jolie gießt die Kartoffeln ab und schiebt die Pfanne auf dieselbe Platte, dann dreht sie sich zu mir um. »Ausnahmsweise habe ich dort mal für vernünftiges Geld gearbeitet. Das Erdbebenforschungsprojekt der Uni war wirklich spannend, aber ich werde dich nicht mit den Details langweilen.«

»Deine Details sind nie langweilig.«

»Diese schon. Für dich, für mich natürlich nicht.«

»Bist du dort fertig? Ist der Vertrag ausgelaufen?«

»Ja, ein Jahr ist schnell vorbei.«

»Ein Jahr ist doch für dich ein halbes Leben.«

»Schon, oder?« Sie nippt an ihrem Glas. »Ich habe es sogar komplett durchgehalten und bin dann noch ein bisschen herumgereist.«

»Klar bist du das.« Von ihrem Job und den ersten Reisewochen hat sie mir bereits in einer Mail geschrieben. Hingeworfene Stichworte, das ist in der Regel alles, woraus ihre Texte bestehen, manchmal Sprachnachrichten via WhatsApp, Fotos, kleine Landschaftsvideos. Jedes Mal habe ich das Gefühl, sie hält das Gesicht in die Sonne und lächelt, wenn sie diese Nachrichten aufnimmt. »Hast du jemanden kennengelernt?«

»Klar habe ich das.« In das heiße Öl kippt sie die Kartoffeln und schwenkt sie darin.

»Du weißt schon, wie ich die Frage meine.«

Jolie dreht die Hitze etwas runter, bevor sie sich neben mich auf den zweiten Barhocker setzt. »Wieso habt ihr eigentlich keinen Gasherd? Du sagst doch immer, mit einem E-Herd kochst du nicht gern.«

»Tue ich auch nicht, aber lenk nicht ab.« Der Cocktail ist etwas zu süß geworden, ich bin wohl aus der Übung. Mit einem Schuss Gin lässt sich das Problem allerdings rasch beheben.

»Was soll ich dir sagen? Da waren Männer, da waren auch ein oder zwei Frauen, alles wie immer. Du kennst mich doch.«

»Und hast du dich verliebt?«

Sie lacht. »Jedes Mal.«

Manchmal wünschte ich, sie könnte das sehen, dieses Leuchten, diese Sicherheit, selbst jetzt, als sie mit ihrem Lederarmband spielt, dann wieder aufsteht, zum Herd geht und die Kartoffeln erneut schwenkt, damit sie nicht anbrennen. »Verlieben ist das Beste auf der Welt«, sagt sie, dreht sich wieder zu mir um und lehnt sich mit dem Rücken gegen die Arbeitsplatte. »Also, gleich nach Sex, oder nein: Verlieben mit Sex ist das Beste auf der Welt. Alles danach ist nur langweilig und eintönig und traurig und verzweifelt.«

»Wieso verzweifelt?« Ich schwenke die milchig-gelbe Flüssigkeit im Glas, ein paar Tropfen schwappen über den Rand auf meine Finger.

»Ich weiß nicht. Wahrscheinlich kann ich bei dem Thema sowieso nicht mitreden, meine beiden einzigen Beziehungsversuche sind ja schon ewig her. Aber irgendwann hört man auf, hinzusehen, so wie man auch aufhört, Dinge miteinander zu unternehmen. Ich lebe lieber.«

»Das liegt doch an einem selbst.«

»Ist das so?« Sie sieht mich an mit diesem intensiven Blick, in dem kein Lächeln mehr ist, aber ich halte ihm stand, bis sie sich wieder umdreht, um die Zwiebeln zu den Kartoffeln zu geben. »Ich bin für Beziehungen einfach nicht gemacht«, sagt sie zu der Pfanne. »Für Reisen schon.«

»Dann erzähl mir davon, von den Reisen.«

Sie zupft Rosmarinblätter von dem kleinen Topfstrauch auf der Kücheninsel. »Das geht besser mit Fotos, ich zeige sie dir nach dem Essen. Was war bei dir im letzten Jahr so los?«

Ich zucke mit den Schultern. »Illustrationen, zwei Websites, das Übliche. Ben arbeitet die meiste Zeit, das Start-up läuft gut. Seit zwei Monaten machen sie sogar Gewinn. Noch nicht viel, aber wenn es weiter so läuft, können sie sich bald neue Büroräume suchen und ein paar mehr von Ollis tausend Ideen umsetzen.«

»Langweilig.« Mit den Armen auf die Arbeitsplatte gestützt, beugt sie sich ein Stück zu mir. »Wie geht es *dir*, was hast *du* in letzter Zeit gemacht? Olli interessiert mich nicht besonders.«

Bei Jolies letztem Besuch vor drei Jahren waren wir mit Olli essen und danach tanzen, allerdings war diesmal Jolie diejenige, die als Erste nach Hause gehen wollte. Irgendwann wurde Olli derart aufdringlich, dass sie ihn nicht mehr höflich hätte zurückweisen können. Also tat sie es unhöflich.

»Er war betrunken«, sage ich.

»Weiß ich, ist mir aber herzlich egal. Es gibt Männer mit einer gesunden Dosis Arroganz, die sie sich mit ihrem Aussehen, Erfolg oder Intellekt auch irgendwie verdienen und die sie angemessen einsetzen, und es gibt solche, die sind einfach nur überheblich. Wenn Ben gut mit Olli zusammenarbeiten kann, ist das toll, aber ich will trotzdem nichts über diese Arbeit wissen.« Nun lächelt sie, dreht sich wieder zu der Pfanne um und gibt den Rosmarin zu den Bratkartoffeln.

»Ich weiß nicht, was ich dir erzählen soll. Viel ist nicht passiert. Dieses Jahr haben wir nichts unternommen, weil Ben so sehr mit seiner Firma beschäftigt ist und das Geld gerade so für den Alltag gereicht hat. Das Jahr davor auch nicht wegen des Wohnungsumbaus. Ich musste ein paar Aufträge zu viel annehmen und auch die Wochenenden durcharbeiten, um ein paar unserer Finanzlöcher zu stopfen. Letzten Sommer war ich in Berlin, das weißt du ja. Zwischen Weihnachten und Silvester auch, da war ich kurz bei Tanja, zu Ostern wollten Ben und ich ein paar Tage Urlaub in Slowenien machen.«

»Was aber leider nicht geklappt hat.«

»Genau. Was leider nicht geklappt hat.«

Seufzend schaltet Jolie den Herd aus. »Man muss dir immer alles aus der Nase ziehen, Caja. Trink deinen Gin aus und mach uns zum Essen noch einen. Und dann fangen wir von vorn an.«

Kapitel 4

Als Ben nach Hause kommt, steht neben dem leeren Gin eine nur noch halbvolle Rumflasche. Die Musik ist so laut, dass Frau Gerberer bis an unsere Tür trottet und mit langem Hals durch den Flur in die Wohnküche späht, doch Ben wimmelt sie ab, bevor er die Tür hinter sich schließt.

»Wieso wurde ich zu eurer Party nicht eingeladen?«, ruft er, gibt mir einen flüchtigen Kuss und lässt sich von Jolie umarmen.

Er geht zu der Stereoanlage und dreht die Musik leiser. »Anscheinend komme ich zu spät.«

»Das geht nicht, zu Partys kann man nicht spät genug kommen.« Ungefragt gießt Jolie Rum und Ananassaft in ein sauberes Glas – damit sind ihre Cocktailmixfähigkeiten bereits erschöpft – und reicht es Ben. »Willkommen zu unserer kleinen Party.«

Er trinkt einen Schluck, verzieht das Gesicht, als Jolie gerade die Fernbedienung sucht, und grinst mich kopfschüttelnd an, doch sein Blick wirkt so erschöpft, so leer und müde, und ich hocke hier und betrinke mich, so viel trinke ich sonst in einem Jahr, vielleicht auch in zwei, nicht einmal von den Bratkartoffeln ist etwas übrig geblieben.

»Soll ich uns was vom Asia-Imbiss holen?«, biete ich an.

»Ich geh schon.« Er stellt das Glas auf der Kücheninsel ab.

Zwanzig Minuten später ist er wieder da, Sushivariationen, Nudelpfanne, dann noch etwas mit gebratener Ente. Wir schaufeln das Essen auf Teller, Jolie und ich werden von Alkohol immer hungrig. Ben erzählt von seinem Tag und stellt Jolie ein paar Fragen, danach räumen sie und ich die Küche auf, während Ben die Musik aus- und den Fernseher einschaltet, um Nachrichten zu schauen.

»Lass uns hochgehen.«

Sie nickt. Ich mixe uns noch einen Daiquiri und stelle ein Glas vor Ben auf den Couchtisch, der gerade seinen Laptop auf die Knie zieht und den Bildschirm aufklappt.

»Viel Spaß. Holt euch keine Alkoholvergiftung, dafür seid ihr schon zu alt.«

»Wir geben alles«, ruft Jolie aus dem Flur. Oben tritt sie sofort an eines der Fenster, davor die Stadt und die beginnende Nacht. »Wow, toller Ausblick.«

Ich lasse mich in den Sessel fallen, warte darauf, dass der Schwindel nachlässt, den die Bewegung in meinen Kopf gejagt hat. »Ich habe die Stadt im Blick«, murmle ich schwerfällig.

»Oder sie dich.« Mit einer unbewussten Geste streicht sich Jolie den Pony zur Seite. »Es ist wirklich schön hier.«

»Danke.«

»Wollen wir noch ein bisschen rausgehen?« Sie stellt die Frage wie beiläufig, doch ich spüre ihre Anspannung, ich spüre die Frage, die darunter schwebt, leise, fast unsichtbar.

»Heute nicht mehr. Aber du brauchst nicht so subtil besorgt zu sein, seit der Therapie ist Rausgehen kein Problem mehr.«

»Wirklich nicht?« Nun kommt Jolie zu meinem Sessel und setzt sich auf den Fußhocker davor. »Als du es fast gar nicht mehr geschafft hast, überhaupt die Tür zu öffnen, dachte ich ja, du bekommst jetzt für den Rest deines Lebens Panikanfälle, sobald die Milch alle ist oder jemand den Briefkasten leeren muss.«

»Übertreib mal nicht.« Ich erinnere mich nur ungern zurück an die Monate, in denen ich es kaum schaffte, das Treppenhaus zu betreten. Von einem Tag auf den anderen, nachdem ich den Jungen angefahren hatte. Ganz plötzlich war er vor meinem Wagen aufgetaucht, wie durch ein Wunder bekam er nur ein paar Kratzer ab. Mit einem Mal konnte ich kaum noch irgendwohin gehen, ohne Schweißausbrüche zu bekommen oder Herzrasen oder beides zusammen.

»Ich übertreibe nicht. Es war furchtbar.«

Ben glaubte anfangs, ich hätte eine merkwürdige Art von Grippe, dann schlug er mir vor, eine Therapie zu machen, und schließlich fand ich eine Therapeutin, die erst zu mir kam, später telefonierten wir, die letzten Sitzungen absolvierte ich sehr stolz in ihrer Praxis, bis ich in der Lage war, die gelernten Entspannungstechniken zuverlässig selbst einzusetzen und zusätzlich körperliche Ursachen abklären zu lassen. Es ging mir wieder besser. Ben war erleichtert, als ich endlich wieder normale Besorgungen erledigen konnte. Mittlerweile passiert es nur noch selten, dass ich überhaupt eine Attacke bekomme.

»Du warst doch gar nicht dabei.«

»Nein, aber Ben hat davon erzählt. Und du auch.« Jolie erhebt sich, schlendert durch das Atelier, an den Materialregalen entlang, den Fenstern, dem Foto von Island, den Schreibtischen. »Dein Arbeitsraum gefällt mir, so einen wolltest du schon immer mal haben.«

»Jetzt habe ich ihn ja.«

Sie schiebt ein paar Unterlagen von der Arbeitsfläche des PC-Schreibtisches bis an den Rand und setzt sich auf den frei gewordenen Platz. Ihr Glas ist noch fast voll, nach einem winzigen Schluck stellt sie es neben sich ab.

»Weshalb bist du wirklich hier? Ist es wegen deines Kartons? Willst du ihn abholen?«, frage ich.

Abwesend schüttelt sie den Kopf, dann sieht sie mich an, haselnussbraune Augen mit grünen Sprenkeln unter langen Wimpern. »Nein.« Trotzdem schweift ihr Blick durch den Raum, die Regale entlang, diesmal langsamer, aufmerksamer.

Ich stehe auf, ziehe einen Weidenkorb unter einem der Regale hervor und hole daraus den Schuhkarton, den Jolie als »meine Kiste« bezeichnet. Er ist mit Reiseaufklebern übersät, wie man sie früher auf Koffern trug, und enthält alles, was ihr wichtig genug ist, um es nicht in ihrem unsteten Leben verlieren zu wollen. Ihr Lieblingsbuch mit tausend Anmerkungen darin, eine Tasse, die sie bereits seit ihrer Kindheit besitzt, das Shirt, das sie getragen hat, als sie so krank und dünn war, und das sie nie weggeben will, um nicht zu vergessen, wie wertvoll ihre Gesundheit ist. »Bitte sehr.«

»Danke.« Sie stellt den Karton ebenfalls auf den Schreibtisch, öffnet ihn jedoch nicht. »Ich habe mich für einen Job am Helmholtz-Zentrum in Potsdam beworben und in zwei Wochen ein Bewerbungsgespräch.«

»Wie? Ein Job in Deutschland? Nicht in … Alaska oder so?« Überrascht mustere ich sie, doch ihr Gesicht verrät kaum eine Regung.

»Ja.«

»Wieso das?«

»Wieso nicht? Er ist vergleichsweise gut bezahlt. Und ich habe gerade tatsächlich Lust, mal wieder eine Weile im Land zu bleiben.« Mit einem Seufzen lässt sie sich vom Schreibtisch gleiten, nimmt einen Schluck Daiquiri, und dann ist es wieder da, das Lächeln. Eigentlich verschwindet es nie, es gehört in ihr Gesicht wie ihre Augen und ihre Nase, die sie als viel zu groß empfindet, und die Lippen, die aussehen wie gezeichnet mit ihrem perfekten Schwung, immer ein winziges bisschen geöffnet. »Wäre doch nett, oder? Wir wären nicht mehr ganz so weit voneinander entfernt.«

Ich erwidere ihr Lächeln, auch wenn es mir schwerfällt, denn irgendwas ist da noch. Irgendwas erzählt sie mir nicht. »Das heißt, du bist eigentlich auf dem Weg nach Berlin?«

»Ja. Mein ursprünglicher Plan war, mir in Brasilien einen Job zu suchen, ich habe sogar schon etwas Interessantes gefunden, aber dann bin ich über diese Stellenanzeige gestolpert. Sie klang wirklich spannend, und das erste Skype-Gespräch lief super. Eigentlich ist das Bewerbungsgespräch nur noch eine Formalität, der Job ist so gut wie sicher.« Damit leert sie die Champagnerschale in einem Zug und stellt sie auf dem Fensterbrett neben meinem Sessel ab. »Ab Oktober habe ich eine kleine Wohnung in Schöneberg, bis dahin komme ich bei Mathilda unter.« Mit einem Nicken deutet sie in Richtung ihres leeren Glases. »Gibt's davon noch was?«

Ich hole Nachschub. Auf dem Boden breiten wir Decken aus und setzen uns darauf. Die Lichterketten verteilen gelbliches Licht, überall ruhen Schatten, warme, freundliche Schatten, in die unsere Worte perlen.

»Wir könnten uns Weihnachten sehen«, sage ich.

»Ja. Und Ostern.«

»Und im Sommer. Und zwischendurch kommst du mich hier besuchen, und einmal im Jahr fahren wir zusammen an die Ostsee.«

Jolie lacht auf. »Jetzt übertreib mal nicht. Am Ende gehen wir uns noch auf die Nerven.«

Wir legen uns nebeneinander, unsere Arme berühren sich, wie früher, als wir zusammen Musik hörten und schweigend immer wieder demselben Song lauschten. Für manche Gespräche brauchten wir die Musik, die ein Teppich für unsere Worte wurde, für die schwierigen, zögernden, die erst sicher sein mussten, dass sie einen Platz fanden, an dem sie sich wohlfühlen konnten.

»Also, du und Ben.« Herausfordernd sieht Jolie mich an.

Ich spüre ihren Blick nur, ich erwidere ihn nicht. »Was soll mit uns sein?« Gegen meinen Willen klinge ich genervt.

»Keine Ahnung, sag du es mir. Irgendetwas muss es doch zu erzählen geben.«

»Er arbeitet. Ich arbeite. Das war's.«

»Das habe ich befürchtet.« Sie streckt die Arme nach oben und betrachtet ihre Hände, bunter Nagellack in Orange, Gold, Olivgrün und Himmelblau. »Mir sind Beziehungen echt ein Rätsel.«

»Du bist viel zu pessimistisch. Bleib doch einfach mal bei jemandem und warte ab, was passiert. Gelegenheiten hast du mehr als genug. Du verliebst dich doch ständig.«

»Klar, das ist schließlich der Sinn des Ganzen.« Sie richtet sich auf und stützt sich auf die Ellbogen. »Liebe ist ein Mythos. Man verliebt sich und wartet darauf, dass noch was kommt, aber danach kommt nichts mehr, nur das Sich-Entlieben. Manchmal tut es weh. Meistens macht es frei. Ich gehe lieber schon, bevor es überhaupt anfängt.«

»Das ist doch nicht viel wert, Jolie.« Ich setze mich ebenfalls hin, ziehe die Beine an und verschränke die Arme über den Knien. »Wenn man verliebt ist, ist man glücklich, klar. Aber was ist das für eine Bindung zu jemandem, die nur das Glück aushält, aber nicht die schweren Zeiten, nicht den Alltag?«

»Eben. Keine besondere. Deshalb gehe ich ja jedes Mal wieder. Ich finde das besser so, aber aus irgendeinem Grund sind die meisten Menschen anderer Meinung. Wieso du?«

»Das weißt du doch.«

»Nein, eigentlich weiß ich das nicht.« Für einen Moment wirken ihre Augen viel zu ernst. »Alles, was ich weiß, ist, dass du diejenige warst, die damals bei Liebesfilmen geheult hat, und ich das immer ein bisschen albern fand. Ob sich zwei Menschen kriegen oder nicht, ist doch im Grunde völlig egal. Irgendwann werden sie sich sowieso streiten und feststellen, dass der eine immer seine Schuhe im Weg liegen lässt und der andere furchtbare Musik hört oder beim Essen furzt. Wer will denn solche Dinge über jemand anderen wissen?«

Nachdenklich zupfe ich an meinen Socken, flauschige Fleecesocken, die mir Ben zu Ostern geschenkt hat. Vielleicht habe wirklich nur ich damals bei Liebesfilmen geheult, vielleicht habe ich mir Jolies Tränen bloß eingebildet. »Es macht weniger einsam, solche Dinge übereinander zu wissen. Es ist beruhigend. Diese Nähe bekommt man nicht geschenkt, man muss sie sich erarbeiten.«

»Das klingt ziemlich nach Blabla und anstrengend, wenn du mich fragst.« Sie gähnt, legt sich wieder auf den Rücken und starrt nach oben. »Du könntest dort was hinmalen.«

»Bin ich Michelangelo?«

»Wieso? Gibt es sonst niemanden, der einen Pinsel halten kann?«

Ich lege mich neben sie, tatsächlich ist die Dachschräge viel zu langweilig weiß. »Was würdest du dorthin malen?«

»Definitiv keine fetten Engel, nackte Männer schon eher. Aber keinen Himmel. Vielleicht das Meer?«

»Klar. Ausgerechnet das Meer.« Die Wellen schlagen über uns

zusammen, es ist still, unendlich still, und in diese Stille füllen wir unsere Gedanken, wir sehen ihnen zu, wie sie davongleiten, wie sie sich auflösen in dem farblosen Wasser.

»Morgen fangen wir an.« Ich spüre das Lächeln in ihrer Stimme, ihre Haare kitzeln meine Wangen.

»Okay. Morgen fangen wir an.«

Eine Weile liegen wir noch schweigend nebeneinander. Traumfetzen schweben vorbei, immer wieder fallen mir die Augen zu, bis ich aufstehe und die Gläser einsammle. »Ich suche dir Bettzeug raus und lege es aufs Sofa, aber du kannst gern noch hierbleiben, wenn du magst.«

»Danke.« Noch immer betrachtet sie die endlos weiße Decke, als sähe sie bereits die Bilder darauf, die sich noch in ihrem Kopf befinden. Wie nebenbei nehme ich Nathalies Smartphone mit. Die Tür schließe ich sehr leise hinter mir.

Ben hat bereits das Sofa ausgezogen und das Bettzeug ordentlich darauf gestapelt. Im Bad lege ich ein Handtuch und ein Badetuch auf die Waschmaschine, dazu eine neue Zahnbürste, für den Fall, dass Jolie keine bei sich hat. Die Zahnpasta, die ich sonst jedes Mal wieder im Spiegelschrank verstaue, lasse ich auf dem Waschbecken stehen. Kurz bürste ich mir durch die verstrubbelten Haare, erst jetzt fällt mir auf, dass die Mascara, die ich morgens aufgetragen habe, verschmiert ist. Den Make-up-Entferner und Wattepads stelle ich neben die Zahnpasta, obwohl ich weiß, dass Jolie sowieso in den Schrank schauen wird.

Mit Ausnahme der kleinen LED-Leiste über der Garderobe lösche ich das Licht überall und husche durch den Flur und das Wohnzimmer. Aus dem Schlafzimmer dringt leises Schnarchen, es ist erst halb elf, viel zu früh, um ins Bett zu gehen. Meine Müdigkeit habe ich wohl oben gelassen, bei Jolie, die sie jetzt aufgesogen hat und eingeschlafen ist inmitten meiner Farben und des unsichtbaren Meeres.

Ich setze mich auf einen Stuhl und schalte das Handy ein, und für einen Moment fühle ich mich weniger allein.

Was ist dein Geheimnis?, denke ich. *Wer bist du?*

In den letzten Stunden ist tatsächlich eine Nachricht eingegangen. Vielleicht ist sie von Leira. Vielleicht hat sie Nathalie ihre neue Nummer geschickt.

Nathalie, ist alles okay? Du hast dich gar nicht mehr gemeldet.
Wir sollten noch mal reden. Melde dich, ja?

Der Text stammt von Matthias, es sind keine Emojis darin, kein Herzchen, nicht einmal ein Blümchen. Ich könnte ihm zurückschreiben, ihm erklären, dass ich das Handy gefunden habe, und fragen, wohin ich es schicken soll.

Nach kurzem Zögern scrolle ich weiter nach oben, finde auch dort nur wenige Bildchen. Hauptsächlich schreiben sie sich kurze Texte, Sätze wie:

Soll ich Käse mitbringen?
Bin um fünf zu Hause.
Wollen wir heute Abend ins Kino gehen?
Wird später, kam noch ein Termin dazwischen.
Am WE fahren wir zu meiner Mutter, kannst du einen Kuchen backen?

Zumindest scheint Matthias auch keine Ahnung davon zu haben, wo sich seine Freundin aufhält. Ich könnte ihn trotzdem kontaktieren, um ihm das Handy zurückzugeben – nur was ist, wenn sie das gar nicht möchte? Wenn zwischen den beiden etwas vorgefallen ist?

Noch einmal gehe ich die älteren Nachrichten durch. Bis auf die letzte sind sie allesamt schon über drei Monate alt.

Mit einem Mal vibriert das Gerät, noch eine Nachricht von Matthias.

Wie geht es dir?

Ich starre auf diese Frage, als wäre sie an mich gerichtet. Mein Finger schwebt über der Tastatur, es wäre so einfach, diesem Fremden zu antworten, es wäre so einfach, das Gerät jemand anderem zu übergeben, der immerhin weiß, wer die Besitzerin ist, der ihr schon einmal *Ich vermisse dich* geschrieben hat und vielleicht auch *Ich liebe dich*, der weiß, wie ihre Haare riechen und wie sie lacht und ob sie auf Reisen zu viel Gepäck mitnimmt.

Rasch lege ich das Handy auf den Tisch. Noch immer leuchtet die Nachricht im Display, sie ruft nach mir, obwohl sie nicht mich meint, und dann nehme ich das Gerät wieder in die Hand und wische das Message-Fenster zur Seite.

Vielleicht ist er eifersüchtig und lässt ihr keine Freiheit und wäre ihm zu antworten das Letzte, das Nathalie jetzt gebrauchen kann.

Vielleicht haben sie sich getrennt.

Wieder blicke ich auf das Bild von den beiden jungen Frauen, ihr Lachen, ihre Lebendigkeit.

Als ich das Gerät auf lautlos stellen will, berühre ich versehentlich eines der Widgets.

Abschied

Es gibt keine Seelenverwandten. Seelen sind einsame, in unför-
mige Körper gesperrte Wesen, die sich nach einer Freiheit seh-
nen, zu der sie gar nicht fähig sind. Nur nachts, wenn die Kör-
per schlafen, schweben sie allein durch eine Welt, die ganz ihnen
gehört.

Erschrocken schließe ich die App. Den Eintrag in dem Reisetagebuch wollte ich gar nicht lesen, doch jetzt wandern die Worte in
meinen Gedanken herum, sie legen sich um das Lachen der einen
Frau. Ich bin mir fast sicher, dass Nathalie die Dunkelblonde ist,
die mit dem leicht schiefen Schneidezahn und den grauen Augen
und dem moosgrünen T-Shirt, auf dem ein Spruch steht, den ich
nicht erkennen kann, weil nur die obere Hälfte der ersten Buch-
stabenreihe zu sehen ist.

Ich öffne die App wieder. Mittwoch, das war gestern, also an
dem Tag, an dem ich das Handy gefunden habe. Der Zeitstempel
zeigt kurz nach halb neun an.

Sie hat diesen Text morgens geschrieben, bevor sie zu mir gekommen ist, und anschließend das Handy vor meiner Tür liegen
gelassen, als hätte alles, was danach kommt, nichts mehr mit ihrem
alten Leben zu tun. Ich habe nichts mit ihrem alten Leben zu tun.
Dennoch bin ich diejenige, die es nun besitzt, und obwohl ich Nathalie nicht kenne, bin ich mir mit einem Mal sicher, dass ihr Handy nicht ohne Grund vor meiner Tür lag.

Langsam scrolle ich weiter hoch, lese nur die Überschriften der
älteren Beiträge. Manche enthalten Fotos, auch die klicke ich nicht
an, bis ich bei einem Eintrag stehen bleibe.

Krankenhaus

Ihre Stimme ist wie Glas. Sie zerbricht, wenn man ihr zu viel entgegensetzt, und gerade heute gibt es so viel, das ich entgegensetzen will. Natürlich behalte ich es für mich. Ich verschließe es in diesem Teil meiner Seele, der bereits voller ungesagter Worte ist. Bald wird er bersten und alles auf einmal in die Welt schütten, aber noch hält er, ein paar Sätze passen noch hinein. Wie der, dass sie mich nicht anlügen soll. Sie wird sterben, selbst wenn sie ihr Gesicht mit dieser fremden Fröhlichkeit maskiert und mit schwachen Händen nach einem Becher Krankenhausjoghurt greift. All diese Bewegungen, nur um etwas zu demonstrieren, an das keine von uns beiden mehr glaubt.

Es gibt nicht viele Sies in ihrem Telefonbuch. Keine Fotos dazu, nur Geburtsdaten. Nathalie könnte über ihre Mutter schreiben, sie könnte über ihre Großmutter oder eine Tante schreiben, doch ich glaube nicht, dass sie sich auf eine ältere Person bezieht.

Der Krankenhauseintrag stammt vom dreißigsten August des letzten Jahres.

Das letzte Mal hat Leira am ersten Juli Staub gesaugt, danach gibt es keine Erledigungen mehr im Haushaltsplan.

Sie lacht mehr als Nathalie, in ihren Augen ist mehr Blau als Grau und die kurzen blonden Haare sind voller Sonne.

Amsterdam

»Was zur Hölle ist das für ein Lärm?«, schreie ich in die Küche,
in der du gerade etwas in einer Pfanne Öl frittierst.

»Was?«, schreist du zurück, du lachst. Ich weiß, dass du mich
verstanden hast, also gehe ich zu der Stereoanlage und drehe
die Lautstärke runter.

»Das ist ja furchtbare Musik.« Ich lasse die Tasche fallen.

Du lachst noch immer. »Heute ist Amsterdam-Abend«, sagst
du, als wäre damit alles gesagt, und das stimmt, damit ist alles gesagt.

Am liebsten würde ich mich auf das Sofa werfen und den
Fernseher einschalten und den Tag vergessen, aber du hast dir
solche Mühe gegeben. Es wäre unfair, das zu ignorieren.

»Und die einzige niederländische Band, die es gibt, spielt ausgerechnet Metal?«, frage ich, während ich zu dir in die Küche gehe.

»Nee, aber ich hatte keine Lust, lange zu suchen.« Du lächelst
stolz, während du auf das Chaos zeigst, das du mal wieder ver-
anstaltet hast. »Erwtensoep, Bitterballen mit Pilzen und zum
Nachtisch Vla. Die Käseplatte ist im Kühlschrank.«

Misstrauisch blicke ich auf den grünen Eintopf und dann auf
die Vanillecreme. »Kann man das essen, oder werden wir davon sterben?«

»Das wissen wir erst, wenn wir es ausprobieren.«

Den Tisch hast du bereits gedeckt: Servietten in Rot-Weiß-Blau
und Suppenteller auf großen Tellern. Wenn man nicht zu genau
hinsieht, merkt man nicht, dass das Geschirr nicht zueinander-
passt. Für mich bleibt nichts zu tun, also setze ich mich und
warte, bis du die Erbsensuppe aufgetischt und andere Musik he-

rausgesucht hast. Wir essen, bis wir fast platzen, und rollen uns zum Sofa, ohne den Tisch abzuräumen. Wir tun so, als befänden wir uns in einem Hotel in Amsterdam und würden nach dem Abendessen ins Kino gehen. Der Film, Black Butterflies, *ist zum Glück auf Englisch, sodass wir ihn auch nach dem dritten Bier noch verstehen. Danach liegen wir auf dem Boden, während draußen der Sommer tobt. Alle anderen arbeiten oder sind verreist. Der Sommer ist eine leere Jahreszeit, wenn man, wie wir, nicht genug Geld zusammenbekommt, um wegzufahren.*

»Weißt du noch, wie dir deine Kamera in den Kanal gefallen ist?«, frage ich, und du lachst und meinst, der Typ, der sie wieder rausgefischt hat, wäre echt nett gewesen, fast hättet ihr miteinander geschlafen. Ich frage dich, wieso all deine ausgedachten Erinnerungen immer damit enden, dass du mit jemanden im Bett landest, und du sagst: »Fast. Immer nur fast.«

Dann lachen wir beide und blicken auf das Foto einer Häuserschlucht mit Wasser dazwischen, das Licht des Sonnenuntergangs fängt sich auf den Fassaden der alten Gebäude.

»Eines Tages«, sagst du. »Eines Tages werden diese Erinnerungen echt sein.«

Bis zum Anfang habe ich hochgescrollt, bis zum allerersten Eintrag. Geschrieben wurde er vor drei Monaten, doch unter dem Text folgt ein zweites Datum, ein Julitag vor vier Jahren.

Langsam wische ich durch die Kontaktliste, immer wieder. Ich müsste jede App durchsuchen, alles lesen, jede Anmerkung, jedes einzelne Wort, und erst, wenn ich weiß, wer diese Nathalie ist, wenn ich das wirklich weiß, werde ich sie finden.

Und dann wird sie wissen, dass es jemanden gibt, der sie sucht.

Kapitel 5

»Das ist doch nicht ernsthaft eure Kaffeemaschine?«, fragt Jolie, als ich verschlafen das Wohnzimmer betrete. Mein Kopf schmerzt, natürlich, er weiß gar nicht, was da gestern mit ihm passiert ist, während Jolie bereits gut gelaunt in bunter Pumphose und grauem Top unseren gesamten Kühlschrankinhalt auf der Kücheninsel ausbreitet.

Schweigend deute ich Richtung Flur. »Im Keller«, murmle ich. »Da ist so ein Siebträgerding von meiner Schwiegermutter. Ben mag lieber Filterkaffee.«

»Wie finde ich den Keller?«

»Immer die Treppe runter, bis es nicht mehr weitergeht. Dann rechts durch die Brandschutztür. Zweite Tür links. Kleinster Schlüssel am Bund.«

»Dein Satzbau war auch schon mal elaborierter.« Jolie läuft in den Flur, kurz darauf fällt die Tür ins Schloss.

Für eine Weile bleibe ich in der plötzlichen Stille stehen. Eine Pfanne wartet auf dem Herd, daneben ein Holzschneidebrett und ein Messer. Bei dem Gedanken an Frühstück wird mir übel, dabei wäre es natürlich höflich, welches vorzubereiten. Gut, dass Jolie nichts dergleichen von mir erwarten wird, jetzt nicht, später nicht. Ich schlurfe ins Bad, verschließe die Tür hinter mir und steige, nachdem ich den Pyjama ausgezogen habe, unter die Dusche, bevor das warme Wasser kommt. Die Kälte lässt mich erstarren, bewegungslos warte ich darauf, dass sich die Temperatur erhöht.

Als ich das Bad wieder verlasse, ist Jolie gerade damit beschäftigt, die Siebträgermaschine aufzubauen.

Ich verschwinde im Schlafzimmer, schlüpfe in meine Haushose und ein T-Shirt und kehre zu Jolie zurück.

Mittlerweile hat sie alle Teile zusammengesteckt. Natürlich fällt uns jetzt erst auf, dass der Kaffee alle ist, also läuft sie noch einmal nach unten und zum Supermarkt. Ihre Energie ist mir ein Rätsel, all dieser Elan nur für eine Tasse Kaffee.

Ich rühre drei Eier zusammen, würze die Masse und schneide Tomaten und Feta, und bis Jolie zurückkehrt, habe ich es nicht nur geschafft, den Esstisch zu decken, sondern auch, einen Obstteller vorzubereiten – Äpfel, Birnen, Pfirsiche – und aus dem hintersten Winkel des Vorratsschrankes ein Glas Nuss-Nougat-Aufstrich hervorzukramen. Zum Glück ist es noch versiegelt und nicht abgelaufen.

»Ich habe gleich Brötchen mitgebracht. Und Croissants. Und frischen Koriander für die Eier. Und Reismilch.«

»Reismilch?«

»Ja. Wenn es geht, probiere ich es mit veganer Ernährung. Meist geht es nicht, versuch mal, in Chile fleischlos zurechtzukommen. Deshalb reicht es nur zur Teilzeit-Veganerin.«

Schweigend starre ich auf das Rührei.

»Wenn ich richtig Hunger habe, lasse ich das auch.« Jolie grinst.

»Sehr konsequent.«

Sobald der Kaffee fertig ist, setzen wir uns an den Tisch.

»Euer Ausblick ist echt beeindruckend«, bemerkt Jolie und bröselt ein halbes Brötchen auf ihr Ei.

»Ja, ich weiß. Deshalb wollte Ben diese Wohnung unbedingt haben, obwohl sie keinen Balkon hat und wir im Sommer für unsere Pizza nicht mal den Herd anwerfen müssen. Wir hatten großes Glück, dass wir sie über seine damalige Firma halbwegs günstig bekommen haben.« Ich esse langsam, Bissen für Bissen. Jeder Schluck Kaffee vertreibt etwas mehr von der Übelkeit, bis sie nur noch als leicht flaues Gefühl im Magen zurückbleibt.

Zwischen Wolken lächelt die Sonne hervor. Wenn sie sprechen könnte, würde sie uns von der Nacht erzählen, von unserer Nacht, die für sie nur ein anderer Tag war, auf einem anderen Teil der Erde. Es wäre eine lange Geschichte.

»Was hast du heute zu tun?« Jolie legt ihr Besteck neben den Teller und lehnt sich zurück.

»Ich muss mit einem Jugendbuchcover anfangen.«

»Wie lange brauchst du dafür?«

»Ich weiß nicht, ein paar Stunden vielleicht.«

»Und dann?«

In Gedanken gehe ich die nächsten Aufträge durch: die Website einer Autorin, ein paar Skizzen für die Kapitelanfänge eines Kinderbuches. Die muss ich allerdings erst in drei Wochen abgeben. »Dann weiß ich noch nicht.«

»Es ist fast Wochenende. Wir könnten ans Meer fahren.«

»Warst du nicht gerade erst am Meer?«

»Ja, aber das war ein ganz anderes. Meere sind immer unterschiedlich. Ich dachte, du wüsstest das.« Sie stützt das Kinn in die Hände und blickt mich mit wachen Augen von der Seite an. »Außerdem hast du selbst gesagt, dass ihr schon seit Ewigkeiten nicht mehr verreist seid.«

»Aber jetzt einfach so wegfahren …?«

Langsam wandert der dunstige Morgen davon, die Sonne erarbeitet sich immer mehr Himmel und färbt ihn blau.

»Muss Ben nicht auch am Wochenende arbeiten? Dann stört es ihn sicher nicht, dass du einen Kurzurlaub machst, oder?«

»Dass? Haben wir das schon beschlossen? Und wann wurde aus dem Ausflug ein Kurzurlaub?«

»Gerade eben. Und klar, haben wir. Ich weiß auch schon, wohin: nach Italien.«

»Italien ist groß.«

Entrüstet schüttelt Jolie den Kopf. »Dafür, dass dein Beitrag zu unserer Wochenendplanung bisher ganz schön dürftig ist, hast du sehr viel zu meckern.«

Ich schiebe meinen inzwischen leeren Teller in die Mitte des Tisches. Durch das geöffnete Fenster weht der letzte Rest Sommer.

»Du kannst doch erst mal allein losziehen und dir die Stadt ansehen, während ich arbeite.«

Der Löffel klappert gegen Jolies Kaffeebecher, als sie darin herumrührt. »Erinnerst du dich noch an deine Liste?« Diesmal blickt sie mich ernst an.

»Welche Liste?«

»Die, die du immer am Silvesterabend geschrieben hast. Du hast alles aufgezählt, was du im nächsten Jahr erleben willst, und ein Jahr später hast du eine neue Liste geschrieben und danach die alte gelesen. Jedes Jahr standen darauf mehrere Länder, die du gern bereisen wolltest.«

»Was hat das jetzt mit einem Kurzurlaub zu tun?« Ruckartig stehe ich auf und beginne damit, die Lebensmittel zurück in den Kühlschrank zu räumen.

»Es hat mehr etwas mit dir zu tun«, sagt Jolie. »Und damit, dass du aufgehört hast, du selbst zu sein.«

»Das stimmt doch gar nicht!«

»Sicher?«

»Ja, sicher. Wir verändern uns eben. Nicht alle können immer nur das machen, was sie wollen, weißt du?« Die Flaschen in der Kühlschranktür klirren gegeneinander, als ich sie schwungvoll schließe. »Jetzt muss ich erst mal diesen Auftrag beenden. Du kannst etwas Schönes in Graz unternehmen oder meinetwegen allein nach Italien fahren.«

Jolie schüttelt den Kopf. »Manchmal stellst du dich wirklich an. Es ist nicht immer alles kompliziert.«

Ihre Worte kratzen in meinem Magen, ich schlucke und wende mich ab. »Lass einfach deine Belehrungen«, sage ich, bevor ich in den Flur gehe, lächerlich schnell, als würde ich wirklich vor ihr davonrennen. Während ich die Treppe hochlaufe, räumt Jolie klappernd den Frühstückstisch ab.

Der PC benötigt heute besonders viel Zeit, bis er endlich hochgefahren ist.

»Bist du sauer auf mich?« Leise betritt Jolie das Atelier. Jetzt, am Tag, liegt es nackt und verletzlich da, von überall dringt Licht herein.

»Nein.« Ich wende den Blick nicht ab, während ich die Coverdatei öffne.

»Doch, bist du. Ich könnte mich jetzt entschuldigen, aber du würdest wissen, dass ich das nicht ernst meine.« Sie setzt sich auf den Sessel.

Ich sehe ihre Bewegungen nur aus den Augenwinkeln, vielmehr spüre ich ihre Anwesenheit, die sich wie ein dichter Schleier über mich legt, ein Schleier, der meine Sicht verschwimmen lässt, den Monitor, die Bilddatei, den Ausblick auf die Stadt.

»Caja, es bringt dir doch nichts, dich zu verkriechen«, sagt sie mit sanfter Stimme. »Du hast Monate gebraucht, bis es dir wieder besser ging, und jetzt sitzt du immer noch hier und hältst dich an Ausreden fest.«

»Ich halte mich an gar nichts fest. Da ist ja nichts zum Festhalten.«

Für einen Moment schweigt sie. »Vielleicht hättest du doch diese tiefenpsychologische Therapie machen sollen, von der du erzählt hast.«

Ich schließe die Augen. Nur kurz denke ich an den Abend, an dem ich fast ein Kind angefahren habe, dann mischen sich andere Bilder darunter. Der schwarze Kater. Eine Frau, ein anderes Auto, auf einer anderen Straße, Bilder, die viel zu alt sind, um wirklich meine Erinnerungen sein zu können, auch wenn sie sich so anfühlen.

Langsam öffne ich die Augen, blinzelnd lasse ich meine Umgebung wieder herein. »Sie hätte zu lange gedauert«, murmle ich. »Und was soll das schon bringen, ständig alles aufzuwühlen und miteinander zu verknüpfen, davon kommt doch nichts zurück.«

Ich hatte Glück, dass ich kaum verletzt worden war. Der Kinderwagen war einfach angerollt. Mein Vater hat mir erzählt, wie meine Mutter hinterherrannte, obwohl er selbst gar nicht dabei war. Sie schaute nicht, wohin sie lief, starrte nur dem Kinderwagen hinterher und achtete auch nicht auf die Passanten, die versuchten, sie aufzuhalten. Damals gab es noch nicht so viele Autos, doch man braucht nur eines, ein einziges, um einen Menschen zu töten.

»Nein, aber ...« Jolie unterbricht sich, nur zögernd erwidere ich ihren Blick. Ihre Augen wirken dunkler, ein bisschen grüner als sonst. »Wenn es wegen des Geldes ist, bezahl ich unseren Urlaub. Du kannst es mir ja irgendwann zurückgeben.«

»Auf keinen Fall. Mittlerweile reicht es schon wieder für so einen Trip. Wir wollen ja nicht für drei Wochen in die Karibik.«

»Wieso eigentlich nicht?« Mit einem Lächeln lehnt sie sich in den Sessel zurück und blickt nach oben. »Entscheide du. Meinetwegen bleibe ich auch einfach hier sitzen, während du arbeitest, und nachher male ich deine Decke an. Wir können auch ein anderes Mal ans Meer fahren.«

Nur kurz schaue ich aus dem Fenster, vor dem die Stadt wartet, jeden Tag, und dahinter Wälder und Berge und Küsten und Flüsse, die murmelnd durch die Landschaft mäandern. Nur kurz schaue ich auf das Islandfoto und dann zu Jolie, ich blicke unsere Nächte an, hundert Jahre alte Nächte voller Träume und Gespräche, voller Filme und dann diese Dokumentation über Island, und ich sagte zu meiner besten Freundin: »Dorthin. Sobald wir das erste Mal zusammen verreisen, fliegen wir nach Island«, und Jolie sagte: »Klar fliegen wir nach Island«, und dann teilten wir uns das letzte Stück Schokolade und den letzten Schluck Wein, wir wussten noch nicht, wie bald schon sich Unaufhaltsames in unseren Weg werfen würde, in Jolies Weg, und dass sie hinterher eine andere sein würde und all unsere gemeinsamen Träume nicht mehr als das.

»Amsterdam liegt nicht am Meer«, sage ich leise.

Irritiert schaut Jolie mich an. »Nein, nicht ganz. Nur fast. Wie kommst du darauf?«

Ich schweige. »Dreieinhalb Stunden bis Triest«, sage ich schließlich. »Mit dem Zug sechs oder sieben.«

»Habt ihr denn ein Auto?«

Ich zucke mit den Schultern. »Nein. Ben leiht sich das von Olli, wenn er eins für die Arbeit braucht.«

»Darf ich mal?« Jolie steht auf, lehnt sich über meine Tastatur und sucht im Webbrowser nach Mietwagenfirmen. »Hm, schau mal. Zweihundertzwanzig Euro für fünf Tage.«

»Fünf Tage gleich?«

»Du kannst deine Arbeit mitnehmen. Du hast doch sicher einen Laptop?«

Zögernd nicke ich.

»Na also.« Schon beginnt Jolie damit, das Formular auszufüllen. »Bei sofortiger Onlinebuchung bekommen wir sogar zehn Prozent Rabatt.«

Ich könnte sie aufhalten. Ich könnte Termine vorschieben, das Geld, den Spätsommer, Ben. Ich könnte sagen, dass es einfach nicht geht, aber ganz leise in meinem Kopf summt Musik, es riecht nach Pizza und Rotwein, und ich will niemand sein, der von spontanen Reisen immer nur träumt.

Während Jolie den Wagen reserviert, laufe ich hinunter ins Schlafzimmer, hole die Reisetasche aus dem obersten Schrankfach und suche Klamotten zusammen, Kleider, Röcke, eine Jeans, T-Shirts, wenig Langärmliges, man fährt nicht ans Meer, um zu frieren, man fährt ans Meer, um mit den Wellen zu tanzen und nach Fischen zu tauchen, man fährt ans Meer, um mit dem Blick nirgendwo anzustoßen.

Eine halbe Stunde später habe ich alles eingepackt, inklusive Pastellkreiden, Bleistiften, mehreren Skizzenblöcken und des Laptops, auf einem USB-Stick die aktuellen Projekte. In einem Korb verstaue ich Gewürze, Öl und Spülmittel. Wir haben vereinbart, erst einmal keine Unterkunft zu buchen, sondern uns treiben zu lassen, und im besten Fall finden wir eine Ferienwohnung direkt am Wasser.

Als ich fertig bin, kommt Jolie gerade von der Autovermietung zurück. »Ich bin fertig mit Packen«, meint sie. »Und du?«

Wir verstauen unsere Sachen im Kofferraum, rasch schreibe ich Ben eine Nachricht:

Jolie und ich fahren nach Triest, bin am Dienstag zurück.

Er wird sie später lesen oder erst heute Nachmittag, möglicherweise auch gar nicht, und wenn er nach Hause kommt, wird die Wohnung leer und dunkel sein.

Vielleicht bemerkt er es sogar.

***

»Wieso gehst du auf Beerdigungen von fremden Leuten?«

Wir fahren am Friedhof vorbei Richtung Flughafen. Vielleicht habe ich Jolie deshalb von meinen Ausflügen erzählt, einfach so in unser vorfreudiges Schweigen hinein und um mich abzulenken, lauter Gedanken, ein zu schnell schlagendes Herz. Die Stadt fällt immer weiter hinter uns zurück, die Fenster sind heruntergelassen, wir fangen den Tag auf, jeden Sonnenstrahl, jeden Geruch.

»Ich weiß auch nicht genau, wieso«, sage ich laut.

Jolie schiebt sich die Sonnenbrille in die Haare. Kurz sieht sie mich an, bevor sie sich wieder auf die Straße konzentriert. »Klar weißt du das«, behauptet sie, doch ich frage nicht, wie sie das meint.

Auf dem Handydisplay ploppt eine Nachricht von Ben auf:

So spontan? Habt viel Spaß!

Es dauert ein paar Minuten, bis er mir einen Kuss-Emoji hinterherschickt.

Ich sehe wieder auf die Straße. »Oh, warte, da hätten wir rechts abbiegen müssen auf die A2«, sage ich und starre auf mein Handy, wo der Routenplaner ewig eine neue Strecke sucht. Ein Navi fürs Auto hätte extra gekostet.

»Zu spät.« Gut gelaunt wirft Jolie einen Blick auf mein Display. »Soll ich umdrehen?«

Ich schaue auf, der Flughafen ist nicht mehr weit, vor uns entdecke ich einen Gasthof. »Fahr dort auf den Parkplatz«, sage ich. »Mein altes Handy findet das GPS so schlecht, wenn wir schnell fahren.«

Jolie bremst ab und biegt auf den kleinen Parkplatz des Restaurants.

Als wir stehen, streckt sie die Hand aus. »Lass mich mal sehen.«

Ich gebe ihr mein Smartphone und öffne die Beifahrertür, um die Beine auszustrecken.

Im Außenbereich des Gasthofs ist wenig los, kein Wunder, niemand landet hier einfach so, neben dem Flughafen, niemand außer einer Frau in den Zwanzigern mit Laptop vor sich auf dem Tisch und einem älteren Herrn im Fischgrätenanzug. Kleine Karos, verschiedene Brauntöne, graue Haare lugen unter der Schirmmütze hervor, bestimmt waren sie mal braun, kastanienbraun, wie die Augen.

Ich hätte nicht gedacht, dass er tatsächlich hier sein würde.

»Wir fahren einfach zurück«, bestimmt Jolie, als ich auch schon aussteige und auf den älteren Mann zugehe.

Vor seinem Tisch bleibe ich stehen, stumm warte ich darauf, dass er mich bemerkt, obwohl ich einfach »Grüß Gott« sagen könnte oder »Hallo« oder »So ein Zufall«.

Er blickt auf und lächelt, kein Funken Überraschung in seinem Gesicht. »Das Hirschgulasch ist hervorragend«, meint er. »Mit hausgemachtem Rotkohl.« Freundlich nickt er der Kellnerin zu, die gerade einen leeren Tisch abwischt.

Ich ziehe den Stuhl ihm gegenüber ein Stückchen zurück und setze mich, obwohl ich so etwas sonst nie machen würde, mich zu einem Fremden setzen und ihn bei seinem Kaffee stören, doch der alte Herr lächelt noch immer.

»Sie sagten, Sie reisen nicht mehr so gerne ohne Ihre Frau.«

»Das stimmt.« Er tunkt einen Keks in seinen Espresso. Neben der Tasse liegt ein Buch, Umberto Eco.

»Ich setze mich einfach dazu, wenn hier die eigentliche Party steigt, ja?« Jolie zieht einen Stuhl vom Nebentisch heran, plötzlich habe ich das Gefühl, den freundlichen Herrn zu überfallen, er sitzt nur hier und liest und trinkt seinen Kaffee und wartet auf Flugzeuge oder darauf, dass der Tag zu Ende geht, vielleicht ist er auch verabredet, vielleicht wartet er auf den Feierabend der Kellnerin, die seine Tochter sein könnte, wer weiß solche Dinge schon über Fremde.

»Ludwig Gruber«, stellt er sich vor und reicht erst mir, dann Jolie die Hand.

»Caja Rodinger.«

»Jolie Moosmann. Ihr kennt euch gar nicht?« Auch Jolie bestellt sich einen Espresso, dazu einen Blaubeer-Topfenstrudel mit Vanilleeis, ich verkneife mir die Bemerkung, dass dieses Dessert nicht gerade vegan ist.

»Nur ein wenig«, antwortet Ludwig.

»Wohin fahren Sie?«, fragt sie und blickt auf den Koffer, der neben Ludwigs Stuhl steht, ein alter, unhandlicher Lederkoffer mit Schnallen, der Reißverschluss ist längst kaputt.

»Nirgendwohin.« Er rückt seine Mütze ein Stück nach hinten.

»Immer wenn ich Lust habe zu verreisen, fahre ich hierher und schaue den anderen dabei zu.« Mit einer schwungvollen Handbewegung deutet er nach oben, wie ein Dirigent sieht er aus, und als hätte er ihm das Zeichen zum Einsatz gegeben, steigt genau in diesem Moment ein Flugzeug über uns in den Himmel.

Normalerweise hätte Jolie gelacht, doch sie lacht nicht, sie nickt nur wissend, und dann sagt sie: »Unser Auto ist zwar klein, aber Sie und Ihr Koffer haben bestimmt noch Platz.«

Er lächelt und sieht mich an, für einen Moment habe ich das Gefühl, wir hätten uns hier verabredet. Vielleicht haben wir das sogar.

»Wir fahren ans Meer«, sage ich.

»Das ist gut. Das Meer ist immer ein hervorragendes Ziel.«

Jolie und ich teilen uns den Strudel, Ludwig bestellt sich noch einen Kaffee und besteht darauf, die komplette Rechnung zu übernehmen, und als wir fertig sind, verstauen wir den Koffer auf der Rückbank, Ludwig setzt sich daneben. »Ich sitze nie vorn, wenn ich nicht selbst fahre«, erklärt er und schnallt sich an. »Wohin genau geht die Reise?«

»Nach Triest.« Jolie lächelt ihm im Rückspiegel zu.

Er nickt zufrieden. »Das ist schon nah genug.«

»Nah genug woran?«, frage ich, aber Ludwig blickt aufmerksam aus dem Fenster, wahrscheinlich hat er mich nicht gehört.

Inzwischen weiß der Routenplaner wieder, wie wir fahren müssen. Jolie startet den Motor und folgt meinen Anweisungen, und ab und zu lacht Ludwig leise, als hätte ihm jemand einen Witz erzählt.

Kapitel 6

Wir spüren es, noch bevor wir es sehen. Ludwig murmelt etwas vor sich hin, er murmelt immer mal wieder, daran haben wir uns nach ein paar Stunden Fahrt gewöhnt. Gelegentlich lacht Jolie über die Radiomoderatoren, ich verstehe nur einzelne Wörter oder Satzfetzen, rudimentäre Sprachkenntnisse, die ich mir während weniger Italienaufenthalte angeeignet habe.

Das Meer. Im Sonnenuntergang. Wir hätten diesen Anblick nicht besser in Auftrag geben können, graublau aufgerautes Wasser unter kürbisorangefarbenem Licht, wir mussten uns beeilen, um das noch zu sehen.

Jolie hält an der Promenade vor der Innenstadt von Triest, wenigstens kurz wollen wir aussteigen. Aus irgendeinem Grund ist Ludwig der Einzige von uns, der eine richtige Kamera bei sich trägt, eine analoge Spiegelreflexkamera, doch wahrscheinlich kann kein Foto der Welt einfangen, wie sich das anfühlt, die Wärme auf der Haut, der salzige Geruch in der Luft. Wir halten den Atem an, nach ein paar Minuten scheucht uns Jolie wieder ins Auto, damit wir noch vor Einbruch der Dunkelheit in der Stadt ankommen und uns eine Unterkunft suchen können. Natürlich brauchen wir dafür länger als geplant, und letztlich nehmen wir ein Hotel in der Altstadt, für eine Nacht erst mal, wir wissen ja nicht, was der nächste Tag bringen wird.

Essen gehen wir in einer Trattoria in der Nähe. Das Restaurant ist klein, wir haben Glück, dass wir noch einen Platz bekommen. An den hellblau-weiß gestrichenen Wänden hängen Fischernetze und Bilder vom Hafen, direkt über unserem Tisch hängt ein großes Steuerrad an der Decke. Die übersichtliche Speisekarte verheißt eine Tagessuppe, Salat, zwei *Antipasti*, vier *Primi Piatti*, drei *Secondi Piatti* und zwei Desserts, alles ausschließlich in Italienisch. Wir entscheiden uns schnell.

»Meine Frau hätte das Lokal gemocht«, sagt Ludwig in das geschäftige Abendtreiben hinein.

Wir trinken den Hauswein, er schimmert rubinrot in den Gläsern und schmeckt so leicht wie Traubensaft.

»Wann ist sie gestorben?«, frage ich.

»Oh, schon vor zwei Jahren. Eigentlich haben wir vereinbart, dass ich zuerst sterbe, aber solche Dinge kann man sich leider nicht aussuchen.«

»Nein, kann man nicht.« Jolie gießt sich aus der Karaffe nach, ihr Blick wirkt abwesend.

Die Kellnerin stellt die Meeresfrüchteplatte ab, die Ludwig als Vorspeise für uns bestellt hat. Jolie vergisst ihre Vorsätze mal wieder und nimmt sich als Erste eine Venusmuschel. »Wohin sind Sie zusammen gereist?«

»Überallhin. Slowenien, Italien, Kroatien, Serbien, Ungarn, Frankreich. In Europa haben wir viel gesehen, nur fliegen wollte meine Margret nie. Selbst nicht, als unser Sohn nach Kanada ausgewandert ist.«

»Kanada ist weit weg. Sehen Sie ihn überhaupt noch?«, frage ich.

»Selten. Manchmal besucht er mich, mit den beiden kleinen Kindern ist das aber schwierig geworden.«

»Oh, Sie haben Enkel? Haben Sie sie jemals gesehen?«

»Ja, ein Mal.« Er legt sich eine Garnele auf den Teller, rührt sie jedoch nicht an.

»Und allein wollen Sie nicht fliegen?« Jolie knabbert an dem Salatblatt, das zur Deko auf der Platte lag.

Er lächelt und schüttelt den Kopf. »Wenn man fast vierzig Jahre seines Lebens mit ein und demselben Menschen geteilt hat, holt man nicht einfach verpasste Dinge auf, sobald dieser Mensch stirbt. Eigentlich ist es eher das Gegenteil. Sie ist immer noch da, und sie will nicht fliegen. Also will ich es auch nicht.« Nun beginnt er doch damit, in geübten Handgriffen das Fleisch aus der Garnele zu schälen. »Außerdem bin ich nicht mehr der Jüngste. Mein Auto habe ich letzten Herbst verkauft, nachdem ich zwei kleinere Unfälle hatte. Die Sehkraft und die Reaktionsgeschwindigkeit sind nicht mehr so wie früher, daran ändert auch eine Brille nichts.« Gedankenverloren blickt er in sein Glas. »Schon die Vorstellung, allein so weit wegzureisen, behagt mir nicht.«

»Ihr Sohn würde Sie doch sicher vom Flughafen abholen, und Sie könnten bei ihm wohnen«, wendet Jolie ein.

»Nun, das schon. Aber ich habe meine Gewohnheiten. Die kann ich nicht einfach ablegen. Sobald ich meine eigenen Räumlichkeiten verlasse …« Der unausgesprochene Rest des Satzes schwebt zwischen uns und schaut uns beim Essen zu wie ein unsichtbarer Gast.

In meinem Magen rumoren unruhige Gedanken, ich blicke aus dem Fenster auf eine dunkle Straße mit laternengelbem Licht. Jolie wirft mir einen Blick zu, den ich jedoch ignoriere.

»Trotzdem sind Sie heute mit uns mitgefahren«, sagt sie.

Ludwig lächelt. »Ja, das bin ich wohl. Gewohnheiten sind gut und wichtig für den Alltag, aber manchmal muss man sie auch herausfordern.« Er schaut ebenfalls nach draußen. Aus irgendeinem Grund bin ich mir sicher, dass er dort etwas anderes sieht als ich, Licht vielleicht, Licht und andere Menschen und eine Stadt, die zwanzig Jahre jünger ist. »Wer weiß, wie oft mir noch die Gelegenheit geschenkt wird, das Meer zu sehen.«

»So alt sind Sie doch noch nicht.« Ich trinke mein Glas leer und schenke Ludwig und mir nach.

Er lacht, und das Lachen geht in einen Husten über, den er schließlich mit einem Schluck Wein hinunterspült. »Das Alter hat nicht viel mit dem Sterben zu tun«, antwortet er. »Außerdem liegt meine schönste Reise bereits weit hinter mir.« Sorgsam wählt er eine Herzmuschel aus, wieder legt er sie auf seinen Teller und wartet einen Moment, bevor er sie isst. »Und leider muss ich zugeben, dass ich sie nicht mit Margret unternommen habe.«

»Sondern mit Wilhelmine?«, rate ich.

Diesmal lächelt er nur vorsichtig. »Nein, auch nicht mit Wilhelmine.« Er betrachtet seinen Teller, als lägen darauf die Erinnerungen. »Meine schönste Reise war nach dem Studium. Es waren die Siebzigerjahre, damals waren die Grenzen noch nicht so offen wie jetzt, wir sind viel getrampt oder mit dem Motorroller gefahren. Wir wollten neue Orte entdecken, die Welt sehen. Morgens wussten wir nie, wo wir am Abend schlafen würden.« Er seufzt zufrieden, ein Hauch von Sehnsucht im Blick.

Nachdem die Kellnerin die leer gegessene Platte abgeräumt hat, bringt sie unsere Hauptgänge.

Schweigend sezieren wir das Essen, jeder für sich. Jolie kostet von meinen Gnocchi mit Saisongemüse, ich probiere ihr Walnussrisotto. Die Portionen sind übersichtlich, aber perfekt zubereitet.

Ich versuche, die Unterhaltung am Nebentisch zu verstehen, bin aber nicht sicher, ob das Pärchen sich streitet oder nur sehr lebhaft diskutiert. Ihr Essen wird kalt, immer wieder fallen sie sich ins Wort, doch ihre Blicke sind weder wütend noch traurig, und plötzlich hören sie damit auf, ihre Stimmen in den Raum zu schleudern, und essen genauso still wie wir.

Fragend sehe ich Jolie an, doch sie lächelt nur zurück. Wahrscheinlich hat sie nicht zugehört.

Nach dem Dessert – Schokoladentarte und Pannacotta mit Himbeeren – sind wir so satt, dass wir es kaum schaffen aufzustehen.

Durch die nächtlichen Straßen gehen wir zum Hotel zurück. Nur stellenweise kleckert gelbes Licht auf das Pflaster. Durch ein geöffnetes Fenster dringen Fernsehstimmen, ein Mofa knattert an uns vorbei.

»Manchmal haben Margret und ich uns unter der Woche kaum gesehen, wir waren beide beruflich recht eingespannt.« Ein Rasseln schleicht sich in Ludwigs Stimme, er räuspert sich und bleibt kurz stehen, bevor er weiterläuft. »Dann haben wir das Wochenende genutzt und einen größeren Ausflug unternommen. Triest gehörte dabei zu unseren Lieblingszielen.« Er knöpft sein Jackett zu.

Wir wechseln auf die andere Straßenseite, blicken in die Schaufenster eines Antiquitätengeschäfts, das immer noch geöffnet ist. Nacheinander quetschen wir uns durch die labyrinthartigen Gänge des Ladens, der aus mehreren vollgestellten Räumen besteht, jede Menge Porzellan und Glas, Holz und Metall, Bilder, Kleidung, hohe Regale voller Bücher, kristallene Kronleuchter hängen von den Decken. Hier gibt es alles, was man gebraucht erwerben kann, und weil er sie so lange in der Hand hält, kaufe ich Ludwig eine Meerschaumpfeife. Mein Vater besaß eine ganz ähnliche, und als Kind dachte ich tatsächlich, der weiße Kopf wäre aus dem Schaum von Meereswellen gefertigt, die mein Vater einfing, ganz früh, noch bevor die Sonne aufging, und während er auf die Fische wartete, modellierte er die Schaumkronen und schnitzte das Holz zurecht, und abends, wenn er eine neue Pfeife zum ersten Mal ausprobierte, fühlte sich das so an, als würde das Wasser unsere Füße umspülen und uns mitnehmen, in fremde, aufregende Welten.

Jolie schenkt Ludwig ein Tabakdöschen mit einem goldenen Reh vor schwarzblauem Hintergrund auf dem Deckel. Er lächelt sein Lachfalten-Grübchen-Lächeln, in seiner Jugend hatte er sicher viele Verehrerinnen, vielleicht hat er das immer noch. Die ältere Dame an der Kasse zumindest versucht auf eine sehr mürrische Art, mit ihm zu flirten, doch Ludwig scheint es nicht zu bemerken.

»Sie sind ein ganz schöner Herzensbrecher«, stellt auch Jolie fest, nachdem wir den Laden verlassen haben.

Draußen holt Ludwig tief Luft und tupft sich mit einem Stofftaschentuch Schweißperlen von der Stirn. »Das hat Margret auch immer gesagt, obwohl sie die Einzige für mich war.« Aus seiner Jacketttasche zieht er ein Päckchen Tabak und stopft damit die Pfeife. Den Vanillequalm pafft er in die Abendluft, die erstaunlich mild ist für Mitte September, fast spüre ich den Strand und die brummige Stimme meines Vaters, obwohl er so selten redete. Jeden Abend waren Tanja und ich die Einzigen, die unsere Gespräche füllten, nach dem Essen schlief mein Vater ein. Sein Tag begann gegen vier Uhr morgens. Wenn meine Schwester und ich aufstanden, hing nur noch der süße Tabakgeruch in der Luft, sonst blieb uns nichts von ihm, doch immerhin, für einige Zeit wenigstens das.

»Autsch!«, rufe ich, als Jolie mir den Ellbogen in die Seite stößt.

»Wo warst du denn schon wieder?«, fragt sie leise.

Ludwig geht langsam vor uns auf unser Hotel zu, in kleinen Schritten, als könnte die Nacht ihn aufhalten, würde er sich zu deutlich bemerkbar machen.

»Am Meer«, antworte ich, und sie lacht und deutet in Richtung des Hafens.

»Das ist ja nun nicht so weit weg.«

»Das Meer, das ich meine, schon.«

Wir überqueren einen kleinen Platz, auf dem sich zwischen zwei Bäumen ein Bild aus Straßenkreide erstreckt. Die Farben leuchten uns trotz des fehlenden Tageslichts entgegen, Muster in Grün, dazwischen verschiedene Motive in Blau und Rot, Gelb, Lila und Orange. Erst bei näherem Hinsehen verbinden sich die Muster zu Formen, zu einem Dschungel voller Blüten und Tiere, sie leben, so echt und nah sind sie, ich könnte sie anfassen, das Bild könnte endlos weitergehen, bis es die gesamte Stadt einnimmt.

»Das sieht echt ... wow aus.« Jolie ist neben mir stehen geblieben. Sie hockt sich vor die etwa vier Quadratmeter große Fläche, sorgfältig studiert sie die Details. »Wenn ich nicht genau wüsste, dass es gemalt ist, würde ich jetzt den Jaguar dort streicheln.«

»Genau das würde ich ja eher nicht machen, wenn er nicht gemalt wäre.«

Ludwig setzt sich auf eine Steinbank, auch er betrachtet das Bild.

Meine Fingerspitzen kribbeln, rasch stecke ich die Hände in die Hosentaschen und wende mich ab, obwohl ich viel lieber stehen bleiben würde, den restlichen Abend lang, die ganze Nacht lang, und wenn ich Straßenkreide bei mir trüge, würde ich etwas neben diesen Dschungel malen, ganz egal, was. Wie merkwürdig sich Sehnsucht anfühlt, wenn sie unerwartet kommt.

»Wir sollten uns das morgen noch mal bei Tageslicht ansehen«, schlägt Jolie vor und tritt neben mich.

»Ja. Können wir machen.« Ich schlucke, als wir weitergehen, den Knoten hinunter, der sich in meinem Hals gebildet hat. Etwas ist mit diesem Bild, etwas nistet sich in mir ein und breitet sich aus. »Morgen nach dem Frühstück.«

Die Bar im Erdgeschoss des Hotels scheint gut besucht zu sein, Stimmengewirr dringt bis hinaus auf die Straße. Vor der Tür stehen ein paar Leute und rauchen.

Jolie hört mich nicht mehr, ihre Aufmerksamkeit ist an etwas anderem hängen geblieben. Ich scanne die Gruppe, drei Frauen, etwa Mitte zwanzig bis Ende dreißig, vier Männer, einer von ihnen blickt in unsere Richtung. Groß, dunkle Strubbelhaare, schwarze Lederjacke.

Wir betreten die Lobby des Hotels, helles Licht umspült uns und hält die Nacht draußen. Ein Sofa und ein paar Sessel sind in dem kleinen Eingangsraum um runde Tische verteilt, die Sitzmöbel wirken gemütlich vor den nebelgrau gestrichenen Wänden. Auf den Tischen liegen Zeitschriften.

Gerade will ich Jolie auf den strubbelhaarigen Italiener ansprechen, als sich Ludwig zu uns umdreht. »Meine Damen, ich bedanke mich für den gemütlichen und schmackhaften Abend und verabschiede mich. Meine Gewohnheiten, Sie wissen schon.« Er wirft einen Blick auf die große Bahnhofsuhr, die vor ihm an der Wand hängt. »Es ist ein sehr später Freitagabend und damit Zeit für meine Serie.«

»Welche Serie denn?«, fragt Jolie, die nie Serien schaut und wahrscheinlich auch keine einzige kennt.

»*The Mystery of Peter Rabinshaw*«, erklärt Ludwig prompt und sieht uns erwartungsvoll an.

Jolie zuckt nur mit den Schultern.

»Sie kennen sie nicht?« Nun dreht sich Ludwig um, von uns weg, und schlurft auf die Treppe zu. Seine Schritte sind klein und vorsichtig. Nicht zum ersten Mal frage ich mich, ob es nicht verantwortungslos war, einen alten Mann, über den wir kaum etwas wissen, einfach mitzunehmen. Er könnte aus einem Heim getürmt sein, vielleicht lebt er in seiner eigenen Welt und wir merken es gar nicht, und wenn wir ihn nun allein lassen, spaziert er aus dem Hotel und wandert durch die Stadt und vergisst, wie er wieder zurückkommt oder wo er sich überhaupt befindet. Bisher wirkte er allerdings weder dement noch verwirrt, nur eben etwas eigen.

Sein Atem rasselt, während er bedächtig eine Stufe nach der nächsten erklimmt und in stockenden Sätzen von der Serie erzählt. In den Redepausen greife ich seinen Faden auf und stricke ihn weiter, bis Ludwig genug Luft gesammelt hat, um selbst weiterzuerzählen.

»Margret und ich haben sie immer zusammen gesehen«, sagt er nun, während wir den engen Gang entlang über den dunkel gemusterten Teppich zu unseren Zimmern laufen.

Vor der 207 bleiben wir stehen.

»Jeden Sonntag besuche ich sie auf dem Friedhof und erzähle ihr, was in der letzten Folge geschehen ist. Sobald die Staffel zu Ende ist, schaue ich die alten Folgen noch einmal an.« Er schiebt die Schlüsselkarte in das Schloss. Klackend öffnet sich die Tür. »Wenn Sie wollen, können wir eine Folge zusammen schauen, doch wirklich Spaß bereitet die Serie nur, wenn man sie von Anfang an genießt.« Unschlüssig bleibt er stehen, hinter ihm ein kleines, sauberes Hotelzimmer, vor dem Bett der aufgeklappte Koffer, auf dem kleinen Tisch steht ein Laptop. »Das WLAN hier ist nicht besonders stabil, vielleicht funktioniert es auch gar nicht«, fügt er hinzu.

»Sie schauen die Serie auf dem Notebook?«, fragt Jolie.

»Oh, natürlich. Der Fernseher hier kennt kein Netflix. Außerdem sehe ich nie fern. Die Werbepausen kosten zu viel Lebenszeit.« Nun betritt er sein Zimmer. »Damit habe ich bereits vor einigen Jahren aufgehört. Jeden Samstag suche ich mir einen Film aus, am Freitag schaue ich eine Folge *The Mystery of Peter Rabinshaw*, und selbst die Nachrichten stehen online zur Verfügung.«

Jolie und ich schließen die Tür hinter uns, bleiben jedoch direkt beim Eingang in dem winzigen Vorraum stehen.

»Eine Folge nur?«, frage ich überrascht. Wenn ich erst einmal mit einer Serie anfange, brauche ich nicht lange, bis ich schon wieder an ihrem Ende angekommen bin. *Peter Rabinshaw* gehört allerdings nicht zu meinen Favoriten, zumal es in den letzten Monaten immer zu viel zu tun gab.

»Natürlich nur eine Folge. Ich genieße gern langsam, und vor dem Einschlafen lese ich lieber.« Ludwig beugt sich hinunter zu seinem Koffer, es dauert ein wenig, bis er das Netzteil für den Laptop findet. Gerade als er es in die Hand genommen hat, hält er mitten in der Bewegung inne. »Ich hoffe, ich erlebe noch das große Finale.« Mühsam erhebt er sich. Zum ersten Mal, seit ich ihm begegnet bin, wirkt Ludwig Gruber tatsächlich wie ein alter Mann, voller gelebter Jahre, weit über siebzig davon, die sich schwer und müde auf ihn legen.

»Geht es Ihnen nicht gut? Sind Sie krank?«, frage ich vorsichtig.

Er schüttelt sanft den Kopf. »Krankheit, was ist das schon? Mein Herz ist schwach, das ist es schon seit einer Weile, und mein Körper ist alt und erschöpft. Ich muss zugeben, dass jeder Tag ohne Margret nur halb so viel wert ist wie mit ihr zusammen. Daran wird sich nichts mehr ändern.« Das Netzteil legt er auf das Notebook, erst dann streift er sein Jackett ab und hängt es an den Garderobenhaken neben uns. »Ich lebe nur noch, um die letzten Dinge zu klären.« Den Satz spricht er so leise, dass ich ihn kaum verstehe.

»Welche Dinge?«, frage ich.

»Alte Dinge. Vor allem alte Dinge.«

Für ein paar Sekunden stehen wir schweigend beieinander.

»Wir stören Sie nicht weiter«, murmle ich schließlich, weil mir etwas anderes nicht einfällt.

»Erzählen Sie uns morgen mehr über diese Serie?«, fragt Jolie. Manchmal strahlt sie etwas Kindliches aus, eine Art naiver Neugier, von der ich nicht weiß, ob sie echt ist oder nur gespielt.

»Natürlich.« Sein Lächeln wirkt müde, doch die Lachfältchen zaubern eine Lebendigkeit in sein Gesicht, die dem widerspricht, als würde etwas aus ihm herauswollen, für das der Körper zu schwach geworden ist. »Ich danke Ihnen, dass Sie mich mitgenommen haben, meine Damen. Morgen nach dem Frühstück werden sich unsere Wege jedoch trennen, vielleicht sollten Sie das jetzt bereits wissen. Ich plane, weiter Richtung Osten zu fahren, nach Caorle. Und nein, ich erwarte nicht, dass Sie mich chauffieren. Sie haben mich schon weit näher an ein Ziel gebracht, das ich seit vielen Jahrzehnten anstrebe, als ich selbst es je vermocht hätte. Auf mehrere Weisen.«

»Wie meinen Sie das?«, fragt Jolie, während ich noch versuche, diese Aussage zu entschlüsseln.

Mit einer schlaffen Bewegung hebt Ludwig seinen Arm und lässt ihn dann wieder sinken. »Nicht weiter wichtig«, sagt er dann. »Nicht weiter wichtig.«

Er sieht so müde aus, dass wir von weiteren Nachfragen absehen, uns verabschieden und das Zimmer verlassen.

Mein Herz klopft schwer, ich weiß nicht, woher diese plötzliche Traurigkeit kommt, doch sie ist da, sie nistet sich ein, heute wird sie nicht mehr verschwinden. Vielleicht kann ich sie später wegträumen, vielleicht wache ich morgen auf und es ist tatsächlich ein neuer Tag, den wir neu einfärben können mit Gelächter und Musik und leisen Gesprächen, und das, was heute schmerzt, gehört nicht mehr dazu.

»Was machen wir jetzt?«, fragt Jolie, als wir im Flur stehen.

»Schlafen.« Ich gähne, vielleicht etwas zu betont.

»Sag doch einfach, wenn du deine Ruhe haben willst. Ich geh noch mal runter in die Bar.«

»Klar tust du das.« Wissend grinse ich sie an.

Sie schüttelt lächelnd den Kopf. »Hey, wir sind in Italien, wir genießen das Leben.«

»Ich sag ja nichts. Hauptsache, du genießt es nicht in unserem Zimmer.«

»Ich wusste, ich hätte ein eigenes nehmen sollen.« Sie drückt mir einen schnellen Kuss auf die Wange, dann schlendert sie zum Treppenaufgang. Die Tür quietscht leise und schlägt mit einem dumpfen Geräusch hinter Jolie zu.

In unserem Zimmer schalte ich den Fernseher ein. Die Stimme einer Talkshowmoderatorin plappert so aufgedreht und schnell, dass ich gleich wieder ausschalte. Vom Fenster aus blicke ich auf eine kleine *piazza* mit Tischen vor einem Café, das jedoch bereits geschlossen ist. Ein Junge hockt auf dem Boden davor, er ist viel zu jung, um spätabends noch allein draußen zu sein, doch er hockt da und spielt mit etwas, das ich nicht erkennen kann. Ich blinzle und er verschwindet, und alles, was bleibt, ist der drängende Wunsch, hinunterzugehen und nach ihm zu suchen.

Die Müdigkeit ist verflogen. Ich trinke etwas Wasser aus der Leitung und wasche mir das Gesicht, danach setze ich mich aufs Bett.

Ich könnte hinuntergehen zu Jolie, einen Gin Tonic bestellen und mit ihr über das Leben philosophieren, doch ich habe keine Lust auf noch mehr Alkohol und keine Lust auf reden, und sie hat wohl ohnehin ganz andere Pläne. Die Nacht zieht mich hinaus, der Sommer klammert sich genauso an mir fest wie ich mich an ihm, vielleicht bleibt er ja diesmal für immer. Kurzentschlossen greife ich nach meiner Jacke und verlasse das Zimmer und das Hotel, an der Bar vorbei, Jolie sitzt mit der Gruppe Italiener an einem Tisch, sie lacht und lehnt sich an die schwarze Lederjacke, als gehörten sie zusammen, schon immer.

Nach ein paar Metern bleibe ich stehen, mir ist warm, mein Herz klopft zu schnell, aber ich schließe die Augen und atme ruhig und zähle langsam alle Farben auf, die mir spontan einfallen. Es sind nicht viele, immerhin reichen sie, ich fange nicht an zu zittern, ich bekomme genug Luft, ich glaube nicht, dass mein Herz versagt, also gehe ich weiter, immer weiter, bis ich bei dem bunten Dschungelbild ankomme.

Lange stehe ich still da, auf dem einsamen Platz, und falle in die Farben, in das Gefühl von Wald und Wildheit, knackendes Unterholz, die Rufe unbekannter Vögel, etwas kreischt in den Bäumen, es riecht erdig und feucht in einer Welt, die keinen Anfang und kein Ende hat. Ich hocke mich vor die Zeichnung. Ohne sie zu berühren, lasse ich meine Hand darüber schweben, fast spüre ich die Wärme, die das Bild auf dem Stein hinterlässt. Doch dann stolpert mein Blick über ein Detail, das nicht zum Rest passt, und als ich genauer hinschaue, erkenne ich eine Coladose unter einem Strauch, nicht weit davon entfernt einen Affen, der mit leeren Augen auf dem Boden liegt. Mit der Taschenlampe meines Handys untersuche ich das Gemälde genauer, entdecke immer mehr Einzelheiten, die das Gesamtkunstwerk aufbrechen, obwohl sie fast verborgen sind und nur zu erkennen, wenn man nach ihnen sucht. Trockene Sträucher, Tiere mit verklebten Federn, struppigem Fell, eine Leere in manchen Abschnitten, als gäbe es gar nichts, was zwischen den Pflanzen lebt, kein einziges Insekt. Insgesamt stören nur wenige dieser Elemente die Gesamtkomposition, doch jetzt, da ich sie bemerkt habe, quellen sie umso deutlicher hervor.

Behutsam, als könnte eine zu rasche Bewegung etwas an dem Werk verändern, erhebe ich mich und trete einen Schritt zurück. Ich habe das Gefühl, zwei Bilder auf einmal zu betrachten, zwei übereinandergelagerte Wirklichkeiten, und die Entscheidung, welche ich wahrnehmen will, liegt bei mir.

Es fällt mir schwer, mich abzuwenden und zum Hotel zurückzukehren. Ich habe mich geirrt. Niemals könnte ich so ein Kunstwerk erschaffen, nicht einfach so, ich müsste mich lange davorsetzen, ich müsste es von allen Seiten aus untersuchen, ich müsste es bei jedem Licht betrachten, und dann erst, möglicherweise, könnte ich einen Anfang wagen, und auch der wäre nicht mehr als eine Kopie.

Noch immer sitzt Jolie in der Bar, neben ihr der Italiener in der Lederjacke, alle anderen sind verschwunden.

Im Zimmer angekommen, lasse ich mich rücklings aufs Bett fallen und starre an die Decke. Irgendwann schalte ich die Nachttischlampe ein, das gedämpfte Licht fließt in den Raum.

Wenigstens versuchen könnte ich es. Mit ein paar Strichen, ein paar Farben, nur ein Ausprobieren auf einem Blatt Papier. Tatsächlich hole ich meine Pastellkreiden aus der Reisetasche und versuche verschiedene Muster in einem meiner Skizzenblöcke. Nach wenigen Minuten klappe ich ihn wieder zu. Nichts davon wirkt lebendig, nichts authentisch. Ich kann nur das zeichnen, was man mir aufträgt, mein Kopf ist leer, es sind keine Bilder darin.

Die Malutensilien verstaue ich wieder in der Tasche und hole, eher zufällig, Nathalies Smartphone hervor. Unschlüssig wiege ich es in der Hand, bevor ich mich damit auf das Bett setze und das Display entsperre. Ich könnte ein Spiel spielen, auf meinem eigenen Handy sind keine, also probiere ich tatsächlich eines aus, man muss einen Weg entlangrennen, ohne in einen Feuerkreis zu geraten, dabei über kaputte Brücken springen und Diamanten einsammeln. Die Grafik mit Berglandschaftsambiente ist nett, langweilt mich aber trotzdem schnell, also höre ich bald wieder auf und wische durch die Apps, darum bemüht, nicht das Reisetagebuch aufzurufen. Ich blättere durch ein paar der wenigen Fotos. Insekten, ein Garten mit einem Tisch und Liegestühlen unter einem Sonnenschirm, im Hintergrund Blumen, eine Brücke in Sepia. Auf den meisten Bildern sind keine Menschen.

Lange halte ich es allerdings nicht durch, das Reisetagebuch zu vermeiden. So viele Lebensausschnitte, die mich nichts angehen, die trotzdem, auch ungelesen, in mein Leben sickern. Als gäbe es noch jemanden, der uns auf unserem Kurztrip begleitet, eine, die schweigend mit uns im Auto sitzt, die heute Abend mit uns gegessen hat und jetzt im Hotelzimmer nebenan schläft, und obwohl ich sie nicht sehe, obwohl sie kein Geräusch verursacht, weiß ich, dass sie da ist, immerzu spüre ich ihre Anwesenheit.

Vom Teilen der Einsamkeit

Aber wem sage ich, dass ich einsam bin? Und wozu? Es ist doch nicht so, dass jemand anderes etwas damit anfangen könnte. Sie würden betreten gucken. Sie würden vorschlagen, etwas Schönes zu unternehmen. Manche würden reden und vielleicht sogar zuhören. Andere würden sagen, dass das keine Einsamkeit ist, sondern Trauer, und dass mit der Zeit alles besser wird. Kann sein, dass das hilft und ich für ein paar Stunden oder für einen Tag weniger einsam wäre. Eventuell würde ich lachen und etwas Verrücktes tun. Ich würde mir zum Beispiel einen Lippenstift kaufen, so einen tiefroten, wie ihn dünne Schauspielerinnen in Parfümwerbungen tragen, aber ich wüsste die ganze Zeit, dass ich nur etwas wegbügele, das trotzdem weiterknittert.

Einsamkeit ist eine zähe Masse, die in einem klebt. Nicht darüber zu reden, bedeutet, wenigstens manchmal vergessen zu können, dass sie da ist.

Sie hat diesen Eintrag am ersten Weihnachtsfeiertag geschrieben.

Mein Hand zittert, als ich das Handy sinken lasse.

Zwei Männer laufen über den Hotelflur, sie unterhalten sich sehr laut und lachen.

Diesmal überlege ich länger, bevor ich doch noch einen Eintrag lese, den letzten für heute, ganz sicher den letzten.

Lights

*Du liegst in deinem Zimmer, die Arme und Beine ausgestreckt.
Das Fenster ist offen, obwohl du laut Musik hörst. Gleich wird
der Nachbar von unten klingeln und sich über den Lärm beschweren. Er beschwert sich immer.*
»Ich habe die …«
*Du hebst die Hand, ohne mich anzusehen, trotzdem bin ich
sofort still.*
*»Entweder du gehst raus und erzählst es mir später, oder du
legst dich auch hin und bist leise.«*
*Einfach so lege ich mich zu dir. Ich vergesse, dass ich noch dringend einen Essay schreiben muss und dass ich deine Bewerbung
für den Job in dem Musikgeschäft noch einmal durchgehen wollte. Wir haben nur noch trockenes Brot zu Hause. Eine von uns
beiden muss dringend einkaufen.*
*Es ist immer wieder derselbe Track, den wir hören. Ich weiß,
dass du ihn anders hörst als ich. Du pflückst etwas aus der gemächlichen Melodie, das ich nicht einmal höre, und in deinem
Kopf verwandelt es sich in Farben und Muster.*
Deine Finger berühren meine.
*Es wird dunkel, während wir schweigend daliegen. Als wir
hungrig werden, schaltest du die Musik aus, holst die Acrylfarben aus der Kiste und stellst eine neue Leinwand auf die Staffelei.*
Leise verlasse ich dein Zimmer. Ich hole Linsen, Ingwer, einen

Kürbis und Kokosmilch und koche deine Lieblingssuppe. Ohne
ein Wort stelle ich den Teller auf deinen Schreibtisch. Ich muss
erstaunlich wenige Stifte und Blöcke beiseiteräumen. Du be-
schwerst dich nicht, dass ich deine gut sortierte Unordnung
durcheinanderbringe. Kurz schaust du auf und lächelst mich
an. Wieder sage ich nichts, weil ich weiß, dass die Musik noch
in dir arbeitet. Ohne sie würdest du nicht hier sitzen und eine
Farbschicht nach der nächsten auftragen.
»Dunkelheit und Licht sind eigentlich dasselbe«, sagst du. Ich
frage nicht, wie du das meinst. Du würdest es mir nicht erklä-
ren können. Nicht mit Worten.
Später, wenn du mir das Bild mit wilden Mustern aus hellem
Gelb, dunklem Grün und dunklem Blau schenkst, wirst du
mich lächelnd ansehen und sicher sein, dass ich verstanden habe.
Wir werden beide nicht wissen, dass du nie wieder malen wirst.

Zu gern wüsste ich, wie dieses Bild aussieht, doch zu diesem Eintrag finde ich kein Foto. Ich rufe den Musikplayer auf und durch-
forste die Songliste. Mehrere hundert Lieder sind auf der SD-Card
des Handys gespeichert, und tatsächlich, der Titel des Tagebuch-
eintrags ist der Name eines Songs. *Lights* von Archive.

Mit den Kopfhörern auf den Ohren starte ich ihn, ein Stück, das
mehr Musik ist als Gesang, das sich Zeit nimmt für einen langen
Anfang mit einer sehr langsamen, kaum wahrnehmbaren Verdich-
tung, viel später erst setzt die Stimme des Sängers ein.

Dreimal höre ich den Song, in meinem Bauch quillt er auf, bis
ich mich warm und sicher fühle. Die Welt ist nur noch ein sanftes
Rauschen, ein Flüstern von ganz weit weg.

Kapitel 7

»Riccardo Renzi wohnt in Caorle«, sagt jemand mitten in einen Traum aus Nebel und Licht.

Ich versuche, das unvermeidliche Aufwachen mit einem tiefen Atemzug und leisem Schnarchen von mir zu weisen, doch dann sinkt die Matratze ein, als sich Jolie neben mich auf das Bett setzt.

»Er hat dort eine Villa.«

»Aha«, murmle ich und ziehe mir das Laken mit der Tagesdecke über den Kopf.

»Wir sollten hinfahren.«

»Klar sollten wir das.«

Schwungvoll zieht Jolie die Decke wieder zurück. »Weißt du, ich finde, du könntest ruhig ein bisschen mehr mitarbeiten.«

Widerwillig öffne ich die Augen. Der Morgen prallt ins Zimmer, hell und klar, ich blinzle, bevor ich mich langsam aufsetze. »Wer ist das noch mal?«

»Na, der Drehbuchautor von *The Mystery of Peter Rabinshaw*.« Jolie streicht sich die Haare nach hinten und bindet sie mit einem Haargummi zum Pferdeschwanz. »Also, es gibt natürlich mehrere Serienschreiber, aber er ist der Chefautor. Oder der Creative Producer oder wie das heißt, die haben ja alle so merkwürdige Berufsbezeichnungen. Jedenfalls, wenn man jemanden fragen will, wie diese Serie weitergehen und enden soll, dann am besten ihn. Und das mit Caorle kann kein Zufall sein. Deshalb will Ludwig dorthin. Wegen der Serie.«

»Okay.« Ich brauche ein paar Sekunden, um diese Informationen einzuordnen. »Und wann genau hast du das alles herausgefunden?«

»Größtenteils während du geschlafen hast. Du hättest viel mehr von deinem Leben, wenn du es nicht im Bett verbringen würdest.«

Ich tippe mein Handy an. Sieben Uhr vierzehn. Etwa sieben Stunden Schlaf. Das würde ich jetzt nicht direkt als »mein Leben im Bett verbringen« bezeichnen. »Heute ist Samstag«, werfe ich ein.

»Ja, eben. Wir haben nicht mehr viel Zeit. Ich hab schon geduscht, du kannst gleich ins Bad. Vielleicht schaffen wir es ja bis halb acht, Ludwig abzuholen und ihm von unserem Plan zu erzählen.«

Meine Beine plumpsen aus dem Bett. »Okay«, sage ich. »Was genau ist das noch mal für ein Plan?«

Jolie seufzt theatralisch. »Na, wir gehen frühstücken, checken aus, packen die Sachen ins Auto und fahren nach Caorle. Wir bringen Ludwig hin. Was soll der Quatsch, dass er alleine reisen will? Dort suchen wir das Haus von diesem Renzi und fragen ihn, wie die Serie endet.«

»Klar.«

»Eben. Völlig klar.«

Probehalber bewege ich die Zehen. Alle zehn funktionieren noch. »Und woher wissen wir, dass er da ist? Vielleicht macht er gerade Urlaub.«

»Macht er ja auch. Eigentlich lebt er in London, aber er stammt ursprünglich aus Italien, und seine Familie wohnt in Caorle. Er besucht sie jedes Jahr im Sommer.«

»Das hättest du ja gleich sagen können«, murmle ich. »Es ist fast Herbst.« Ich gähne.

»Spätsommer. Er fährt nicht gern während der Hauptsaison nach Hause.« Sie steht ebenfalls auf und beginnt damit, ihre überall herumliegenden Kleidungsstücke einzusammeln. Wenn Jolie irgendwohin fährt, markiert sie den gesamten Raum, ihre Anwesenheit ist allgegenwärtig.

»Hast du überhaupt geschlafen?« An meiner besten Freundin vorbei schlurfe ich in Richtung Bad.

»Natürlich. Ich habe ein bisschen unten in der Bar geflirtet, ein bisschen was zu der Serie recherchiert, hier mit deinem Laptop eine Folge geguckt und noch mehr recherchiert.« Sie stopft ihre Klamotten in den Rucksack. »Die nächste Staffel von *The Mystery of Peter Rabinshaw* kommt wahrscheinlich erst Anfang nächsten Jahres auf Netflix.«

Vor der Badezimmertür drehe ich mich zu Jolie um. »Du meinst, bis dahin ist Ludwig tot?«

»Das meine ich jetzt nicht unbedingt. Aber wir können ihm zumindest erzählen, dass es eine klitzekleine Chance gibt zu erfahren, wie die Serie weitergeht, weil sie mit den Dreharbeiten schon fertig sind.«

Schweigend schließe ich die Tür hinter mir. Diesmal verlängere ich die kalte Duschphase um ein paar Sekunden, nur um sicherzugehen, dass ich auch wirklich wach bin und nicht nur einen merkwürdigen Traum träume.

Als ich das Bad wieder verlasse, hat Jolie bereits all ihren Kram zusammengepackt und schaut sich die Route von Triest nach Caorle an. »Das wird bestimmt eine nette Strecke«, meint sie und legt das Handy auf den Schreibtisch.

»Woher wusstest du eigentlich mein Laptop-Passwort?«, frage ich, während ich die Bluse mit dem hellen Blumenmuster aus der Reisetasche suche.

»*Nanju* ist ja nicht sonderlich kreativ. Du nimmst immer etwas, das dir nah ist.«

»Hätte also auch *Schokokuchen* sein können.«

»War es aber nicht, das habe ich als Erstes probiert.«

Ich werfe ein Kissen nach ihr, sie fängt es lachend auf.

Sobald ich fertig bin, verlassen wir das Hotelzimmer und klopfen vorsichtig an Ludwigs Tür. Es dauert eine Weile, bis er endlich öffnet.

»Die Damen stehen aber zeitig auf«, bemerkt er mit verschlafenen Augen und verschlafenen Haaren. Im Morgenmantel ohne Mütze und Anzug wirkt er schutzlos und zerbrechlich, viel zu dünn.

»Ich ja nur unter Protest«, wende ich ein und werfe Jolie einen funkelnden Blick zu.

»Wir haben heute viel vor«, erklärt diese ungerührt. »Wenn Sie wollen, warten wir unten im Frühstücksraum auf Sie und erklären Ihnen beim Essen unseren Plan.«

***

Für einen älteren Herrn mit vielen Gewohnheiten ist Ludwig erstaunlich abenteuerlustig. Erst reagierte er verhalten auf Jolies Vorschlag, ihn nach Caorle zu chauffieren, doch immerhin wollten wir vor allem ans Meer, und Ludwig sah ein, dass ein breiter Sandstrand außerhalb der Hauptsaison weitaus verlockender ist als die belebte Steinpromenade einer großen Stadt.

»Immerhin kenne ich den Weg«, sagte er nur, als gehörte die Adresse dieses Drehbuchautors zur Allgemeinbildung. Doch selbst auf

Jolies Nachfragen hin verriet er uns nicht, woher er sie hatte. Vermutlich hat er ihm doch einmal geschrieben. Ältere Männer machen so etwas, sie schreiben Briefe, wenn sie Antworten wollen, und die Produktionsfirma oder der Autor selbst haben ihm wohl aus irgendeinem Grund die Lage dieser Villa in Caorle offenbart.

»Bis bald, Triest!«, ruft Jolie zum Meer hinunter, wir fahren noch bis Sistiana an der Küste entlang, ich denke an das Dschungelbild und dass wir es nun doch nicht bei Tageslicht gesehen haben, und für einen Moment habe ich das Gefühl, sofort aussteigen und zurücklaufen zu müssen, doch dann verfliegt es wieder. Trotz der überhöhten Parkgebühren halten wir am Castello Miramare, weil Ludwig und seine Frau jedes Mal, wenn sie in der Gegend waren, von dem Schlossgelände aus einen Stein ins Meer warfen und sich etwas wünschten. Er behauptet, dass jeder einzelne Wunsch in Erfüllung gegangen sei.

»Man darf nicht zu anspruchsvoll sein«, erklärt er uns, als wir weiterfahren. »Wünsche sind sehr fragil, sie mögen es nicht, wenn man unvorsichtig mit ihnen umgeht.«

Jolie wirft mir ein Lächeln zu, ich frage: »Was haben Sie sich heute gewünscht?«

»Ich möchte noch einmal mit einer Vespa fahren.« Versonnen blickt er aufs Meer.

Ludwig auf einer Vespa, mit Helm statt Mütze. Aus irgendeinem Grund stelle ich mir vor, dass er beim Fahren ein Eis schleckt, und lächle über dieses Bild.

»Wie wäre es mit Musik?«, fragt Jolie.

In letzter Sekunde haben wir an ein Audiokabel und meinen MP3-Player gedacht, doch ich stecke ihn nicht an, sondern Nathalies Handy, und dann wähle ich das Lied aus, das mich in meine

Träume begleitet hat und das sich nun in dem kleinen Wagen ausbreitet, es setzt sich zwischen uns und bleibt, selbst dann noch, als
knapp zwanzig Minuten später der nächste Song beginnt.

»Dein Musikgeschmack hat sich verändert«, stellt Jolie fest.

»Nicht sehr«, antworte ich.

Ludwig schweigt, kurze Zeit darauf schnarcht er gleichmäßig
vor sich hin.

»Wir sind bald da«, murmelt Ludwig mitten im Aufwachen, vielleicht hat er von einer Reise mit seiner Frau geträumt, vom Meer,
das irgendwo hinter der Landschaft gegen die Küste rauscht.

»Wir sind vor allem bald benzinlos«, bemerkt Jolie mit einem
Blick auf die Tankanzeige. »Das sollten wir möglichst schnell ändern.«

Schon recht nah bei Caorle halten wir an einer Tankstelle, die
eigentlich nicht mehr ist als ein paar Zapfsäulen mitten in der
Landschaft. Ich steige aus, um mir die Beine zu vertreten.

Fast automatisch hole ich den Skizzenblock und einen Bleistift
aus meiner Tasche. Die ersten Linien gelingen mir sogar, ein paar
Bäume hier und da zwischen den Feldern, dann verrutscht etwas,
vielleicht die Proportionen, das Bild sieht falsch und künstlich aus
wie die Zeichnung einer Fünfjährigen. Ich reiße das Blatt ab, zer-
fetze es in winzige Schnipsel und werfe sie in den Mülleimer neben
dem kleinen, unbelebten Tankhäuschen.

Für eine Weile bleibe ich stehen, versuche, nur die Landschaft
wahrzunehmen, die Farben der Baumrinde, die Bewegung verein-
zelter Wattewölkchen, die Form eines Kieselsteins. Vorsichtig drehe
ich mich um und gehe weiter, zum Wagen zurück, den Blick auf
einzelne Details gerichtet.

»Bist du fertig?«, rufe ich Jolie zu, die neben dem Auto steht. »Wir könnten nachher wandern gehen, dort drüben …«

Jolie sagt: »Wir haben Ludwig verloren.«

Überrascht bleibe ich stehen. »Wie, verloren?« Überflüssigerweise blicke ich in den Wagen, in dem natürlich kein Ludwig sitzt. Nur sein Koffer liegt noch auf der Rückbank.

»Ich war kurz an dem Bezahlautomaten, und als ich zurückkam, war er weg.«

»Das kann nicht sein.« Ich drehe mich einmal um die eigene Achse, entdecke jedoch nirgendwo eine Spur von Ludwig. Er ist also doch alt und verwirrt, und wir haben ihn mitten in der italienischen Wildnis verloren, wo er einsam verhungern und verdursten wird. Bestimmt wird bald schon die Polizei vor meiner Tür stehen, Ben wird nur hilflos mit den Schultern zucken und nicht wissen, wieso ich einen alten Mann entführt habe, er wird nicht einmal wissen, wo wir sind.

»Jetzt spinn nicht rum, weit kann er ja noch nicht sein. Wir gehen einfach da lang.« Sie deutet auf eine Reihe struppiger Gewächse hinter dem Häuschen, zwischen denen sich ein Weg abzeichnet. »Wäre er auf die Straße gelaufen, müssten wir ihn noch sehen, und an dir ist er ja wahrscheinlich nicht vorbeigegangen.«

»Wahrscheinlich«, echoe ich vage.

»Sehr beruhigend. Muss aber reichen.« Jolie schließt das Auto ab, und schon stiefeln wir los, den schmalen Weg entlang, der Richtung Meer führt. Es dauert nicht lange, bis wir den alten Herrn eingeholt haben.

»Ludwig!«, ruft Jolie ihm erleichtert zu.

Er dreht sich um und lächelt fröhlich. »Ich dachte, ich gehe schon mal vor.«

»Zu der Villa?«, frage ich, während ich auf mein Handy blicke, das mittlerweile die Orientierung wiedergefunden hat. Tatsächlich befindet sich die eingegebene Zieladresse ganz in der Nähe.

»Natürlich zu der Villa. Dahin wollen wir doch, nicht wahr? Wenn Sie von der Straße aus links auf den nächsten Weg abbiegen, kommen Sie direkt bis vor das Tor. Ich möchte mir die Beine vertreten.« Damit wendet er sich von uns ab und schlurft unbeirrt weiter.

»Geh du mit ihm mit, ich hole das Auto«, raunt Jolie mir zu und läuft hastig zurück zur Tankstelle.

Ich folge Ludwig in einigen Metern Abstand, falls er seine Ruhe haben will. Ganz sicher will er seine Ruhe haben, nicht ein Mal dreht er sich um, er sagt kein einziges Wort mit Ausnahme der Satzfetzen, die er manchmal vor sich hin murmelt. Ab und an bleibt er stehen und wischt sich den Schweiß ab, wieder rasselt sein Atem. Ich google die italienische Notrufnummer, nur für den Fall, dass ich sie plötzlich brauche.

Wenige Minuten später stoßen wir auf die Straße, kurz darauf nähert sich Jolie in unserem Mietauto. Schon nach ein paar Schritten endet der Weg vor einem Tor, an das sich in beide Richtungen gelbe Mauern anschließen. Ein bunt blühender Garten erstreckt sich dahinter, zwischen dem Grün erhebt sich ein herrschaftliches Gebäude, das in derselben Farbe gestrichen ist wie die Mauer.

»Nicht schlecht«, stellt Jolie fest, nachdem sie ausgestiegen ist.

Ludwig wirkt heute anders, abwesender, als wäre sein Geist bereits vorausgeeilt und das Nachfolgen seines Körpers nur noch eine lästige Kleinigkeit. Er war hier schon einmal, natürlich.

»Wollen Sie lieber allein hineingehen?«, frage ich vorsichtig. »Jolie und ich können draußen warten oder schon mal eine Unterkunft im Ort suchen.«

Seine dunklen Augen lächeln verhalten. »Nein«, sagt er nur und betätigt einen unscheinbaren Klingelknopf. »Ich hätte nicht geglaubt, dass ich jemals hierher zurückkommen würde. Ich war nicht einmal sicher, ob sich das Anwesen noch in seinem Besitz befindet.«

»*Ciao?*«, tönt es blechern aus der Gegensprechanlage, die restlichen Worte gehen in einem heiseren Rauschen unter.

»*Il signore Ludwig Gruber di Vienna*«, antwortet Ludwig in einem erstaunlich akzentarmen Italienisch, doch seine Stimme zittert, unruhig wischt er die Hände an der Anzughose ab. Der Summer ertönt, das Tor gleitet auf. »Den Wagen können Sie vor dem Haus parken«, sagt er zu uns und schreitet voraus.

Ich klettere auf den Beifahrersitz. »Irgendwas habe ich nicht mitbekommen«, flüstere ich, als könnte Ludwig uns hören, während wir im Schritttempo den Kiesweg hochfahren.

Auf dem kleinen Parkplatz stellt Jolie den Wagen zwischen drei anderen Autos und einer Vespa ab. »Ich auch nicht. Aber ich bin sehr gespannt, was das ist.«

Wir steigen aus. Beeindruckt betrachte ich den Garten, der noch voller Blüten steht. Ich kenne nur einen Bruchteil der Pflanzen: Hibiskus, Dahlien, Fuchsien, späte Rosen, ein Meer aus Gelb und Rosa. An der oberen Etage der Villa haften mehreren Balkone, alle Fenster tragen kleeblattgrüne Fensterläden. Blumen ranken sich von den Balkonkästen hinunter, um die Hausmauer herum sind Beete angebracht, von denen der Duft nach Rosmarin, Thymian und Lavendel aufsteigt.

»Als Drehbuchautor verdient man wohl ganz gut«, bemerkt Jolie.

»Das Haus befindet sich seit vielen Jahrzehnten in Familienbesitz.« Ludwig läuft an uns vorbei, bleibt jedoch vor den Stufen stehen, als wäre es unmöglich, sie zu erklimmen. »Es ist so lange her«, murmelt er, »so lange.« Abrupt wendet er sich zu uns um. »Wir hätten nicht herkommen sollen. Zu viel …«

Das Knarzen der sich öffnenden Eingangstür unterbricht ihn.

Ein älterer Mann erscheint im Türrahmen und starrt Ludwig an. Für einen Moment scheint die Zeit stehen zu bleiben. Vorsichtig steigt Ludwig die ersten Stufen hinauf, in einer hilflosen Bewegung hebt er die Hände und lässt sie wieder fallen. Doch mit einem Mal verändert sich etwas in dem Gesicht des Mannes, seine starre Miene weicht einem Lachen, er kommt Ludwig entgegen und umarmt ihn wie einen lange vermissten Freund. Ihr Italienisch ist so schnell, immer wieder fallen sie sich gegenseitig ins Wort, sodass ich nichts verstehe und nur hilflos zu Jolie schaue.

»Keine Ahnung«, meint sie, »aber der sieht aus wie Riccardo Renzi. Lass uns reingehen, da drin gibt es bestimmt etwas Leckeres zu essen. Ich wette, er hat sogar einen eigenen Koch.«

Sie folgt den beiden Männern in die Villa, und da ich kaum allein draußen stehen bleiben kann, betrete ich ebenfalls den Eingangsbereich und schließe die Tür hinter mir.

Der Raum dahinter ist mindestens fünfundzwanzig Quadratmeter groß. Vor mir führt eine Treppe in die obere Etage, daneben befindet sich ein gemauerter Kamin. Teilweise sind die Wände weiß verputzt, teilweise wurde der graue Naturstein blank gelassen.

Mein Blick fällt auf das Schuhregal neben mir. Mindestens dreißig Paar in vier oder mehr Größen sind ordentlich darin aufgereiht, Sneakers, Flipflops, Sandalen, aber auch blank geputzte Lederschuhe.

Aus dem Raum nebenan dringt Ludwigs hustendes Lachen. Unschlüssig bleibe ich stehen. Die Halle riecht nach den Lilien, die in einer großen Vase auf dem runden Tisch genau in der Mitte des Raumes stehen. Jolie entdecke ich nicht, wahrscheinlich ist sie mit den Männern mitgegangen, doch wenn ich zu weit in diesen Palast vordringe, finde ich nie wieder hinaus.

»*Are you lost?*«

Erschrocken blicke ich auf. Ein Mann kommt die Treppe herunter, die schwarzen Locken quellen unter dem Fedora hervor, und er lächelt so offen und ehrlich, dass ich für einen kurzen Moment das Gefühl habe, wir würden uns schon länger kennen.

»*Kind of*«, antworte ich. »*What is this place?*«

Er lacht, mittlerweile ist er unten angekommen. Seine nackten Füße hinterlassen feuchte Abdrücke auf dem marxgrünen Marmor, die sich jedoch sofort wieder auflösen.

»Du siehst so aus, als könntest du einen Kaffee gebrauchen«, sagt er auf Englisch. Sein Akzent färbt den Satz ein, doch ich kann ihn nicht zuordnen.

»Woher kommst du?«, frage ich, während wir durch eine Tür nach rechts gehen, einen kurzen Flur entlang, der in einer riesigen Küche endet. »Himmel, wie viele Menschen wohnen in dem Haus?«

Aus einem der Holzschränke nimmt er zwei Kaffeetassen. »Das wechselt, häufig um die zehn. Manchmal weniger, meistens mehr. Gerade sind wir zu acht.« Während er an der Espressomaschine herumwerkelt, wandere ich in der Küche umher.

»Mit Milch?«

»Ja, bitte.«

Die Mitte des Raumes bildet eine blanke Granitarbeitsfläche, auf der nichts herumsteht, nicht einmal eine Obstschale. Nur ein Spülbecken ist auf der linken Seite eingelassen. Alle Schränke sind in demselben hellen Holzton gehalten, sie sehen neu aus, ohne Kratzer oder Flecken, und es gibt zwei große Kühlschränke.

Eine offene Tür führt hinaus in den Garten. Langsam schlendere ich darauf zu, bleibe jedoch im Türrahmen stehen.

Park trifft es wohl eher.

Schmale Wege mäandern über die Wiese, die immer wieder von Beetanlagen aufgebrochen wird. Pinien, Zypressen, Linden, Oliven- und Obstbäume wachsen darauf, Bänke aus Eisen und Holz fügen sich an gemütlichen Plätzen in das Gesamtbild ein. Das Ende des Geländes kann ich lediglich erahnen, nur gelegentlich blitzt das Gelb der Mauer zwischen dem ganzen Grün hervor.

»Fertig«, sagt der freundliche Fremde hinter mir und reicht mir eine Tasse auf einem Unterteller, als ich mich zu ihm umdrehe.

Ein Hauch von Zimt und Kardamom garniert den erstaunlich weichen Kaffeegeschmack.

»Aus Tschechien«, beantwortet er meine Frage von vorhin. »Ich bin Juran.«

»Caja.«

Kurz hält er meine Hand, bevor er sie langsam wieder loslässt. »Wie lange bleibst du bei uns?«, fragt er dann.

Wir setzen uns auf eine Bank neben der Tür. Die Sonne scheint uns ins Gesicht, für einen Augenblick habe ich das Gefühl, aus der Zeit gefallen zu sein, aus meinem Leben, direkt in einen gestohlenen Tag, der eigentlich jemand ganz anderem gehört. »Wie meinst du das? Hier? Nicht lange. Eigentlich … ich weiß nicht. Keine Ahnung. Ich habe absolut keine Ahnung.«

Er lacht und nickt, als wäre das die selbstverständlichste Antwort der Welt.

Ein paar Minuten lang schweigen wir. Ich schließe die Augen, lasse die Spätsommerwärme durch mich hindurchströmen. Mein Körper saugt sie auf, ich spüre förmlich, wie sie immer tiefer sinkt bis zu der Stelle, aus der in einsamen Momenten die Kälte strömt.

Juran bleibt ganz still. Ich stelle mir vor, dass er sich ebenfalls mit geschlossenen Augen an die Hauswand lehnt und die Sonne festhält.

»Wie weit ist es von hier bis zum Meer?«, frage ich.

»Nicht weit. Ein paar hundert Meter, wenn man den Strand mitrechnet. Von oben kann man es sehen.«

»Wohnst du hier im Haus?«

»Im Moment ja.«

»Im Moment?«

»Ich reise. Manchmal bleibe ich länger an einem Ort, wenn er mir gefällt. Mal ein paar Wochen, mal ein paar Monate. Hier wohne ich seit Anfang Juni.«

Nun öffne ich doch die Augen. »Also ist es eigentlich Zeit für dich weiterzuziehen?«

Er nimmt den Hut ab, mit einem gedankenverlorenen Lächeln dreht er ihn in den Händen. »Ja, eigentlich.«

Ich widerstehe dem Impuls, ihm durch die Haare zu fahren, um die angedrückten Locken aufzuwirbeln. »Was hält dich ab?«

»Nichts. Ich weiß nur noch nicht, wohin.«

Jolie tritt zu uns hinaus. »Hier steckst du also.« Sie hat die Haare, die sie beim Autofahren immer offen trägt, zu einem Pferdeschwanz zusammengebunden, aus dem sich einzelne Strähnen gelöst haben. »*Sono Jolie*«, begrüßt sie Juran, dann setzt sie sich neben mich auf die Bank.

»Riccardo und Ludwig stoßen erst mal mit Wein auf ihr Wiedersehen an. Es sah so aus, als hätten sie sich viel zu erzählen, deshalb habe ich sie allein gelassen, eine Toilette gesucht und danach dich«, erklärt sie auf Englisch.

»Seid ihr gute Freunde von Renzi?« Juran legt den Fedora auf seinen Oberschenkeln ab.

»Nein.« Weiter hinten im Park schlendert jemand umher, nur ein Schatten zwischen den Bäumen. »Riccardo kennen wir gar nicht, Ludwig erst seit gestern.«

»Ungefähr«, ergänzt Jolie.

»Ungefähr.«

»Ludwig?«, fragt Juran.

»Mit dem sind wir gekommen«, sage ich. »Ich glaube, er ist ein alter Freund von Riccardo.«

»In diesem Haus werden häufiger Menschen angespült, die noch nicht wussten, dass sie genau hierher wollten.«

Jolie grinst mich an, verkneift sich aber das Augenrollen.

Das Haus hinter uns füllt sich mit Stimmen, jemand klappert mit Geschirr, dann erschallt ein Lachen.

»Die anderen sind zurück.« Juran setzt sich den Hut wieder auf und erhebt sich. »Kommt ihr?« Er verschwindet in der Küche, unsere leeren Tassen in der Hand.

»Welche anderen?«, fragt Jolie.

Zwei Frauen und ein Mann sitzen auf den Barhockern vor der Arbeitsfläche, ein zweiter Mann, mit etwa Anfang fünfzig der älteste von ihnen, holt gerade eine Flasche Prosecco aus dem Kühlschrank.

»Ihr kommt genau richtig für einen Drink«, sagt er auf Englisch, der französische Akzent ist deutlich hörbar.

Die anderen stellen sich vor, ich vergesse die Namen sofort wieder, während Jolie konzentriert nickt und lächelt. Sie wiederholt jeden Namen, einmal laut, mehrmals im Kopf, und verknüpft ihn mit einem Detail im äußeren Erscheinungsbild der entsprechenden Person, schon seit der Studienzeit macht sie das so. »Damit merke ich mir mindestens achtzig Prozent aller neuen Personen, und glaub mir, man freundet sich viel schneller mit jemandem an, dessen Namen man kennt und der das auch weiß. Das ist eine Frage der gegenseitigen Wahrnehmung«, hat sie mir mal erklärt.

Aperol Spritz, dabei ist es gerade mal kurz nach eins. Jolie nippt fröhlich an ihrem Getränk.

»Das sind also vier von den acht Leuten, die hier wohnen?«, frage ich Juran, der neben dem Franzosen steht und eine Orange in Scheiben schneidet.

Er nickt. »Gérard ist Architekt, Vinny und Amber spielen Violine und Cello im Boston Symphony Orchestra, und Pablo schreibt sehr traurige Gedichte über sein Heimatland Panama.«

»Die nur leider niemand liest«, wirft Pablo ein. »Und du?«

»Ich? Äh, ich bin Kinderbuchillustratorin. Hauptsächlich.«

»Und nicht-hauptsächlich?« Pablo beugt sich über die Arbeitsplatte ein wenig nach vorn, sein Glas ist bereits halb leer.

»Zeichne ich sehr traurige Gesichter, die niemand sieht.«

»Ich würde sie gern mal sehen«, meint Juran.

Mein Herz schlägt deutlich spürbar, allein die Vorstellung, jemandem meine Friedhofsskizzen zu zeigen, die meisten unvollendet, bringt es völlig aus dem Takt. Früher hatte ich eine eigene Website, auf der ich regelmäßig Fotografien meiner Werke veröffentlicht habe. Jetzt beherbergt sie bloß noch ein paar Referenzen, Beispiele meiner Auftragsillustrationen, mehr nicht. Die Skizzen sind nicht mehr als ein dünner Faden, der mich noch mit der Zeit davor verbindet. Jeden Augenblick könnte er reißen.

»Später vielleicht«, sage ich daher nur und nehme einen viel zu großen Schluck von meinem Getränk. Jurans Blick haftet noch für einen Moment auf mir, als versuchte er, etwas aus meinem Verhalten herauszulesen.

»Hier steigt also die Party.« Riccardo und Ludwig betreten die Küche, ihre Lachfalten ähneln sich auf eine merkwürdige Art, die sie für einen Moment wie Brüder aussehen lässt, obwohl bestimmt zehn Jahre oder mehr zwischen ihnen liegen. »Darf ich vorstellen? Das ist Ludwig, einer meiner ältesten Freunde.« Lachend klopft Riccardo ihm auf den Rücken.

Gérard beginnt damit, auch für die beiden einen Drink anzumischen.

»Ich habe keinen Plan, wo wir hier gelandet sind, aber unser Ausflug wird deutlich spannender, als ich mir das so vorgestellt habe«, sagt Jolie gut gelaunt. »Amber will mir das Haus zeigen. Kommst du mit?«

Ich werfe Ludwig einen Blick zu, er lächelt mich an und das Glück springt förmlich aus seinen Augen und durch den Raum, und mit einem Mal weiß ich, dass dieser Moment, dass dieses Haus und diese Begegnungen und diese Landschaft um uns herum das Größte sind, was ihn noch im Leben erwartet. Der Gedanke stimmt mich traurig und fröhlich und wehmütig und sehnsüchtig, aber vielleicht erzeugt nur der Alkohol auf halb nüchternen Magen dieses Gefühlsdurcheinander.

»Kommst du?«

Jolie und Amber verlassen die Küche, rasch laufe ich ihnen hinterher durch ein Haus, das in jeder Ecke Geschichten atmet.

In Ambers Zimmer riecht es nach Lavendel und nach den Rosen, die sich draußen an den Balkon klammern. Wie alle Schlafzimmer ist auch dieser Raum lichtdurchtränkt. Der Balkon reicht bis zum Nachbarzimmer, in dem eine Feuerkünstlerin lebt, die jedoch für eine Woche zu ihren Eltern in die Schweiz gefahren ist.

»Vinny und ich teilen uns das Zimmer«, erklärt Amber gerade.

Ich lehne mich über die Brüstung, atme tief den Duft des Gartens ein. Aus der ersten Etage gewinnt man einen besseren Blick über das Gelände. Auf einer Wiese steht eine Staffelei, davor sitzt eine Frau mit langen rotbraunen Haaren, sehr sorgfältig trägt sie Farbschichten auf. Ein paar Pavillons bieten Schutz vor zu viel Sonne oder Regen, Steinskulpturen säumen die Wege.

»Aber niemand von euch lebt wirklich hier?«, fragt Jolie.

»Nein, wir bleiben alle nur ein paar Wochen, manchmal Monate. Renzi reist viel, er lernt immer wieder Menschen kennen und interessiert sich sehr für Kunst. Wenn er jemanden mag, lädt er denjenigen zu sich ein, und sehr viele Leute folgen seiner Einladung.« Amber setzt sich auf die Brüstung und blickt ebenfalls hinunter. Unter Höhenangst leidet sie definitiv nicht. »Vor zehn oder elf Jahren hat er die Villa geerbt, von einer Tante, glaube ich. Das Haus heißt Donna Luisa, aber ich weiß nicht genau, ob es wirklich nach der Tante benannt wurde.« Bei der Erwähnung des Namens zucke ich zusammen, doch es ist nur ein Name, mehr nicht.

»Vielleicht stammt er von seiner großen Liebe.« Sie kichert, dieses Alberne passt nicht so richtig zu ihr. »Damals war es ziemlich heruntergekommen, reich war die Tante wohl nicht. Und Renzi hat selbst noch nicht viel verdient. Zu der Zeit hat er versucht, in Hollywood Fuß zu fassen. Das war vor *The Mystery of Peter Rabinshaw*. Ihr kennt die Serie?«

Wir nicken, doch Amber sieht uns ohnehin kaum an.

»Er kannte aber schon einige Künstler und Architekten und Restaurateure und andere kreative Menschen, und er hat einfach alle mit handwerklichen Fähigkeiten gefragt, ob sie ihm beim Renovieren der Villa helfen könnten. Ein neuer Anstrich hat da nicht gereicht, es musste sehr viel gemacht werden. Renzi kann euch das besser erzählen als ich. Damals kannte ich ihn noch nicht.« Sie nippt an ihrem halbvollen Glas, das sie die ganze Zeit während der Besichtigung mit sich herumgetragen hat. »Natürlich konnte er nicht viel bezahlen, also hat er den Leuten angeboten, für jeden Tag Arbeit einen Urlaubstag hier zu verbringen, sobald das Haus fertig ist. Wirklich fertig ist es zwar nie, weil ständig irgendwo etwas gemacht werden muss, aber die Idee hat sich festgesetzt. Dabei ist er selbst die meiste Zeit gar nicht da.« Amber lässt sich wieder von der Brüstung gleiten und streicht die schulterlangen blonden Haare zurück. »Irgendwo hängen Fotos von der Restaurierungsphase, die könnten wir uns ansehen.«

Wir gehen zurück ins Zimmer. Vor dem Cellokasten, der an dem Tisch unter dem Fenster lehnt, bleibe ich stehen. »Ist das dein Instrument?«

Sie nickt. »Ja, Vinny gehört die Violine. Wir spielen im gleichen Orchester.« Ihr Lächeln wirkt fast schüchtern, als wäre es nichts Besonderes, zu einem der bedeutendsten Orchester der USA zu gehören.

»Wie viele Stunden übst du so am Tag?«

Das Lachen blitzt in ihren Augen. »Hier etwa acht bis zehn Stunden. Zu Hause ein bisschen weniger, weil dort die Orchesterproben dazukommen.«

Während des Studiums habe ich jede freie Minute zum Zeichnen genutzt, auch danach noch, trotz diverser Jobs, mit denen ich Miete, Essen und Versicherungen finanziert habe. Ich weiß, ich wäre ganz woanders, hätte ich die Malerei früher ernst genommen und an einer Kunsthochschule studiert. Nur, wer macht das schon? Wer nimmt seine Hobbys schon ernst genug? Tanja, die damals auch viel gezeichnet hat, sagte immer, von Farben könne man nicht leben. Meine Entscheidung, Soziologie zu studieren, hielt sie allerdings nie für eine besonders kluge Alternative.

»Darf ich dir bei deiner nächsten Probe mal zuhören?«, fragt Jolie.

»Das lässt sich gar nicht vermeiden. Wenn Vinny und ich richtig loslegen, hört man uns im ganzen Haus. Manchmal spielen wir auch nachts. Ich fürchte, so ruhig wie jetzt ist es hier sonst selten.« Ambers Blick wandert zu der Uhr, die über der Tür hängt. »Heute Vormittag waren wir fleißig, eigentlich wollten wir am Nachmittag noch ein paar Stunden einlegen. Es war keine gute Idee, mit Gérard in die Küche zu gehen. Sobald er Alkohol findet, geht die Party los.«

»Kennst du die anderen schon länger?«, frage ich.

»Nein, ich kannte vorher nur Renzi und natürlich Vinny. Wenn man häufiger hierherkommt, begegnet man auch immer mal wieder bekannten Gesichtern. Viele kommen wieder, das ist einfach ein besonderer Ort.« Aus einem Holzkästchen, das auf dem Nachttisch steht, sucht sie eine Haarspange, mit der sie die vorderen Strähnen zurücksteckt. »Wie sieht es aus, wollt ihr euch den Rest des Hauses anschauen?«

»Klar«, meint Jolie. »Wir haben doch bisher kaum was gesehen.«

Amber nickt lächelnd. »Die Küche und der Salon sind die wichtigsten Räume. Da ist man fast nie allein. Oh, und das Speisezimmer natürlich. Dort essen wir immer alle zusammen. Ich glaube, das habe ich ganz vergessen, euch zu zeigen.«

Jolie folgt Amber zurück in den Flur, ich werfe einen letzten Blick in den Park.

In der ersten Etage befinden sich fast alle Schlafräume, nur Renzi wohnt im Erdgeschoss. Insgesamt gibt es fünf große Schlafzimmer mit Doppelbett oder zwei Einzelbetten und drei kleinere mit je einem Einzelbett. Ein weiteres Zimmer dient als Aufenthalts- und Lesezimmer. Gemütliche Sofas und Sessel stehen darin, ein Kamin gegenüber der Fensterseite sorgt sicher auch an kalten Abenden für eine wohlige Atmosphäre. Über eine Wand erstreckt sich ein gut bestücktes, aber völlig unsortiertes Bücherregal mit Werken in allen möglichen Sprachen.

»Das ist so eine Art zweites Wohnzimmer«, erklärt Amber. »Wenn das Haus richtig voll ist, ist es ganz gut, wenn man sich ein bisschen aufteilen kann. Im Sommer passiert es häufig, dass alle Betten belegt sind. Dann schlafen auch Leute hier auf den Sofas oder zelten draußen im Garten.«

Ich versuche mir vorzustellen, wie sich dieses Haus mit zwanzig oder mehr Bewohnern anfühlen würde. Überall wären Stimmen und Musik und Gelächter, manchmal würden sich Leute streiten, und abends säßen alle zusammen, im Wohnzimmer oder draußen im Garten, sie würden Wein trinken und über Kunst und Kreativität und Freiheit reden, über Länder und Sprachen, über Politik und den Klimawandel, über Verantwortung und das Gefühl der Machtlosigkeit, über Sehnsucht und Liebe und Hoffnung und das Ende von allem.

»Falls Riccardo uns fragt, ob wir hier einziehen wollen, sagen wir unbedingt Ja«, flüstere ich Jolie zu.

»Ich glaube, er fragt nicht, sondern geht davon aus, dass wir hier übernachten.« Sie neigt den Kopf, um das Gemälde über dem Kamin genauer zu betrachten. Die hügelige Landschaft wirkt fast wie ein Foto, so säuberlich und sicher wurden die Pinselstriche geführt. Dann sieht Jolie mich an und fügt, wieder auf Englisch, hinzu: »Wir schlafen doch hier, oder? Sonst müssen wir uns noch was suchen.«

»Definitiv bleibt ihr hier.« Amber stellt sich zwischen uns. »Momentan ist nicht so viel los, und Renzi wird euch eh nicht gehen lassen.« Damit stolziert sie in den Flur zurück und die Treppe nach unten ins Erdgeschoss.

»Das Speisezimmer ist da vorn bei der Küche«, sagt sie. »Fünfmal die Woche kommt der Gärtner, seine Frau macht das Frühstück und putzt. Am Wochenende erledigen wir das selbst. Tagsüber ist Selbstversorgung, außer, Magda bereitet etwas für uns vor, was sie häufig genug macht. Abends kochen immer abwechselnd zwei bis fünf Leute für alle anderen.«

Auf den Treppenstufen bleibe ich stehen. Mehrere Fotografien sind an der Wand aufgereiht, manche in Schwarz-Weiß. Auf vielen ist die Villa in verschiedenen Renovierungsstadien zu sehen, immer sitzen Leute davor. Ein Bild zeigt zwei Männer auf Motorrädern, sie wirken frei und glücklich, noch so viel Leben vor sich. »Jolie«, sage ich. »Schau mal.«

»Oh. Mit Renzi hat Ludwig also seine Motorradtour gemacht.« Sie kneift die Augen zusammen. »Wie sie sich wohl kennengelernt haben? Laut Wikipedia wurde Renzi siebenundfünfzig geboren, er ist jetzt also etwa einundsechzig und bestimmt fünfzehn Jahre jünger als Ludwig.«

»Wir kennen Ludwig doch auch, und uns fehlen deutlich mehr

als fünfzehn Jahre. Er ist so jemand. Man lernt ihn einfach kennen«, antworte ich nachdenklich.

»In Hollywood werden sie sich nicht über den Weg gelaufen sein«, meint Jolie scherzhaft, aber ich zucke mit den Schultern.

»Wer weiß. Ludwig ist alles Mögliche zuzutrauen.«

»Euer Freund kommt aus Österreich, oder?«, fragt Amber, die am Fuß der Treppe auf uns wartet. »Renzi hat eine Weile in Wien gelebt, seine Eltern sind da in den Sechzigern oder Siebzigern hingezogen.«

»Stimmt, ich erinnere mich.« Jolie wendet sich von der Fotografie ab.

Langsam schlendern wir in Richtung Küche zurück, aus der noch immer angeregte Gespräche und Gelächter dringen. »Hier unten gibt es zwei Toiletten, die Bäder und Toiletten oben habt ihr ja schon gesehen«, beendet Amber ihre Tour. »Im Keller muss noch viel gemacht werden, den können wir uns auch später anschauen. Jetzt kommt ihr erst mal zurecht, oder?«

»Ja, denke schon«, antwortet Jolie.

Renzi lehnt an einem der beiden Kühlschränke. Ich versuche, ihn mit dem Foto in Einklang zu bringen, das Jolie und ich uns gerade angesehen haben. Die ergrauten Haare waren damals dunkler, aber nicht voller als jetzt, nur etwas länger, auch das verschmitzte Lächeln hat er nicht verloren. Heute wird es allerdings nicht mehr von einem unkleidsamen Schnauzbart verdeckt. Ganz locker steht er da, die Hände halb in den Jeanstaschen, über dem weißen Shirt ein kurzärmliges Hemd in hellen Farben, von dem die obersten Knöpfe offen stehen. Freundlich nickt er uns zu, als wir die Küche betreten.

Jolie füllt ihr inzwischen leeres Glas nach und nimmt ein Stück von dem Schokoladenkuchen, der auf der Granitplatte steht.

»Wie hat dir die Tour gefallen?«, fragt Juran. Seinen Hut trägt er nicht mehr. Fältchen bilden sich um seine Augen, als er mich ansieht, und für einen Moment habe ich das Gefühl, das er eigentlich etwas ganz anderes fragt.

»Das ist ein ziemlich tolles Haus. Wahrscheinlich ziehe ich hier ein und gehe nie wieder weg.«

»Danke.« Riccardo Renzi grinst mich an, nun wirkt er noch einmal deutlich jünger, als er ist, wir alle wirken jung und glücklich, und ich weigere mich zu glauben, dass nur der Alkohol daran schuld ist.

Ich nehme einen der kleinen Teller, die neben der Kuchenplatte stehen, und platziere ebenfalls ein Stück darauf.

»Wartet, der muss noch mal kurz in die Mikrowelle.« Gérard nimmt Jolie und mir die Teller ab, bevor wir von dem Gebäck kosten können.

»Freunde von Ludwig, habt ihr euch eure Zimmer schon ausgesucht?«, fragt Renzi.

Jolie wirft mir einen triumphierenden Blick zu, bevor sie antwortet. »Wir nehmen ein Doppelzimmer zum Meer raus. Das gleich gegenüber der Treppe.«

»Eine gute Wahl. Alle unbewohnten Zimmer sind sauber und die Betten frisch bezogen. Handtücher findet ihr im Schrank.«

»Braucht ihr Hilfe mit eurem Gepäck?«, bietet Pablo an.

Lachend schüttelt Jolie den Kopf. »Wir wollten nicht lange bleiben, und wir sind beide nicht so der Typ für riesige Kosmetiktaschen und zwanzig Paar Schuhe.«

Die Mikrowelle schaltet sich mit einem hellen Ton aus. Vorsichtig nimmt Gérard die Teller heraus und reicht sie uns. »Die sind ein bisschen warm, verbrennt euch nicht.«

Genüsslich probiere ich den Kuchen. Der dunkle, nussige Schokoladengeschmack zergeht auf der Zunge und hinterlässt einen Hauch von Orange, Zimt und Rum.

»Niemand kocht so gut wie Magda«, erklärt Juran.

»Die Frau des Gärtners?«

»Eher die Seele dieses Hauses.« Renzi nimmt die Hände aus den Hosentaschen und verschränkt die Arme. »Ohne sie würde hier gar nichts funktionieren.«

»Und es gäbe nicht diesen herrlichen Schokoladenkuchen«, stellt Jolie fest und spießt bereits das letzte Stückchen auf ihre Gabel.

Ich protestiere nicht, als Gérard mir ein Getränk reicht, ich frage nicht einmal, was genau es enthält. Mit Jolie teile ich mir ein zweites Stück Kuchen, er schmeckt nach Weihnachtsabend in einer kleiner Berliner Wohnung, nur Jolie und ich, er schmeckt nach den Tagen, die noch kommen werden, irgendwann, und er füllt uns mit so viel Schokolade, dass es für mehrere Wochen reichen wird. Neben Juran setze ich mich auf einen der Barhocker, und als er wie zufällig seine Hand neben meine legt, sodass sie sich kaum spürbar berühren, ziehe ich sie nicht weg.

Kapitel 8

Jolie murmelt etwas im Schlaf. Ein paar Minuten lang höre ich ihr zu, auch wenn ich den zusammenhangslosen Sätzen über Vorhänge, fliegende Fische und einen Piratenschatz absolut keinen Sinn entnehmen kann. Die Balkontür steht offen, die Luft flüstert, als würde der Tag mir sagen wollen, dass ich ihn nicht zu Ende erlebt habe, dass da noch etwas wartet, für das der Morgen zu spät ist, für das eine Stunde bereits zu spät sein kann.

Ich schlüpfe aus dem Bett, ziehe ein Sweatjacke über und trete hinaus auf den Balkon. Der Mond überzieht die Nacht mit einem hellen Schimmer. Selbst das Meer kann ich erahnen, es ist die silbrig glänzende Dunkelheit unter dem Himmel, ruhig liegt es da, als würde es schlafen. An die Brüstung gelehnt, blicke ich in den stillen Garten.

Nach einem opulenten Abendessen mit Minestrone, Süßkartoffelpommes, gebackenem Gemüse und Himbeermousse mit Haselnusseiscreme saßen wir im Garten, Amber und Vinny sorgten für Musik, und Renzi und Ludwig erzählten Geschichten aus ihrer Jugend und von ihrer gemeinsamen Reise. Vor über fünfunddreißig Jahren haben sie sich das letzte Mal gesehen. Etwas muss vorgefallen sein, es muss einen Grund haben, dass sie seit damals nicht mehr miteinander gesprochen haben, aber Ludwig wich meinen Fragen zu dem Thema aus.

Ich setze mich auf einen der Balkonstühle, Nathalies Handy in der Hand. Den ganzen Tag lang habe ich immer wieder an sie gedacht. Eigentlich wollte ich nicht mehr in ihrem Leben herumschnüffeln, ich wollte es dort lassen, wo es hingehört, nämlich bei ihr, doch jetzt, in diesen schlaflosen leeren Stunden, lenkt mich nichts mehr von ihr ab. Sie könnte jemand sein, dem ich irgendwann einmal begegnet bin, vielleicht eine jüngere Frau im Bus, die abwesend in einem Buch blättert und manchmal dabei lächelt, und als sie aufsteht, verstaut sie es nicht in ihrer Tasche, sondern behält es in der Hand, weil sie weiterlesen wird, sobald sie ausgestiegen ist. Sie wird sehr langsam den Gehweg entlangschlendern, nur manchmal wird sie aufblicken, doch sie wird sich an der Geschichte festhalten, und gerade als sich die Türen hinter ihr schließen, bemerke ich, dass sie mein Lieblingsbuch liest. Der Bus fährt bereits los, ich kann sie nicht mehr ansprechen, ich sehe nur noch ihr Lächeln vor mir und frage mich, ob sie dieselben Stellen liebt wie ich.

So jemand könnte Nathalie sein.

Doch sie schrieb, dass sie nur für wenige Tage in Graz war, und sie hatte einen Mietwagen.

Sie kann so jemand nicht gewesen sein.

Ich durchstöbere die Musikliste. Ein paar Tracks kenne ich, viele nicht, aber ich merke mir Bandnamen und Songtitel nur noch selten, nicht so wie früher, als Jolie und ich Stunden damit verbrachten, Musik zu hören und die Texte im Internet zu suchen und die Lieder so lange mitzusingen, bis wir jedes Wort auswendig kannten. Einige Texte weiß ich noch, jedes Mal bin ich überrascht, wenn ich zufällig über einen dieser alten Songs stolpere und mitsinge.

Wieder öffne ich die Tagebuch-App und durchsuche die Einträge, bis ich auf einen stoße, der wie ein Songtitel klingt. Sofort finde ich das Lied, setze meine Kopfhörer auf und höre es, während ich den Eintrag lese.

Promise

Als Matthias zum ersten Mal zu Besuch kommt, bin ich so aufgeregt, dass ich die gesamte Wohnung putze.
»So sauber und ordentlich war es hier noch nie«, sagst du, als du nach Hause kommst. Du siehst müde aus, aber du lächelst und läufst barfuß durch das Wohnzimmer. Sogar das Sofa habe ich abgesaugt. Keine Spuren verraten mehr unsere Chips-und-Popcorn-Filmabende, nicht einmal die Arthouse-DVDs, die sonst überall herumliegen. »Auch nicht, bevor ich hier eingezogen bin.«
Ich bin völlig fertig. Den ganzen Tag zu putzen, klaut eine Menge Energie, und mir bleibt nur noch eine halbe Stunde, um mich zu duschen und fertig zu machen. Wenigstens ist der Auflauf schon im Ofen. Klugerweise habe ich mich für ein einfaches Gericht entschieden. »Machst du den Abwasch?«, frage ich dich, bevor ich im Bad verschwinde.
Du machst ihn tatsächlich. Als ich wieder herauskomme, blitzt die Küche genauso wie der Rest der Wohnung. Mit Ausnahme deines Zimmers natürlich, das ich nicht betreten habe.
Matthias ist pünktlich. Er klingelt, er bringt Blumen mit. Du und er, ihr versteht euch gut. Ich überlasse euch die Unterhaltung. Ab und zu lächelst du mich an. Fragend hebst du die Augenbrauen, aber ich zucke nur mit den Schultern. Ich weiß

nicht, was ich antworten soll. Ich weiß gar nicht, was ich sagen
soll. Matthias war derjenige, der mich nach einem Date gefragt
hat, nachdem er bestimmt zwei Wochen lang jeden Tag ins Café
kam, um einen Cappuccino zu trinken und dabei mit mir zu
flirten. Ich mochte seine Augen, sein Lächeln und seinen schlen-
kernden Gang, aber ich kam mir unbeholfen vor, wenn wir
uns unterhielten.

Später schaltest du Musik ein. Du drückst einfach nur den Play-
Button *der Anlage, das Ben-Howard-Album liegt noch im Play-*
er. Dann verschwindest du in der Küche, um wieder den Ab-
wasch zu erledigen, und ich kann dir ja schlecht hinterherrufen,
dass du bleiben sollst. Allein weiß ich einfach nicht, was ich mit
diesem Typen anfangen soll.

»Eine nette Wohnung habt ihr.« Er gibt sich Mühe, nur ich gebe
mir keine.

»Danke«, sage ich.

»Habt ihr sie selbst eingerichtet?«

»Ja. Das meiste hat Leira gemacht. Ich bin erst später eingezo-
gen.«

»Zeigst du mir den Rest?« Matthias steht schon auf, bevor ich
antworten kann, also führe ich ihn herum. Viel gibt es nicht zu
sehen.

In meinem Zimmer bleibt er dicht vor mir stehen. Noch wäh-
rend wir uns ansehen und er immer näher kommt, überlege ich,
ob ich mich lieber wegdrehen sollte, aber dann küsst er mich
schon. Ich schließe die Augen, es ist sogar ganz schön.

»Danke für das leckere Essen«, sagt Matthias. Er sagt es leise, wie
ein Geheimnis.

»Gern geschehen«, sage ich. Er lächelt und nimmt meine Hand.

Wir bleiben eine Weile so stehen, bis es mir unangenehm wird und ich vorschlage, ins Wohnzimmer zurückzugehen.

Dort bist du aber nicht. Aus der Küche kommt kein Geräusch, nur aus deinem Zimmer kommt Musik. Sie ist leiser als die CD, die immer noch im Wohnzimmer läuft. Wahrscheinlich müsste ich Matthias noch einen Wein anbieten. Ich müsste ihn fragen, ob er bei mir übernachten will, aber ein Kuss ist mir dafür viel zu früh, und er beschwert sich nicht, als ich ihm sage, dass ich noch für eine Prüfung lernen muss.

»Wir sehen uns aber bald wieder, oder?«, fragt er, während er sich die Schuhe anzieht.

»Natürlich«, sage ich. »Wir könnten ins Kino gehen.«

Nachdem er gegangen ist, klopfe ich an deine Zimmertür. Du öffnest fast sofort. »Was ist denn los?«, fragst du. »Ist Matthias schon weg? Hat er die Kondome vergessen?«

»Nein. Also, weiß ich nicht.« Ich schlucke, ich bin viel zu müde, und auf einmal ist da noch etwas anderes. So etwas wie Angst.

»Versprichst du, dass du trotzdem immer da sein wirst? Auch wenn Matthias vielleicht häufiger herkommt, wirst du nicht einfach ausziehen? Du wirst nicht einfach weggehen?«

Deine Augen glitzern, du nimmst meine Hand. Deine Nähe ist so warm, dass ich nie wieder irgendwo sein möchte, wo du nicht bist. »Das ist normalerweise umgekehrt, weißt du? Sonst fragt das die Freundin, die nicht plötzlich in einer Beziehung ist, weil sie nicht allein zurückbleiben will.«

»Wir sind aber nicht normalerweise*«, sage ich.*

»Nein.« Du lächelst. »Wir sind alles andere als normalerweise*.«*

Die letzte persönliche Nachricht zwischen Nathalie und Leira stammt vom zwölften September letzten Jahres. Ich müsste sie nicht aufrufen, auch so ist klar, was geschehen ist, jedes einzelne Wort, das Nathalie seitdem verfasst hat, ist durchtränkt davon.

Ich kann nicht nach Hause gehen. Ich will, wirklich. Aber ich sitze in dem Dönerladen unten an der Ecke. Meine Linsensuppe ist schon kalt, der Tee auch. Von dem Geruch des Essens wird mir schlecht. Trotzdem kann ich nicht aufstehen. Ich kann nicht über die Straße, in den Hausflur und nach oben in unsere Wohnung gehen, weil es nicht mehr unsere Wohnung ist. Es ist nur noch meine.
Du wirst nie wieder dorthin zurückkehren.

Die Mondnacht fühlt sich mit einem Mal unwirklich an. Alles fühlt sich unwirklich an. Nathalies Musik und Nathalies Erinnerungen, ihr Leben, mein Leben, jeder Augenblick gelebter und ungelebter Zeit.

Für ein paar Minuten bleibe ich noch sitzen, warte, ohne zu wissen, worauf.

Kopfhörer und Handy lege ich wieder ins Zimmer, bevor ich es verlasse, um hinauszugehen, in Flipflops und Pyjama. Jetzt, im Dunkeln, gleicht der Garten noch mehr dem verwunschenen Park eines Schlosses, in dem Dornröschen darauf wartet, erweckt zu werden. Märchen mochte ich noch nie, nicht einmal früher, als ich selbst noch auf den Prinzen wartete.

Langsam spaziere ich auf einem der Kieswege entlang und komme an einem Teich vorbei. In der Nacht gleichen die Bäume einander, sie wispern, als würden sie mich beobachten und sich über mich unterhalten. Dazwischen zirpen ein paar Grillen, nur ab und an raschelt etwas. Fast alles schläft.

Der Pfad endet direkt vor der Mauer. Ein Eisentor ist darin eingelassen, leichter Druck reicht aus, um es zu öffnen. Es quietscht leise, gerade laut genug, um die Erwartungen zu erfüllen, die man an ein altes Eisentor zu einem verwunschenen Garten hegt. Dahinter windet sich ein schmaler Weg, Gestrüpp wuchert stellenweise über die Steinplatten, dennoch laufe ich weiter. Der Morgen ist nicht mehr weit, das Meer auch nicht, ich kann es riechen, eine fremde Welt, die sich mit winzigen Molekülen in unsere mischt. Nach wenigen Metern schon bricht der Pfad auf und öffnet sich zu einem weiten Strand hin. Links vom Weg steht eine Bank, und auf der Bank sitzt jemand und dreht sich zu mir um.

»Du schläfst nicht«, stellt Juran fest.

»Du auch nicht.« Ich setze mich neben ihn.

»Nein. Ich schlafe selten um diese Zeit.«

»Wann schläfst du dann?«

»Später.« Ganz deutlich schwebt das Lächeln in seiner Stimme.

»Und was machst du jetzt?« Es ist so still an diesem Ort, als existierte er vollkommen abgeschieden von der Welt, als hätte er sich davon losgelöst, und um uns herum fahren alle fort mit ihrem Alltag, ihren Gedanken und Problemen und Freuden, und wir sitzen hier, ohne dass uns etwas davon berührt. Dabei werden, sobald die Sonne zurückkehrt, wieder Menschen den Strand bevölkern, die ersten Hotels liegen nicht weit entfernt, auf der anderen Seite befindet sich der Campingplatz, die Stadt ist näher, als man sie spürt, viel zu nah eigentlich, weil es unberührte Orte ohnehin kaum noch gibt.

Alles liegt viel zu nah.

»Ich male das Meer.« Juran streckt seine Hand aus, aus nachtdunklen Augen sieht er mich an.

Zögernd lege ich meine Hand in seine.

»Es redet«, sagt er.

Jolie würde jetzt lachen, nicht einmal grundlos, aber ich lache nicht, ich schließe die Augen und horche auf die Geräusche und spüre Jurans Hand in meiner, sie hält mich, oder ich halte sie.

»Was erzählt es dir?«, frage ich.

Falls Juran darauf eine Antwort kennt, verrät er sie mir nicht. Letztlich geht es mich nichts an. Wir sind nur zwei aus der Welt gefallene Menschen, die zufällig am selben Ort gelandet sind und sich an die Nacht klammern, weil sie da ist, weil sie niemals verschwindet.

»Hör selbst«, erwidert er. »Es spricht auch mit dir.«

Wir lassen uns los, doch ich halte die Augen geschlossen, ich lausche dem Klang der Wellen, müde, zaghafte, noch immer etliche Meter entfernte Wellen, die flüstern, und aus dem Flüstern entstehen Farben, die sich zu Formen verdichten, zu dem leuchtenden Bild eines Dschungels, der ganz langsam, fast unsichtbar zerfällt.

Ich öffne die Augen, das Bild verschwindet.

»Kommst du häufiger nachts hierher?«, frage ich, den Blick auf den Horizont gerichtet.

»Hierher und an andere Orte.« Er lehnt sich zurück. »Und du?«

»Normalerweise wandere ich nachts nicht viel herum. Höchstens in meiner Wohnung.«

»Erzählt sie dir etwas?«

»Nein«, sage ich, doch eigentlich stimmt das nicht. Je länger ich darüber nachdenke, desto mehr fällt mir ein. Ich hätte es nur nicht »erzählen« genannt, diese Momente, in denen etwas geschieht, obwohl eigentlich gar nichts passiert, als gäbe es Winzigkeiten, die sich in der Wahrnehmung verschieben, und dadurch entsteht etwas in meinem Kopf, Gedanken und Bilder, sehr viele Bilder, die jedoch immer dort bleiben, die ich einfach nicht hinauslassen kann.

Juran lächelt, und dieses Lächeln ist mehr eine Antwort auf meine Erkenntnis als auf die Verneinung. »Wieso bist du hierher in die Villa gekommen?«, fragt er dann.

»Wegen Ludwig. Lange Geschichte.«

»Das ist doch nicht alles.« Er sieht mich an.

»Ich sagte ja, es ist eine lange Geschichte. Aber sie ist nicht so spannend.« Nach kurzem Zögern fahre ich fort: »Ich bin schon länger nicht mehr verreist. Es war einfach wieder Zeit. Und weil Jolie zu Besuch gekommen ist und vorgeschlagen hat, ans Meer zu fahren … Das Leben fühlt sich an einem anderen Ort anders an als sonst.«

Er antwortet nicht, wahrscheinlich, weil eine Zustimmung zu dieser unoriginellen Feststellung überflüssig wäre.

»Seit wann reist du schon?«

»Lange.« Nun blickt er wieder aufs Wasser, sehr konzentriert. »Seit etwa fünf Jahren.«

»Und wovon lebst du?«

»Von Kunst. Von der Großzügigkeit anderer. Von Gelegenheitsjobs.« Sein Lächeln ist wie ein Besuch, wie jemand, der spontan vorbeikommt und für einen Moment etwas ins Leben schwappen lässt, was sonst fehlt, Freude, Erinnerungen, Zuneigung, Glück. »Ich habe eigentlich eine Ausbildung zum Tischler gemacht, aber es sind immer wieder Dinge passiert …«

»Was für Dinge?«

Für einen Moment schweigt er, und ich warte, ich frage nicht noch einmal nach.

»Als ich fünf war, bin ich fast in einem See ertrunken. Meine Schwestern und ich waren in den Ferien immer bei meiner Großmutter. Wir haben viel am Wasser gespielt, und einmal bin ich vom Steg gefallen, konnte aber noch nicht schwimmen. Ein Angler hat mich herausgeholt.« Seine Stimme gleitet hinaus aufs Meer, die Wellen tragen sie davon. »Mit sieben bin ich vom Dach unseres Hauses gestürzt und nur durch Zufall sicher gelandet. Mit dreizehn oder vierzehn brach das Pedal an meinem Fahrrad ab, während ich gerade einen Berg hinunterrollte. Ich wurde immer schneller, ich konnte nicht mehr bremsen, weil die Bremshebel klemmten. Als ich achtzehn und gerade in die Stadt gezogen war, fing in meiner Wohnung nachts ein Kabel an zu brennen. Bei der Ausbildung löste sich ein großer Schrank, als wir ihn gerade in den Transporter verladen wollten, und verfehlte mich nur knapp.« Er stockt, atmet tief ein und wieder aus. Vielleicht hat er vergessen, Luft zu holen, und jetzt nutzt er diese Pause, um seine Erinnerungen sinken zu lassen, zwischen uns, wo sie sich leise räkeln. Sein Blick löst sich von dem nachtschwarzen Meer und schwebt zu mir, eine Frage liegt darin, vielleicht auch eine Antwort, ich weiß es nicht. »Wenn man so oft beinah stirbt, hat man das Gefühl, jemand passt auf einen auf. Und manchmal glaube ich, dass ich eigentlich gar nicht mehr am Leben sein sollte. Mir wurde Zeit geschenkt, und deshalb will ich sie nutzen.«

»Wir alle könnten jeden Moment sterben. Es gibt doch nie eine Garantie darauf, dass man den nächsten Tag noch erlebt.«

»Das stimmt. Aber normalerweise stirbt man nicht ständig fast.«

Ich ziehe die Füße auf die Bank. Langsam wird mir kalt, doch ich will nicht gehen, ich will, dass die Nacht bei uns bleibt und uns umhüllt, meinetwegen kann für andere der Tag weitergehen, mit Frühstück und Musik und Spaziergängen, nur wir beide, Juran und ich, sitzen in dieser Blase aus Dunkelheit und silbrigen Lichtflecken, in dieser gleichmäßigen Geräuschkulisse des Meeres, während unsere Stimmen zu Farben werden und unsere Gedanken zu Bildern, und in den dichten Gewächsen hinter uns erwachen die Vögel und begrüßen den Morgen, bevor er sich zeigt.

»Hast du Angst?«, frage ich leise.

»Jetzt?«

»Nein, ganz allgemein. Hast du Angst, dass du wieder fast sterben könntest? Oder dass du das nächste Mal wirklich stirbst?«

Er schüttelt sachte den Kopf, eine kaum wahrnehmbare Bewegung, die nur die Luft ganz dicht um ihn herum verwirbelt. »Angst habe ich nicht. Der Tod ist unvermeidlich. Schwierig ist die Zeit davor.«

»Wie meinst du das?«

Ein paar Sekunden lang schweigt er, muss sich wahrscheinlich überlegen, was er mir preisgeben will, einer Fremden, die nur zufällig zur selben unmöglichen Zeit wie er auf dieser Bank gelandet ist. »Wenn du Menschen fragst, was sie sich unter einem perfekten Leben vorstellen, wirst du sehr viele unterschiedliche Antworten bekommen, aber auch ein paar, die einander ähneln. Unter all den Möglichkeiten gibt es mehr als eine, die für dich selbst passt. Trotzdem ist es schwierig, sie zu finden. Sie verstecken sich, und immer, wenn du glaubst, dass du dich auf dem richtigen Weg befindest, gibt es etwas, das dich verunsichert.« Wieder sieht er mich an, diesmal ist es eindeutig eine Frage, die in seinen Augen wartet.

Ich zucke mit den Schultern. »Eigentlich glaube ich, es gibt gar keine richtige Möglichkeit«, sage ich leise. »Und immer wenn man glaubt, man habe sie gefunden, ist es eben nur ein Glauben, es ist nur etwas, was man sich einbildet, um sich für ein paar Monate oder Jahre gut zu fühlen. Damit man nicht permanent suchen muss.« Diesmal bin ich diejenige, die sich am Meer festhält, an der dunklen Tiefe, an dem hellen Streifen, der sich langsam am Horizont abzeichnet.

Er rückt ein wenig näher, vielleicht bilde ich mir die Bewegung auch nur ein, weil mir mit einem Mal wärmer wird.

»Gibt es niemanden, der dich vermisst?«, frage ich schließlich nach mehreren Minuten des Schweigens.

»Meine Mutter, meine beiden Schwestern. Mindestens einmal pro Jahr besuche ich sie. Mit meiner jüngeren Schwester bin ich vor drei oder vier Jahren für zwei Wochen zusammen gereist. Wir haben uns in Barcelona getroffen. Jetzt ist sie verheiratet und hat Kinder, deshalb ist sie nicht mehr so spontan.«

Spanien. Eines der Länder auf meiner langen Liste, die am Anfang, als Ben und ich frisch in unsere Wohnung gezogen sind, in der Küche am Kühlschrank hing. Seine Orte, meine Orte, wir schrieben Daten dazu, wann wir planten, endlich dorthin zu reisen, an manchen Abenden öffneten wir eine Flasche Wein und suchten Unterkünfte und Routen heraus, weil wir uns selbst auf das Ungeplante freuten, auf die Dinge, die nicht mehr waren als ein Vielleicht. Kleinere Ziele warfen wir in unseren Alltag, in die freien Wochenenden, für die größeren sparten wir, doch dann bauten wir die Wohnung um, und dann gründete Ben seine Firma, und dann nahm ich immer mehr Aufträge an und zeichnete immer weniger ohne Auftrag, und unsere Wochenenden wurden immer kleiner und mein Herz verkrampfte sich, wenn ich das Haus verließ, und irgendwann, ich erinnere mich nicht mehr, wann genau, nahm einer von uns die Liste ab und schmiss sie weg oder heftete sie in einen unbeschrifteten Ordner, der zwischen den vielen anderen in einem großen Regal in Bens Arbeitszimmer verstaubt.

»Vermissen ist wichtig. Mich zieht immer wieder etwas zurück. Ich kann immer wieder an einen Ort gehen, an dem mich jemand liebt.« Er lächelt, langsam dämmert es, sodass ich dieses Lächeln wirklich sehen kann, nicht nur erahnen.

Ich lege den Kopf auf die Rückenlehne und blicke nach oben in den Himmel, dessen Schwarzblau allmählich aufhellt. Während des Studiums besuchten Jolie und ich einmal eine Antrittsvorlesung in Physik über die Farben des Himmels, und gleich am Anfang wurde eine sehr alte Farbskala vorgestellt, die die Himmelsfarben in dreiundfünfzig Stufen einteilt. In unserer Küche hing danach für mehrere Monate so ein Cyanometer, das Jolie irgendwo aufgetrieben hatte. Eine Zeitlang begrüßten wir uns morgens mit einem »Du bist aber spät wach, wir haben schon Stufe siebzehn«, obwohl die Farbeinteilung nicht wirklich etwas mit der Uhrzeit zu tun hat, aber damals fanden wir das witzig. Vielleicht besitzt Jolie den Farbkreis noch, vielleicht liegt er in ihrer Kiste in meinem Atelier.

Ich sollte sie danach fragen.

»Hast du auch so einen Ort?«, fragt Juran. Er schaut ebenfalls nach oben, er sieht dasselbe Blau wie ich. Zweiundvierzig, möglicherweise.

»Ich weiß nicht«, antworte ich. »Jolie vermisse ich immer mal wieder. Ich glaube, sie vermisst mich auch, aber nie lange. Falls doch, steigt sie in den nächsten Flieger und kommt vorbei.«

»Was ist mit deinen Eltern?«

»Sie leben beide schon länger nicht mehr. Als ich vierzehn war, nachdem mein Vater gestorben ist, sind meine Schwester und ich zu meiner Tante nach Berlin gezogen. Das war okay, wir haben uns gut mit ihr verstanden, aber wir waren eben keine kleinen Kinder mehr. Tanja ist zwei Jahre älter als ich. Wenn ich in der Stadt bin, besuche ich meine Tante, manchmal schreiben wir uns.«

»Und deine Schwester?«

Sein Arm berührt meinen, für einen Moment bin ich versucht, mich an ihn zu lehnen, den Kopf auf seiner Schulter, doch ich widerstehe dem Impuls. »Meine Schwester«, sage ich und stocke, weil mir die Worte fehlen, ich muss sie mühsam zusammensuchen, und trotzdem zeichnen sie nur einen verschwommenen Umriss, den ich nicht zu füllen vermag. »Meine Schwester war im Gegensatz zu mir immer sehr ehrgeizig, und trotzdem hatte ich in der Schule die besseren Noten, ich hatte mehr Zeit für meine Freunde, während sie lernte und Instrumente übte und an Schwimmwettbewerben teilnahm. Wir haben nicht oft etwas zusammen unternommen. Eigentlich verstanden wir uns erst etwas besser, als sie einen gut bezahlten Job bekam, während ich neben dem Studium versucht habe, mich auf meine Kunst zu konzentrieren.«

Er legt seine Hand auf meine, durch die Berührung merke ich, wie kalt meine Finger geworden sind.

Stufe achtunddreißig. Ich richte mich wieder auf.

»Jeder lebt sein eigenes Leben«, meint Juran. »Auf ihre Weise liebt dich deine Schwester bestimmt.«

»Ich weiß. Das ist es nicht. Liebe ist nur schwer zu akzeptieren, wenn man sie nicht erkennen kann.«

»Du kannst sie immer erkennen, wenn du genau hinsiehst.« Er lächelt, ich zucke mit den Schultern, weil ich nicht weiß, ob diese allgemeinen Wahrheiten immer auf alles zutreffen, ob sie überhaupt jemals zutreffen. »Wenn du ihn noch nicht gefunden hast, suche diesen Ort für dich. Es ist leichter zu gehen, wenn man weiß, wohin man zurückkehren kann.«

»Vielleicht will ich ja nirgendwohin«, entgegne ich, lauter als beabsichtigt.

»Stimmt. Vielleicht willst du das nicht.« Juran setzt sich gerade auf, sein Blick ist sehr nah.

Der helle Streifen am Horizont wird zunehmend breiter, bald schon wird irgendwo links von uns die Sonne über dem Meer auftauchen.

»Zeit, schwimmen zu gehen«, meint Juran plötzlich. Tatsächlich steht er auf und zieht sich Pullover und T-Shirt über den Kopf, sein Oberkörper wirkt schmal und etwas zu dünn.

»Jetzt?«, frage ich verblüfft.

»Wann sonst?« Auch die Jeans lässt er zu Boden gleiten, hebt sie auf und legt sie zu den anderen Kleidungsstücken auf die Bank. »Kommst du?«

Unter der Jacke trage ich meinen Pyjama und einen Slip, keinen BH, deshalb zögere ich, während Juran bereits langsam vorausgeht.

Ein paar Schritte weiter dreht er sich noch einmal um. »Ich schaue auch nicht hin«, verspricht er, wahrscheinlich zwinkert er mir zu, wahrscheinlich meint er es nicht ernst, weil es ihm völlig egal ist, welche meiner Körperteile er zu Gesicht bekommt.

Kurzentschlossen streife ich die Klamotten ab, alles bis auf den Slip, und laufe ihm hinterher, renne an ihm vorbei in die Morgendämmerung hinein, endlos lang den Sand hinunter. Die erste Berührung mit dem Wasser ist warm, wärmer als erwartet, nur langsam wird das Meer tiefer, der Strand ragt weit hinein.

Ich drehe mich um, Juran befindet sich dicht hinter mir.

Nebeneinander laufen wir weiter, das Wasser steigt uns bis zu den Knien, dann sinkt es wieder, als wir eine Sandbank erreichen. Gefühlte Kilometer waten wir durch seichtes Wasser, bis es wieder steigt, bis zur Hüfte, bis zum Bauchnabel, scharf atme ich ein, weil ich diesen Teil am meisten hasse. Wir gleiten ins Meer hinein und schwimmen die ersten Züge, ich tauche unter die Oberfläche und wieder auf.

»Gehst du jeden Morgen schwimmen?«, frage ich.

»Nein, nicht jeden Morgen. Aber häufig. Um diese Zeit ist hier kaum jemand.«

Ich drehe mich um, nur ein einsamer Jogger nähert sich in weiter Ferne unserem Strandabschnitt.

»Ich würde jeden Morgen schwimmen gehen und einfach so lange bleiben, bis das Wasser zu kalt wird.«

»Es wird nie zu kalt, wenn du jeden Morgen hineingehst.« Juran lächelt, seine Zufriedenheit brodelt im Wasser, sie erfasst mich und lässt mich auflachen, und nur kurz fühle ich mich albern deshalb, dann schaltet sich mein Gehirn wieder aus und alles, was ich spüre, sind die Weichheit des Wassers, Jurans Nähe und der perfekt kitschige orangerosa Sonnenaufgang.

Nach etwa zehn Minuten kehren wir um. Wir waten aus dem Wasser, der Sand klebt an meinen Füßen, und noch immer kitzelt mich das Lachen, tief unten in meinem Bauch, wo ich schon lange nichts mehr gespürt habe. Zurück an der Bank trockne ich mich mit meinem Pyjamashirt ab und kuschle mich in die Jacke, es ist mir sogar egal, vor Juran den nassen Slip aus- und die Hose anzuziehen. Wir setzen uns wieder nebeneinander. Inzwischen hat sich die Sonne vom Horizont gelöst, sie lässt ihre intensiven Morgenfarben zurück und wandelt sich in ein strahlendes Weißgelb, und der Himmel verblasst zu einer Neunzehn.

»Wir sollten zurückgehen«, sage ich und meine es nicht so, und Juran sagt: »Wir sollten hierbleiben«, und ich hoffe, dass er es so meint, also bleiben wir, wir schweigen in die aufsteigende Sonne hinein, wir schweigen, als die ersten Touristen weiter entfernt den Morgen am Strand begrüßen, wir schweigen in unser Schweigen hinein, und aus einem unerfindlichen Grund reicht das völlig aus.

Kapitel 9

New Beginning

Ich bin völlig erledigt, als ich endlich alle Kisten in mein neues Zimmer geschleppt habe. So viele sind es eigentlich nicht. Mein Hab und Gut beschränkt sich auf acht Umzugskartons, zwei Koffer und einen winzigen Kaktus, der meine gesamte Kindheit über kein Stück gewachsen ist.

Als ich vor zwei Tagen den Schlüssel abgeholt habe, hast du mir schon gesagt, dass du in einem Kindertheater an der Kasse sitzen würdest, während ich einziehe. Hinter einer geschlossenen Tür befindet sich dein Zimmer. Bei meinem ersten Besuch hast du es mir kurz gezeigt. Überall lagen Sachen herum, trotzdem wirkte es einladend. Ich hätte mich gern mit dir auf den Boden gesetzt und mit dir geredet, weil ich sicher bin, dass wir uns gut verstehen werden. Vom ersten Moment an war ich mir sicher. Fast fühle ich mich wie ein Eindringling, und ich brauche ein paar Sekunden, bis mir wieder einfällt, dass es jetzt auch meine Wohnung ist. Vorher hat in meinem Zimmer ein Philosophiestudent gewohnt, aber der hat lieber nachgedacht, statt sich mit dir zu unterhalten.

Am Wochenende will mein Vater mit dem Transporter kommen und meine Möbel bringen. Viel habe ich sowieso nicht,

nur einen Schreibtisch, einen schmalen Kleiderschrank und ein
Ausziehsofa. Bis dahin werde ich auf einer Isomatte schlafen.

Ich laufe unschlüssig durch das Wohnzimmer. Du hast die Wände erst Anfang des Jahres gestrichen, in Rot, Orange und Mintgrün. Die Farben irritieren mich, dabei sieht es gut aus, es sieht warm und gemütlich aus. Überall hängen Lichterketten, auf allen Oberflächen sind Kerzen verteilt.

Gerade inspiziere ich die Küchenschränke, als du in die Wohnung kommst.

»Ich habe mich beeilt«, sagst du. »Bist du schon fertig, oder kann ich dir noch helfen?«

»Es ist schon alles oben.« Wie ertappt schließe ich den Teeschrank und stehe nun ohne Aufgabe in der Küche herum. Ich wollte nicht wirklich etwas holen, aber damit du das nicht merkst, nehme ich ein Glas von dem Regalbrett über der Spüle und fülle es mit Wasser. Ich trinke ein paar Schlucke.

»Hast du Hunger?« Du stellst deinen Rucksack auf einen Stuhl und beginnst damit, ihn auszupacken: Aubergine, Zucchini, Staudensellerie, Paprika, Käse, passierte Tomaten.

»Ein bisschen, ja.«

»Sehr gut, das wollte ich hören. Dann koche ich dir jetzt dein Einzugsessen. Du darfst es mir nicht sagen, wenn es dir nicht schmeckt, und du darfst leider über keine Zutat mitentscheiden, aber du musst bei den Vorbereitungen helfen. Deal?« Du lächelst, trotzdem bin ich für einen Moment unsicher, ob du das ernst meinst.

»Deal«, sage ich dann.

Wir kochen Gemüselasagne. Du schneidest das Gemüse viel schneller als ich. Offenbar kochst du häufiger. Mein Vater kann *nicht kochen, also habe auch ich das nie gelernt. Ich bin viel zu ungeschickt, mir brennt dauernd etwas an, und mit Gewürzen kenne ich mich gar nicht aus.*

Nach einer Weile legst du plötzlich das Messer beiseite und siehst mich an. Mir ist das unangenehm. Ich schneide weiter, dann erwidere ich deinen Blick vorsichtig. »Was ist denn?«, frage ich.

»Ich habe eigentlich keine Regeln«, sagst du, »aber ein paar Dinge will ich trotzdem klarstellen. Erstens: Du kannst anziehen, was du willst, aber mindestens einmal während unseres Zusammenwohnens musst du mir erlauben, dich zu schminken. Zweitens: Wenn du jemanden mit nach Hause bringst, vögelt ihr nicht auf dem Sofa. Das ist nämlich fast neu, meine Mutter hat es mir zum Geburtstag geschenkt. Drittens: Ich schaue mir gern Filme mit dir an, aber keine Horrorstreifen und Action nur, wenn es dazu Alkohol gibt. Thriller sind okay, Pornos auch, solange ich sie aussuche. Viertens: Unter gar keinen Umständen darfst du mich jemals wecken. Vor acht ist meine Laune so miserabel, dass ich mich selbst nicht ertrage. Danach wird es besser, abhängig davon, wie gut der Kaffee ist. Fünftens: Mein Zimmer ist mein Reich. Da darfst du nur auf Einladung rein. Aber keine Sorge, ich lasse deins auch in Ruhe. Sechstens: Der Punkt bleibt erst mal frei, falls mir später noch was einfällt. Siebtens auch.«

»Okay«, sage ich, etwas überrumpelt.

Du lächelst und umarmst mich. Du bist etwa fünf Zentimeter größer als ich und duftest nach Zitrone und Apfel. Ich will auch so riechen, ich will genauso frisch und lebendig riechen wie du.

»Falls du auch eigentlich keine Regeln hast, aber etwas klar-

stellen willst, nur zu.« Du gehst zu deinem Gemüse zurück. Es
ist fast alles fertig geschnitten.
»Mir fällt gerade nichts ein.«
»Dann sag mir Bescheid, sobald dir etwas einfällt.«
»Okay.«
Während du die Sauce ansetzt, reibe ich den Käse.
»Leira?«, sage ich. Dein Name klingt unglaublich weich, wie
etwas, in das ich mich hineinkuscheln möchte.
»Ja?«
»Ach, nichts.«
Die Gemüselasagne wird das Leckerste, was ich je in meinem
Leben gegessen habe.

Sonnenflecken fallen durch das gemusterte Dach des Pavillons.
Das Meer kann ich wegen der Mauer vom Garten aus nicht erkennen, doch an meinen Füßen klebt Sand, an meiner Hose auch,
und mein Gesicht fühlt sich eine Spur zu warm an. Jolie, Amber,
Pablo und ich waren über eine Stunde unterwegs, in Caorle gingen wir ein Eis essen, Amber kaufte sich ein Tuch, das sie sich in
die blonden Haare band, Jolie einen italienischen Roman, dann
liefen wir wieder zurück. Seitdem üben Amber und Vinny, ihre Musik schwebt über das Grundstück. Jolie sitzt auf unserem Balkon
und liest.

Ich rufe die App-Übersicht auf Nathalies Handy auf. Tatsächlich, das habe ich mir richtig gemerkt, auch für Rezepte gibt es ein
eigenes Programm. Die Gemüselasagne steht ganz oben, sogar zwei
Fotos finden sich dazu, ein Stück Lasagne auf einem Delfinteller,
ich wette, Nathalie hat sie selbst aufgenommen.

Eigentlich klingt das Gericht ganz lecker, lecker genug zumin dest, um es heute für die anderen zu kochen. Das hatten Jolie und ich sowieso vor, wir haben uns bereits beim Frühstück dafür angemeldet, oder besser, Jolie hat uns dafür angemeldet, ich war nur zu müde, ihr zu widersprechen.

Meiner Meinung nach hat Urlaub mit Ausschlafen zu tun.

Für zehn Leute einzukaufen und zu kochen dauert, wir sollten bald anfangen zu planen, zumal ich nicht sicher bin, ob es in der Nähe ein Lebensmittelgeschäft gibt, das am Sonntag geöffnet hat. Ich trete aus dem Pavillon und blinzle zu unserem Balkon hinauf, kann Jolie jedoch nicht entdecken. Auch im Garten finde ich sie nicht. Nur die Malerin – ihren Namen habe ich mir immer noch nicht gemerkt – sitzt wieder vor ihrer Staffelei, sie blickt kaum auf, als ich an ihr vorbeilaufe, und Pablo spaziert laut telefonierend zwischen Obstbäumen umher.

Aus dem Wohnzimmer dringen Stimmen. Dem Gelächter nach zu urteilen, hat schon wieder jemand Wein geöffnet, man muss hier aufpassen, nicht schon vor dem Frühstück betrunken zu sein. Überhaupt frage ich mich, wie die anderen es schaffen, ihre Aufgaben zu erledigen, wenn permanent jemand anwesend ist, der einen in Gespräche bannt.

Gerade stößt Riccardo mit Ludwig an und erhebt sich, als würde er eine Rede halten wollen.

»Genau im richtigen Moment!«, ruft er mir zu, obwohl ich mich nur unauffällig zu den anderen schleichen wollte.

Ich quetsche mich neben Jolie auf einen breiten Sessel, mein Po hängt halb auf der Armlehne. »Was ist denn hier los?«, flüstere ich ihr zu, während Riccardo bereits zu reden beginnt.

Sie rutscht ein bisschen zur Seite, bis wir nebeneinander passen. »Keine Ahnung, ich habe nicht alles mitgekriegt.«

»… deshalb freue ich mich, die neue Staffel von *The Mystery of Peter Rabinshaw* ankündigen zu dürfen. Im Januar wird sie auf Netflix verfügbar sein, die ersten Folgen habe ich bereits hier.« Er macht eine kurze Pause, Gérard applaudiert begeistert und Pablo und die Malerin, die gerade ebenfalls das Wohnzimmer betreten, stimmen mit ein.

»Ich hole die anderen«, sagt Juran, im Vorbeigehen lächelt er uns an, Jolie und mich.

»Wenn da was läuft, sagst du es mir, oder?«, fragt Jolie auf Deutsch.

»Was soll wo laufen?«

»Du weißt, was ich meine. Beim Frühstück hat er dich häufiger angeguckt als seine Brioche.«

»Du spinnst.« Ich versuche, Jolie in die Taille zu zwicken, aber da wir uns beide kaum bewegen können, gelingt mir das nicht. »Da läuft nichts, wir kennen uns doch gar nicht.«

»Am Anfang kennt man sich nie.« Sie legt den Kopf auf meine Schulter und die Hand auf mein Bein. »Wir sind hier in einem geschützten Raum, in dem alles passieren kann.«

»Bei dir kann immer alles passieren.«

»Aber bei dir nicht.«

Riccardo flucht leise, da der Beamer sich weigert, mit dem Laptop zu kommunizieren. Während Vinny die Fensterläden schließt, versucht Pablo, mit dem Juran gerade den Raum betreten hat, Renzi zu helfen, doch es sieht nicht so aus, als würden seine Ratschläge die Vorbereitungen beschleunigen. Der große Fernseher wurde bereits mittels Fernbedienung in einem TV-Schrank versenkt, sodass die Wand dahinter nun als Projektionsfläche frei liegt.

»Wir haben kein Popcorn«, stellt Jolie auf Englisch fest, und sofort springt Gérard auf und verschwindet in Richtung Küche.

»Der steht wohl dafür eher auf dich«, murmele ich.

»Schlecht sieht er ja nicht aus. Außerdem wohnt er praktischerweise in einem Einzelzimmer.«

»Oh Mann.« Ich beuge mich nach vorn, um den Fußhocker näher zu mir zu rücken, dann lasse ich mich wieder zurückfallen. »So viel Sex wie du hat sonst echt kein Mensch.«

»Wenn alle so viel Sex hätten wie ich, würde es keine Kriege mehr geben.« Sie grinst wissend. »Darüber könnte wirklich mal jemand eine Studie anfertigen. Es gibt schließlich deutlich sinnlosere Erkenntnisse.«

»Gut, dass wir übermorgen schon wieder abreisen.«

»Tun wir das?« Aufmerksam sieht Jolie mich an, ihr Blick ist zu nah, um ihm auszuweichen.

»Klar. Wir müssen doch das Auto zurückgeben.«

»Bestimmt kann man den Mietvertrag verlängern.«

Amber und Juran platzieren sich auf dem Dreiersofa, Vinny steht Renzi beim Kampf mit der Technik bei, offenbar erfolgreicher als Pablo. Bei allem, was sie tut, wirkt sie sehr ernst und konzentriert, doch in Riccardos Nähe weicht etwas in ihr auf, bis sie so aussieht, als würde sie tatsächlich erwägen, als Nächstes zu lächeln.

»Und dann? Was machen wir hier?«

»Wir gehen am Meer spazieren, wir essen Eiscreme, wir lesen, wir gehen am Meer spazieren, wir schauen diese Serie, du beginnst eine Affäre mit dem netten Tschechen, ich eine mit dem attraktiven Franzosen, wir gehen am Meer spazieren, wir helfen dabei, den Kellerraum zu renovieren, wir ernten Walnüsse, wir machen Ausflüge, wir gehen am Meer spazieren, wir …«

»Ich glaube, ich habe das Prinzip verstanden.«

Triumphierend strahlt Riccardo uns an, als auf der Wand endlich der Laptopdesktop flimmert. Vinny setzt sich neben Amber, alle Sitzmöglichkeiten sind belegt, und ich schaue nicht hin, als Amber näher an Juran heranrückt, um ihrer Freundin Platz zu machen.

»Gut. Denk darüber nach. Heute Vormittag hast du doch ein bisschen gearbeitet. Ich überlasse dir auch häufiger das Zimmer, wenn du dich dann besser konzentrieren kannst.«

»Bloß nicht. Gérard schläft im Zimmer direkt neben unserem. Ich würde euch nur zuhören müssen.«

In diesem Moment kehrt der Franzose mit einem vollen Tablett zurück, Schüsseln mit Chips, Schokoladenrosinen und anderer Naschkram stehen darauf. Zielsicher reicht er Jolie die gebrannten Mandeln, als wüsste er, wie oft der Duft nach karamellisiertem Zucker durch unsere Wohnung waberte, mit Zimt, mit Vanille, mit Kardamom, mit Espresso, mit Kakao – wir haben alles ausprobiert.

Nachdem er die Schälchen auf den Tischen verteilt hat, setzt er sich neben unserem Sessel auf den Boden, auf Jolies Seite natürlich, obwohl die Leinwand von dort aus nicht besonders gut zu sehen ist.

Renzi startet derweil das Abspielprogramm, das Intro beginnt, sehr viel Schwarz, ein bisschen Rot, abstrakte Muster und eine streicherlastige Melodie, schwer und weich zugleich windet sie sich durch den Raum.

Die Geschichte wird eher angedeutet und nicht chronologisch in mehreren Handlungssträngen erzählt, mit schrägen Figuren, die man sich erst erarbeiten muss. Peter Rabinshaw, um den es eigentlich geht, ist ein alter Mann, der nie wirklich auftaucht, man sieht ihn höchstens als Schatten am Fenster, schemenhaft, als eine verschwommene Gestalt am Ende der Straße, das Licht um ihn herum zersplittert.

Die Hauptfiguren einer Handlungsebene sind zwei Jungs, etwa fünfzehn Jahre alt, die sich regelmäßig in einer verlassenen Hütte im Wald treffen. Sie schmieden Pläne, um dem düsteren Dorf, in dem sie leben, zu entkommen, doch das ist nicht so leicht, zu viele Dinge fesseln sie an ihren Alltag, und die Grenze nach draußen können nur diejenigen übertreten, die Peter Rabinshaws Geheimnis lüften, ein gut gehütetes Geheimnis, dessen Entdecken einen das Leben kosten kann. Einer der Jungs trägt eine Schirmmütze.

Ludwig folgt dem Geschehen konzentriert, seine Wangen wirken dunkler als sonst, die Hände hat er über den Beinen verschränkt, als hielte er sich selbst fest. Für einen Moment sieht er auf und begegnet meinem Blick, in seinen Augen liegt dieselbe Aufregung wie in denen eines Kindes an Heiligabend.

***

Nach nur drei Tagen hat Jolie die italienische Fahrweise verinnerlicht. Auf der kurzen Strecke von der Villa ins Zentrum von Caorle hat sie mindestens zweimal die Hupe betätigt, einmal gewagt überholt und nun den Wagen nur halb in eine Parklücke platziert, doch wenigstens so, dass er nur minimal die Straße blockiert.

»Ich lerne schnell«, sagt sie, als sie aussteigt. Den Automaten ignoriert sie, ich bin diejenige, die uns schließlich ein Parkticket holt.

Gérard lächelt und legt ihr den Arm um die Taille. Er wollte unbedingt mitkommen.

In einem Gemüseladen mit Käsetheke holen wir alles, was wir für die vegetarische Lasagne brauchen, und verstauen die Lebensmittel im Kofferraum. Gérard will uns unbedingt die Kirche direkt am Wasser zeigen, oder besser, er will sie Jolie unbedingt zeigen, ich möchte einfach nur durch die Straßen schlendern, ohne Unterhaltung. Ich möchte keinen Ausflug nach Venedig planen, keine Wanderungen in der Umgebung, keine Gemeinschaftsspiele für den Abend, und Jolie umarmt mich und wünscht mir viel Spaß, in einer Stunde wollen wir uns wieder am Auto treffen.

Die Abendsonne senkt sich dem Horizont entgegen, das Licht verfärbt sich bereits in leuchtendes Feuerorange. Noch haben die meisten Restaurants geschlossen, Touristen spazieren durch die Straßen, ich tauche von dem kleinen, belebten Zentrum ab in ruhigere Gassen. Der sanfte Abendwind spielt mit der Wäsche, die von Balkonen hängt, vor einer Holztür, deren grüne Farbe abblättert, stehen zwei Frauen, sie rauchen und unterhalten sich und bemerken mich kaum, als ich an ihnen vorbeigehe.

Es dauert nicht lange, bis ich aufhöre, mich zu orientieren. Immer wieder bleibe ich stehen, begutachte die weniger werdenden Schaufensterauslagen und Häuserfassaden, beobachte Menschen, nehme alles auf, so viel wie möglich, um es noch lange bei mir zu tragen, diese Momente in der meeresnahen Abendluft, das Licht, die Wärme der Sonne. Für eine Weile gibt es nichts, woran ich denken muss, keine Rechnungen, keine Aufträge, keine Termine, keine Leere in stillen Räumen.

Nun denke ich doch daran, besonders an die Leere in stillen Räumen, also laufe ich etwas schneller, suche die Umgebung nach etwas ab, das meine Aufmerksamkeit in Anspruch nimmt, und plötzlich ist es da, leuchtet mir entgegen in strahlenden Farben, Rot, Gelb, Orange, wenig Weiß, kaum Blau oder Grün. Abrupt bleibe ich stehen.

Anders als das Dschungelbild erstrecken sich diese Muster über eine Häuserwand, verschlungene Linien, Wellen und Spiralen. Die ineinander übergehenden Farben saugen mich ein, Hitze greift nach mir, und je länger ich darauf starre, desto mehr sieht es so aus, als würden sie sich bewegen. Obwohl beide Werke ohne Signatur sind, weiß ich, dass sie von demselben Künstler stammen, der Dschungel und die rotgelben Muster, die Dynamik ist dieselbe, die Farbdominanz, die Intensität.

In winzigen Schritten trete ich näher an das Bild heran, bis ich es berühren könnte. Nur ab und zu kommen Passanten vorbei, die meisten werfen lediglich einen Blick auf die Zeichnung, sie nehmen sie im Vorbeigehen wahr, aber ich möchte sie spüren, jeden Nuancenwechsel, alle Verläufe, wie eine Karte ist dieses Bild, nur was für eine, das muss ich entschlüsseln, ich muss jedem Strich folgen, jedes Detail erkunden.

Langsam zieht sich die Sonne aus den Straßen zurück, goldgelbes Laternenlicht flammt auf. Immer wieder schreite ich vor der Zeichnung auf und ab, immer wieder untersuche ich kleinere Segmente genauer, und nach einer Weile hole ich doch meine Pastellkreiden aus der Tasche, die absolut nicht für das Malen auf Häuserwänden geeignet sind, nicht für diese Farben oder den rauen Untergrund. Ich setze am rechten Rand an, ohnehin wurde dieses Werk nicht in einen unsichtbaren Rahmen gezwängt, sondern franst in alle Richtungen aus. Sehr vorsichtig ziehe ich die ersten Linien, ich halte inne, mein Herz schlägt bis in den Kopf hinein. Das Zögern verträgt sich nicht mit dem Bild, es passt weder zu der Unbezähmbarkeit noch zu den Farben. Ich lasse die Hand wieder sinken, kann mich jedoch nicht losreißen. Das Bild ist wie eine Frage, auf die nur ich die Antwort kenne, ich kann sie nicht einfach im Raum stehen lassen und so tun, als existierte sie nicht.

Aus meiner Tasche suche ich die Kopfhörer und setze sie auf, ich wähle ein Lied aus Nathalies Playlist, *Burning* von Ludovico Einaudi, das sie laut Abspielstatistik zweihundertsiebenundachtzig Mal gehört hat, und dann drücke ich auf Play und schließe kurz die Augen, während die sanften Pianoklänge einsetzen. Erneut hebe ich die Hand, der Kreidestift besteht aus einem hellen Zitronengelb, nichts, das die Gesamtkomposition zerstören würde, es verschwindet in seiner Unscheinbarkeit, und diesmal löst sich etwas in mir, während sich eine Geige in die Klaviermelodie mischt, als würde ich durch eine Straße wandern, die ich schon seit Ewigkeiten nicht mehr betreten habe. Die Musik fließt durch mich hindurch, sie betäubt meine Gedanken, sie drängt sie in ihre Ecken zurück und öffnet einen Raum, dessen Existenz ich längst vergessen habe. Er ist kalt und leer, und ich gehe nun hinein und fülle ihn mit Farben, mit Gelb- und Orange- und schließlich Rottönen, sie leuchten nicht so wie dieses Bild, sie schweben nicht so wie die Musik, aber sie sind da, sie glimmen leise, sie wagen ein erstes Flüstern, und langsam breitet sich eine vorsichtige Wärme aus.

Irgendwann, nach der fünften oder sechsten Wiederholung von *Burning*, trete ich zurück. Ich erkenne meine Ergänzung, jemand anderes wird sie aber wohl kaum wahrnehmen, es ist nicht viel, nur eine winzige Erweiterung, die sich unscheinbar an das Ursprungsgemälde presst. Ich atme schnell, doch diesmal ist das keine Angst, die sich um mein Herz legt, sondern singende Aufregung, und dann klingelt mein Handy und Jolie fragt, wo ich denn bleibe.

»Ich singe«, sage ich und vereinbare einen Treffpunkt mit ihr, an dem sie mich aufsammeln können, dann lege ich auf.

Ein letztes Mal noch betrachte ich das Bild, ich mache ein Foto davon, auch wenn das Laternenlicht den Farben nicht gerecht wird, und kehre anschließend zu Jolie zurück.

Sie haben Kirchen besichtigt und Kuchen gegessen, und als sie fragen, was ich unternommen habe, antworte ich: »Ich war spazieren. Und dann bin ich verbrannt.«

Kapitel 10

Jolie atmet langsam und gleichmäßig, ausnahmsweise bin ich vor ihr wach. Ich bin vor allen anderen wach.

Eine Viertelstunde lang warte ich darauf, dass der Schlaf zurückkehrt, doch er ist bereits weitergewandert, also stehe ich auf, ziehe mir meine Sweatjacke über und verlasse das Zimmer.

Stille bevölkert das Haus, unruhig starrt sie mich an, als ich barfuß über den kalten Marmorboden schleiche und sie in ihrer zufriedenen Einsamkeit aufscheuche. Nur von unten dringen vereinzelte Geräusche, ein leises Klappern, ein paar Worte. Selbst in Italien, selbst in diesem Garten kann nicht immer die Sonne scheinen, eigentlich wusste ich das, doch dass sie sich heute durch dicke Wolkenschichten kämpfen muss, versetzt mir einen Stich, als hätte sie ein Versprechen gebrochen.

Vor der Küchentür bleibe ich stehen. Sie ist nur angelehnt, ich erhasche einen Blick auf den Umriss einer Frau, die gerade den zweiten Kühlschrank öffnet. Niemand darf ihn benutzen außer Magda, auch in der Speisekammer hat sie einen eigenen Bereich, den sie, so wurde Jolie und mir erklärt, bevor wir mit dem Kochen begannen, argwöhnisch überwacht. Sie würde jede fehlende Knoblauchzehe registrieren.

Ich öffne die Tür laut genug, dass man mich bemerkt, gehe aber nicht weiter.

»*Buongiorno*«, begrüßt mich die kleine, schlanke Frau mit den kurzen gewellten Haaren. Sie lächelt nicht, dennoch strahlt ihr Gesicht eine einladende Freundlichkeit aus, die mich dazu verleitet, mich an die Kücheninsel zu setzen. Morgens ist es kühl in dem Raum, doch der Ofen ist eingeschaltet, auf einem Teller duften Gebäckstücke vor sich hin. »*Caffè?*«

»*Sì, grazie.*«

Sie mustert mich aufmerksam, bevor sie sich der Kaffeemaschine zuwendet. Zwei Minuten später schiebt sie mir einen Cappuccino zu, perfekter Milchschaum, leichte Süße mit einem Hauch von Kakao. »Der ist sehr gut«, sage ich auf Englisch.

Sie nickt zufrieden. »Hast du Hunger?«, fragt sie.

Ich habe tatsächlich Hunger. Am liebsten würde ich ein Stück von der Gemüselasagne essen, auch wenn nicht viel davon übrig geblieben ist, aber bevor ich mich dazu entschließen kann, wirft Magda schon etwas in eine Pfanne. Sie verdeckt den Blick auf den Herd, und ich erkenne nicht, was sie zubereitet, also lasse ich mich überraschen.

Erste Regentropfen prasseln gegen die Fensterscheibe, innerhalb weniger Sekunden verdichten sie sich zu einem Schleier, hinter dem der Garten in nassem Grün verschwimmt. Obwohl die Tür geschlossen ist, kann ich den Regen riechen.

»*Buon appetito.*« Magda stellt einen Teller vor mir ab. Darauf liegt eine Blätterteigpastete, garniert mit einer cremigen Joghurtsauce und angedünstetem Gemüse. Wie hat Magda das so schnell zubereitet? Die Pastete ist noch warm.

»Köstlich«, betone ich zwischen zwei Bissen. Der Teig ist mit Kartoffeln, Pilzen und Tomaten gefüllt, die leichte Knoblauch-Kräuter-Sauce rundet den Geschmack mit ihrer Würze perfekt ab.

»Das Rezept hat mir eine Freundin aus Deutschland geschickt.«
Magda setzt sich auf die andere Seite der Kücheninsel. Es ist mir
unangenehm, allein zu essen, doch sie steht kurz auf, bereitet sich
einen Kaffee zu und gesellt sich wieder zu mir. »Bevor ich bei Riccardo angefangen habe, habe ich in einem ganz ähnlichen Haus
wie diesem gelebt.«

»In einer Villa?«

»Einer Villa voller interessanter Menschen.«

Obwohl sich in ihr Englisch ab und zu italienische Vokabeln
mischen, verstehe ich sie gut. »Hast du dort auch gekocht?«

»Oh ja. Und ich konnte mich um die vielen Obstbäume kümmern und hatte ein paar Bienenstöcke. Es war ein wundervoller
Ort.«

»Wieso hast du ihn verlassen?« Unter dem süßlichen Geschmack
des knackig-frischen Gemüses breitet sich der von Kreuzkümmel
und Koriander aus, die mit ihrer exotischen Note eine interessante
Ergänzung bieten.

Sie lächelt, ihr Blick schweift zum Fenster. »Ich war mein Leben lang Junggesellin. Natürlich hatte ich hier und da eine Lieb-
schaft, aber das Kochen war immer meine größte Liebe. Vor drei
Jahren habe ich einen Mann kennengelernt, der das geändert hat.
Er lebt hier in der Gegend, ich war aber auf Sizilien. Wir mussten
eine Entscheidung treffen.« Magda ist bestimmt schon Mitte fünfzig, doch nun lächelt sie wie eine Sechzehnjährige, die sich gerade
zum ersten Mal richtig verliebt hat. Als sie mich wieder ansieht,
verschwindet das Lächeln von der Oberfläche ihrer Gesichtszüge
und strahlt stattdessen aus ihren Augen.

»Vermisst du das Haus, in dem du vorher gelebt hast?«

»Manchmal. Mehr noch vermisse ich die Menschen. Aber es

war ein Haus wie dieses, die Bewohner kamen und gingen. Nur wenige blieben länger dort.«

Ich schlucke den letzten Bissen hinunter und nippe an meinem Cappuccino. »Du kannst deiner Freundin sagen, dass ihr Rezept sehr lecker ist.«

»Das werde ich ausrichten.«

Bevor Magda aufsteht, räume ich meinen Teller in den Geschirrspüler. In dem Moment öffnet sich die Tür zum Garten, ein zerknautschter älterer Mann stolpert regennass herein. Augenblicklich ergießt sich ein Schwall an Beschimpfungen über ihn, doch als Magda aufspringt und auf ihn zueilt und ich schon glaube, dass sie ihn gleich mit einem Nudelholz vermöbelt, umarmt sie ihn, trotz der Feuchtigkeit, die überall an ihm klebt, und küsst ihn eindeutig nicht so, wie sich ältere Paare normalerweise küssen.

Ich wende mich ab, suche aus der Kammer im Flur einen Lappen und kehre damit in die Küche zurück. Luigi, der Gärtner, hat inzwischen die Schuhe, seine Jacke und die Gartenhose ausgezogen, Magda scheucht ihn ins Bad und nimmt mir den Stofffetzen ab, mit dem ich bereits die ersten Dreckspuren beseitigt habe.

Weil sich Magda nicht helfen lässt, setze ich mich wieder zu meinem Kaffee. Als sie fertig ist, schaltet sie den Ofen aus und holt die croissantförmigen Brioches heraus. Wortlos legt sie mir eine auf einen neuen Teller, das Gebäck dampft, die Nougatcreme ist noch heiß, beides schmilzt buttrig-zart auf der Zunge.

»Ist das Rezept auch von deiner Freundin?«, frage ich nach den ersten Bissen.

Magda lacht. Sie füllt Obst, Wasser und Gemüse in einen Mixer – Äpfel, Karotten, Birnen, Spinat –, und während er knatternd alles zerkleinert, dreht sie sich wieder zu mir um. »Sie hat mehr Rezepte von mir als ich von ihr«, erklärt sie. »Sie ist erst neunzehn. Oder nein, zwanzig.« Aus ihrer Handtasche holt sie ein kleines Fotoalbum. »Das trage ich immer bei mir. Im Laufe der Jahre sind so viele Menschen in mein Leben getreten und wieder daraus verschwunden, dass ich Angst habe, sie irgendwann zu vergessen. Deshalb trage ich ihre Fotos immer bei mir.«

Doch nicht nur Fotos kleben auf den Seiten, auch Briefumschläge und Postkarten aus allen möglichen Ländern befinden sich in dem Album. Ich blättere es durch.

Magda tippt auf die Aufnahme eines Mädchens, vielleicht fünfzehn oder sechzehn Jahre alt, ein wenig ähnelt sie der fröhlichen Italienerin. Dieselben dunklen Haare, dieselbe offene Neugierde im Blick. Ein jüngeres Mädchen hockt neben ihr und streichelt eine strubbelige Katze. »Das Foto habe ich gemacht, kurz bevor sie mit ihrer Mutter und ihrer Schwester abgereist ist.« In Magdas Stimme schleicht sich Traurigkeit. Aufgeschlagen lasse ich das Fotoalbum liegen, während die Köchin das Bild betrachtet, ihre Sehnsucht schwappt bis zu mir und trifft mich so tief an einem Punkt, den ich vergessen habe, den ich all die Jahre verdrängen konnte.

»Ich will keine Kinder«, sagte Ben, gleich am Anfang, als die Nähe zwischen uns noch kribbelnd und aufregend und ungewiss war.

»Ich auch nicht«, antwortete ich.

Auf einmal bin ich mir nicht mehr sicher, ob das noch stimmt.

»Morgen.«

Erschrocken drehe ich mich zu Juran um. Er trägt die Klamotten vom Vortag, wahrscheinlich hat er noch gar nicht geschlafen.

»Du bist früh wach«, stellt er fest.

»Du gehst spät ins Bett.«

Er setzt sich neben mich.

Inzwischen hat Magda das Fotoalbum wieder weggeräumt, keine Regung in ihrem Gesicht deutet mehr auf die Sehnsucht hin, die sie eben noch so deutlich ausgestrahlt hat. An Juran sendet sie lediglich ihr freundliches Nicken, bevor sie sich wortlos der Kaffeemaschine zuwendet und eine bunt bemalte Espressotasse unter den Siebträger stellt.

»Das werde ich aber bald tun, sonst wird es im Haus wieder zu laut.« Er gähnt und streicht sich durch die Locken.

Ich werfe Magda ein Lächeln zu, mit einer unglaublichen Wärme im Blick fängt sie es auf und beginnt damit, Geschirr für das Frühstück auf einem Tablett zu sammeln. Wie nebenbei stellt sie vor Juran einen Teller mit Brioche darauf ab und etwas später die bunte Tasse. Er zieht sie zu sich heran und tunkt eine Ecke des Gebäcks in den dampfenden Espresso.

»Der Tag sieht heute sowieso nicht besonders einladend aus«, bemerke ich. Noch immer prasselt der Regen in eintöniger Melodie gegen das Fenster, gegen die Wände, auf das Dach, in den Garten, er nistet sich in den Stunden ein. Wahrscheinlich wird heute niemand zeitig aufstehen, alle werden sich in ihren Betten verkriechen, wo es warm und gemütlich ist.

»Er sieht nur so aus, aber er bietet genauso viel Raum wie alle anderen Tage.« Ganz leicht neigt Juran den Kopf, wahrscheinlich bemerkt er selbst die Bewegung gar nicht, und nippt an seinem Getränk.

Während Magda im Speisezimmer verschwindet, schalte ich den Wasserkocher ein und fülle Kräutertee in das Sieb einer gusseisernen Teekanne. Das Schweigen wird zu groß für Juran und mich, aber niemand kommt zurück, um es zu zerstreuen. Nebenan klappert Magda herum, kurz höre ich die Stimme ihres Mannes.

»Wir müssen nicht reden«, sagt Juran in die Stille zwischen uns, er lächelt sanft.

»Ich will aber reden«, antworte ich.

Der Wasserkocher schaltet sich aus, ich fülle seinen Inhalt in die Kanne und nehme einen Becher aus dem Schrank, dann gibt es nichts mehr, was ich tun kann.

Juran beobachtet mich ruhig. »Du hast einen Tag, der sonst nichts mit deinem Leben zu tun hat«, beginnt er. »Alles kann passieren. Wirklich alles. Du kannst durch die Zeit reisen. Du kannst ins Weltall reisen. Du kannst dich in einen Dinosaurier verwandeln. Was passiert?«

Ich lache leise. Der Druck in meiner Brust verschwindet, und ich weiß, dass in meinem Kopf tausend Gedanken herumflattern, tausend Vorstellungen, in diesem Moment bekomme ich jedoch keine einzige zu fassen. »Was passiert bei dir?«

»Nein, nicht schummeln. Ich habe dich gefragt.«

Ich denke einen Moment nach. »Mir fällt nichts ein. Ich würde wahrscheinlich den ganzen Tag am Meer spazieren gehen.«

Ungewöhnlich ernst blickt Juran mich an. »Komm mit«, sagt er, rutscht von seinem Hocker und streckt die Hand nach mir aus. Eher zögernd ergreife ich sie, nebeneinander verlassen wir die Küche, laufen durch den Gang, die Treppe hinauf, und als Juran die Tür zu seinem Zimmer öffnet und ich die Bilder entdecke, die diesmal nicht mit Kreide gemalt sind, sondern überwiegend mit Acryl, denke ich, dass Wege immerzu ineinanderfließen, und man sieht das meistens nicht, in diesem Fall jedoch liegen sie sehr klar vor mir, Jurans Weg und mein Weg und die Stelle, an der sie sich getroffen haben.

Im Türrahmen bleibe ich stehen. Juran lässt meine Hand los

und betritt den Raum, sucht aus einer Ecke dickes Aquarellpapier in DIN-A2-Größe heraus und legt die weiße Pappe auf den Boden.

»Du zeichnest doch, oder?«, fragt er mich von der Mitte des Zimmers aus.

Ich habe mich keinen Zentimeter gerührt. Sehr langsam rieselt seine Frage in mein Bewusstsein, es dauert einen Moment, bis ich sie aufgreife. »Ja. Manchmal.« Nun gehe ich doch in das Zimmer und schließe die Tür hinter mir. »Aber eigentlich nur Auftragsarbeiten. Sonst nicht.«

»Sonst nicht oder sonst nicht mehr?«

Zögernd betrachte ich die leere Fläche, unsicher, worauf genau Juran abzielt. »Nicht mehr«, sage ich leise, obwohl ich weiß, dass er die Antwort bereits kennt.

»Ich habe mir ein paar Farben aus Renzis Materialarchiv ausgeborgt«, sagt er nun und schiebt Spraydosen und Farbbecher neben den Karton. »Viele Besucher lassen einen Teil ihrer Sachen für die anderen hier. Wenn du willst, schaue ich im Keller nach, was er sonst noch dahat.«

Ich frage nicht nach den Straßenkreiden, nicht jetzt, ich brauche noch etwas Zeit, um Jurans Bilder, die überall im Raum verteilt sind, auf mich einwirken zu lassen. Einige sind nur Skizzen, ich finde mehrere Zeichnungen, die dem Feuerbild aus Caorle ähneln, aber noch nicht ganz die Hitze und Faszination ausstrahlen. »Nein. Das geht so«, erwidere ich, obwohl ich noch immer nicht weiß, was genau eigentlich so geht.

Neben dem Karton setzt sich Juran auf den Boden und blickt mich auffordernd an. Ich lasse mich neben ihn sinken, vor uns die leere Fläche, die Farben.

»Mach die Augen zu«, fordert er mich ruhig auf, also schließe ich die Augen. »Jetzt langsam und tief ein- und ausatmen.«

Das kann ich, tausendmal habe ich das geübt. Mit einem Mal werde ich sehr ruhig, mir war nicht einmal bewusst, wie nervös ich vorher war.

»Was siehst du?«, fragt er.

»Nichts.«

»Schau genauer hin.«

Also schaue ich genauer hin. Lichtpunkte glimmen in der Dunkelheit auf, Funken weiten sich sternenförmig aus, ein Glühen, das sich immer mehr verdichtet, bis es aussieht wie das knisternde Feuer einer Wunderkerze, und dann erlischt. Allmählich erhellt sich der Hintergrund zu einem ungetrübten Blau, nur das, Blau und weiter unten eine weiße Decke. Details bilden sich heraus, die sich zu schroffen, grauen Felsen formen, Berggipfel, darauf Schnee, weiter unten die wattigen Wolken, und über allem eine helle, klare Sonne an einem blauen Himmel. »Ich sehe …«, beginne ich, doch Juran unterbricht mich.

»Halte das Bild fest. Du darfst es nicht verlieren. Hast du es?«

Ich konzentriere mich auf jede Einzelheit, auf die vielfältigen Farbtöne der Berglandschaft, auf das intensive Himmelsblau, auf das unberührte Weiß. »Ja.«

»Okay. Jetzt kannst du die Augen wieder öffnen.«

Er reicht mir eine Schale zum Anrühren der Farben und mehrere Pinsel in unterschiedlichen Größen. »Eine Seite gehört dir, die andere mir, ohne klare Grenze.« Damit öffnet er einen Becher mit blauer Acrylfarbe, einen mit schwarzer und einen mit weißer und mischt alles zusammen, fügt einen Hauch Grün hinzu, bis das Graublau ins Türkis hineinreicht, und während er schon die ersten

Farbschichten aufträgt, überlege ich noch immer, wo ich anfangen soll.

»Denk nicht zu viel nach«, sagt Juran, ohne von seiner Arbeit aufzublicken. »Das soll kein Meisterwerk werden, es ist nur für uns. Leg einfach los.«

Ich schiebe alle Gedanken beiseite, bleibe nur bei diesem einen Bild und wähle schließlich ein helles Gletscherblau aus.

Schweigend knien wir nebeneinander, kleckern Farbe auf den Karton und verteilen sie, wir verwenden Pinsel und Finger, immer mehr nähern wir uns der unsichtbaren Grenze in der Mitte des Papiers, bis wir sie überschreiten, bis Juran sie überschreitet und bis ich sie überschreite, unsere Arme berühren sich, unsere Beine, unsere Hüften, wir krabbeln umeinander herum und aneinander vorbei, überall verteilen wir die Farbe, sie klebt an unseren Knien, in unseren Haaren, an der Kleidung, in unseren Gesichtern, auf den Steinfliesen, und aus der Berglandschaft wird ein Meer, und aus dem Meer wird eine Berglandschaft.

Wir reden wenig, sehen uns kaum an, nur manchmal lachen wir, wenn wir gegeneinanderstoßen, wenn wir Abdrücke hinterlassen, wo wir keine hinterlassen wollten.

Der Regen hört auf, während wir malen, wir bemerken es nur nebenbei. Die anderen wachen auf, während wir malen, sie rufen über den Flur, sie musizieren in ihren Zimmern, auch das bemerken wir nur nebenbei. Immer müder werde ich, und eigentlich sind wir auch schon längst fertig. Es gibt keine Details mehr, die ich mir gemerkt habe, trotzdem verändern wir unser Bild weiter, und manche Komponenten gehören eher in Jurans Teil und manche in meinen, fügen sich aber auch auf der anderen Seite ein. Bis wir doch aufhören, weil unsere Knie schmerzen und die Arme und unsere Augen schwer werden und die Sicht verschwimmt. Zusammen kriechen wir in Jurans Bett, mit Farbe beschmiert legen wir uns in die weißen Laken und umarmen uns, mehr nicht, wir umarmen uns nur, und kurz darauf schlafen wir ein.

* * *

Jurans Hand liegt auf meinem Bauch, sein Atem streift meinen Hals. Vorsichtig richte ich mich auf, hebe seinen Arm an und bette ihn auf der Decke, bevor ich mich vom Bett gleiten lasse. Seine Gesichtszüge wirken friedlich und entspannt, er murmelt etwas auf Tschechisch.

Unschlüssig bleibe ich im Zimmer stehen. Unser Bild liegt auf dem Boden, zwischen offenen Farbbechern und benutzten Pinseln, die Bodenfliesen sehen so aus, als bildeten sie eine Erweiterung des Kunstwerkes. Aus der Entfernung wirkt es allerdings konfus, das Meer und die Berge erkennt man kaum, überhaupt erkennt man wenig, nur Farben, sehr viel Blau, Grau und Weiß.

Auf meinem Weg durch das kleine Zimmer tänzle ich um all die Materialien herum, angle nach meiner Sweatjacke, die ich wohl irgendwann ausgezogen habe, öffne die Tür und schließe sie wieder, ohne einen letzten Blick auf das Bett zu werfen, auf Juran.

In der oberen Etage ist es still, nur von unten dringt Gemurmel. Bestimmt sitzen alle noch beim Frühstück. Ich betrachte meine besprenkelten Arme, die trockene Farbe zieht auf den Handflächen. So kann ich nicht zu den anderen hinuntergehen.

Aus unserem Zimmer hole ich ein Handtuch und meine Kosmetiktasche, eine halbe Stunde später habe ich alle Spuren beseitigt. Trotzdem bleibe ich im Zimmer, rubble meine Haare, bis sie nur noch feucht sind, und schaue immer wieder zu meinem Handy, das auf dem Nachttisch liegt.

Seit unserer Abreise hat sich Ben erst einmal nach unserem Urlaub und dem Essen erkundigt. Von der Villa habe ich ihm kaum etwas erzählt.

Ein brennendes Gefühl breitet sich in meinem Bauch aus, irgendwo zwischen Brust und Magen, ich versuche, es wegzuatmen, doch es will sich nicht wegatmen lassen, es setzt sich fest, höhnisch kichert es vor sich hin. Dabei gibt es nichts, worüber ich mit Ben reden müsste, nichts ist passiert, kein Flirt, kein Kuss, ich habe mich in niemanden verliebt. Juran und ich, wir haben nur zusammen ein Bild gemalt, und das ist nicht einmal besonders gut geworden. Nichts davon würde Ben interessieren.

Die Sehnsucht würde Ben nicht interessieren.

Ich wende mich ab und nehme statt meinem Nathalies Handy mit auf den Balkon hinaus. In der Vormittagssonne verdunstet der Regen, der Duft nach nasser Erde und frischem Gras umhüllt das Haus wie ein Schutzwall. Luigi beschneidet eine Hecke und wirft die Äste in eine bereitstehende Schubkarre, eine Katze streift neugierig um ihn herum. Ich rücke einen Stuhl in die Ecke des Balkons, auf die bereits die Sonne trifft, und setze mich darauf.

»Es wird Zeit, dass ich dich zurückgebe«, flüstere ich dem Handy zu. »Sobald ich bereit bin herauszufinden, wohin du gehörst.«

Matthias' Festnetznummer hat eine Berliner Vorwahl, unter Leiras und Nathalies Namen sind keine weiteren Einträge gespeichert. Trotzdem sollte es möglich sein herauszufinden, wo Nathalie wohnt. Dann würde ich ihr das Gerät einfach schicken, ich würde ihr einen Brief schreiben, ich würde schreiben, dass sie nicht mehr an Nanju denken soll, dass Leira immer noch da ist, dass alle Toten immer noch da sind. Aber letztlich weiß ich, dass es eine Lüge wäre, und auch Nathalie weiß das.

Ich rufe den Routenplaner auf. Vielleicht hat sie ein paar Ziele gespeichert, ihre Lieblingsplätze, die wichtigsten Orte ihres Alltags.

Unter den letzten Suchergebnissen befinden sich der Zentralfriedhof in Graz und ein paar Adressen in der Umgebung. Ausgerechnet. Natürlich könnte sie auf dem Friedhof jemand anderen besucht haben, dort nur spazieren gegangen sein oder Fotos aufgenommen haben, doch die Suchanfrage ist vom elften September, genau ein Jahr nach Nathalies letzter Nachricht an Leira. Ein Jahr nach Leiras Tod.

Unter dem Flughafen Graz und ein paar weiteren Zielen sammeln sich die älteren Suchanfragen. Alle Orte befinden sich in Berlin.

Ein Poltern im Flur, Jolie reißt lachend unsere Zimmertür auf, dann entdeckt sie mich und kommt zu mir auf den Balkon.

»Wir schauen noch eine Folge von dieser Serie«, erklärt sie und sinkt auf einen der anderen Stühle. »Wo warst du eigentlich?«

»Nirgendwo.« Rasch verstaue ich das Handy in meiner Hosentasche und weiche Jolies Blick aus, indem ich in den Garten hinunterschaue. Luigi scheint seine Arbeit beendet zu haben, zumindest ist er nicht mehr zu sehen, auch die Schubkarre und die Katze sind verschwunden.

»Du warst ganz bestimmt nicht nirgendwo.« Jolie beugt sich vor und zupft etwas aus meinen Haaren. »Das sieht sehr nach Farbe aus. Hast du gearbeitet?«

»So was Ähnliches.«

Sie mustert mich, stellt jedoch keine weiteren Fragen. »Renzi will im Keller einen Partyraum einrichten. Wir können renovieren helfen oder mit Luigi den neuen Geräteschuppen zusammenbauen. Worauf hast du mehr Lust?«

»Auf den Schuppen, wenn das Wetter schön ist. Falls es wieder regnet, male ich lieber den Keller an.«

»Gute Wahl.« Zufrieden nickt Jolie. »Kommst du jetzt mit runter? Wir wollen gleich mit der Serie anfangen. Ich habe eigentlich nur nach dir gesucht. Komischerweise ist auch Juran nirgendwo zu sehen.«

»Ja, ich komme gleich. Juran schläft. Er schläft vormittags immer.«

Einen Moment lang wartet sie noch, bevor sie mit einem leisen Seufzer aufsteht und das Zimmer wieder verlässt. Die Tür lässt sie angelehnt, alle Geräusche strömen herein, Stimmen, das Klappern von Geschirr, Radiogeplapper.

Wolken schieben sich vor die Sonne, nach den klareren Morgenstunden sammeln sie sich nun erneut zu grauen Wattebergen. Eigentlich ein perfekter Tag, um zu renovieren und zu arbeiten und Serien zu schauen.

Auf dem Weg nach unten bleibe ich vor Jurans Tür kurz stehen. Nichts ist dahinter zu hören, kein Schnarchen, kein Gemurmel, nicht das Reißen von Papier, nicht das Knarzen einer Schranktür. Ich könnte einfach hineingehen, mich wieder in sein Bett legen, ich könnte unberührt sein von allem, was sonst in diesem Haus geschieht, doch Jolie würde nur hundert Fragen stellen, und wenn sie Fragen stellt, muss ich mir dieselben Fragen stellen, dabei sind Fragen das Letzte, worüber ich im Augenblick nachdenken will. Jedenfalls solche.

Ich laufe die Treppe nach unten, Magda wischt gerade den Boden der Eingangshalle. Aus dem tragbaren Radio auf dem Tisch dudelt eine italienische Liebesschnulze.

»Kann ich dir helfen?«, frage ich, aber sie winkt mit einem Lachen ab.

In der Tür zum Wohnzimmer bleibe ich stehen. Diesmal teilen sich Jolie und Gérard unseren Sessel, mir bleibt nur der Platz bei Vinny, die allein auf der größeren Couch sitzt, Amber ist nirgendwo zu entdecken. Statt mich zu setzen, stehe ich im Türrahmen, während der Vorspann beginnt, ich verharre während der ersten Szenen, und dann streiten sich die beiden Jungs, weil einer von ihnen ihr größtes Versprechen gebrochen hat: Er hat jemandem von ihren Fluchtplänen erzählt.

Einem Mädchen.

Ludwig senkt den Kopf, sehr leise steht er auf und kommt auf mich zu, ohne dass es einer der anderen registriert. Ich trete zur Seite, um ihn vorbeizulassen, eine halbe Minute später folge ich ihm.

Er sitzt draußen neben dem Eingang auf einer Bank, im letzten Sonnenstrahl.

Leise geselle ich mich zu ihm, ich schweige, so wie Ludwig schweigt, zurückhaltend, gedankenverloren.

»Heute Abend soll ein Gewitter aufziehen«, sagt er schließlich.

»Noch mehr Regen ist sicher nicht schlecht«, antworte ich.

Er nickt, ohne seine Schirmmütze wirkt er unvollständig. Dabei trägt er jeden Tag einen Anzug, egal, wie warm es ist.

»Wieso hast du dich rausgeschlichen?«

Er antwortet nicht sofort. Erst nach ein paar Sekunden verzieht sich sein Gesicht zu einem verhaltenen Lächeln. »Ich schaue die Serie lieber allein. Schon wegen der Erinnerungen.«

»Die beiden Jungs …«, setze ich an.

»Ja. Sie erinnern an Riccardo und mich, nicht wahr? Er erzählte mir, dass ihn unsere Freundschaft immer wieder beschäftigte. Er hat sie in verschiedener Form in seinen Werken aufgegriffen.«

»Trotzdem habt ihr euch so lange nicht gesehen?«

Ludwig blickt mich an, aber ich kann den Ausdruck in seinen Augen nicht deuten. Sie wirken zufrieden, dennoch liegt darin auch ein stiller Schmerz. »Solche Dinge geschehen«, murmelt er.

Ich schweige.

»Wir waren natürlich älter als die beiden Jungs in der Serie, als wir uns kennenlernten«, beginnt Ludwig schließlich. »Zudem trennt uns ein weit größerer Altersunterschied. Riccardo war neunzehn oder zwanzig, ich … hm, ich muss etwa vierunddreißig gewesen sein. Seit einigen Jahren arbeitete ich in einer Anwaltskanzlei, aber Margret traf ich erst später.«

»Wie habt ihr euch kennengelernt? Riccardo und du?«

Er legt die Beine übereinander, bleibt jedoch sehr aufrecht sitzen. »In einem Kino. Damals gab es in der Nähe der Universität ein winziges Programmkino, das eine Gruppe von Studenten gegründet hatte. Sie zeigten ausländische Produktionen, die wir sonst nirgendwo anschauen konnten.«

»Was für Filme waren das?«

»Oh, alles Mögliche. Französische Liebesdramen, Umweltdokumentationen, britische Komödien. Ab und zu auch asiatische Filme mit Untertiteln. Woher sie ihre Werke bezogen, weiß ich nicht, zumindest blieb das Programm stets abwechslungsreich. Schon damals galt meine Leidenschaft dem Filme – neben der Literatur natürlich. Wann immer mein Zeitplan es ermöglichte, besuchte ich eine Vorführung.«

Ich versuche, mir Ludwig in meinem Alter vorzustellen, so, wie er auf dem leicht verwackelten Foto im Treppenaufgang aussieht, scheitere allerdings daran, mir die Falten aus seinem Gesicht wegzudenken. So tief haben sie sich in seine Haut gegraben, so sehr prägen sie seine Mimik, dass sie einfach schon immer da gewesen sein müssen.

»Normalerweise kamen stets dieselben Leute. Ich gehörte zu den Ältesten, zu den meisten pflegte ich keinen Kontakt. Bis eines Tages Riccardo auftauchte.«

»Und dann wurde alles anders.«

Er schenkt mir ein kurzes Lächeln. »Das nun auch nicht. Es dauerte eine Weile, bis wir zum ersten Mal ins Gespräch kamen. Riccardo war auch kein Student. Er arbeitete nachts in einer Fabrik und suchte einen Ausbildungsplatz zum Tontechniker. Seine Deutschkenntnisse waren noch nicht besonders fortgeschritten, immerhin war seine Familie erst zwei Jahre zuvor nach Wien gezogen. Da ich jedoch Italienisch beherrschte, konnten wir uns gut miteinander verständigen. Ich bot ihm schließlich an, ihm Deutsch beizubringen. Sprachen liebte ich schon immer.«

»Und so habt ihr euch angefreundet?«

In seinen Augen leuchtet etwas auf. »Ja, so lernten wir uns kennen. Wir teilten ähnliche Interessen und planten ähnliche Reisen. Und bald schon unternahmen wir die gemeinsame Motorradtour.«

»Weshalb habt ihr euch dann so lange nicht mehr gesehen? Wegen einer Frau?«

Gedankenverloren streicht Ludwig über sein Kinn, an dem sich erste Bartstoppeln bilden. »Wegen Frauen sind wir uns nie in die Quere gekommen. Sonst fiel uns der Unterschied in unserem Alter nie auf, in dem Bereich jedoch schon. Manchmal flirtete er zum

Spaß mit einer Dame, mit der ich mich gerade unterhielt, doch dieses Konkurrenzgebaren blieb stets harmlos. Außerdem lernte ich schon bald Margret kennen, etwa ein Jahr später heirateten wir. Riccardo war mein Trauzeuge.«

»Was war dann der Grund?«

»Politik.« Ludwig seufzt, hustet dann und räuspert sich, nachdem der Anfall vorüber ist. »Riccardo engagierte sich damals noch viel im Umweltschutz und setzte sich für Gleichberechtigung jeder Art ein. Er nahm an Demonstrationen teil, und er bildete sich zu fast jedem Thema eine Meinung, die er auch sehr überzeugend vertrat. Ich gebe zu, dass mich politische Belange nicht so sehr interessierten. Nur so weit, wie sie für meine Arbeit von Bedeutung waren.« Mit einer fahrigen Handbewegung schiebt er die nicht vorhandene Mütze aus der Stirn. »Meine Karriere stagnierte. Ich war, das muss ich wohl zugeben, nicht so ehrgeizig wie andere Anwälte in der Firma, in der ich damals tätig war. Überraschend wurde mir jedoch der Vorsitz in einem großen Fall übertragen, als ein Kollege, der ursprünglich dafür zuständig war, langwierig erkrankte. An die Details des Falles erinnere ich mich nur lückenhaft. Ich weiß noch, dass es sich bei unserem Klienten um einen größeren Unternehmer handelte, der zahlreiche Immobilien aufgekauft und in teure Luxusanlagen umgewandelt hat. Der Herr war für seine rechtskonservative Gesinnung bekannt. In unserem Fall verteidigte ich ihn jedoch nur wegen Steuerhinterziehung. Riccardo verstand nicht, wie ich mich für einen solchen Menschen einsetzen konnte.«

Der letzte Rest Sonne verschwindet hinter Wolkengebilden. Ludwig lehnt sich nach hinten, er schweigt, als kehrte er zu diesem Moment in seiner Erinnerung zurück.

»Wir gerieten in eine heftige Auseinandersetzung«, fährt er

schließlich fort. »Riccardo kam nie wieder in das kleine Programmkino, das kurz darauf ohnehin geschlossen wurde. Ich suchte ihn mehrmals auf, doch er zog schließlich um, und daraufhin sahen wir uns nie wieder.«

Jetzt, aus der Distanz heraus, wirkt sein Erleben so banal, der Bruch zwischen ihm und Renzi so unnötig, doch für ihn müssen sich die Ereignisse völlig anders angefühlt haben.

»Riccardo trat schon immer laut für seine Überzeugungen ein, für ihn gab es keine Kompromisse. Ich hingegen musste mit meiner Arbeit Geld verdienen, immerhin war Margret bereits schwanger.« Er blickt nach oben, in den krähengrauen Himmel hinauf. »Das Alter hat Riccardo die Impulsivität genommen, oder zumindest hat es sie gedämpft.«

»Habt ihr euch über das Thema unterhalten?«

»Oh ja, natürlich. Aber wir haben so viel aufzuholen.« Aufmerksam sieht er mich an. »Deshalb werde ich auch hierbleiben.«

Ich nicke, erst ein, zwei Sekunden später erreicht mich der Sinn seiner Worte. »Wie, hierbleiben? In der Villa? In Italien?«

»Ja.«

Überrascht halte ich für einen Moment den Atem an. »Und … wie lange?«

»Ich weiß es noch nicht. Für immer?«

»Das ist sehr lange.«

»Oh, nicht unbedingt. In meinem Alter kann *für immer* auch sehr kurz sein.«

Ich will ihm widersprechen, doch mir fallen nur Phrasen ein, und Ludwig ist niemand, dem ich leere Worthülsen zuwerfen könnte. »Was passiert mit deiner Wohnung? Hast du überhaupt alles hier, was du brauchst? Soll ich dir etwas schicken?«

»Danke, das ist nicht nötig.« Er streicht sich über ein Hosenbein, wischt unsichtbare Fussel ab. »Meine Wohnung gehört einem ehemaligen Kollegen und guten Freund, der mir ein paar Sachen zusammensuchen und zusenden wird. Vorerst wird das genügen.«

Mir fehlen die Worte. Einfach so bin ich davon ausgegangen, dass wir Ludwig wieder mit zurücknehmen, obwohl er sich in dieses Haus einfügt wie Renzi und Magda, obwohl er schon nach wenigen Minuten ein fester Bestandteil des Ortes war. »Was wirst du hier machen?«

»Ich werde die Umgebung erkunden. Bisher habe ich außer einem kleinen Strandspaziergang noch nichts unternommen. Vielleicht gehe ich sogar im Meer schwimmen.« Mit einem Lächeln lehnt er sich wieder gegen die Rücklehne der Bank. »Ich werde viel Zeit in diesem Garten verbringen. Das Einzige, das ich vermissen werde, sind meine Besuche bei Margret.« Plötzlich verschwindet das Lächeln, unschlüssig zupft er an einem Ärmel seines Jacketts, doch dann hebt er den Kopf. »Sie wird es verstehen. Sie hat selbst mehrmals vorgeschlagen, den Kontakt zu Riccardo wieder aufzunehmen, doch mir fehlte der Mut. Ich hätte ihm nicht einfach einen Brief schreiben oder hier vorbeifahren können.«

»Du hast es doch aber mit uns getan.«

»Ja. Jetzt. Es war wirklich an der Zeit.«

»Und letztlich war es doch auch gar nicht so schwer, oder? Ihr habt sehr schnell alles geklärt.«

Sanft nickt Ludwig. »So viele Jahre liegen zwischen heute und unserem Streit. Wir haben jeder ein eigenes Leben gelebt. Es gibt keine alten Konflikte mehr. Sich an ihnen festzubeißen, würde uns nur schaden.«

Trotzdem wäre ich gern dabei gewesen, als sich die beiden miteinander versöhnt oder sich ausgesprochen haben. Ich kann mir einfach nicht vorstellen, wie es wäre, mich mit Jolie derart zu zerstreiten, dass wir achtunddreißig Jahre lang kein einziges Wort mehr miteinander wechseln, uns nicht mehr sehen, uns keine Päckchen schicken, keine E-Mails oder Postkarten, keine Nachrichten. Jolie wäre neunundsechzig Jahre alt und ich siebzig, wir würden nur manchmal noch über Erinnerungen stolpern, über ein Foto, ein Buch, das wir beide gelesen, einen Film, den wir zusammen gesehen haben. Wir würden uns nicht mehr erkennen, wahrscheinlich wäre eine von uns beiden längst tot. Jeden Tag würde ich befürchten, dass Jolie tot ist. Denn sie hätte für eine Versöhnung keine achtunddreißig Jahre Zeit.

Kapitel 11

»Lass uns rausgehen.« Jolie hat ihre Kopfhörer abgenommen. Sie sitzt auf dem Bett, auf ihren Beinen liegt ein Buch, in dem sie kaum gelesen hat.

Ich schaue aus dem Fenster, der Wind zerrt an allem, er ist wild und aufgebracht. »Wir sind doch gerade erst auf unser Zimmer gegangen. Außerdem ist das Wetter …«

»Das Wetter ist halt Wetter. Zieh dir einfach was Warmes über. Wenn wir morgen fahren, müssen wir jetzt noch mal am Meer spazieren gehen. Du kennst das Gesetz.«

Ich kenne das Gesetz nicht, aber Jolie springt bereits auf – das Buch landet achtlos auf der Bettdecke – und sucht einen warmen Pullover aus ihrem Rucksack. »Ich warte unten auf dich«, wirft sie noch fröhlich in den Raum, bevor sie ihn verlässt, schnell genug, um jeden Widerspruch meinerseits zu unterbinden.

Natürlich könnte ich sie warten lassen. Ich könnte einfach am Schreibtisch sitzen bleiben und Jolies Vorschlag ignorieren, aber sie weiß, dass ich das nicht tun werde, und noch bevor ich das weiß, bin ich bereits aufgestanden, habe den Laptop zugeklappt und die Sweatjacke über das Longsleeve gezogen, und ganz unten in der Reisetasche finde ich meine Regenjacke, die dann, als ich sie aufrolle, doch Bens Regenjacke ist.

Im oberen Wohnzimmer spielen Pablo und Vinny Schach, Amber schaut ihnen dabei zu. Sie sieht auf, als ich das Zimmer verlasse. »Geht ihr raus?«, fragt sie.

Ich zucke mit den Schultern. »Jolies Idee. Willst du mitkommen?«

»Bloß nicht!«

Die Tür zu Jurans Zimmer ist geschlossen, dennoch wandert Ambers Blick dorthin, bevor sie sich wieder auf das Schachspiel konzentriert.

Gemeinsam verlassen Jolie und ich das Haus. Sofort zieht der Wind an unserer Kleidung, unseren Haaren, ich laufe langsam, muss mich gegen den Wind stemmen, um nicht davongetragen zu werden.

Wir folgen dem Pfad durch den Garten und durch das Eisentor in der Mauer hinter dem Haus. Er kommt mir länger vor als sonst, wir brauchen bestimmt zwanzig Minuten bis zum Ufer, wo sich die Wellen aufbäumen, schäumend zerschlagen sie sich, noch bevor sie den Strand erreichen. Ich atme die feuchte Luft tief ein, augenblicklich beschleunige ich den Schritt.

Jolie lächelt mir zu. Natürlich wusste sie das, sie wusste, wie sehr ich das Meer bei Sturm liebe, immer schon. »Wir sollten das häufiger machen«, ruft sie mir gegen das Tosen zu.

»Ich weiß«, rufe ich zurück. »Wir können das Meer nur leider nicht mitnehmen.«

Unsere Schuhe hinterlassen Abdrücke im feuchten Sand. Immer weiter gehen wir an der Gezeitenkante entlang, manchmal müssen wir schneller laufen, um dem Wasser auszuweichen, das spielerisch bis zu uns schwappt.

»Wieso gehst du Gérard aus dem Weg?«, frage ich.

Jolie zieht sich die Kapuze tiefer ins Gesicht, fragend schaut sie mich an, also wiederhole ich meine Worte.

»Ach so, der. Er ist ein Idiot.«

»Ist er? Wieso?«

Sie lacht und wischt sich den nassen Pony zur Seite. Er müsste mal wieder geschnitten werden, doch mich wird Jolie nie wieder an ihre Haare lassen, nachdem ich sie einmal um vier Zentimeter zu viel gekürzt habe. »Er macht einen auf große Liebe, dabei ist das nur Sex. Ich bin ja nicht mal in ihn verknallt und er auch nicht in mich. Er steht nur einfach auf demonstrative Romantik.«

»Das ist alles?«

»Er wollte echt Rosenblüten aufs Bett streuen. Wie albern! Und heute ist er mir ständig hinterhergelaufen, deshalb musste ich mich in unserem Zimmer verkriechen und konnte nicht mehr mit ihm da unten im Keller LED-Lichter an die Decke kleben.«

Der Wind fährt unter meine Kleidung, aber jetzt will ich nicht mehr zurück. Ich will hierbleiben, mit Jolie, ich will für den Rest meines Lebens jeden Abend am Strand spazieren gehen, bei Sonnenuntergang, bei Regen, bei Wind, bei Schnee.

»Hast du ihm gesagt, dass er dich nervt?«

»Klar habe ich das. Hat er aber nicht verstanden. Weder auf Französisch noch auf Englisch.«

Niemand sonst wagt sich bei dem Wetter an den Strand. Die Touristen, die in Caorle die endende Hauptsaison genießen, haben sich sicher in den Hotelzimmern und Restaurants verkrochen, dabei beginnt der Urlaub hier, wo der Wind alle Gedanken wegzerrt, wo man endlos auf das aufgewühlte Meer starren kann.

»Und, wollen wir länger bleiben?« Jolie muss gegen eine heftige Sturmböe anbrüllen, die ihre Worte augenblicklich davonschleudert, ich fange trotzdem einige Fetzen auf.

»Ich glaube nicht, nein.«

»Du glaubst?«

»Nein, wir bleiben nicht länger.«

Sie greift nach meiner Hand, ihre Finger sind wärmer als meine. »Warum eigentlich nicht?«

»Deshalb.« Ich bleibe stehen, es ist anstrengend, gegen den Wind zu laufen und zu schreien, während mir der Regen ins Gesicht klatscht.

»Das ist keine Antwort.« Aufmerksam tastet Jolies Blick mein Gesicht ab.

»Ich habe keine andere. Ich muss einfach zurück und jede Menge Arbeit aufholen. Außerdem kann ich nicht ewig Urlaub machen, während Ben so viel zu tun hat.«

»Ben kann für sich selbst sorgen. Die Unterkunft kostet uns gar nichts und das Essen auch nicht sonderlich viel, falls du dir Sorgen um euren Kontostand machst.«

»Hast du nicht selbst genug zu tun? Was ist mit deinem neuen Job?«

Sie wendet den Blick ab, hinaus aufs Meer, das immer wieder grauschäumend auf uns zurollt, als wären wir diejenigen, auf die es wütend ist. »Bis dahin habe ich noch Zeit«, sagt sie viel zu leise. Ich ahne ihre Antwort eher, als dass ich sie verstehe, aber ich weiß auch so, dass sie nicht über den Job redet.

»Was ist los?«, frage ich schließlich.

Jolies Schweigen ist unheimlicher, als jede Antwort hätte sein können, unheimlicher noch als ihre Augen, die jetzt feucht schimmern, doch dann schüttelt sie den Kopf und sieht mich an. »Ich glaube, ich habe einen Knoten in der Brust.«

Mühsam erwidere ich ihren Blick, er ist so kalt, so unnahbar, so gar nicht ihrer. »Was bedeutet das, du glaubst?«

»Ich bin nicht sicher. Aber es ist sowieso Zeit für die Nachsorge. Zehn Jahre, Caja.«

Daran haben wir uns geklammert, als beim ersten Mal alles überstanden war. Zehn Jahre, und dann wäre die Wahrscheinlichkeit für ein Rezidiv sehr gering.

»Warst du in Chile beim Arzt?«

Wieder schüttelt sie den Kopf. »Ich gehe nur zu Doktor Wandel, das weißt du doch. Zu niemandem sonst.«

Ich mache einen Schritt auf sie zu und umarme sie, und auch wenn Jolie nicht weint oder wenn, dann nur tränenlos tief in ihrem Inneren, spüre ich ihre Angst.

Der Wind ist schon müde geworden, als Jolie irgendwann fragt: »Wollen wir zurück zu den anderen?«

Forschend sehe ich sie an. »Wir kümmern uns darum. Sobald wir wieder in Graz sind, rufen wir deine Ärztin an.«

Schweigend laufen wir nebeneinander, unsere Gedanken berühren sich, frei tanzen sie um uns herum.

Kurz bevor wir das Haus erreichen, zieht Jolie ihre Kapuze vom Kopf und zupft an ihrem Pony. »Du hast recht«, sagt sie. »Wir fahren zurück.«

Erschöpft sinken die Gedanken zusammen und bleiben still vor uns liegen. Wir lassen sie dort, auf den feuchten Steinen, wo sie in den nächsten Sonnenstrahlen verdunsten werden.

* * *

Jemand hat Lichterketten in die Olivenbäume gehängt, bunte Lampions werfen warme Lichtinseln in den Garten. In einer Feuerschale lodern Flammen, die flackernd ihre eigenen Geschichten erzählen, und neben dem Haus richten Renzi und Vinny gerade das Buffet her. Die anderen haben es sich nicht nehmen lassen, die letzten beiden Stunden mit Vorbereitungen zu füllen, sie haben Salate zubereitet, eine Quiche, Antipasti, überbackene Cannelloni, Jolie und ich durften uns der Küche nicht einmal nähern.

»Ihr freut euch wohl sehr, dass wir endlich abreisen«, bemerkt Jolie grinsend, und Gérard wirft ihr einen derart übertrieben melancholischen Blick zu, dass ich mir das Lachen nur schwer verkneifen kann.

»Wir freuen uns über jede Gelegenheit, eine Party steigen zu lassen.« Amber trägt eine Schale mit Himbeerbowle nach draußen. »Die hat meine deutsche Mitbewohnerin immer gemacht, wenn es was zu feiern gab«, erklärt sie und platziert das Gefäß neben die Weinflaschen. »Allerdings mit weniger Alkohol.« Sie beginnt damit, Gläser zu befüllen, mit einem Lächeln reicht sie Juran das erste.

Ich habe ihn gar nicht bemerkt, er muss aus dem Nichts gekommen sein, leise und unsichtbar.

»Du fährst weiter nach Berlin, nicht wahr?«, fragt er Jolie, die gerade prüfend an ihrer Bowle nippt.

»Ja, genau.«

Juran nickt. »Für mich ist es auch Zeit zu gehen. In Berlin ist in ein paar Tagen ein Street-Art-Kongress.«

»Du kannst ja mitkommen. Im Auto ist noch Platz, von Graz aus fahre ich mit dem Zug.«

Nachdenklich dreht er das Glas in den Händen. »Ich werde meinen eigenen Weg finden«, sagt er dann, und Jolie lacht nur ein bisschen und antwortet: »Verlauf dich nicht.« Und dann: »Wenn du eine günstige Übernachtung brauchst, sag Bescheid. Bestimmt hat einer meiner Freunde noch Platz.«

Ich wende mich ab, nehme mir eine Frühlingsrolle vom Buffet

und schlendere durch den Garten. Er wirkt verlassen in der Dunkelheit jenseits der Lichtflecken beim Haus.

Kaum dass Jolie und ich von unserem Spaziergang zurückgekehrt waren, ließ das Unwetter nach. Jetzt tropft nur noch ein Rest Regen von den Bäumen, doch der Boden ist vollgesogen mit Wasser, und die letzten Abendsonnenstrahlen haben nicht ausgereicht, die Luft wieder zu erwärmen. Ich schlinge die Arme um den Oberkörper, in der Hoffnung, so die klamme Kälte abwehren zu können.

Ein Schatten huscht unter einen Busch. Ich hocke mich hin, um das Tier besser erkennen zu können, Katzenaugen glühen mir entgegen. Sie fangen das Licht der Laterne auf, die nicht weit von uns das Ende des Kiesweges markiert. Leise rede ich mit dem Tier, doch es rührt sich nicht, es starrt mich weiter an.

»Sie wird nicht rauskommen«, sagt plötzlich jemand neben mir. Erschrocken falle ich fast hintenüber, gerade so kann ich mein Gleichgewicht zurückgewinnen. Ich stehe auf, durch mein Knie fährt ein zuckender Schmerz, der jedoch sofort wieder verblasst. »Luigi streichelt sie immer«, erwidere ich.

»Aber nur er, Renzi und Magda. Sonst niemand.« Pablo neigt leicht den Kopf, während er das Tier mustert, und ich bin fast sicher, dass seine Gedanken Worte formen, die bald schon ein Gedicht sein werden. Ein Gedicht über einen Garten nach dem Regen und eine Katze, die nie jemand wirklich sieht.

»Gehört sie hierher?«

Die Andeutung eines Lächelns schleicht sich in seine Augen, aber vielleicht bilde ich mir das in der halbgrauen Dunkelheit auch nur ein. »Sie gehört nirgendwohin.«

Damit dreht er sich um und geht mit festen Schritten zurück zum Haus.

Ich schaue ihm nach, dann blicke ich mich nach der Katze um, kann sie aber nirgends entdecken.

Von der Villa dringen die metallenen, sphärischen Klänge einer Handpan. Langsam nähere ich mich dem Haus. Juran sitzt auf einem Stuhl im Schein eines Lampions. Er trägt wieder einen Fedora, seine Hände fliegen über das runde Musikinstrument, und neben ihm stellt Amber gerade ihr Cello auf.

Die ersten Töne quietschen zu hoch, zu schrill, doch dann spielen sich die beiden aufeinander ein, immer sanfter werden die Klänge, die Amber ihrem Instrument entlockt, beide Melodielinien verbinden sich in ihren Harmonien. Mal überwiegt die Handpan, mal das Chordophon, sie tanzen umeinander, sie tanzen miteinander, und obwohl alle Töne perfekt ineinandergreifen, bin ich mir sicher, dass Juran und Amber vorher nicht ein einziges Mal geprobt haben. Bereits miteinander musiziert, das ganz bestimmt, aber nicht so, nicht in der spielerischen Leichtigkeit, mit der sie die Musik in den Garten zaubern, jeder Wechsel in Rhythmus oder Melodie wird mit nicht mehr eingeleitet als einem kurzen Blick zwischen ihnen. Der Klang des Hangs ist wie ein Bett, in das die Cellomelodie fällt.

Die anderen lauschen schweigend oder haben ihre Gespräche zu einem Flüstern gesenkt. Nun branden sie allmählich wieder auf, Jolie steht mit Pablo etwas abseits, sie essen von einem Teller und ignorieren die missmutigen Blicke, die Gérard ihnen zuwirft, während sie sich auf Spanisch unterhalten.

Juran schenkt Amber ein Lächeln, seine behutsame Offenheit gleitet in ihr Spiel über, und in Ambers Musik entfaltet sich eine Tiefe, die zuvor nur angedeutet war, als hätte sie sich mehr nicht getraut.

Ich wende mich dem Büffet zu, merke aber kaum, was ich auf meinen Teller lade.

Es ist nichts in uns, in Juran und mir, es ist etwas in Juran selbst, das ihn mit anderen verknüpft, er spinnt die Fäden ganz allein, und wer der andere ist, bleibt dabei nahezu bedeutungslos.

»Du grübelst schon wieder zu viel«, meint Jolie, während sie das Stückchen Quarkkuchen von meinem Teller stibitzt. »Und das hier schmeckt wirklich absolut gar nicht zusammen mit der Knoblauchcreme, auch wenn es die gleiche Farbe hat.«

»Ich grüble nicht. Und es hat nicht die gleiche Farbe.«

»Oh doch. Du grübelst so laut, dass ich nicht mehr verstehen konnte, was Vinny über Oktavidentität gesagt hat.«

»Das hättest du auch ohne mein Gegrübel nicht verstanden.«

Vom Büffet angelt sich Jolie ein Stück Brot, legt es jedoch gleich wieder zurück und nimmt sich stattdessen noch ein Stück Kuchen. »Lass mich raten: Du willst doch hierbleiben, Juran heiraten und lauter schwarzgelockte, blauäugige Kinder mit ihm machen, die fröhlich durch den Garten springen und von Magdas Essen kugelrund werden.«

Kurz zuckt etwas tief in meinem Bauch, doch ich atme das Gefühl weg, bevor es sich ausbreiten kann. »Nicht ganz«, antworte ich und tunke ein Stück Weißbrot in die Aioli.

»Aber fast.«

»Nein. Nicht einmal fast.«

Jolie lacht leise, es klingt beinah wie ein Teil der Musik. Ihre Aufmerksamkeit wandert zu Amber und Juran, schon wieder lächeln sie einander an, während sie zu einem anderen Melodiebogen überleiten. »Du kannst doch einfach schauen, was passiert.«

»Ich bin verheiratet, Jolie. Schon vergessen?« Bisher habe ich eindeutig zu wenig getrunken, das ist das einzige Problem an diesem Abend. Zum Glück lässt sich das einfach beheben.

»Nein, natürlich nicht.«

»Na also.« Ich fülle mir ein Bowleglas nahezu randvoll, das Getränk schmeckt süß, aber trotzdem fruchtig-spritzig, Amber beherrscht also mehr als nur ihr Instrument. Wahrscheinlich beherrscht sie alles. »Hast du das Cyanometer eigentlich noch?«

»Wie kommst du jetzt darauf?« Nach einem Blick auf mein halbleeres Glas schenkt sich Jolie ebenfalls etwas ein.

»Ich habe nur letztens daran gedacht und mich gefragt, wo es abgeblieben ist.«

Sie beißt sich auf die Unterlippe, trinkt einen Schluck und stellt das Glas auf dem Büffettisch ab. »Keine Ahnung. Kann sein, dass es in meiner Kiste ist, aber ich bin nicht sicher. Da habe ich ja schon ewig nicht mehr reingesehen.«

Die Bowle prickelt angenehm auf der Zunge und im Kopf, mit der Kelle befülle ich das Glas erneut und leere es komplett, bevor Jolie ihr drittes Stück Kuchen aufgegessen hat.

»Wollen wir nachschauen, sobald wir wieder bei dir sind?«

Vorsichtig mustere ich ihr Gesicht, doch keine Regung verrät ihre Gefühle. »Ja. Gern.«

»Okay. Ich wollte sie diesmal ohnehin mitnehmen.« Sie sagt das so nebenbei, als wäre es immer eine Option gewesen, die sie nur nie genutzt hat, auch wenn mir nie wirklich klar ist, was es bedeutet, dass ich diesen Karton für sie aufbewahre, seit acht Jahren schon.

In Ambers und Jurans Performance verändert sich etwas, als würde sich die Musik verdichten, sie spielen eine Nuance schneller oder wechseln in eine andere Tonart, ich habe zu wenig Ahnung von Musik, um die Veränderung wirklich identifizieren zu können. Vielleicht ist es auch nicht die Musik. Vielleicht ist es etwas zwischen ihnen beiden.

Ich schenke mir ein zweites Mal nach. Immerhin ist dieser Abend für uns, er ist für Jolie und mich, wir sollten essen und trinken und tanzen und nicht über Vergangenes oder eingebildete Gefühle nachdenken, denn morgen ist das alles sowieso vorbei, morgen kümmern wir uns um Jolies Arzttermin und vergessen ihn danach so oft wie möglich, morgen packe ich Sachen aus und räume in meinem Atelier herum und verabschiede ich mich von Jolie. Morgen lese ich ein letztes Mal in Nathalies Handy, das habe ich mir vorgenommen, und dann schreibe ich Matthias oder ich finde eine Adresse und gebe das Gerät zurück, ohne jemals wieder daran zu denken. Es gehört in ein anderes Leben als ich.

Die Geräusche im Garten verebben zu einem Summen, das kaum hörbar in der Luft vibriert.

»Kunst«, sage ich, »geschieht immer im Verborgenen, dort, wo sie niemand sehen kann. Das, was man sieht, das Produkt, das ist nur das Ergebnis eines Prozesses, und dieser Prozess hinterlässt Spuren beim Künstler, manchmal schmerzen sie, aber das gehört dazu, ohne Schmerz hat man nichts zu erzählen, und wo man nichts zu erzählen hat, gibt es keine Geschichte, und wo es keine Geschichte gibt, gibt es auch keine Kunst.«

»Ich glaube, du hattest genug«, erwidert Pablo mit einer Spur Besorgnis in der Stimme. Ich brauche niemanden, der sich um mich sorgt, ich brauche diese Aufmerksamkeit nicht, deshalb stehe ich auf und gieße mir Weißwein in das Bowleglas.

»Licht und Materialien und Technik sind nur Elemente, für die man sich entscheidet, aber sie sind nicht das Wesentliche an dem Ganzen, sie dienen nur dazu, das richtige Publikum zu finden«, fahre ich fort, ich trinke, zu hastig und zu viel. Ich huste, Pablo steht auf und sieht mich fest an.

»Alles okay?«

»Ja, Herrgott noch mal.«

»Also, ich bin müde. Alle anderen sind schon im Bett. Du solltest auch schlafen gehen.«

Überrascht schaue ich mich um. Tatsächlich, wir sind die Letzten, dabei saßen wir eben noch alle zusammen auf Klappstühlen um die Feuerschale herum, Ludwig hat eine lustige Geschichte erzählt, ich glaube, es kam eine Ente darin vor oder ein kleiner Schwan, vielleicht war es auch eine Ziege oder gar kein Tier, was weiß ich, es war eine Geschichte, das zählt, und alle hörten ihm zu, und Ambers Hand lag auf Jurans Bein.

»Gleich«, murmle ich, aber Pablo läuft bereits auf die Küchentür zu. Kurz bevor er sie erreicht, dreht er sich noch einmal um.

»Mach nicht zu lange«, sagt er und verschwindet, während ich noch an seinen Worten festhänge, irgendetwas war komisch daran, bis mir auffällt, dass er sie auf Deutsch gesagt hat, kein einziges deutsches Wort hat er bisher verloren, nicht einmal »Ja« oder »Nein« oder »Danke« oder »Hallo«, und jetzt das, absolut fehlerfrei, und ich frage mich, was ich nicht zu lange machen soll, ob ich denn überhaupt etwas mache, ich stehe in einem leeren Garten und halte mich an einem Glas fest und feiere mit mir selbst eine Abschiedsparty, ohne mich nach feiern zu fühlen.

Mit einem Mal rollt die Erschöpfung über mich hinweg, doch ich bin schneller als sie, ich stelle das Glas ab und schlüpfe unter ihr hindurch, und dann eile ich einfach davon, kieselige Wege entlang, ich spiele Fangen mit einer Katze, die ich nicht sehen kann, die aber da ist, ganz sicher, immer wieder tauchte sie in den letzten Stunden auf und versuchte, auf das Büffet zu springen, immer wieder jagte sie davon, sobald sie jemand bemerkte.

Mitten im Duft von Hibiskus bleibe ich stehen. Im Pavillon lehnt jemand am Geländer und dreht sich nun zu mir um. Als ich näher trete, erkenne ich Juran.

»Alle anderen sind schon im Bett«, wiederhole ich Pablos Satz, er ist einfach ganz vorn in meinem Gehirn gespeichert, es ist der erste, der mir entgegenspringt.

»Ich weiß«, sagt Juran. »Aber es ist noch nicht meine Zeit.«

»Ich weiß«, erwidere ich und gehe die wenigen Stufen hinauf. Eigentlich hätten wir hier unsere Party feiern können, auch hier lassen sich Lichter aufhängen, es gibt sogar einen Stromanschluss, manchmal stellt Renzi einen Tisch auf und schreibt oder plottet neue Drehbuchideen, es würde nett aussehen mit farbiger Beleuchtung, mit sanftgelbem Licht, selbst wenn es für alle etwas eng geworden wäre, aber drumherum ist noch so viel Garten, wir hätten uns schon verteilt.

Beim Weitergehen verkalkuliere ich mich, viel zu dicht bleibe ich vor Juran stehen, er legt seine Arme um mich, ganz leicht, als müsste er mich halten und gleichzeitig fragen, ob er überhaupt darf. »Du darfst«, sage ich. Er hebt kurz die Augenbrauen, ich bilde mir ein, dass er die Augenbrauen hebt, denn ohne die Lichterketten, ohne Kerzen und Lampions erkenne ich sie nicht, die Nachtschwärze hüllt uns ein, selbst am Haus sind alle Lichter bereits gelöscht, lediglich in der Küche brennt noch eine kleine Funzel, die uns den Weg weisen wird, jetzt, nachher, bald, nie.

»Wir haben uns gar nicht richtig voneinander verabschiedet.«

Warme Finger streichen über meine Stirn, ich schließe die Augen, damit mir nicht schwindelig wird, doch es hilft nicht, Flieger kreisen in meinem Kopf herum, erstaunlich schnelle Segelflieger, ganz leise schwirren sie.

»Geht die Sonne bald auf?«, frage ich.

»Erst in vier Stunden.«

Ich lehne mich in seine Wärme hinein, spüre seine Hand auf meinen Haaren, spüre die Musik in seinen Händen. »Ich kann nicht nur irgendjemand sein«, flüstere ich gegen seine Schulter, »ich bin nicht dafür gemacht, nur irgendjemand zu sein.« Und ganz langsam legt sich die Thermik in meinem Kopf, ganz langsam landen die Flieger, einer nach dem anderen.

»Dann sei nicht nur irgendjemand.« Seine Stimme kitzelt auf meiner Kopfhaut.

»Irgendjemand für dich«, wispere ich so leise, dass ich nicht weiß, ob ich es überhaupt sage, ob ich will, dass ich das sage, die Worte klopfen in meiner Brust, sie hämmern dagegen, ich habe sie doch nicht gesagt, ich werde sie mitnehmen und für immer mit mir herumtragen, sie werden unausgesprochen in meinem Zimmer liegen, sie werden in meinem Bett schlafen, mir beim Essen zusehen, mir im Weg stehen, wenn ich den Einkaufswagen belade oder zur Bushaltestelle haste.

Ich öffne die Augen und hebe den Kopf, Jurans Gesicht, Jurans Lippen, er zuckt nicht zurück, zwischen seinem Blick und meinem Blick ist kaum noch Raum, und diesmal ist da nicht nur seine Offenheit, diesmal strahlt mir eine ganz andere Präsenz entgegen, als würden dieselben Worte in seiner Brust hämmern und genauso im Weg stehen wie meine, ganz leicht nur strecke ich mich, ganz leicht nur berühren sich unsere Lippen, und dann bin ich diejenige, die zurückzuckt, die sich aus seiner Umarmung windet, und weil jedes Wort das falsche wäre, drehe ich mich um und nehme sie alle mit, und ich laufe auf das funzlige Licht zu und hoffe, dass es mich vor Jurans Blick verbirgt.

Kapitel 12

Wir brauchen nicht lange, um unsere Sachen zu packen. Jolie sieht deutlich weniger müde aus als ich, wie immer, sie lebt einfach an jeder Erschöpfung vorbei. »Hättest du mich vorhin nicht mit deinem Geschnarche geweckt, würde ich ja darauf wetten, dass du die Nacht durchgemacht hast«, sagt sie nun und hievt ihren Rucksack in den Kofferraum.

»Ich schnarche nicht.«

»Wenn du am Abend vorher drei Flaschen Wein runterkippst, schon.«

Die Sonne blinzelt durch dünne Wolkenschleier.

»Das war ein Versehen.« Missmutig quetsche ich meine Reisetasche neben Jolies Gepäckstück.

»Ein sehr zielstrebiges Versehen.« Sie lässt die Kofferraumklappe zufallen, das Geräusch jagt Blitze durch meinen Schädel.

»Ich bereue es ja schon. Außerdem trinke ich erst so viel, seit du da bist.«

Mitleidig sieht sie mich an. »Wollen wir doch noch bleiben, und du schläfst dich aus? Wir können auch erst am späten Nachmittag aufbrechen. Wir haben keinen Grund, schon zu fahren.«

»Nein, wir fahren jetzt gleich«, entgegne ich entschlossen und schaue unruhig zum Hauseingang. Es ist zu früh, er wird noch nicht wach sein. Drei, vier Stunden bleiben mir noch.

Jolies Blick wird misstrauisch. »Okay, was hast du angestellt? Hast du mit Juran geschlafen?«

»Psst«, zische ich sie an, obwohl wir uns auf Deutsch unterhalten und niemand in der Nähe ist, der uns belauschen könnte.

»Hast du?«

»Nein, habe ich nicht. Aber mir wäre es lieber, ihm nicht noch mal über den Weg zu laufen.«

»Weshalb?« Mit vor der Brust verschränkten Armen lehnt sich Jolie gegen den Wagen.

»Aus tausend Gründen. Vor allem, weil ich mich gestern lächerlich gemacht habe.«

»Okay, das allein ist ja nichts Ungewöhnliches.«

Gespielt genervt sehe ich sie an, dann stelle ich mich neben sie. »Es ist nicht wirklich etwas passiert, aber fast, und er hat sich danach sicher sehr über mich amüsiert. Alkohol ist nichts für mich. Ich werde dann komisch.«

»Jeder wird dann komisch.« Sie legt den Arm um meine Schultern. »So schlimm wird es schon nicht gewesen sein.«

Die Erinnerung an den Moment im Pavillon, an unsere Lippen, die sich für eine Sekunde kaum spürbar berührt haben, kribbelt unangenehm in meinem Körper. »Wie auch immer, ich würde lieber aufbrechen, bevor er aufsteht.«

»Na gut. Aber vorher gehen wir noch mal ans Wasser, oder?«, schlägt Jolie vor.

»Okay.« Vielleicht pustet mich die Meeresluft wach, vielleicht weht sie dieses merkwürdige Gefühl davon.

Im Garten bleiben wir kurz bei Luigi stehen, Jolie und er unterhalten sich auf Italienisch, dann gehen wir weiter, zum Strand hinunter.

Die Wellen rollen schläfrig auf den Sand, heute haben sie es nicht eilig. Jolies Schweigen wandert neben meinem, wir lösen uns darin auf. In den letzten Tagen haben wir uns alles gesagt.

Fast alles.

»Ich habe beim Waschen in Bens Hose einen Zettel mit einer Telefonnummer gefunden«, sage ich.

Gerade bückt sich Jolie nach einer Muschel, richtet sich aber sofort wieder auf. »Was für eine Nummer?«

»Die von einer Frau.«

»Also stand ein Name dabei?«

»Nein, nur ein L und die Nummer. Ich habe angerufen.«

Eine Windböe wirbelt durch Jolies schwarze Haare. »Okay? Und dann?«

»Ich habe angerufen, um zu sehen, wer sich meldet, und es meldete sich eine Lisa Strohberger mit sehr weicher, junger Stimme.«

»Das könnte doch eine Kundin gewesen sein.« Wir gehen weiter, die schläfrigen Wellen tragen meine Gedanken davon, hier, endlich, kann ich sie freilassen.

»Natürlich kann es eine Kundin gewesen sein, aber dann hätte er ihre Nummer nicht auf einen Zettel geschrieben, sondern im Smartphone eingespeichert.«

»Hast du Ben danach gefragt?«

Ich zögere mit meiner Antwort, betrachte den Sand, graubrauner Boden unter unseren Füßen, der jeden einzelnen Schritt in sich aufsaugt. »Nein, habe ich nicht.«

»Also weißt du eigentlich gar nichts. Wieso hast du ihn nicht darauf angesprochen?«

»Weil das genau der Punkt ist.« In der Ferne fährt ein Schiff, so weit weg, dass man die Bewegung kaum sehen kann. »Es war mir egal. Ich hätte sicher sein können, aber das wollte ich gar nicht. Ich wollte nicht wissen, wer diese Lisa ist, weil es mir nichts bedeutet.«

Abrupt bleibt Jolie stehen und legt ihre Hand auf meinen Arm, sodass ich mich ganz zu ihr umdrehen muss. »Das meinst du doch nicht ernst.«

»Doch, das meine ich. Bis zu dem Moment war mir das selbst nicht klar, aber während all der Zeit nebeneinander, mit Alltagsgesprächen und Einschlafen vor dem Fernseher und dem Verschieben der gemeinsamen Pläne, ist mir alles egal geworden. Ben ist jemand, mit dem ich zusammenwohne. Mit dem ich koche und putze, wie in einer WG, in der man sich nicht besonders füreinander interessiert. Wir könnten in getrennten Betten schlafen, es würde keinen Unterschied machen.«

»Das glaube ich dir nicht. Also schon, dass ihr gerade eine schwierige Phase habt, aber bist du dir sicher, dass du deshalb wirklich alles aufgeben willst?«

Das Meer ist wie eine warme, dunkle Decke, so einladend, als könnte sie mich in sich aufnehmen und umarmen und mir alles geben, wonach ich mich sehne, doch Sehnsüchte sind dünn und biegsam, sie zerfließen von einem Moment auf den nächsten, immer dann, wenn man dem Moment der Erfüllung näher kommt, weil man ihm eigentlich nie näher kommen kann. »Keine Ahnung. Ich denke schon gar nicht mehr darüber nach. Das habe ich vorher sehr oft getan. Seit ich den Zettel gefunden habe allerdings nicht mehr.«

»Du bist komisch, Caja. Wieso bleibst du dann bei ihm? Wieso klammerst du dich so daran fest?«

Ich zucke mit den Schultern. Sie würde nicht verstehen, dass die

Vergangenheit trotzdem noch da ist, auch wenn ich sie nicht mehr spüre, sie würde nicht verstehen, dass ich nicht überall zu Hause bin, dass ich nicht einfach gehen kann und es trotzdem noch mein Leben wäre, ich müsste von vorn anfangen, ohne zu wissen, wo ich anfangen soll.

»Ich glaube, du rennst nur weg.« Sie mustert mich, ihr Blick dringt so tief, dass ich meinen abwende. »Erinnerst du dich noch an unseren Cocktailabend?«

»Welchen? Es gab mehrere.«

»Einer der ersten. Wir haben noch nicht lange zusammengewohnt, du hast gerade erst mit diesem Cocktailhobby angefangen.« Mit dem Fuß malt sie einen Kreis in den Sand, während sie weiterspricht. »Großzügig, wie ich bin, habe ich mich als Versuchsobjekt zur Verfügung gestellt, also haben wir einen sehr teuren Alkoholikagroßeinkauf gemacht.«

»Stimmt. Den Rest des Monats gab es fast ausschließlich Kartoffeln.«

Grinsend streicht sie sich ein paar Haarsträhnen hinters Ohr. »Genau. Unser Kartoffelmonat. Wir haben danach bestimmt ein halbes Jahr lang jede Art von Kartoffelgericht gemieden.«

Ich wende mich ab, gemächlich schlendere ich weiter, Jolie läuft neben mir. »Ja, das weiß ich noch.«

»Jedenfalls, nach dem zweiten Cocktail haben wir beschlossen, uns gegenseitig aus alten Tagebüchern vorzulesen.«

»*Du* hast das beschlossen.« Ich öffne den Reißverschluss meiner Sweatjacke, die Vormittagssonne dringt bis auf die Haut.

»Okay, dann halt ich. Ist doch egal. Wir haben also unsere Tagebücher geholt, die wir als Teenager geführt haben, und uns Abschnitte daraus vorgetragen.«

»Und dabei weiter Cocktails getrunken.«

»Genau. Aber der Punkt, auf den ich hinauswill, ist der: Ich habe auf jeder Seite einen anderen Jungen erwähnt. Wahrscheinlich war ich in jeden einzelnen Mitschüler irgendwann verknallt. Du hingegen hast über drei Jahre hinweg immer nur denselben Typen angeschwärmt.«

»Stimmt«, sage ich leise und vergrabe die Hände in den Jeanstaschen. »Daniel.« In ihrem Blick liegt etwas Triumphierendes, als hätte sie gerade den Beweis für einen komplexen mathematischen Sachverhalt erbracht.

Da war dieser Moment, als ich mich zögernd der Schule näherte. Tanja und ich, wir waren gerade erst umgezogen, alles kam mir so unwirklich vor, als hätte mich jemand aus meinem Leben in das einer anderen Person katapultiert, und ich hatte keine Ahnung, wie ich mich darin orientieren sollte. Ich war allein, als ich an jenem Tag mitten im Schuljahr eine fremde Straße hinunterlief, auf fremde Schüler zu, die sich vor Unterrichtsbeginn vor dem Eingangstor in Grüppchen sammelten, und einer davon sah mich an und lächelte, und ich lächelte zurück.

»Das ist über fünfzehn Jahre her, Jolie. Ich habe mich verändert.«

»Ja, aber nicht in den wesentlichen Punkten. Du liebst jemanden nicht nur einfach so, du steckst da alles rein. Und selbst wenn Ben und du in eurer Ehe gerade in einer Sackgasse gelandet oder emotional ausgebrannt seid, bedeutet das nicht, dass du nichts mehr für ihn empfindest. Es kann dir nicht egal sein, wenn er eine Affäre hat, sonst hättest du es mir nicht mal erzählt.«

»Hätte ich wohl. Habe ich ja auch.«

Sie seufzt. »Ich will dir gar nichts einreden, okay? Ich will nur, dass du nicht einfach etwas abschreibst und es später bereust.« Vorsichtig hakt sie sich bei mir unter. »Frag Ben wenigstens nach dieser Lisa. Das Thema könnte wenigstens ein Anfang sein, damit ihr wieder miteinander redet.«

Langsam atme ich aufs Meer hinaus. »Sobald wir wieder zu Hause sind, mache ich das.«

»Wirklich?«, fragt Jolie.

»Vielleicht.«

»Wenn nicht«, erwidert sie bestimmt, »wenn du ihn nicht darauf ansprichst, kommst du mit mir nach Berlin. Dann gehen wir jeden Abend tanzen, bis du so müde bist, dass du drei Tage durchschlafen musst. Und wenn du anschließend aufwachst, wirst du wissen, was du willst. Einverstanden?«

»Okay. Einverstanden.«

Magda packt uns Reiseproviant ein, der für vier Tage reichen würde, Riccardo bedankt sich mehrmals für unseren Einsatz bei der Renovierung des Kellerraums, nimmt partout kein Geld von uns an, und Ludwig schüttelt uns immer wieder die Hände und wünscht uns eine angenehme Fahrt. Seine Augen glänzen verdächtig.

Von den anderen haben wir uns bereits verabschiedet. Gérard hat Jolie fast kumpelhaft umarmt, doch nun schaut er aus einem Fenster in der oberen Etage und winkt ihr zu, als sie vor dem Einsteigen zu ihm hinaufsieht.

Die Reifen knirschen auf dem Kiesweg, wir passieren das Tor, ein letztes Mal blicke ich zurück. Gerade verlässt Juran das Haus, den Ausdruck auf seinem Gesicht kann ich schon nicht mehr erkennen, und dann verbirgt die Grundstücksmauer die Menschen dahinter, ich setze mich wieder ordentlich auf den Sitz und wische meine schwitzigen Hände an der Hose ab.

»Soll ich umdrehen?«, fragt Jolie.

»Nein, auf keinen Fall.« Ich habe jeden Schnipsel an Überzeugung, den ich finden konnte, in meine Stimme gelegt, dennoch klingt sie schlaff. Ich steigere mich rein, eindeutig, dabei gibt es nichts, wofür wir umkehren müssten, nur diesen einen, nicht zu Ende gelebten Moment, aber ihm würden andere Momente folgen, und keinen von ihnen kann ich gebrauchen, keinen einzigen.

»Sag Bescheid, falls doch.«

Wir biegen auf die Landstraße, nur wenige Autos sind unterwegs.

»Ganz sicher nicht.«

Jolie schaltet das Radio ein, und ich hole Nathalies Handy hervor, um mich abzulenken.

Haderlapp / Mielke

Seit fünfeinhalb Jahren wohne ich bei dir. Wer mich besuchen will, muss immer noch bei Haderlapp *klingeln, obwohl wir mindestens einmal im Jahr bei der Hausverwaltung nachfragen, wann sie das Schild endlich erneuern wollen.*

Am Anfang riefen wir noch im Monatsrhythmus an, und wenn jemand abhob, antwortete uns eine junge, unsichere Stimme, die jedes Mal »Ich gebe das weiter« sagte. Natürlich hätten wir selbst einfach ein neues Schild über das alte kleben können, aber das war untersagt, und eigentlich mochte ich deinen Nachnamen lieber als meinen.

»Das ist so, als ob wir verheiratet wären«, habe ich nach einem halben Jahr des Zusammenwohnens zu dir gesagt. Du hast gelacht, mich auf die Wange geküsst und gesagt: »Genau so ist das.« Es ist ein klirrend kalter Januartag. Die Sonne scheint, die

Straßen sind trocken. Nirgendwo liegt Schnee. Ich überlege, ob ich wirklich hinausgehen will, aber ich muss dringend ein Formular für die Krankenversicherung ausdrucken, und unsere Druckerpatrone ist wieder einmal leer.

Mit dem USB-Stick und meinen dicksten Handschuhen verlasse ich das Haus. Als ich zurückkomme, steht jemand vor der Gegensprechanlage und geht die Namen durch.

»Wen suchen Sie denn?«, frage ich und versuche, meinen Schlüssel aus der Jackentasche zu kramen, ohne die Handschuhe auszuziehen.

»Haderlapp«, sagt er.

»Das sind wir«, sage ich und deute auf deinen Namen.

Er nimmt die Abdeckung ab und tauscht das Schildchen aus, und auf einmal sind wir nicht mehr verheiratet. Wir sind ein Du und ein Ich, ein Haderlapp / Mielke, *doch statt mich zu freuen, bildet sich ein eiskalter Klumpen in meinem Bauch.*

»Danke«, sage ich.

Der Mann von der Hausverwaltung nickt mir zu und geht, die Abdeckung hat er wieder raufgeschraubt.

Ich schreibe dir eine Nachricht, während ich langsam die Treppenstufen hochsteige. An unserer Wohnungstür haben wir das Schild auch nie geändert, denn wer unten deinen Namen kennt, wird ihn in der vierten Etage immer noch wissen.

Eine Flasche Sekt ist von meiner Geburtstagsfeier übrig geblieben. Ich stelle sie in unseren kleinen Kühlschrank. Trotz allem könnten wir das neue Schildchen feiern, immerhin haben wir lange darauf gewartet.

Nach zehn Minuten habe ich noch immer keine Antwort von dir, schaffe es aber, dich nicht anzurufen. Du hättest auf mich hören und im Bett bleiben sollen. Schon seit Wochen bist du ständig erschöpft, aber seit der letzten Mieterhöhung nimmst du alle zusätzlichen Schichten an, die dir der Teeladen, in dem du tagsüber arbeitest, und der Club, in dem du abends bist, anbieten. Ich räume das Wohnzimmer auf und überlege, ob ich etwas Besonderes kochen soll, aber mein Geld ist knapp. Die Party hat mein karges Konto gesprengt. Auf meine vielen Bewerbungen habe ich erst drei Antworten und eine Einladung zu einem Gespräch bekommen. Aber ich bin sicher, dass sich das demnächst ändern wird. Bald schon werde ich in einem Büro sitzen und alles Mögliche organisieren. Ich werde telefonieren, denn das kann ich. Ich kann viel besser mit Menschen reden, wenn ich sie dabei nicht ansehen muss. Jeden Monat werde ich mehr verdienen, als ich während der Ausbildung bekommen habe, sodass ich an einem Tag wie heute einfach so im Asialaden einkaufen und etwas Besonderes kochen könnte. Zu deinem Geburtstag im April will ich dir Zugtickets nach Amsterdam schenken. Selbst Übernachtungsmöglichkeiten habe ich mir schon angeschaut. Wir werden in einem hübschen Hostel wohnen, das zwar ein Stückchen von der Innenstadt entfernt liegt, aber einen eigenen Garten hat.

Meine Nachricht ist noch immer ungelesen. Normalerweise antwortest du innerhalb von Minuten.

Es wird bereits dunkel, als du endlich nach Hause kommst.

»Ich habe mir Sorgen gemacht«, sage ich, obwohl ich weiß, dass du Sorgen nicht leiden kannst.

Diesmal jedoch gibst du keine schnippische Antwort. Du siehst mich an, unter deinen Augen liegen dunkle Ringe, und ich habe das Gefühl, du bist noch blasser als heute Morgen.

»Ist alles in Ordnung?«, frage ich.

Du bemühst dich um ein Lächeln, aber du sagst nicht, dass alles in Ordnung ist. Du nimmst nur die Wodkaflasche aus dem Schrank und füllst den Schnaps in ein Wasserglas. »Ich brauche erst mal einen Drink«, sagst du und setzt dich auf den Hocker, den wir sonst dafür verwenden, an obere Schrankfächer ranzukommen.

Deine Hände zittern, als du den ersten Schluck nimmst, und wieder atmest du viel zu schnell.

»Wir sollten zu einem Arzt gehen«, sage ich nicht zum ersten Mal.

»Wir bleiben schön hier in der warmen Küche«, sagst du. Mit geschlossenen Augen lehnst du dich gegen den Kühlschrank.

»Magst du was essen?«, frage ich.

Du bewegst ganz leicht den Kopf, aber es ist nicht zu erkennen, ob diese Bewegung ein Nicken oder ein Schütteln sein soll. »Ich lege mich mal kurz hin, ja?« Als du aufstehst, klappst du sofort wieder zusammen. Gerade so kannst du dich noch am Hocker festhalten.

Ich helfe dir auf und stütze dich bis zum Sofa, auf dem du sofort zusammenbrichst.

Dann rufe ich den Krankenwagen.

Es ist bereits fünf Uhr, als Jolie am Zentralfriedhof hält.

»Was willst du hier?«, fragt sie. »Beerdigungsbesucher zeichnen?«

»Nein, ich suche jemanden.« Ich steige aus, und auch Jolie verlässt den Wagen.

»Darf ich mitkommen, oder möchtest du allein sein?«

Zögernd gehe ich auf den Eingang zu. Jolie einfach wegzuschicken, wäre unpassend, andererseits würde ich tatsächlich lieber allein sein.

»Schon gut, ich mache einfach einen Spaziergang. Nach der langen Fahrt brauche ich ein bisschen Bewegung.« Sie lächelt und läuft durch das Eingangstor, schon verschwindet sie nach rechts auf einem Seitenweg.

Direkt neben mir befindet sich die Friedhofsverwaltung. Das Büro ist längst geschlossen.

Ich schlendere weiter, auf die große Kirche zu. Der Friedhof ist riesig. Rechts umrunde ich das rote Backsteingebäude und nähere mich dem dahinterliegenden Urnenpark. Vielleicht wurde sie gar nicht in einem Sarg beerdigt, vielleicht liegt sie hinter einem der bunten Fenster, es würde viel eher zu ihr passen als ein kaltes, tristes Grab. Langsam schreite ich die Betonwälle entlang, viele Fächer sind noch leer oder nicht beschriftet, doch nach etwa zehn Minuten finde ich sie, *Leira Haderlapp, 1992–2017*, der Name steht auf einem gelben Glas, in dem sich die Abendsonne spiegelt. Auf der Kieselsteinspur vor der Mauer liegt eine einzelne Gerbera, schon leicht verwelkt, sie könnte zu einem anderen Grab gehören, doch ich bin sicher, dass Nathalie sie hiergelassen hat.

Für eine Weile betrachte ich nur das rechteckige Glas und Leiras Namen, dann hebe ich die Hand und lege sie darauf. »Sie vermisst dich«, flüstere ich, und für einen Moment habe ich das Gefühl, eine merkwürdige Wärme zu spüren, die aufflammt und wieder verlischt, und obwohl Gänsehaut meinen Körper überzieht und mein Herz zu rasen beginnt, zucke ich nicht zurück. »Wahrscheinlich weißt du das selbst, aber sie denkt jeden Tag an dich. Ich glaube, sie sieht nur die Leere, die du hinterlassen hast.« Nach einem

Zögern schaue ich mich um. Ich bin allein, doch selbst wenn nicht, was ich in der Stille einer Grabstätte mit einer Toten bespreche, ist nicht den Gesetzen der Lebenden unterworfen, es gibt keine Verbote, es gibt keinen Kitsch, es gibt nur Leira und mich und niemanden sonst. »Es ist nicht deine Schuld, so meine ich das nicht. Aber du bist die Einzige, die mir sagen kann, was diese Leere füllen würde. Du bist die Einzige, die weiß, was vorher an dieser Stelle war.«

Sehr lange haucht sie ihr Schweigen gegen meine Handfläche, doch ich gebe nicht auf, ich warte, bis mein Herz sich beruhigt, bis mir wieder warm wird, erst dann ziehe ich die Hand zurück. Mit einem Mal fühle ich mich sehr ruhig, wie ein kleines Fischerboot, das nach einem Morgen auf stürmischer See endlich wieder an Land anlegt.

»Danke«, flüstere ich.

Auf dem Rückweg suche ich Margrets Grabstelle. Bevor ich mich von Ludwig verabschiedete, musste ich ihm versprechen, seine Frau zu besuchen und ihr zu erklären, warum er nicht mehr kommen wird. Die Parzelle finde ich dank Ludwigs Wegbeschreibung problemlos. Sie wirkt gut gepflegt, Ludwig muss kurz vor seiner Abreise frische Blumen vorbeigebracht haben, ein Topf mit blühendem Lavendel steht auf den weißen Kieselsteinen.

Für Margret finde ich keine Worte, nur ganz schemenhaft kann ich mir aus Ludwigs Erzählungen ein Bild von der Frau machen, mit der er so viele Jahre verbracht hat. Dennoch hocke ich mich hin, wortlos lausche ich dem fernen Rauschen von der Straße, dem Gesang der Vögel, den Stimmen eines Paares, das eine Reihe weiter den Weg entlanggeht. Diesmal flüstere ich, als ich ihr von Ludwig und Renzi erzähle, ich spreche etwas zu schnell.

Schließlich erhebe ich mich und laufe zum Eingang zurück. Jolie wartet an unseren Wagen gelehnt, mit einem Lächeln tippt sie in ihr Handy.

»Gérard?«, frage ich.

Sie blickt auf, ihre Wangen wirken etwas dunkler als sonst. »Ja. Aus der Distanz ist er ja ziemlich lustig.« Das Telefon lässt sie in die Hosentasche gleiten. »Hast du alles gefunden?«

»Ich habe Ludwigs Frau besucht.«

Kurz zucken ihre Augenbrauen, als würde sie etwas fragen wollen, stattdessen öffnet sie jedoch die Fahrertür und steigt ein.

»Ich bringe dich nach Hause und dann das Auto zur Verleihfirma zurück, okay?«, fragt sie, nachdem wir beide angeschnallt sind.

»Okay.«

Sie lässt den Motor an, fährt allerdings nicht los.

»Was ist?«

Ruhig sieht sie mich an, noch immer liegen in ihrem Blick zahlreiche Fragen, und sie zögert, als wüsste sie nicht, mit welcher sie anfangen soll. »Ist alles in Ordnung mit dir?«

»Wieso sollte nicht alles in Ordnung sein?«

»Ich weiß nicht. Du hängst dich so sehr in anderer Leute Leben. So kenne ich dich gar nicht.«

»Welche anderen Leute?«, will ich erwidern, doch wahrscheinlich hat sie mich längst durchschaut. Das Handy, das eindeutig nicht meins ist, an das ich viel zu häufig denke. Die Musik, die ich immer wieder höre. Meine merkwürdigen Ideen wie die, an einem Friedhof zu halten, auf dem niemand liegt, den ich kenne, und dort Gräber zu besuchen.

»Ich habe ein Handy gefunden«, sage ich.

Jolie schaltet den Motor wieder aus.

»Es lag einfach vor meiner Wohnungstür. Also, nein, nicht einfach so.« Nervös friemeln meine Hände an dem Saum meines Longsleeves herum, ich schiebe sie unter meine Oberschenkel und schaue nach draußen, auf die rote Backsteinmauer des Friedhofs. »Da war dieser Zettel von der Frau, die Nanju überfahren hat. Sie hat sich für den Unfall entschuldigt, und weil sie das persönlich tun wollte, ist sie vorbeigekommen. Ich war nur nicht zu Hause.«

»Woher hatte sie deine Adresse?«, wirft Jolie zaghaft ein.

»Ich weiß es nicht genau. Auf den Vermisstenzetteln, die wir nach Nanjus Verschwinden aufgehängt haben, stand meine Telefonnummer. Wahrscheinlich hat sie die gegoogelt und ist so auf meiner Website gelandet.«

Vor dem Eingang ein ganzes Stück weiter links von uns wartet eine Frau in einem karminroten Herbstmantel mit passender Baskenmütze, karamellblonde Locken quellen bis zu den Schultern. Sie sieht aus wie aus einem Film.

»Neben dem Blumentopf vor unserer Tür lag ihr Handy. Sie hat es wohl dort verloren.«

»Wieso hast du es ihr nicht zurückgegeben?«

»Ich weiß es nicht.«

Die Frau löst sich von der Mauer, an der sie bis eben noch lehnte, und lächelt einem sich ihr nähernden Mann zu. Sie umarmen sich, bevor sie den Friedhof betreten. Vielleicht Geschwister, die gemeinsam das Grab der Mutter besuchen.

»Am Anfang habe ich es versucht oder zumindest darüber nachgedacht, aber ich hatte das Gefühl, dass sie es gar nicht zurückhaben will. Sie hätte sich melden können. Sie hätte ihre eigene Nummer anrufen können, sie hätte mich zu Hause erreichen können oder mir eine Mail schreiben, was auch immer, aber das hat sie nicht getan. Dafür muss es doch einen Grund geben. Der einzige, der mir einfällt, ist der, dass sie das Handy gar nicht mehr zurück will. Es ist ihre Vergangenheit, und die will sie nicht mehr spüren.«

»Klingt sehr theatralisch«, meint Jolie, »aber ich glaube, ich verstehe, was du meinst. Jetzt bist du diejenige, die die Vergangenheit dieser Frau besitzt, und damit fühlst du dich verantwortlich.«

Ich zucke mit den Schultern, unsicher, ob es wirklich das ist oder etwas anderes.

»Wen hast du hier auf dem Friedhof besucht? Nur Margrets Grab hätte dich wohl keine volle Stunde gekostet.«

»Die beste Freundin von der Handybesitzerin. Sie ist vor einem Jahr gestorben.« Noch immer starre ich aus dem Fenster. Ich kann Jolie nicht ansehen, ich kann mir nicht vorstellen, einmal diejenige zu sein, die ihre beste Freundin an eine Krankheit verliert, ich will mir das nicht vorstellen und sperre normalerweise jeden Gedanken daran aus, doch jetzt, hier, in einem gemieteten Wagen, der nach Magdas Ziegenkäse riecht, nach Blätterteigtaschen und Meer, flutet die verdrängte Zukunft gegen die Karosserie. Ich muss sehr tief und langsam atmen, um das plötzliche Zittern zu beherrschen, um nicht zu sehr in den Geruch nach Krankenhaus zu fallen, in den Anblick von Jolie, als sie so unglaublich dünn war und blass, als ihr jede Bewegung Schmerzen bereitete, als sie Mühe hatte, sich am Leben festzuhalten, obwohl es immerhin bei ihr blieb.

Die Wärme von Jolies Hand auf meinem Rücken sickert durch die Kleidung, sie ist ja da, sie sitzt hier neben mir, alles andere hat keine Bedeutung, auch nicht dieser dumme Knoten, der vielleicht einfach nur Einbildung ist.

»Ich kann dir nicht genau sagen, was es ist«, fahre ich schließlich fort. »Vielleicht sucht sie etwas, findet es aber nicht allein, und ich glaube, ihr helfen zu müssen. Vielleicht ist es auch nur die Faszination an dem Leben einer anderen Person. Keine Ahnung. Sie gibt so viel von sich preis, ich wusste gar nicht, dass man einem Gerät so viele Dinge über sich erzählen kann. Je mehr ich über sie erfahre, desto mehr habe ich das Gefühl, wenn ich ihr auf der Straße begegnen würde, wäre das wie die Begegnung mit der besten Freundin aus der Schulzeit. Wir haben eine Zeit lang jede Kleinigkeit miteinander geteilt und uns dann aus den Augen verloren, und falls wir uns zufällig wiedersehen würden, wäre das alles wieder da.«

Jolies Finger klopfen einen Rhythmus auf meine Haut, dann zieht sie die Hand zurück. »Weißt du, wo sie wohnt? Wollen wir bei ihr vorbeifahren?«

Ich beiße mir auf die Unterlippe, schließlich blicke ich Jolie an. »Ich fürchte, sie lebt in Berlin.«

Während Jolie und ich das Auto wegbringen, kocht Ben für uns, und als wir zurückkommen, zieht der Duft von Kartoffel-Gemüse-Auflauf bis in den Hausflur. Ben umarmt mich kurz, er umarmt Jolie kurz, ich bringe meine Reisetasche aus dem Flur ins Schlafzimmer und stelle Jolies Rucksack in eine Ecke.

»Nun erzählt mal«, fordert Ben uns auf und sieht Jolie an, die gerade damit beschäftigt ist, das Besteck auf dem Esstisch zu verteilen. »Wart ihr schwimmen?«

»Nicht oft genug.«

»War viel los?«

»Nein, eigentlich ging es. Wir hatten ziemlich viel Strand für uns.«

Ich verteile das Essen auf Teller, die Jolie anschließend ins Wohnzimmer trägt, während sie sich weiter mit Ben unterhält. Sonst ist der Raum viel zu groß für uns, der Tisch ist viel zu groß für uns. Jolie jedoch füllt die Leere komplett aus, sie lächelt und erzählt in sprunghaften Episoden von unseren Erlebnissen, von der riesigen Villa, den Menschen, sie erzählt von Ludwig und Riccardo und der Serie, von dem vielen Essen und dem vielen Alkohol, von der Abschiedsparty, vom Meer, und Ben lächelt ebenfalls, immer wieder stellt er Fragen, und irgendwann ist Jolie fertig mit dem Erzählen, wir sind fertig mit dem Essen und räumen alles wieder ab.

Ben schaltet die Nachrichten ein, Jolie und ich setzen uns dazu. Die Nachrichten münden in einen Film, Jolie stößt mich an, ich zucke mit den Schultern, Jolie hebt die Augenbrauen, ich sage: »Ich fahre mit Jolie nach Berlin.«

Sie seufzt leise.

»Tatsächlich?«, fragt Ben, für einen Moment löst er den Blick vom Fernseher. »Für wie lange denn?«

»Ich weiß es noch nicht genau. Ein, zwei Wochen oder so.«

Er nickt.

Er sagt nicht: »Du warst doch gerade erst weg.«

Er sagt nicht: »Wollen wir nicht mal wieder etwas zusammen unternehmen?«

Er sagt nicht: »Was ist mit deinem Geburtstag?«

Nach einer Weile gehen Jolie und ich nach oben in mein Zimmer.

»Eigentlich meinte ich …«, beginnt sie.

»Ich weiß, was du meintest.« Ich reiße das Fenster auf, lasse die stickige Luft hinaus und setze mich auf den Schreibtisch.

»Du rennst nur weg.«

»Kann sein. Lass mich halt für eine Weile wegrennen.« Ganz still saß ich neben Ben, und die ganze Zeit dachte ich: »Was soll ich überhaupt in Berlin?« Außer meine Schwester wiederzusehen, außer mit Jolie auf Laborergebnisse zu warten, außer auf Nathalies und Leiras Spuren durch die Stadt zu streifen, außer … Doch dann begriff ich. Die eigentliche Frage lautet nicht: »Was soll ich in Berlin?« Die eigentliche Frage lautet: »Was soll ich in Graz?«

Kapitel 13

Ich lausche Mimis wortlosem Geplapper, ich lausche dem Rauschen des Wassers und Tanjas Rufen, ich lausche der zuschlagenden Tür und der anschließenden Stille, die sich mit einem Seufzen im Haus ausbreitet, kaum dass meine Schwester und meine Nichte das Haus verlassen haben.

Nach einer raschen Dusche räume ich mein Bettzeug zusammen, lasse mich aufs Sofa fallen und hole Nathalies Handy hervor. Später, wenn Tanja aus der Kita zurückkommt, könnte ich mit ihr losgehen und durch die Stadt streifen, zu all den Orten, die Nathalie besucht hat. Oder besser, über deren Besuch ihr Telefon informiert ist.

Unter den Fotografien finde ich eine Reihe Makroaufnahmen, Insekten, einzelne Blumen, dazwischen Stadtstillleben, aufgewirbeltes Herbstlaub, ein überquellender Mülleimer, Sonnenuntergangslicht auf S-Bahn-Schienen. Viele Aufnahmen sind in Schwarz-Weiß gehalten, einige in Farbe. Das neueste ist fast anderthalb Jahre alt und zeigt eine tote Taube neben einer Parkbank in weichgezeichnetem Schwarz-Weiß.

Wieder öffne ich die Tagebuch-App.

Der Antrag

Matthias hat mich zum Abendessen eingeladen, obwohl keiner von uns beiden Geburtstag hat.
»Wahrscheinlich will er Schluss machen«, sage ich und warte darauf, dass sich mein Herz bei diesem Gedanken schmerzhaft zusammenzieht, aber es schlägt ganz normal weiter.
»Er will ganz sicher nicht mit dir Schluss machen. Ich glaube, er macht dir einen Heiratsantrag.«
Panisch wirble ich zu dir herum, dann sehe ich dein Grinsen.
»Bist du verrückt? Du kannst mir doch nicht so einen Schrecken einjagen!«
Du stehst von meinem Schreibtischstuhl auf und musterst die Klamotten, die ich auf das Bett geschmissen habe. »Wieso jagt dir der Gedanke einen solchen Schrecken ein?« Du suchst ein weinrotes Oberteil mit schwarzer Spitze aus, das mir deine Mutter zu Weihnachten geschenkt hat. Sie kauft gern Klamotten für mich, weil es ihr leidtut, dass meine Mutter das nicht mehr machen kann. Leider sind es immer Klamotten, die du tragen würdest, aber nicht ich, und die meisten landen irgendwann in deinem Kleiderschrank, auch wenn sie dir ein bisschen zu eng und zu kurz sind.
Eher widerwillig streife ich das Oberteil über. Der Ausschnitt ist ziemlich tief, ansonsten ist es sogar ganz hübsch. »Ich müsste was drunterziehen …«
»Müsstest du ganz sicher nicht. Das sieht sehr sexy aus. Matthias wird begeistert sein, und selbst wenn er nicht vorhat, dir einen Antrag zu machen, wird er dich wahrscheinlich aus Versehen fragen.«

»Ich bin vierundzwanzig, Leira, da muss man noch nicht heiraten.«

»Muss man natürlich nicht. Wahrscheinlich lockt er dich sowieso nur unter einem Vorwand aufs Restaurantklo, um dort ...«

»Ja, ja, schon gut. Ich habe dich verstanden.«

»Sicher? Du tust ja oft genug so, als würdest du seine lüsternen Blicke nicht sehen.«

Wahllos greife ich ein paar Klamotten vom Bett und werfe sie nach dir. »Hör auf, so einen Quatsch zu erzählen.«

Mit einem Schulterzucken nimmst du mein Lieblingsshirt und streifst es dir über. »Das ist jetzt wohl meins«, sagst du und schlüpfst rasch ins Wohnzimmer, als ich lossprinte. Ich jage dich um das Sofa herum. Für eine Verfolgungsjagd ist unsere Wohnung nicht groß und leer genug, wir stoßen ständig irgendwo gegen. Am Ende lassen wir uns lachend auf die Couch fallen.

»Mach dir keine Gedanken«, sagst du schließlich, als du wieder Luft bekommst. »Du wirst ja sehen, was er will. Hauptsache, du lässt dieses Oberteil an.«

Das mache ich dann auch.

Eine halbe Stunde später holt Matthias mich ab. »Wow«, sagt er, er scheint wirklich begeistert zu sein. Ich habe dir erlaubt, mich zu schminken, sogar einen schwarzen Rock trage ich, obwohl ich sonst selten Röcke anziehe.

Wir gehen zu einem Italiener etwa vier Busstationen entfernt, aber weil es ein milder Juniabend ist, laufen wir die Strecke. Zum Glück trage ich keine Absatzschuhe.

Die Trattoria Toscana gehört wirklich nicht zu den günstigsten Restaurants. Dafür wirkt die Einrichtung sehr edel. Über jedem Tisch hängt eine Lampe mit grünem Schirm, die ge-

dämpftes Licht verteilt. An den rot gestrichenen Wänden sind
sehr schöne Schwarz-Weiß-Fotos mit Motiven aus italienischen
Städten angebracht. Die Speisekarte ist übersichtlich, das mag
ich, weil ich dann nicht so lange brauche, um mich zu entschei-
den, aber bei jedem Gericht zucke ich zusammen, sobald mein
Blick auf den Preis fällt.

»Bist du dir sicher, dass wir nicht woanders hingehen sollten?«,
frage ich Matthias.

»Ich bin mir sicher. Das ist ein wichtiger Abend für mich.«
Ich nicke, obwohl ich wirklich keine Ahnung habe, was er da-
mit meint. Viel lieber wäre ich jetzt bei uns zu Hause und wür-
de mit euch beiden zusammen etwas kochen, wie wir das häu-
fig machen.

»Wurdest du befördert? Warte mal, hattest du heute nicht das
Gespräch mit deinem Chef?« Vor Erleichterung, weil ich end-
lich den Anlass gefunden habe, lege ich die Karte beiseite und
lehne mich ein Stückchen nach vorn.

»Ja, hatte ich. Und ja, wurde ich.« Matthias lächelt. Ich mag es,
wenn er lächelt. Er bekommt dann winzige Fältchen um die
Augen herum.

Ich beuge mich ihm noch weiter entgegen.

Er küsst mich und lächelt noch breiter. »Das ist aber nur ein
Punkt«, sagt er.

»Buonasera! Was darf ich Ihnen bringen?«
Wir bestellen Wein und unser Essen. Matthias nimmt noch
zweimal die Tagessuppe, obwohl ich gar nicht so viel Hunger
habe.

»Also«, sagt er und ergreift meine Hände, die ich reflexartig fast
wieder wegziehe. »Wir sind jetzt seit über zwei Jahren zusam-

men. *Ich schlafe bestimmt zweimal die Woche bei dir, ein- bis zweimal die Woche kommst du zu mir.«*

Ich nicke. Das sind Tatsachen. Die zu bestätigen, schadet erst mal nicht.

»Trotzdem habe ich das Gefühl, dass wir uns nicht häufig sehen. Wenn einer von uns lange arbeiten muss, treffen wir uns erst abends. In deiner Wohnung sind wir selten allein, fast immer ist Leira dabei, sodass wir uns so gut wie nie wirklich in Ruhe zu zweit unterhalten.«

Meine Nasenspitze juckt, aber ich will mich nicht kratzen, um Matthias nicht zu irritieren. »Ist dir das zu wenig?«, frage ich daher nur. »Soll ich häufiger zu dir kommen?«

Nun lächelt er wieder. »Nicht nur das«, sagt er. »Ich will … Nein, ich habe überlegt, ob wir nicht einfach zusammenziehen wollen. Das ist es, was ich dich heute eigentlich fragen will. Ob du mit zu mir ziehen möchtest.«

Die Frage trifft mich tief im Magen. Meine Hände fühlen sich eiskalt an, aber Matthias hält sie immer noch fest, und trotz des Gespräches mit Leira vorhin, obwohl ich schon fast auf einen Heiratsantrag vorbereitet war, macht mich Matthias' Frage nervös. Ich kann nicht einfach Ja sagen. Dadurch würde sich so vieles ändern. Eigentlich würde sich alles ändern.

»Das ist …« Endlich ziehe ich die Hände wieder zu mir und klemme sie zwischen die Oberschenkel. »Das kommt ein bisschen plötzlich«, sage ich schließlich.

»Findest du?« Überrascht hebt er die Augenbrauen. »Wir haben doch schon häufiger darüber geredet, wie wir uns eine gemeinsame Wohnung vorstellen würden. Wir haben im Baumarkt sogar eine Tapete für das Schlafzimmer ausgesucht.«

»Ja, schon.«

Die Kellnerin bringt die Getränke und die Suppenschälchen. Erleichtert über die Unterbrechung, nutze ich die Zeit, um meine Gedanken zu sammeln. »Das waren aber mehr Spaßgespräche. Wir haben auch gesagt, dass wir gern so einen riesigen Kühlschrank mit Eisspender hätten, der mehrere tausend Euro kostet. Und du wolltest einen Whirlpool. Wir haben das doch nicht ernst gemeint.«

Matthias senkt den Kopf. Langsam taucht er den Löffel in die Suppe, isst aber nichts. Erst nach einer Weile sieht er mich wieder an. »Der Whirlpool und der Kühlschrank waren natürlich nur Spaß. Trotzdem, zu einem Teil habe ich das schon ernst genommen. Ich habe mir schon oft vorgestellt, wie es wäre, wenn wir zusammenleben würden. Ich habe mich richtig darauf gefreut.«

Mit schlechtem Gewissen rühre ich in meiner Suppe. So hat er sich das Gespräch bestimmt nicht vorgestellt, aber jetzt so zu tun, als würden mit einer gemeinsamen Wohnung all meine Träume in Erfüllung gehen, kann ich auch nicht. »Darf ich darüber nachdenken?«, frage ich leise.

»Klar. Natürlich.« Sofort strahlt sein Gesicht wieder. »Das hat ja keine Eile.«

Den Rest des Abends erzählt Matthias von seinem Beförderungsgespräch, und ich berichte ihm von der Zicke aus meinem Büro, die ihre Ausbildung zur gleichen Zeit begonnen hat wie ich, aber immer so tut, als wüsste sie alles besser. Auf das Dessert verzichten wir, auf dem Rückweg holen wir uns aber ein Eis. Matthias bringt mich bis zur Haustür. Noch als ich den Schlüssel ins Schloss stecke, halte ich inne und drehe mich zu ihm um.

»Stört es dich, wenn ich heute allein hochgehe? Ich brauche wirklich Zeit zum Nachdenken.«

Er nickt und küsst mich, aber es ist ein Kuss, der sich so anfühlt, als würde er mich damit umstimmen wollen, deshalb beende ich ihn schnell.

»Ich rufe dich morgen an«, sage ich, bevor ich im Haus verschwinde.

Du bist noch wach und siehst dir eine Dokumentation über Wüstenlöwen an. Ich setze mich neben dich. Wir blicken auf sehr viel Sand und schauen zu, wie ein altes Löwenweibchen stirbt, und dann weine ich, und du nimmst mich in den Arm.

»Was ist?«, fragst du.

»Nichts«, sage ich, stehe auf und verschwinde in meinem Zimmer.

Ich liege lange wach. Ich höre, dass du den Fernseher ausschaltest und ins Bad gehst. Die Klospülung rauscht. Wenig später gehst du in dein Zimmer.

Minuten vergehen. Da ist kein Schlaf, egal, wie lange ich warte, also stehe ich wieder auf und schleiche zu dir hinüber. Zaghaft klopfe ich an die Tür.

»Herein«, sagst du.

Ich schlüpfe in dein Reich, wie immer herrscht überall Chaos. Mittlerweile komme ich selbst im Dunkeln gut zurecht und balanciere bis zu deinem Bett. Du hebst die Decke an, ich schlüpfe darunter. Das Bett ist warm, ein bisschen zu warm für diese eher milde Nacht.

»Also?«, fragst du flüsternd.

»Er will, dass wir zusammenziehen.«

Du drehst dich zu mir um. »Und, willst du das auch?« Dein

Gesicht ist sehr nah, ich spüre deinen Atem auf meinen Lippen.
»Ich weiß es nicht. Ich will hier nicht ausziehen. Klar, wir haben nie Geld. Du wartest auf deinen künstlerischen Durchbruch, und ich zähle die Tage, bis ich endlich mit der Ausbildung fertig bin. Trotzdem ist unser Leben doch perfekt. Oder nicht?« *Auf einmal habe ich Angst, dass du das ganz anders siehst und schon seit Ewigkeiten darauf wartest, dass ich endlich ausziehe, weil ich dich in allem, was du tust, nur aufhalte. Du bist so viel größer und schöner als ich.*

»Unser Leben ist perfekt«, *sagst du, und ich weiß, dass du es ernst meinst.*

Du drehst dich auf den Rücken. Ich lege die Hand auf deinen Bauch und du deine Hand darüber. Ich rutsche noch ein Stück näher an dich heran. Eigentlich ist das Bett für zwei Personen ein bisschen zu eng, aber du schickst mich nicht weg. Deine Finger streicheln über meinen Handrücken. Ich höre dich nachdenken, obwohl du nichts mehr sagst.

»Was wirst du Matthias antworten?«, *fragst du nach einer Weile.*

»Dass ich mit dem Zusammenziehen lieber noch warten will.«
Du drehst den Kopf wieder zu mir, bis deine Stirn meine berührt. »Das wird ihm nicht reichen.«

»Es muss aber reichen.« *Ich schließe die Augen.*

»Er wird wissen wollen, wann du bereit dafür bist.«
Tief atme ich ein. Noch immer liegt meine Hand auf deinem Bauch. »Ich bin dafür bereit, wenn wir beide alt und grau sind. Wenn eine von uns beiden stirbt«, *sage ich sehr leise.*

»Das ist immer noch früh genug.«

Eine Außenaufnahme des Restaurants ist in dem Beitrag gespeichert. Im Routenplaner finde ich keine Suchanfrage zu der Trattoria, eine kurze Googlesuche zeigt mir allerdings sechs Ergebnisse mit diesem Namen in Berlin. Ich vergleiche die Fotografien aus dem Internet mit dem Foto in Nathalies Eintrag, doch erst nach längerer Suche finde ich ein Restaurant, das dem auf dem Bild ähnelt. Es liegt in der Nähe der Schönhauser Allee, scheint jedoch schon seit ein paar Monaten geschlossen zu sein, wie die Website verrät.

Bisher habe ich die Tagebucheinträge wahllos angeklickt, manchmal ältere, manchmal neuere. Ein bisschen sträube ich mich dagegen, weiter ihre Fotos anzusehen, noch mehr in ihr Privatleben einzudringen. Es war mir schon unangenehm, gestern im Zug ihre Social-Media-Apps aufzurufen, obwohl sie mir nicht viel verrieten. Sie scheint ihre Accounts nicht mehr zu nutzen.

Ich hole mein Notizbuch hervor, liste sorgfältig die letzten Sucheinträge mit Adresse, liste alle Daten auf, die ich über Nathalie weiß, insgesamt viel zu wenige.

Die Haustür fällt ins Schloss, kurz darauf dringt das Klappern von Geschirr aus der Küche. So, wie ich Tanja kenne, hat sie etwa zwanzig verschiedene Brötchen besorgt und wird, wenn ich nicht freiwillig hinuntergehe, gleich nach oben kommen, um mich zu wecken. Claudio dürfte bereits im Büro sein, in dem er halbtags arbeitet.

»Guten Morgen«, begrüße ich sie und nehme ihr gleich den Käseteller ab, den sie zum Esstisch tragen wollte.

»Morgen. Gut geschlafen?« Sie gibt mir einen raschen Wangenkuss, wie sie es immer macht, seit sie siebzehn oder achtzehn ist.

»Sehr gut.«

Wir setzen uns mit je einer Tasse Kaffee und einem Glas Orangensaft einander gegenüber.

»Ich habe mir überlegt«, beginnt Tanja und lehnt sich, die Ellbogen neben ihren noch leeren Teller gestützt, über den Tisch zu mir, »dass wir deinen Geburtstag hier feiern könnten, wenn du dann noch in Berlin bist.«

»Meinen Geburtstag?«

»Ja. Das ist zwar ein Mittwoch, also können wir keine richtige Party schmeißen, aber ich würde ein paar Leute zum Kaffee einladen. Alte Freunde.«

Welche alten Freunde?, denke ich, dabei ahne ich, dass sie ihre alten Freunde meint.

»Ich habe schon ein paar Kuchenrezepte rausgesucht. Wir könnten die Nougat-Quark-Torte backen, die Tante Lisbeth früher immer zu unseren Geburtstagen gemacht hat. Und dazu einen Zitronenkuchen und eine Apfeltorte. Was meinst du?«

»Ich … Entschuldige Tanja, aber das wird mir zu viel.«

Augenblicklich verschwindet das Lächeln aus ihrem Gesicht. Sie setzt sich aufrecht hin, während sie die Arme vom Tisch nimmt, die Augenbrauen ziehen sich zusammen. »Ich habe schon so viele Ideen«, spricht sie dann unbeirrt weiter. »Mimi könnte die Deko basteln, und ich habe tolle Rezepte für Partysnacks rausgesucht.«

»Wann willst du das denn alles vorbereiten?«, frage ich vorsichtig und trinke einen Schluck Orangensaft.

»In den Tagen davor natürlich. Den Mittwoch habe ich mir extra freigenommen. Ich dachte, wir unternehmen etwas Nettes zu zweit, das haben wir schon ewig nicht mehr gemacht.«

Mir fällt nicht ein, wann wir das letzte Mal überhaupt etwas Nettes miteinander unternommen haben, ob wir das jemals getan haben. Als wir Teenager waren, wollte Tanja shoppen und ins Kino, ich wollte in Kunstgalerien und Fotoausstellungen, später konnten wir uns manchmal auf ein Konzert einigen. Aber auch dahin kamen immer Freunde von ihr mit, allein ließ unsere Tante uns erst gehen, als Tanja volljährig war.

»Das ist eine schöne Idee«, antworte ich. »Aber wäre es nicht netter, wir würden einfach Tante Lisbeth besuchen?«

Tanja legt ein Croissant auf ihren Teller und öffnet ein Glas Aprikosenmarmelade. »Es ist dein Geburtstag. Willst du da nicht etwas Aufregenderes machen?«

»Ich habe sie seit Weihnachten nicht mehr gesehen.«

»Mich auch nicht.«

Ich streiche etwas Butter auf die obere Brötchenhälfte. »Eben«, entgegne ich. Mein Geburtstag war in den letzten Jahren immer ein Tag, der genauso verging wie alle anderen Tage auch, nur dass Ben mir morgens ein Geschenk und abends einen Blumenstrauß überreichte. Das letzte Mal wirklich etwas unternommen, wie einen Theater- oder einen Restaurantbesuch, haben wir vor zwei oder drei Jahren.

»Du willst also nur etwas mit uns machen? Mit Lisbeth und mir?« Tanja beißt von ihrem Croissant ab, der Blätterteig krümelt auf den Teller. Sie wirkt wieder entspannter.

Ich will gar nichts machen, denke ich und sage: »Genau.«

Meine Schwester erhebt sich, um ihre Kaffeetasse nachzufüllen, ich habe von meinem bisher kaum etwas getrunken. »Na gut, meinetwegen. Immerhin bist du überhaupt mal hier, da kann es mir eigentlich egal sein, was wir zu deinem Geburtstag unternehmen.«

»Ihr wart schon lange nicht mehr bei uns«, sage ich unvermittelt.

»Wir kommen sicher mal wieder vorbei.« An ihrem Kaffee nippend, setzt sich Tanja wieder. »Wenn ich freihabe, bin ich ganz froh, einfach mal entspannt zu Hause sein zu können und die Dinge zu erledigen, die sonst liegen bleiben.«

»Das verstehe ich.«

»Nächsten Sommer wollen wir Claudios Familie besuchen. Falls wir mit dem Auto fahren, können wir bei euch einen Zwischenstopp einlegen.«

»Das wäre toll«, erwidere ich und sage nicht, dass ich keine Ahnung habe, was nächsten Sommer sein wird, ob dann überhaupt etwas sein wird. Jetzt, von diesem Moment aus gesehen, erscheint mir die Zukunft wie ein fragiles Konstrukt aus Ängsten, Ideen und Ahnungslosigkeit, und irgendwo dazwischen flackert eine Vergangenheit, die ich kaum noch erkennen kann, die eigentlich nichts mehr mit mir zu tun hat, und in all diesem Chaos gibt es gar keinen Raum für eine Schwester. Ich hätte gar nicht erst mit dem Thema anfangen sollen. Zum Glück geht Tanja nicht weiter darauf ein.

Wenige Minuten später beenden wir unser Frühstück und verlassen das Haus.

Kapitel 14

In einem Park in der Nähe von Tanjas Haus setze ich mich auf eine Bank, obwohl ein ungemütlicher Wind durch die Blätter raschelt und unter meine Jacke fährt. Nacheinander gehe ich die Einträge in meinem Notizbuch durch und überlege, welche der Ziele im Routenplaner ich aufsuchen möchte. Nicht zum ersten Mal frage ich mich, was ich mit meinen letzten Entscheidungen überhaupt erreichen wollte. Diese Orientierungslosigkeit passt nicht zu mir, ich schwebe durch den leeren Raum eines fremden Lebens, ohne jeden Halt.

An einer Adresse in meinem Notizbuch bleibe ich hängen. Laut der Suchhistorie hat Nathalie diesen Ort knapp zwei Jahre vor Leiras Tod zum ersten Mal aufgesucht und danach immer mal wieder, er befindet sich nicht weit von hier entfernt. Entschlossen fische ich meine Herbsthandschuhe aus der Jackentasche, stülpe sie über und laufe los. Dabei blättere ich durch Nathalies Einträge.

Umzug

Ich stehe in der Wohnung und weiß nicht, wo ich anfangen soll. Überall liegt Zeug herum. Ich müsste deine Sachen zusammensuchen, damit deine Mutter und deine Geschwister, wenn sie in zwei Wochen kommen, nicht mehr so viel Arbeit haben.

Ich kann aber nirgendwo anfangen, auch bei meinem Kram nicht, weil unsere Sachen so eng miteinander verwoben sind, dass ich sie kaum noch trennen kann. Zum Beispiel Citizen of Glass *von Agnes Obel. Wer von uns hat es gekauft? Oder die DVD von* In deinen Augen? *Gehören die Kleidungsstücke, die ich dir geschenkt habe, immer noch dir, oder erbe ich sie zurück? Gehört dein Schminkzeug mir, weil ich gar kein eigenes besitze, sondern deins verwendet habe, wenn ich doch einmal welches brauchte? Gehören die Flohmarkt-Kochbücher mir, auch wenn du diejenige warst, die die Rezepte ausprobierte?*

Aus dem Flur hole ich den ersten Umzugskarton. Matthias hat mir dreißig Stück geholt, was mir sehr viel vorkommt. Dreißig große Kisten voller Zeug, das sind dreieinhalb Mal so viele Kartons wie bei meinem Einzug.

Ich stecke einen der Kartons zusammen, offen steht er mitten in meinem Zimmer.

Wenn ich die Augen schließe und die letzten Wochen verdränge, fällt es mir leicht, mir vorzustellen, dass du im Schneidersitz auf meinem Bett sitzt.

Aus dem Collegeblock reiße ich ein Blatt und schreibe darauf eine große Eins.

»Listen sind für Anfänger«, sagst du.

»Ich muss doch wissen, in welcher Kiste was drin ist«, sage ich und schreibe gleich unter die Ziffer: Romane (Krimis).

»Ist es nicht viel spannender, wenn man erst beim Auspacken merkt, welche Dinge drin sind? Das vorher zu wissen, verdirbt dir doch die Überraschung.«

»Überraschungen brauche ich gerade wirklich nicht.« Ich nehme die ersten Bände aus dem schmalen Bücherregal und lege

sie auf den Boden des Kartons. »Vor allem nicht, wenn ich kei-
ne saubere Unterwäsche mehr finde.«

Mein Telefon klingelt, es ist Matthias. »Kommst du voran?«,
fragt er besorgt. »Soll ich vorbeikommen und dir helfen?«

»Ich komme voran«, sage ich, weil mir allein die Vorstellung, er
könnte durch die Wohnung gehen und etwas anfassen, das dir
gehört, ein unangenehmes Kribbeln am ganzen Körper verur-
sacht.

Inzwischen bist du aufgestanden und springst auf dem Bett her-
um. »Lass das«, sage ich.

Matthias fragt: »Was soll ich denn lassen?«

»Nichts. Schon gut. Ich war in Gedanken. Wir sehen uns mor-
gen, ja?« Ich lege auf.

Du hast damit aufgehört, auf dem Bett herumzuhüpfen. Statt-
dessen springst du hinunter und bleibst so dicht vor mir stehen,
dass ich die Hand nur ein winziges bisschen ausstrecken müsste,
um dich zu berühren.

»Es wird leichter werden«, sagst du. »Ich verspreche es. Vielleicht
dauert es eine Weile, aber mit jedem Monat wird es ein biss-
chen leichter.«

»Das kannst du nicht wissen«, sage ich.

»Nein.« Du lächelst, so, wie du immer lächelst.

Mein Herz zieht sich zusammen, ich schlucke die Tränen hi-
nunter.

»Ich kann das nicht wissen, aber ich weiß viele Dinge nicht,
die du mir trotzdem geglaubt hast, oder?«

»Was habe ich dir geglaubt?«

»Alles. Du hast mir geglaubt, dass Bürsten für deine Haare
besser sind als Kämme. Du hast mir geglaubt, dass Blauwale

mehr als doppelt so lange leben können wie Elefanten. Du hast
mir geglaubt, dass …«
»Aber das stimmte doch auch alles.«
»Eben. Deshalb stimmt auch, dass es jeden Monat leichter wird.«
Ich wende mich ab, schreibe Socken *auf die Liste und leere das*
gesamte Schubfach über dem Karton aus. »Manchmal«, sage ich,
»irrst du dich trotzdem.«

Eine Frau in Jeans und für den kühlen Wind zu dünnem T-Shirt
putzt gerade das große Fenster, hinter dem sich das Café *Sonnen-*
süße verbirgt. Ich lächle ihr zu, bevor ich den Laden betrete. An
dem Zweiertisch am Fenster sitzt eine Frau und tippt mit einer
Hand auf ihrer Laptoptastatur herum, während sie mit einer Gabel ein Stück von ihrem Mohnkuchen abtrennt. Neben der Theke
hat es sich ein Mann auf einem Sofa gemütlich gemacht und liest
in einem Buch, die Kaffeetasse vor ihm ist leer, auf dem Frühstücks-
teller liegen noch eine Scheibe Schinken und ein halbes Brötchen.

Pastelltöne dominieren den Raum, Mintgrün, Weiß und Zartro-
sa. In weiß lackierten Obstkisten an den Wänden stehen Grünpflan-
zen, auf schwarzen Kreidetafeln wurden in gekonntem Handletter-
ing Sprüche wie *Kaffee erreicht Stellen, da kommt die Motivation*
gar nicht hin und *A party without cake is just a meeting* festgehalten.
Alles wirkt sauber, wie eben erst gereinigt, nicht einmal der helle
Holzboden weist Flecken auf.

Unsicher, was genau ich eigentlich suche, schaue ich mich um.
Mit Ausnahme der beiden Gäste ist das Café leer, es bietet allerdings ohnehin nur Platz für etwa zwanzig Personen.

Die Tür hinter mir öffnet sich, die Kellnerin betritt den Raum,
den Eimer mit dem schmutzigen Fensterwasser in der Hand. »Bin

gleich für dich da«, sagt sie, während sie an mir vorbeihuscht und hinter einer Tür mit WC-Zeichen verschwindet.

Direkt daneben hängt ein Gemälde. Passend zu der übrigen Einrichtung ist es in hellen Farben gehalten, vorwiegend in Apricot und Lavendel, die jedoch so lichtdurchlässig aufgetragen wurden, dass das Bild fast wie ein digitales Kunstwerk wirkt. Nur wenn man genau hinsieht, entdeckt man die Unebenheiten in der Farbdichte, und auf dem halbtransparenten Fond winden sich spiralförmig zwei Farbstränge in Grün und Rot, im Gegensatz zum Hintergrund sind sie jedoch deutlich dunkler, und je weiter nach oben oder unten man sieht, desto mehr rutschen die Farben ins Schwarz. Die Muster im Vordergrund wurden sehr präzise aufgetragen, fast mit absoluter Gleichmäßigkeit, doch auch hier bemerkt man die Abweichungen erst bei genauerem Hinsehen. Das Bild strahlt eine merkwürdige Intensität aus, als würde es in dieser Vereinigung von hellem, großflächigem Hintergrund und filigranerem, fast geometrischem Vordergrund etwas verbergen.

Ich bleibe an der Signatur hängen, an dem geschwungenen L und den nachfolgenden Buchstaben, die ich nicht entziffern kann, und dann an einem winzigen Schildchen, das an den Rahmen montiert wurde, ein Schildchen mit der Aufschrift *Leira Haderlapp – Aus dir und mir.*

»So, was kann ich dir bringen?«, fragt die Kellnerin von der Theke aus lächelnd und fährt sich durch die windverwehte Kurzhaarfrisur.

»Ich ...«, mein Blick wandert zu der Kuchenvitrine, »ich schaue noch kurz.«

»Okay.« Sie lächelt und verschwindet hinter der Theke.

Wieder konzentriere ich mich auf das Gemälde. Es ist so anders als die von Juran, in seiner lyrischen Abstraktion viel weniger greifbar, doch genauso intensiv. Ich kann die Emotionen berühren, sie jedoch nicht eindeutig zuordnen.

»Kennst du die Künstlerin?«, frage ich die Kellnerin.

Diese schaut kurz auf das Bild, schüttelt dann jedoch den Kopf. »Nein, leider nicht. Wir hatten mal zwei Bilder von ihr, eins haben wir aber im Sommer verkauft.«

»Und wer hat die Sachen hier aufgehängt?«

»Meine Chefin, ihr gehört das Café. Willst du das Bild kaufen?« Sie wischt über die ohnehin bereits blitzsaubere Marmorfläche der Theke und kommt dann heraus, um sich neben mich zu stellen.

»Wie viel kostet es denn?«

Mit einem Schulterzucken sieht sie mich an. »Ich weiß es gar nicht genau, ich glaube, um die zweihundert Euro. Soll ich mal die Chefin anrufen und fragen?«

Zögernd löse ich mich von dem Kunstwerk. »Ja. Vielleicht? Wenn es nicht zu viele Umstände macht.«

»Es macht keine Umstände, keine Sorge.« Schon greift sie nach dem Telefon.

Gerade als ich an die Theke treten will, um mir ein Stück Kuchen auszusuchen, klingelt mein Handy.

»Jolie?«, frage ich.

»Hast du gerade Zeit? Mir ist langweilig.«

»Dir ist nie langweilig.«

»Jetzt aber schon.« Sie schnaubt betont genervt in den Hörer.

»Du wolltest doch tausend Freunde besuchen.«

»Ja, aber die führen alle so geordnete bürgerliche Leben und müssen bis fünf arbeiten.«

Ich blicke aus dem Fenster, der Wind pflückt die sich langsam verfärbenden Blätter von den Bäumen und wirbelt sie die Straße hinunter. »Hier gibt es Kuchen«, sage ich schließlich. »Er sieht wirklich köstlich aus.«

»Nehme ich auch, Hauptsache, wir essen was. Wo bist du?«

»In Lichterfelde.« Ich gebe ihr die Adresse durch, sie stellt, immer noch genervt, fest, dass sie über eine halbe Stunde bis hierher braucht, was, wie ich ergänze, für Berliner Verhältnisse um die Ecke liegt, und als sie sich auf den Weg begibt, entschließe ich mich, erst mal nur einen Beeren-Smoothie zu bestellen und mit dem Kuchen auf Jolie zu warten.

»Die Chefin geht nicht ran«, erklärt die Kellnerin, als ich meinen Getränkewunsch aufgebe. »Ich versuche es später noch mal.«

Das Sofa unter Leiras Bild ist noch frei, also mache ich es mir darauf gemütlich und versuche, einen Plan für die nächsten Tage auszuarbeiten. Leider wird nicht aus allen in Nathalies Routenplaner-App eingegebenen Zielen ersichtlich, was sich dahinter verbirgt, ob es Wohnanlagen sind oder Geschäfte oder weitere Cafés, und alle abzuklappern, wäre zu aufwendig. Daher nutze ich die Zeit, die Jolie bis hierher braucht, um den Smoothie zu trinken und weitere Tagebucheinträge zu lesen.

Träume

In manchen Nächten träume ich schlecht. Schon als Kind passierte das häufiger. Meistens weckte mich dann mein Vater. Wenn ich nicht mehr einschlafen konnte, ging er mit mir in die Küche, kochte uns einen Kakao, legte mir eine Decke um die Schultern und gab mir ein Paar dicke, kratzige und warme Strümpfe, die mir natürlich viel zu groß waren. Ich hätte beide Füße in eine Socke stecken können.

In meiner dritten oder vierten Nacht in unserer Wohnung schreie ich. Du kommst in mein Zimmer und weckst mich. Ich weine noch, als ich aufwache, ich weine sogar ein bisschen weiter, obwohl ich schon wach bin.

»Was hast du geträumt?«, fragst du.

»Ich weiß nicht.« Nie erinnere ich mich. Jedes Mal bleiben nur dunkle, diffuse Bilder zurück.

Eine Weile bleibst du auf dem Bett sitzen, aber ich kann nicht mehr schlafen. Ich schaffe es nicht einmal, die Augen zu schließen.

»Bin gleich wieder da«, sagst du und verschwindest aus dem Zimmer. In der Küche klapperst du herum, ein paar Minuten später kommst du mit zwei Tassen zurück. »Hier, das hilft«, sagst du und schlüpfst zu mir unter die Decke.

Der Kakao schmeckt cremig und süß. Ich nippe vorsichtig an der dunklen Flüssigkeit, die sich warm in meinem Bauch ausbreitet. »Das ist der beste Kakao, den ich je getrunken habe«, sage ich. In Gedanken entschuldige ich mich bei meinem Vater, dessen Kakao immerhin der zweitbeste ist.

»Ich weiß.« Ich höre das Lächeln in deiner Stimme. »Soll ich dir eine Geschichte erzählen?«

»Ja, gern.«

Deine Geschichte handelt von einem verlorenen Wolfsbaby, das einige Abenteuer erlebt und am Ende von einer Füchsin aufgenommen wird. Die anderen Fuchswelpen akzeptieren den Wolf erst nicht, doch dann gerät die gesamte Familie in eine gefährliche Situation, und natürlich ist es der große, hässliche Wolf, der alle rettet. Die Geschichte ist sehr traurig und sehr lustig, und während du sie erzählst, schlafe ich wieder ein.

In all den Jahren erzählst du sie mir bestimmt fünfzig Mal, und
jedes Mal bleiben die Träume danach für ein paar Wochen weg.
»Du kannst zaubern«, sage ich am nächsten Morgen zu dir. Du
liegst immer noch in meinem Bett. »Ich glaube, es liegt an dei-
ner Stimme.«
Du lächelst, stehst auf und ziehst die Vorhänge auf. Die helle
Sonne scheint herein, obwohl mir die Fassaden der Häuser ge-
genüber sehr nah vorkommen.
»Ich kann nicht zaubern. Ich befreie nur deine Gedanken.«
Als du das Fenster öffnest, fliegen die befreiten Gedanken hin-
aus. So weit, wie ich niemals kommen würde.

∗ ∗ ∗

»Was für ein Sauwetter«, schimpft Jolie, als sie sich fast eine Stunde
später neben mich auf das Sofa fallen lässt. »Jetzt regnet es auch
noch. Wir hätten in Caorle bleiben sollen.«

»Da regnet es auch.«

»Aber anders.« Sie braucht nur eine halbe Minute, um sich für
die Tomatensuppe und einen Chai Latte mit Mandelmilch zu entscheiden, während ich von der Feta-Lauch-Quiche probiere. Den
Kuchen heben wir uns als Nachtisch auf.

»Am Samstag gehe ich tanzen. Kommst du mit?«

»Wo?«

»Weiß ich noch nicht. Aber es wird sicher super.«

»Klar wird es das.« Ich koste ein Stück Quiche, der Boden ist
fest, aber nicht zu trocken, und die Füllung hat genau die richtige
Würze.

»Du kommst also mit? Sehr gut. Ein paar Freunde habe ich
schon gefragt, Juran kommt sicher auch …«

Überrascht blicke ich Jolie an. »Wie, Juran kommt auch?«

Sie schaut genauso überrascht zurück. »Ich weiß jetzt nicht, was daran so schwer zu verstehen ist. Juran, der attraktive Maler aus Caorle, kommt am Samstag …«

»Ja, das habe ich ja kapiert.« Ungeduldig lege ich die Gabel auf dem Teller ab und richte mich auf. »Hast du Kontakt zu ihm?«

»Klar. Als er uns erzählte, dass er zu diesem Kongress nach Berlin will, habe ich gleich ein paar Freunde gefragt, ob er bei ihnen übernachten kann.«

»Okay«, antworte ich erstaunlich ruhig, obwohl mein Herz bis in meinen Hals pocht und mir auf einmal derart schlecht wird, als hätte ich die gesamte Quiche allein aufgegessen und anschließend noch die Kuchenvitrine geplündert.

Jolie lächelt. Sie lächelt auf diese Art, die ich manchmal hasse, mit einer Spur Überlegenheit im Blick, denn natürlich hat sie die Informationen gezielt nur dosiert an mich weitergegeben und Juran bewusst ganz nebenbei erwähnt, und ich bin mal wieder auf ihre Taktik hereingefallen. »Du kannst ihm doch einfach eine Nachricht schicken«, meint sie nun und beugt sich ein Stück in meine Richtung. »So schwer ist das nicht. Text eingeben, abschicken, während des Wartens einen Schnaps trinken.«

Ich schlucke, wende mich ab und nippe an meinem Jasmintee. Langsam beruhigt sich der Strudel in meinem Bauch.

»Du hast doch seine Nummer, oder?«

»Nein. Natürlich nicht. Wie du dir höchstwahrscheinlich schon gedacht hast.«

Jolie legt eine Hand auf meinen Arm. »Entschuldige, dass ich dich damit so überfallen habe. Ich wollte bloß wissen, ob du bei dem Thema nur so gelassen tust, oder ob er dir wirklich egal ist.«

»Ich wollte das selbst nicht wissen«, erwidere ich leise.

»Aber du hast doch seit unserer Abreise auch mal an ihn gedacht? Oder nicht?«

»Klar habe ich das. Ich habe diesen dämlichen Kongress gegoogelt, ich wäre sogar morgen hingegangen, nur um ganz zufällig in der Nähe zu sein. Ich wäre ihm nicht begegnet, und dann wäre ich wieder gefahren und hätte meine eigenen Dinge erledigt. Und für eine Weile hätte ich mich vielleicht geärgert oder wäre traurig gewesen, aber das wäre auch irgendwann vorbei gewesen.«

»Puh.« Jolie lässt sich gegen die Sofalehne fallen und streicht sich den Pony aus der Stirn. »Du zu sein muss extrem anstrengend sein. Ich hätte ja nicht so richtig Lust darauf.«

»Ich auch nicht«, flüstere ich. Vorsichtig knabbere ich an einem Stückchen Quiche. Mein Magen rebelliert nur zaghaft.

»Weißt du, Caja, auch wenn du glaubst, es wäre ein Fehler, dich auf Juran einzulassen, und auch wenn es tatsächlich ein Fehler wäre, musst du es vielleicht trotzdem probieren. Uns wird ständig eingebläut, dass Fehler etwas Negatives sind, aber das Leben ist dazu da, Fehler zu machen. Sonst leben wir es nicht richtig, sondern nur knapp am Leben vorbei.«

Ich lehne mich neben Jolie, immer heftiger peitscht der Regen gegen das frisch geputzte Fenster, die Kaffeemaschine gurgelt und zischt. »Seit wann bist du so kalendersprüchig unterwegs?«, frage ich.

»Seit du meine Ratschläge offenbar ganz dringend brauchst.« Glänzend umrahmen die dunklen Haare ihr Gesicht, wie ein Gemälde, sie lächelt und spielt unbewusst mit dem Anhänger ihrer Kette, die sie fast immer trägt. Ein Amethyst an einem schwarzen Lederband.

»Deinen Ratschlag habe ich gehört. Jetzt bist du an der Reihe.«

»Womit?«, fragt sie scheinbar ahnungslos, doch augenblicklich versteift sich ihre Haltung, sie lässt den Anhänger los und setzt sich aufrecht hin.

»Na ja, du bist doch nicht einfach so hier. Du bist auch nicht einfach so schlecht gelaunt, und du bist auch nicht einfach so angeblich gelangweilt.« Ich blicke auf den Kalender, um das Datum zu überprüfen.

Sie seufzt, greift nach ihrem Chai Latte und trinkt ein paar Schlucke. »Ich will nicht allein zu Doktor Wandel gehen«, gibt sie schließlich zu, während sie das hohe Glas wieder auf der Untertasse abstellt.

»Du willst, dass ich mitkomme?«

Sie zuckt mit den Schultern. Ich hätte es ihr von selbst anbieten sollen. Zwischen allen anderen Sachen habe ich meine Angst einfach verdrängt, ich habe Jolies Angst verdrängt, weil sie das selbst so geschickt beherrscht, aber jetzt fordert diese Angst ihren Raum.

»Um wie viel Uhr ist der Termin noch mal?«

»Gleich. Bald. Nachmittags.«

Bevor wir gehen, werfe ich einen letzten Blick auf Leiras Gemälde. Die Kellnerin hat die Cafébesitzerin auch mit zwei weiteren Anrufen nicht erreichen können.

Als die Tür hinter mir ins Schloss fällt, flammt in meinem Inneren ein tiefer, stechender Schmerz auf, der gleich darauf wieder vergeht.

»Alles okay?«, fragt Jolie.

»Ja«, sage ich. »Alles okay.« Aus irgendeinem Grund fühlen sich die Worte an wie eine Lüge.

Das Wartezimmer von Jolies Frauenärztin ist fast leer. Jolie blättert schweigend in der *Geo*, sie zieht ihren Arm nicht weg, als ich eine Hand darauflege.

Jolie lässt die Zeitschrift zurück auf den Tisch gleiten, lauter *Brigitte* und *Bild der Frau* und *Mädchen* und dazwischen eine einzige einsame Ausgabe der *Geo*, fünf Jahre ist das Heft alt.

»Irgendwann habe ich es komplett gelesen«, sagt Jolie.

»Das dauert noch«, antworte ich.

»Lenk mich ab.« Sie spricht ruhig, fast gelassen, aber eine Spur zu hoch, und in dieser winzigen Abweichung in der Tonlage schwingt ihre ganze Panik, nahezu unhörbar.

»Wieso wolltest du nie Kinder haben?«

»Wie kommst du jetzt darauf?«

Schweigend deute ich auf die Regalwand voller Babyratgeber.

»Keine Ahnung. Ich wollte das einfach nie. Zu viel Verantwortung, glaube ich. Ich kann ja nicht mal mit einem Typen länger zusammenbleiben, wie soll ich das mit einem pflegeaufwendigen Kind schaffen?«

»Siehst du das jetzt immer noch so? Du bist ja nicht mehr Anfang zwanzig.«

Für einen Moment blickt sie aus dem Fenster, Regentropfen laufen daran hinunter, dahinter liegt eine grau verwaschene Stadt. Unsere Stadt. »Ich glaube, ja. Darüber habe ich nie mehr wirklich nachgedacht. Die Wahrscheinlichkeit für mich, schwanger zu werden, ist ja sowieso unglaublich gering. Ich habe oft genug nicht mal verhütet, und es ist nie was passiert.«

»Hast du manchmal gehofft, es würde etwas passieren?«

»Nein. Nie.« Wachsam mustern mich ihre braungrünen Augen. »Wieso fragst du das alles?«

Ich atme tief ein, und dann erzähle ich ihr von Magda und diesem Moment in der Küche und dass ich seitdem jeden Tag daran denke, dass in jedem Tag diese unterschwellige Leere liegt. »Das hat schon viel früher angefangen«, sage ich. »Vor Jahren. Ich habe nur nie darüber nachgedacht, ob es nicht eigentlich der Wunsch nach einem Kind ist, wenn ich glaube, mir würde etwas fehlen.«

Gerade als Jolie etwas erwidern will, ruft die Sprechstundenhilfe ihren Namen auf.

»Soll ich mit reinkommen?«

Stumm schüttelt sie den Kopf, bevor sie den Warteraum verlässt. Ganz gerade läuft sie, als gäbe es nichts auf der Welt, dass sie erschüttern kann. Dabei läuft sie vielleicht geradewegs in diese Erschütterung hinein.

Kapitel 15

Müde lehne ich den Kopf gegen das S-Bahn-Fenster. Miriam hat morgens alle geweckt, also bin ich zusammen mit Tanjas Familie aufgestanden und habe, nach einem kurzen Smalltalk mit ihrem Ehemann, das Haus verlassen. Jolie und ich hätten gestern nicht in der Cocktailbar versacken sollen, doch letztlich ist ein »Da ist nichts, machen Sie sich keine Sorgen« von ihrer Ärztin mehr als ein guter Grund, um ausgiebig zu feiern.

Die S-Bahn ist voller Menschen, die lustlos ihre Spiegelbilder in den Scheiben anstarren oder die Displays ihrer Smartphones und darauf warten, dass der Tag endet, damit endlich das Wochenende beginnt. Ich sehe aus wie eine von ihnen, mit dem kleinen Rucksack neben mir, den Kopfhörern in den Haaren, dem Handy, das auf meinem Schoß ruht.

Im Hauptgebäude der Universität der Künste werden Verträge zum Thema Street Art und Urban Art gehalten, doch der eigentliche Kongress besteht aus viel mehr, aus Seminaren und Workshops, aus in der ganzen Stadt verteilten Flächen, die für angemeldete Künstler freigegeben wurden. Juran könnte überall sein. Zögernd hole ich mein Handy hervor, in das ich gestern seine Nummer eingespeichert habe. Es wäre so einfach, ihm eine Nachricht zu schreiben. Jolie hat recht, ich stelle mich an, aber ich kann das nicht, mich nicht anstellen, ich kann ihm nicht einfach ein

Hello schicken, ein *How are you?*, ich kann ihn nicht fragen, ob wir uns treffen wollen.

Er hätte genauso gut Jolie nach meiner Nummer fragen können, hätte er mich wiedersehen wollen.

Ich zögere, als die Bahn am Zoologischen Garten hält, steige aber doch aus. Bei einem kleinen Bäcker im Bahnhofsgebäude hole ich mir einen Kaffee und setze mich auf einen der wenigen Hocker. Kurzentschlossen rufe ich Ben an.

»Du bist schon wach?«, begrüßt er mich.

»Ja. Miriam ist morgens nicht zu überhören.« Ich tunke den viel zu süßen Standardkaramellkeks in die Tasse, lege ihn aber auf dem Unterteller ab, ohne davon abzubeißen. »Wie geht es dir? Kommst du allein zurecht?«

Er lacht. »Natürlich, wieso sollte ich nicht zurechtkommen?« Etwas klappert, aber die Umgebungsgeräusche in dem Bahnhofsgebäude sind zu laut, um erahnen zu können, was Ben gerade tut. »Ich habe nur viel zu erledigen.«

»Ja«, antworte ich, weil er das immer sagt, weil er immer viel zu erledigen hat. »Gestern Abend bist du nicht ans Telefon gegangen.«

Ein unmerkliches Zögern, vielleicht bilde ich es mir nur ein. »Ich bin vor dem Fernseher eingeschlafen und habe das Klingeln nicht gehört.«

»Ach so.«

»Was hast du heute vor?«

»Nicht viel. Ich fahre ein bisschen herum, aber gleich setze ich mich in ein Café und arbeite. Ich muss einiges aufholen und bald die ersten Skizzen abgeben.«

»Wieso arbeitest du nicht bei Tanja?«, fragt Ben.

»Weil ich Claudio nicht stören will«, sage ich. Tanjas Mann liebt seine Musik, mit der er sich sehr leidenschaftlich auseinandersetzt, wenn er nicht in der Werbeagentur arbeitet. Noch mehr liebt er es, sie einem in allen Einzelheiten zu erklären.

Ben lacht. »Na dann. Ich muss jetzt los, Oliver will noch etwas Dringendes besprechen.«

»Mal wieder.«

»Genau. Mal wieder. Bis später, ja?« Schon hat er aufgelegt.

Wir haben uns nie *Ich liebe dich* am Telefon gesagt, wir wollten das immer aufheben, um uns dabei ansehen zu können, um uns das wirklich zu sagen und nicht nur nebenbei, doch inzwischen haben wir es so lange aufgehoben, dass wir wohl beide nicht mehr wissen, ob wir es überhaupt noch sagen sollten.

An dem Kaffee halte ich mich viel zu lange fest, obwohl ich mir einen ruhigen Ort zum Arbeiten suchen wollte. Es wäre klüger gewesen, in das Café von gestern zurückzukehren, mir das Bild anzusehen, meine Aufgaben zu erledigen, Juran zu vergessen. Ich habe ohnehin kaum Erinnerungen, die ich vergessen könnte.

Rasch trinke ich den Kaffee aus und mache mich auf den Weg. Da ich keine offizielle Teilnehmerin bin, werde ich mir keine Vorträge anhören können, ich werde einfach nur schauen, wer dort herumläuft. Und dann wieder gehen.

Zahlreiche Interessierte haben sich bereits vor dem Universitätsgebäude versammelt, Menschen unterschiedlichen Alters, unterschiedlichen Aussehens, manche stehen in Grüppchen beieinander und unterhalten sich, doch keiner von ihnen ist Juran. Natürlich nicht.

Auch das Gebäude selbst ist voller Menschen. In der Nähe des Eingangs wurde ein Tisch aufgestellt, dahinter sitzt eine junge Frau in blauem Kostüm, die die Kongressausweise ausgibt. Einige warten bereits vor der Anmeldung, daneben hängt an einer Pinnwand das Programm aus. Die Eröffnungsrede habe ich verpasst, aber in einer Viertelstunde wird der erste Vortrag gehalten, *Freedom Art – An International Peace Project*. Auf einem zweiten Blatt sind die Orte aufgeführt, die im Rahmen des Kongresses für Künstler freigegeben wurden, alle angemeldeten Künstler sind namentlich gelistet. Einer von ihnen heißt *JuLy*. Jurans Künstlername. Heute und morgen, zwei unterschiedliche Orte.

Mein Herzschlag beschleunigt sich, ich starre auf Jurans Namen, bis ich registriere, dass sich um mich herum Kongressteilnehmer sammeln, die ebenfalls einen Blick auf das Programm werfen wollen. Ich trete zur Seite, das Atmen fällt mir schwer, also verschwinde ich in den Hörsaal, um mich kurz hinzusetzen.

Der Raum ist bereits zur Hälfte gefüllt, aber die letzte Reihe ist noch komplett frei, und ich suche mir dort einen Platz. Immer mehr Menschen strömen herein.

Die beiden Orte, an denen Juran malen wird, notiere ich in meinem Notizbuch. Noch habe ich Zeit, mir zu überlegen, ob ich hinfahren will.

Der Vortragende ist ein älterer Herr, der ein wenig so aussieht wie jemand, der sich als Professor verkleidet hat, mit Hemd und Anzughose, die weißgrauen Haare etwas zu lang und zottelig, auf der Nase eine schief sitzende Brille.

Nach ein paar Problemen mit dem Mikrofon beginnt er mit seinem Vortrag. *Freedom Art* ist ein Projekt, das vor zwei Jahren von einer Gruppe junger Straßenkünstler initiiert wurde, die sich zufällig in Madrid kennenlernten. Einige studierten an der Uni, andere waren auf Durchreise, sie kommen aus unterschiedlichen

Ländern, aus unterschiedlichen sozialen Kontexten. Ihre Biografien werden nur kurz angerissen, dann geht der Professor zu den Inhalten des Projektes über. Während langer Diskussionen kamen sie immer wieder auf das Thema »Freiheit« zurück und was es für jeden von ihnen bedeutete. Gemeinsam begannen sie, Street-Art unter dem Motto *Freedom Art* umzusetzen, auf einer Website werden Fotografien der Kunstwerke gesammelt, und auch unter dem passenden Hashtag findet man im Internet Beiträge dazu. Inzwischen haben sich über zweihundert Künstler aus aller Welt dem Projekt angeschlossen. Die Interpretationen sind so unterschiedlich wie die Künstler selbst, mittlerweile erlangen sie immer mehr Aufmerksamkeit. So konnten sie mit einem Wandgemälde Geld für eine Mädchenschule in Uganda sammeln und in einem mexikanischen Gefängnis Kunstprojekte für die Inhaftierten anbieten.

Anfangs ließ ich meinen Blick immer wieder durch das Publikum schweifen, Hunderte Hinterköpfe, doch keiner sah aus wie Jurans. Mittlerweile lausche ich nur noch dem Dozenten, fasziniert betrachte ich die Bilder, die der Beamer an die Wand wirft. Ein Kribbeln erfasst meine Fingerspitzen, schon seit Ewigkeiten habe ich das nicht mehr gespürt. Nicht so wie früher, wenn ich mich für Stunden in mein Zimmer zurückzog, Musik hörte und mich ganz auf eine Idee konzentrierte, wenn ich durch die Stadt streifte und nach diesem Moment suchte, in dem meine Aufmerksamkeit plötzlich an etwas hängen blieb und ich meine Materialien auspackte, meist nur den Skizzenblock und ein paar Bleistifte, manchmal Pastellkreiden. Sobald das geschah, ging ich abends mit dem Gefühl ins Bett, etwas Besonderes in dieser Welt entdeckt zu haben, und diese Künstler fangen an dem Punkt erst an. Sie tragen ihre Entdeckungen nach außen, sodass etwas Neues entstehen kann, etwas, das anderen Menschen ein besseres Leben ermöglicht. So kitschig das auch klingt.

Der Vortrag endet, die Zuhörer klopfen auf die Holztische, jemand geht mit einem Mikrofon durch die Reihen. Etwa eine halbe Stunde dauert die anschließende Fragerunde.

Als ich den Hörsaal verlasse, ist das Kribbeln in meinen Bauch gewandert. An den zahlreichen Kongressteilnehmern vorbei suche ich mir einen Weg nach draußen, wo inzwischen die Sonne durch die Wolken gebrochen ist.

Hier und heute hört die Planlosigkeit auf. Ich werde nicht mehr durch die Tage mäandern, als wäre es egal, was mit ihnen geschieht, ich werde nicht mehr warten, ich werde die Stunden nicht mehr mit Aufgaben füllen, die ich nur mechanisch erledige, die mir selten etwas bedeuten. Zukünftig werde ich meine Aufträge bewusst auswählen, lediglich die annehmen, die mir gefallen, keine Kinderbücher mit schlechten Texten mehr, keine belanglosen, austauschbaren Cover, keine Websites, wenn nicht irgendetwas an der Person oder dem Unternehmen oder dem Projekt dahinter ist, das mich herausfordert.

Stattdessen werde ich zu dem Mädchen zurückkehren, das mit zehn Jahren an einem leeren, herbststurmzerzausten Strand hockte und auf das blaugraue, aufgewühlte Wasser starrte, auf die einsame Möwe, die trotzig durch den Sand stapfte, auf die ineinander verknoteten Wolken, auf den Teddybären, der einfach nicht unterging, sondern von den Wellen an Land gespült wurde und nass und schmutzig zwischen Sand und Treibgut liegen blieb, das Mädchen, in dessen Kopf sich dieses Bild festsaugte, es ließ sie nicht mehr los, bis sie nach Hause ging und es festhielt, so gut sie eben konnte.

***

Insomnia

Heute erinnere ich mich. Als ich aufwache, sehe ich den düsteren, ausgestorbenen Wald. Er ist so leblos, die Bäume sind schwarz. Ich bin in diesem Wald völlig allein. So laut ich auch rufe, niemand hört mich. Auch ich höre kein einziges Geräusch, nicht einmal Vögel flattern auf. Keine Insekten summen herum. Der Traum hat keinen richtigen Anfang und kein richtiges Ende. Eigentlich passiert auch nichts. Er besteht nur aus mir und aus diesem Wald. Jedes Mal, wenn ich erwache, fühle ich mich so absolut einsam, als würde ich niemals wieder einem Menschen begegnen.

Heute starre ich in die Dunkelheit. Die Traumbilder in meinem Kopf sind ganz klar. Wenn ich zeichnen könnte, so wie du, könnte ich jedes Detail aufmalen.

Ich versuche, die Augen wieder zu schließen. Sie weigern sich, der Traum ist noch so deutlich in meinem Kopf. Also stehe ich auf. Ich koche einen Kakao und trinke ihn allein im Wohnzimmer, aber er schmeckt nicht. Vielleicht war die Milch nicht mehr gut. Mit einem ordentlichen Schuss Rum löse ich das Problem, jetzt schmeckt der Kakao nach nichts anderem mehr.

Die Straßenlaterne leuchtet ins Zimmer. Heute ist sie heller als sonst, da draußen ist keine Nacht.

Es ist Samstag, für alle anderen hat der Schlaf noch lange nicht angefangen.

In meinem Zimmer schalte ich das Licht an und laufe zu meinem Schrank. Zwischen den ganzen Klamotten liegt das Oberteil mit dem tiefen Ausschnitt. Ich hatte es schon seit einer Weile nicht mehr an. Es riecht noch nach deinem Zitronendeo.

Ich streife das Teil über, den obersten Knopf lasse ich offen. Dazu trage ich den Rock und eine dünne Strumpfhose. Die leere Tasse fülle ich nur mit Rum nach. Es wäre zu aufwendig, noch mal Kakao zu kochen. Wozu auch? Ich will nicht schlafen.

Anschließend gehe ich ins Bad. Ich nehme Mascara, Kajal, Lippenstift und dunklen Lidschatten. In all den Jahren habe ich dir oft genug zugesehen, sodass meine Hand die Bewegungen so sicher ausführt, als hätte sie das immer gemacht und nicht du.

Den Schlüssel werfe ich in die Handtasche. Ich schließe nicht ab. Hier ist nie jemand eingebrochen, im ganzen Haus nicht. Ausgerechnet heute Nacht wird das auch nicht passieren.

Eigentlich habe ich keine Ahnung, wo ich hin muss, ich google einfach den nächsten Club. In der Kulturbrauerei gibt es mehrere. Ab und zu waren wir zusammen dort. Ich erinnere mich nicht mehr, in welchem, also laufe ich los und gehe in den erstbesten, wo ich nicht allzu lange anstehen muss. Meine Jacke habe ich vergessen, obwohl der Sommer fast vorbei ist. An der Theke hole ich mir einen Wodka mit irgendwas und leere ihn in einem Zug, und dann stürze ich mich ins Getümmel. Tanzen ist so einfach. Alles ist so einfach, ich weiß nicht, wieso mir sonst immer alles so schwer vorkommt. Der Alkohol pulsiert im Rhythmus der Musik durch meine Adern. Ich tanze so lange, bis mir so heiß wird, dass ich mir ein Wasser und einen zweiten Wodka hole, den dritten bezahlt irgendein Typ. Er sieht ganz okay aus, ich tanze mit ihm. Ich stoße seine Hand nicht weg, als er sie auf meine Hüfte legt. Ich stoße ihn auch nicht weg, als er mich küsst. Es sind nur irgendwelche Lippen, es ist nur irgendeine Zunge, Hauptsache, ich muss an nichts denken. Er will gehen, aber ich

will weitertanzen, ich will weiter Wodka trinken, bis meine Beine müde und schwer werden. *Und dann gehen wir.*

Er wohnt um die Ecke. Unterwegs kaufen wir Orangensaft und
Rum. Ich öffne die Flasche noch im Gehen, zwischendurch küsst
er mich, immer wieder. Er küsst gut.

Sein winziges Zimmer ist Teil einer WG. Niemand ist da. Ich
höre nicht zu, als er von seinen Mitbewohnern erzählt, und
damit er endlich mit dem Reden aufhört, bin diesmal ich diejenige, die ihn küsst. Wir ziehen uns sehr schnell aus, er findet
sehr schnell seine Kondome, alles danach geht auch sehr schnell,
aber es reicht, die Gedanken explodieren und lösen sich auf.
Er rollt sich von mir runter, wenige Minuten später schläft er.
Nur ich liege noch wach. *Alles ist wie vorher.*

Ich liege im Zimmer eines Fremden. Auf einmal habe ich keine Lust mehr auf den Rum, erst recht habe ich keine Lust auf
das Aufwachen dieses Typen und darauf, mit ihm zu reden.
Hastig ziehe ich mich an und schleiche mich aus der Wohnung.
Das Treppenhaus ist eng und dunkel, vor der gegenüberliegen-
den Tür liegen lauter Schuhpaare. Bestimmt zehn Stück.

Die Nacht ist ein Morgen. Ich gehe zu Fuß nach Hause, trotz der
Kälte. Sie fühlt sich angenehm prickelnd an. Sie sticht mich
und kriecht bis auf die Knochen, wo sie eigentlich schon vorher
war. Unterwegs kaufe ich in einem Späti eine Packung H-Milch
und höre Musik, oder nein, ich höre nur ein Lied, aber das immer wieder. Es windet sich tief in mich hinein, bis dahin, wo
der Schmerz sitzt. Wahrscheinlich weine ich, aber wenn, bemerke ich es nicht. Ich laufe nur immer weiter und lausche immer
wieder diesem Lied, weil es stark genug ist, mich davonzutragen.
Trotzdem tut es das nicht. Es schmeißt mich vor die Haustür,

vor Haderlapp/Mielke, *wo ich zitternd den Schlüssel aus der Handtasche krame.*

In der Wohnung ist es viel zu hell, sie ist noch voll mit meinem Traum. Er lauert in den dunklen Ecken, in denen immer Nacht ist. Er wartet dort, bis ich mich wieder ins Bett lege. Ich nehme die Kopfhörer ab und erhitze die Milch, verrühre sie mit dem Kakaopulver und fülle das Getränk in zwei Tassen. Damit gehe ich in dein Zimmer. Dort lauert kein Traum, dort traut er sich einfach nicht rein. Ich stelle die beiden Tassen auf den Nachttisch und schlüpfe unter deine Decke. Die Bettwäsche fühlt sich kalt an, viel zu kalt, ich muss mich in die Decke einwickeln, um nicht zu frieren.

»Wo warst du?«, *fragst du.*

»Unwichtig«, *sage ich. Ich rücke näher an dich heran.*

Du riechst nach dem Fichtennadelbad, das du am Abend genommen hast. Immer, wenn du merkst, dass eine Erkältung kommt, legst du dich für zwanzig Minuten in heißes Fichtennadelwasser. Du behauptest, dass nichts so gut gegen Krankheiten hilft. Leider hilft es nicht gegen alle.

»Hast du schlecht geträumt?«

»Ein bisschen«, *sage ich, und dann erzähle ich dir von dem Traum. Ich erzähle sehr lange, obwohl eigentlich nichts geschehen ist. Ich erzähle dir jedes Detail, denn irgendwann wirst du ihn vielleicht aufmalen. Ich erzähle, damit es nicht so still ist.*

Du drehst dich zu mir und legst einen Finger auf meinen Mund. Die Berührung ist sehr sacht, aber ich höre sofort auf zu sprechen.

»Jetzt, da du weißt, wie er aussieht, kannst du ihn verändern«, *sagst du.*

»Wie meinst du das?«

Dein Finger wandert mein Kinn entlang. »Indem du ihn bunt färbst«, sagst du leise. »In deinem Kopf werden die Bäume wieder lebendig. Sie bekommen Blätter, auf dem Boden wachsen Heidelbeersträucher. Du lässt Vögel fliegen, Schmetterlinge und Bienen schwirren herum. In der Mitte gibt es eine Lichtung mit einer Wildblumenwiese, lauter weiße und blaue Tupfer. Die Sonne scheint, sie fühlt sich warm und kräftig an.« Mittlerweile hat dein Finger meinen Hals erreicht und streicht daran hinunter.

Ich schließe die Augen, mein Herz hämmert so schnell wie noch nie. Es fällt mir schwer, etwas zu sagen. Auf einmal habe ich das Gefühl, keine Stimme mehr zu haben. »Wie mache ich das?«

»Indem du dir all das ganz genau vorstellst, bevor du schlafen gehst. Du betrittst deinen Traum, während er selbst noch ruht, und verwandelst ihn, ohne dass er es merkt. Und wenn er dann zu dir kommt, ist er ein anderer.«

Die Bettdecke raschelt, als du näher an mich rückst. Dein Bauch wärmt meinen Bauch, dein Knie schiebt sich zwischen meine Beine, ganz langsam streift deine Hand an meiner Brust entlang. Wärme breitet sich in meinem Bauch aus. Ich bleibe reglos liegen. Mein Arm ist zu schwer, um ihn anzuheben. Erst als du den Saum meines Oberteils hochschiebst und die Haut darunter berührst, die Taille wieder hinauf Richtung Hals, wage auch ich es, über deinen Bauch zu streicheln.

Noch immer sind meine Augen geschlossen. Dein Atem trifft meine Lippen, dann sind es deine Lippen selbst, die vorsichtig meine öffnen. Du ziehst mich näher an dich heran, so nah, bis

es nicht mehr näher geht, und auf einmal ist es ganz leicht. Auf
einmal ist es so, als würde das schon immer zu uns gehören.
Ich berühre deine Brüste, sie sind fest und ein bisschen größer als
meine. Unser Kuss verändert sich. Er wird drängender, es gibt
kein Ende mehr. Wir werden nie wieder aufhören, uns zu küssen.
»Leira«, flüstere ich.
Mein ganzer Körper pocht vor Sehnsucht.

∗ ∗ ∗

Ich verbringe tatsächlich den halben Tag in einem Café. Zwischendurch entwerfe ich Skizzen für die Kinderbuchillustrationen, doch immer wieder wandert meine Aufmerksamkeit davon, zu dem Street-Art-Projekt, zu Nathalie, vor allem zu Nathalie, und während ich ihre Musik höre, überfällt mich ihre Verzweiflung, als würde sie neben mir sitzen.

Am frühen Nachmittag packe ich meine Sachen zusammen. Jolie erreiche ich nicht, deshalb schreibe ich ihr eine kurze Nachricht, bevor ich mich auf dem Weg zu dem Ort begebe, an dem Juran heute malt. Es ist bereits kurz vor vier, wahrscheinlich ist er gar nicht mehr dort.

Unterwegs ruft mich Jolie zurück. »Du willst mitkommen?«

»Klar. Habe ich dir das nicht versprochen?«

»Du hast mir versprochen, dass wir jeden Abend tanzen gehen. Das haben wir ja schon mal nicht geschafft.«

Ich lächle hinaus in den Nachmittag, der sich hinter dem Busfenster ausbreitet. »Immerhin könnten wir morgen mal damit anfangen.«

»Wieso erst morgen? Heute ist Freitag, da kann man auch tanzen gehen. Eigentlich kann man das jeden Abend tun.«

»Ich weiß, aber ich habe Tanja versprochen, heute mit ihr einen Film zu schauen.« An der nächsten Haltestelle verlasse ich den Bus.

»Gut, dann gehen wir halt am Samstag tanzen.« Sie zögert, bevor sie hinzufügt: »Ich weiß noch nicht, ob Juran mitkommt. Eventuell hat er etwas anderes vor.«

»Okay«, antworte ich und beobachte ein Kind, das mit gefährlich unvorhersehbaren Schlenkern auf seinem Laufrad den Bürgersteig entlangfegt.

»Willst du sonst noch etwas wissen?« Jolie stellt die Frage scheinbar beiläufig.

»Nein.« Eingehend schaue ich mich um, die Kunstfläche müsste ganz in der Nähe sein.

»Na gut. Melde dich, wenn etwas ist.« Damit legt sie auf.

Eher wahllos biege ich in eine Seitenstraße, Kopfsteinpflaster, Wohnhäuser, keine Spur eines offenen Geländes. Während ich weiterlaufe, google ich den kleinen Stadtpark, nach einer Minute gewinne ich die Orientierung zurück. Ich biege um die nächste Ecke, da ist er schon, ein gepflasterter Platz, an einer Seite eine Mauer, die zur Gestaltung freigegeben wurde, ein paar Künstler arbeiten noch, keiner von ihnen hat dunkle Locken. Doch ich brauche nur einen Blick, um selbst aus der Entfernung Jurans Werk zu erkennen. Er muss den ganzen Tag daran gearbeitet haben, vielleicht hat er gestern schon angefangen.

Ein Teil der Mauer ist einfach nur gelb gefärbt, in der Mitte dieser Fläche blickt man in einen Garten. Der Kiesweg wirkt so echt, dass ich von dem Park direkt weiterlaufen könnte auf Renzis Villa zu, in den Garten hinein, zu den Obstbäumen, dem Lavendel, ich könnte mich neben Magda hocken und ihr dabei helfen, Kräuter zu ernten, ich könnte Riccardo zuwinken, der aus einem Fenster in der oberen Etage schaut, und dem lächelnden Mann neben ihm etwas zurufen, der sich gerade die Schirmmütze nach oben schiebt.

Nur widerwillig wende ich den Blick von der Zeichnung. Mehrere Künstler sind dabei, ihre Werke aufzutragen, neben Kreide-, Farb- und Spraybildern finden sich Graffiti und Poster. Fast die gesamte Mauer ist bedeckt mit unterschiedlichen Kunstwerken.

Juran kann ich nirgendwo entdecken.

Ein Schild am Rand der Mauer, nicht weit von Jurans Bild entfernt, verweist auf den Kongress. Die Kunstwerke, so steht dort, dürfen für die Dauer ihrer Entstehung nur von den Künstlern selbst gestaltet werden. Danach werden sie fotografiert, und ab dann darf die Fläche auch von anderen genutzt werden. Alle fertiggestellten Werke sind mit einem offiziellen Aufkleber markiert.

Wieder betrachte ich Renzis Villa, sie wirkt erhaben, imposant, unzerstörbar, der Garten darum herum ein vor der Welt verstecktes Paradies. Ganz unten rechts befindet sich der Kongress-Sticker in Himbeerrosa und Weiß.

Sehr langsam nähere ich mich der Mauer. In Wirklichkeit dürfte man den Pavillon von diesem Blickwinkel aus nicht sehen, er steht viel weiter im Park, von der Grundstücksmauer verborgen, dennoch hat Juran ihn rechts ins Bild gemalt, ganz an den Rand, die Zweige eines Baumes ruhen auf dem Dach.

Ich schließe die Augen, doch der Platz ist erfüllt von Geräuschen. Autos, die auf der nahegelegenen Spielstraße vorbeirumpeln, Gespräche, Metallklappern von einer Installation, die ein paar Meter weiter aufgebaut wird, Ball spielende Kinder, das Klingeln einer Fahrradglocke, überall sind Menschen, viel zu viele, viel zu nah.

Ich hole tief Luft und öffne die Augen. Ohne mich umzusehen, angle ich meine Kopfhörer und Nathalies Handy aus meiner Tasche, ich suche in ihrer Musiksammlung nach *Insomnia*, stelle den Titel auf Repeat und setze die Kopfhörer auf.

Eine weiche, tragende Pianomelodie, in die sich nach vielleicht fünfzehn Sekunden eine helle Männerstimme webt, etwas Zartes, Zerstörtes liegt in dem Lied. Mit den Pastellkreiden in der Hand trete ich dicht an das Bild und betrachte den Pavillon, der viel zu leer ist, viel zu unbewohnt, also beginne ich ganz vorsichtig, ein paar Laternen an das Dach zu zeichnen, und dann male ich Blumen in den Garten, ich male die Musik, ich male Jolie, an einen Baum gelehnt, ich male den Geruch des Meeres, einen Schatten hinter eines der Fenster, ich male ein Tuch, das sich in den Zweigen eines Olivenbaumes verfangen hat, ich male ein Fahrrad, das in der Einfahrt steht, das Gelächter und den intensiven Geschmack von Magdas Schokoladenkuchen, ich male einen Korb voller frisch gepflückter Äpfel und zwei Menschen in den Pavillon, einen Mann mit dunklen Locken, eine Frau mit blonden Haaren, sie sehen einander an, die Hände leicht angehoben wie kurz vor einer Berührung, und schließlich trete ich ein Stück zurück, mit staubbunten Händen. Ich versuche, nicht zu vergleichen, meine stümperhafte Technik mit Jurans ineinanderfließenden Strichen. Sonst benutze ich Kreiden nur für Skizzen auf dickem Papier. Ich versuche, es als ein Gemälde zu betrachten, und irgendwie ist es das tatsächlich, es ist ein Gemälde, manche sehen die beiden unterschiedlichen Künstler vielleicht nicht einmal, ich habe nur Dinge ergänzt, die eigentlich schon da waren, die von Anfang an in den Garten gehörten.

Zu Nathalies Musik stecke ich die Kreiden in die Tasche, drehe mich um und laufe los, ohne Ziel treibe ich durch die Straßen und laufe meinem wild schlagenden Herzen davon.

Es holt mich immer wieder ein.

Kapitel 16

Skizzenblätter bedecken den Teppich in Tanjas Gästezimmer. Gestern Abend nach dem Film fertigte ich eine nach der anderen an. Ich nahm mir keine Zeit, ich zeichnete einfach drauflos wie in einem Rausch, und nun betrachte ich verkatert das Ergebnis, nichts davon gefällt mir mehr.

Das Gefühl, das mich nach dem Vortrag durch den Rest des Tages getragen hat, ist heute verschwunden. Ich spüre es nicht mehr, weder in den Bildern noch in mir selbst.

Eine nach der anderen sammle ich die Zeichnungen ein. Draußen im Flur tapst Mimi herum, aus der Küche dringt das Klappern von Geschirr. Es ist kurz vor acht, sie werden gleich frühstücken, während ich mich am liebsten wieder im Bett verkriechen würde. Eigentlich möchte ich heute niemandem begegnen.

Rücklings lasse ich mich auf das Sofa fallen. Morgensonne scheint durch das Fenster direkt in mein Gesicht, ich krieche etwas zur Seite, um ihr auszuweichen, und blicke auf mein Handy.

Keine Nachrichten.

Wenigstens kurz könnte ich nach dem heutigen Kongressprogramm schauen. Ich blättere durch die Website und entdecke dabei einen neuen Punkt im Menü. Anscheinend gibt es eine Bildergalerie mit den bereits fertiggestellten Werken. Ich klicke ihn an und scrolle hinunter, bis ich an Jurans Zeichnung hängen bleibe.

Offenbar wurden mehrere Fotos aufgenommen, nicht nur von dem ursprünglichen Bild, sondern auch von den Variationen, die nach Freigabe durch den Künstler hinzugefügt wurden. Ich vergrößere die Bilder, entdecke meine Änderungen. In einem dritten Bild hat noch jemand etwas ergänzt, ich muss suchen, bis ich die Staffelei entdecke, die neben dem Pavillon steht, und darauf eine Leinwand. Sie ist zu klein, um Details unterscheiden zu können, doch ich erkenne die Farben, ich erkenne das Weiß und das Blau und das Grau, neben der Staffelei stehen Farbbecher auf einem Tisch. Das ist alles.

Mehrere Minuten starre ich auf das Bild, bis von unten Tanjas ungeduldige Stimme dringt. »Caja, Frühstück!«, ruft sie mehrmals, und dann geht die Tür auf und sie steht im Türrahmen, die hellbraunen Haare fallen ausnahmsweise offen bis unter die Schulterblätter und sehen genauso aus wie die unserer Mutter, so wie ich sie von alten Fotos kenne.

»Ich habe dich gerufen«, sagt Tanja, sie lächelt steif.

»Ich weiß. Ich musste noch was nachgucken, entschuldige.« Augenblicklich stehe ich auf und beginne damit, Klamotten herauszusuchen.

»Dann bis gleich.« Sie geht wieder nach unten, die Tür lässt sie offen. Rasch schlüpfe ich ins Bad, putze meine Zähne, durchstöbere weiter die Fotos und schaue noch einmal nach, wo Juran heute malen wird – in Schöneberg, nicht allzu weit von hier entfernt.

Es ist unmöglich, ich kann heute Abend nicht mit Jolie und ihren Freunden ausgehen in dem Wissen, dass er vielleicht auch da ist, dass ich ihn vielleicht wiedersehe, inmitten von anderen, ohne vorher mit ihm allein gesprochen zu haben. Ihn wenigstens einmal kurz gesehen zu haben, damit der Zauber und die Erinnerungen verschwinden und alles, in das ich mich inzwischen hineingesteigert habe. Ich muss das ausschalten, und dann kann er ein ganz normaler Freund sein, mehr nicht, mehr wirklich nicht.

Was machst du heute?, schreibe ich Ben, bevor ich mich nach einer flüchtigen Katzenwäsche anziehe.

Den Keller ausmisten, schreibt er zurück, und ich könnte mich darüber freuen, schon seit zwei Jahren wollen wir das machen, nie war Zeit dafür, doch ausgerechnet jetzt, wenn ich nicht da bin, findet er sie, ausgerechnet jetzt beginnt er damit, seine Dinge zu sortieren, als müsste er sie irgendwann, bald schon, zusammenpacken. Vielleicht bin auch ich diejenige, die ausziehen muss, und er schafft schon mal Platz für die Dinge, die dazukommen werden, die nicht meine sind und nicht seine, sondern die einer Lisa Strohberger, einer Frau mit freundlicher Stimme. Wahrscheinlich ist sie unglaublich schön.

* * *

Nachmittags borge ich mir Tanjas Fahrrad aus, bis Schöneberg brauche ich etwa zwanzig Minuten. Allerdings zieht sich nach dem sonnigen Morgen der Himmel rasch zusammen, bisher bleibt der Regen jedoch aus und der Wetterbericht behauptet, dass er auch nicht mehr kommen wird.

Es ist merkwürdig, wie selbstverständlich ich der Strecke folge, als wäre es nicht schon Jahre her, seit ich das letzte Mal mit dem Rad durch Berlin gefahren bin, als wäre die Stadt nicht eine andere mittlerweile, immer wieder erneuert und verändert sie sich, und ich stoße an Orte, die nur wenig mit meiner Erinnerung an sie gemeinsam haben.

Diesmal gehört die freigegebene Fläche zu einem Wohnhaus.

Das angrenzende Gebäude wurde wohl vor einer Weile abgerissen, das dadurch freiliegende Gemäuer neu verputzt und nun durch den Immobilienbesitzer zur Verfügung gestellt. Sogar ein Gerüst wurde aufgebaut und die Wand in unterschiedlich große Segmente eingeteilt. Deutlich mehr Zuschauer als in dem kleinen Park gestern stehen in etwas Abstand zum Gerüst auf dem Bürgersteig, man muss die Straßenseite wechseln, wenn man vorbeigehen möchte. Einige machen Fotos, nehmen Videos auf, und auf der freiliegenden Fläche neben dem Haus, auf der zwischen wild wuchernden Pflanzen vereinzelt Bauschuttreste herumliegen, hat sich eine Band versammelt, eine hübsche Frau mit langen roten Dreadlocks vor einem kleinen Schlagzeug, ein Gitarrist, neben den beiden sitzt Juran, die Handpan auf dem Schoß. Mein Puls beschleunigt sich. Sie reden noch, die Schlagzeugerin erklärt etwas mit fuchtelnden Handbewegungen. Ich wende mich ab, um das Fahrrad ein Stück weiter weg an einem Laternenpfahl anzuschließen.

Als ich zurückkomme, gibt die Drummerin gerade den Takt vor, dann beginnen sie zu spielen. Einige Künstler setzen sich auf die Gerüstplatten, um zuzuschauen, die anderen arbeiten weiter, während sich die ersten zaghaften Klänge ausbreiten. Ein Mädchen stellt sich zu den Musikern, vorsichtig packt sie eine Violine aus, die andern nicken ihr lächelnd zu, und nachdem sie eine Weile mit geschlossenen Augen gelauscht hat, setzt sie den Bogen an und fällt übergangslos in die Melodie mit ein.

Halb unbewusst hole ich den Skizzenblock und einen Bleistift aus meiner Tasche. Juran hat mich nicht bemerkt, sein Blick wechselt zwischen seinem Instrument und denen der anderen. Meine Hand beginnt fast von selbst zu zeichnen. Erst die Schlagzeugerin, sie lächelt und bewegt sich im Takt der Musik. Vermutlich ist sie die Älteste der Gruppe, um ihre Augen haben sich tiefe Lachfalten gegraben. Nacheinander skizziere ich die Gesichter, ich beginne immer mit dem Oberkörper und ergänze dann den Rest, nur bei Juran halte ich inne, ich kann ihn nicht greifen, die halb geöffnete Strickjacke nicht, die Locken nicht, die langen Finger nicht, die so sicher über sein Instrument gleiten, die Lippen nicht, die Augen nicht, ganz besonders sie entgleiten mir immer wieder. Sobald ich den Stift ansetze, weiß ich nicht, wie ich weiterzeichnen soll, sodass der vierte Musiker ein Unbekannter bleibt, mit angedeuteten Gesichtszügen, die Jurans in keiner Weise ähneln.

Nach etwa einer halben Stunde machen sie eine Pause. Die Zuschauer klatschen begeistert, viele werfen Geld in Jurans Fedora, der am Rand des flachen Hügels steht, auf dem sich die Musiker platziert haben. Der Zuschauerpulk löst sich auf, nur ein kleiner Teil bleibt stehen, um die Maler zu beobachten. Ich packe den Skizzenblock ein, eher zögernd gehe ich auf die Musiker zu, als Juran aufsieht, den Blick geradewegs auf mich gerichtet.

»Hey«, sagt er. »Da bist du ja.«

Ich antworte mit einem Lächeln, es dauert, bis ich in meinem Gehirn wieder Worte finde. »Eigentlich wollte ich dir beim Malen zusehen«, sage ich schließlich, und verschränke die Arme hinter dem Rücken, irgendwo müssen sie ja sein.

»Wolltest du?« Vorsichtig legt er das Hang in seine Schale zurück. »Siehst du, und ich habe auf dich gewartet.«

»Wieso das?«

Er deutet auf die Mauer, nur wenige Flächen sind ausgefüllt. »Ich dachte, diesmal machen wir etwas zusammen.«

Überrascht öffne ich den Mund, kein Laut dringt heraus, bis ich doch mühsam ein »Zusammen?« hervorbringe.

»Ja. Wenn du magst. Du musst natürlich nicht.«

Ich betrachte die Mauer mit dem Gerüst davor, auf dem die Künstler herumturnen, als würden sie das jeden Tag machen. »Ich habe ein bisschen Höhenangst.«

»Wirklich?«

»Ja. Nein … ich …« Mit einem Seufzer wende ich mich wieder Juran zu. »Das kommt nur etwas überraschend. Ich war ja nicht einmal sicher, ob du wirklich hier sein würdest.«

Sein Lächeln ist sanft und nah, ich muss mich wieder wegdrehen, dem Gerüst zu, ein paar Tauben zu, die auf dem Geländer entlangstolzieren.

»Wo sollte ich denn sonst sein?« Er streicht über meinen Arm, die Geste wirkt so vertraut und fremd zugleich, dass ich die Luft anhalte.

»Eigentlich wollte ich nur kurz mit dir reden.«

Schweigend sieht er mich an, er fragt nicht, worüber ich reden will, er wartet einfach.

»Kommst du heute Abend mit?«, sage ich schließlich. »Jolie meinte …«

»Ja, ich komme mit.«

»Okay.« Unsicher hake ich die Daumen in die Jeanstaschen. Jetzt müsste ich weiterreden, aber es fällt mir leichter, so zu tun, als hätte es den Abschiedsabend nicht gegeben, die Musik nicht und Amber nicht und den Moment im Pavillon vor allem nicht, doch ich selbst habe ihn gemalt, ich selbst habe ihn zurückgeholt.

»Du bist nicht nur irgendjemand für mich«, sagt Juran leise, seine Worte hämmern in meiner Brust, eigentlich könnte er jetzt doch wieder über meinen Arm streichen, eigentlich könnte er noch viel näher kommen.

»Was bin ich dann?«, frage ich.

»Alles andere.« Sein Lächeln ist die eigentliche Antwort, nur was sie genau bedeutet, verstehe ich nicht. Schon wendet er sich ab, holt die Kreidestifte aus seinem Rucksack. »Kommst du?«, fragt er und setzt seinen Fedora auf. Einer der anderen Künstler muss in der Zwischenzeit das Geld eingesammelt haben.

»Na gut.« Hinter ihm her klettere ich auf das Gerüst bis in die dritte Etage, wo Juran sich bereits eine Schutzmaske übergestreift hat und mir die zweite reicht.

»Willst du anfangen?«, nuschelt er unter seiner Maske, doch ich schüttle den Kopf und setze mich auf den Boden ein Stückchen entfernt, um möglichst keine Farbe abzubekommen.

Ein paar Sekunden lang sieht er mich an, abwartend oder enttäuscht oder fragend, ich bin nicht sicher, dann wendet er sich ab und beginnt damit, die erste Farbschicht aufzutragen.

Er arbeitet so schnell, als hätte er das Bild bereits fertig im Kopf oder schon tausendmal angefertigt. Wahrscheinlich stimmt das sogar, sicher hat er es schon mehrmals skizziert, auch schon ein paarmal gesprüht, doch selbst wenn, mühelos überträgt er die Dimensionen und Verhältnisse auf die großflächige Wand, nach einer halben Stunde oder Stunde, ich habe das Zeitgefühl verloren, ist er fertig.

Das Wasser glitzert türkisgrau, der Himmel ist schwarz, mit weißsilbern funkelnden Sternen, mit einem blassen Mond, und aus dem Meer taucht ein Schiff auf, Wasser tropft vom Bug, Algen hängen daran, nur Menschen sind nicht zu sehen. Eine merkwürdige Stille liegt über dem Bild, es ist fertig, aber unbewohnt, keine Fische lauern im Wasser, kein Vogel schwebt in der Luft. Das Meer und die Nacht bilden einen leeren Raum.

Juran nimmt die Maske ab und lächelt mich an.

»Ist das so fertig?«, frage ich.

Sein Lächeln wird breiter. »Nein. Ist es nicht.« Er setzt sich neben mich.

Ich betrachte sein Werk, es wirkt mystisch, ein wenig düster, doch es ist voller Lücken, die sich unangenehm kribbelig anfühlen, und schließlich stehe ich auf, streife die Maske über, suche aus Jurans Malutensilien einen Pinsel und mische in einem Deckel die ersten Farben an, helles Brillantgrün und leuchtendes Kanariengelb. Dann beginne ich damit, Fische zu malen, mattgrün und orangegelb schimmern sie im Mondlicht, und sobald die Farbe trocken ist, überdecke ich sie mit einer zarten Schicht Türkisgrau, sodass die Tiere unter der Meeresoberfläche treiben, als warteten sie auf etwas. An das Schiff füge ich Muscheln an, über das Deck huscht ein Schatten, und um das Schiff herum verteile ich den blauen Schimmer von Leuchtplankton.

»Hast du das schon mal gemacht?«, fragt Juran, als ich fertig bin.

»Ein paarmal. Nicht oft.«

Wir bessern nur wenig zusammen aus, dann verabschiede ich mich ein wenig verkrampft, nachdem Tanja angerufen hat, um zu fragen, ob ich mit ihr und Mimi noch ein Eis essen gehen will.

Erst auf dem Fahrrad fällt es mir auf. Diesmal habe ich keine Musik gehört. Diesmal habe ich Leira und Nathalie nicht gebraucht, ich habe nicht einmal an sie gedacht.

Aus irgendeinem Grund stimmt mich das traurig.

***

Ich würde Stunden damit verbringen, die richtigen Klamotten herauszusuchen, wenn ich mehr Auswahl mitgenommen hätte, jetzt müssen die schwarze Stoffhose und das kirschrote ärmellose

Shirt mit Wasserfallausschnitt reichen. In der stillen Küche trinke ich noch ein Glas Apfelschorle, bevor ich in Schuhe und Jacke schlüpfe. Ein paar Minuten nachdem ich das Haus verlassen habe, klingelt mein Telefon.

»Ludwig«, rufe ich fröhlich.

»Hallo, Caja. Ist es schon zu spät? Störe ich?«

»Nein, gar nicht.« Am Nachmittag habe ich zweimal versucht, ihn zu erreichen, doch er lässt sein altes Klapphandy meist in seinem Zimmer liegen. »Ich bin gerade unterwegs, um mich mit Jolie zu treffen.«

»Wie schön! Ist sie noch in Graz?«

»Nein. Wir sind beide in Berlin.« Ich schnaufe ein wenig, als ich während des Sprechens die Stufen zur S-Bahn-Station erklimme.

»In Berlin?« Er hustet, diesmal dauert es ungewöhnlich lange, bis er sich wieder beruhigt hat.

»Ist mit dir alles in Ordnung?«

»Oh ja, es ist wundervoll hier. Jeden Morgen gehe ich ins Meer, und Magda verwöhnt uns mit ihrem köstlichen Essen. Ich finde sehr viel Zeit zum Lesen. Riccardos Bibliothek bietet allerdings mehr geistige Nahrung, als ich jemals zu mir nehmen kann.«

»Wie geht es Riccardo? Und den anderen?«

»Ganz wunderbar. Aktuell hält er sich für ein paar Tage in London auf, am Montag kommt er zurück.«

»Wer leistet dir dann Gesellschaft?«

Die S-Bahn fährt ein, doch ich setze mich auf eine Bank auf dem Bahnsteig, um in Ruhe mit Ludwig sprechen zu können. Zu viele Menschen hocken in den Waggons.

»Hauptsächlich Pablo. Amber und Vinny sind gestern abgereist, Gérard wollte sich den Süden Italiens ansehen und auf dem Rückweg noch einmal vorbeikommen. Juran befindet sich ebenfalls in Berlin,«

»Ja, ich weiß«, murmle ich. »Ich habe ihn schon getroffen.«

»Ach, wie nett.«

»Gibt es Neuankömmlinge in der Villa?«

»Lydia ist aus der Schweiz zurückgekommen. Ein sehr nettes Mädchen, allerdings auch recht aufgedreht. Ein Wunder, dass man bei so einem Temperament mit Feuer arbeiten kann, ohne sich zu verbrennen. Seit Freitag wohnen hier noch zwei befreundete Drehbuchautoren und Regisseure von Riccardo, ein koreanisches Ehepaar. Es ist also, von Lydia abgesehen, aktuell sehr ruhig hier.« Ludwig klingt wirklich zufrieden.

»Was macht der Keller?«, frage ich. »Habt ihr den Partyraum fertig renoviert?«

»Noch nicht ganz. Riccardo möchte nun doch eine richtige Bar einbauen und schaut sich nach geeignetem Mobiliar um. Wie gut, dass ich bereits ein alter Mann bin. Wäre ich früher hergekommen, ich wäre vermutlich Alkoholiker geworden.«

Ich lache, immerhin habe ich gesehen, wie langsam Ludwig jeden Abend an seinem Rotweinglas nippte.

»Wie ist es in Berlin? Hast du deine Schwester besucht?«

»Ja, ich wohne bei ihr. Es ist etwas anstrengend, weil wir immer eine Weile brauchen, um uns wieder aneinander zu gewöhnen.«

»Das ist unter Geschwistern so. Margret und ihre Schwester hatten eine ähnlich schwierige Beziehung, obwohl sie sich sehr geliebt haben.«

»Ich habe Margret besucht«, sage ich.

»Oh.« Für einen Moment ist es still, doch dann höre ich das

Lächeln in seiner Stimme. »Ich freue mich, dass ihr euch kennengelernt habt. Margret hätte dich sehr gemocht.«

»Ich sie sicher auch«, erwidere ich. Nach allem, was ich von Ludwig über seine Frau weiß, war sie ein sehr sanftmütiger, warmherziger Mensch. Eine Frau, die hervorragende Kekse buk und Kinder nur ausschimpfte, wenn sie Tiere ärgerten.

»Ganz sicher sogar. Jeder mochte sie.« Seine Worte klingen angestrengt, er schnauft, als würde das Sprechen zu viel Energie kosten.

»Ludwig?«

»Ja?«

Eine Gruppe Jugendlicher schlendert an mir vorbei, sie reden zu laut und reichen eine Flasche Wein herum.

»Du würdest es mir sagen, wenn es dir nicht gut geht, oder?«

»Natürlich würde ich das. Mir geht es jedoch ganz ausgezeichnet. Trotz aller Reisen war ich nie an einem schöneren Ort als diesem.«

»Das glaube ich sofort.« Obwohl ich erleichtert bin, kriecht mir eine unangenehme Kälte in den Magen. Ich will nicht auflegen, aber die zweite S-Bahn fährt ein, und ich bin schon spät dran. »Ich muss los«, sage ich daher. »Aber ich rufe dich in ein paar Tagen wieder an.«

»Auf Wiedersehen, Caja.«

Langsam lasse ich die Hand mit dem Handy sinken. Die Türen öffnen sich, nur zögernd bewege ich mich auf sie zu. Vielleicht sollte ich Ludwig noch einmal anrufen, vielleicht gibt es etwas, was er mir eigentlich erzählen wollte, bevor ich ihn abgewimmelt habe.

Hinter mir schließt sich die Tür, die S-Bahn fährt an.

Er ist glücklich in Renzis Haus. Seit dem Tod seiner Frau war er wahrscheinlich nie wieder so glücklich wie jetzt. Manche Orte besitzen diesen Zauber. Sie umschließen einen, hüllen einen ein, bis alles, was sonst laut und drängend und schmerzend war, einfach still wird.

Treptower Park

Die Galerie ging pleite, bevor sie deine Bilder ausstellen konnte. Dabei hast du wochenlang Klinken geputzt und Kontakte geknüpft. Ich weiß nicht, wie viele Nächte du durchgemalt hast. Die Galerie wollte deine Bilder zusammen mit denen von drei weiteren noch unbekannten Künstlern in einer Sonderpräsentation zeigen. Ihr wart gerade dabei, euch ein Thema zu überlegen und Ideen für die Vernissage zu sammeln, als der Galerist anrief, um dir mitzuteilen, dass der Mietvertrag gekündigt wurde und er bereits alles zusammenpackt.

Du tust so, als wäre nichts. »Ich finde bestimmt eine andere Galerie«, sagst du und gehst in dein Zimmer, wo ich dich nicht sehen kann. Kein Laut dringt heraus.

Es ist später Vormittag. Eigentlich wollten wir deine Geburtstagsparty planen, aber damit werde ich dich jetzt nicht behelligen. Stattdessen nehme ich meine Tasche und fahre in dieses nette Café in Lichterfelde, das offiziell noch gar nicht eröffnet wurde. Vor ein paar Wochen landeten Matthias und ich dort während eines Spaziergangs. Es regnete, wir waren völlig durchnässt, und die Besitzerin, die gerade dabei war, die Tische aufzustellen und Probekuchen zu backen, ließ uns hinein. Wir kosteten von den Torten und halfen zum Dank ein bisschen mit der Einrichtung. Der Raum wirkte kahl, etwas fehlte noch.

Zum Glück ist die Besitzerin persönlich anwesend, als ich etwa eine Stunde später in dem mittlerweile geöffneten Café eintreffe.

Ich erzähle ihr von dir. Ich zeige ihr Fotos von deinen Bildern. Sie ist sofort begeistert. Wir sollen im Laufe der Woche vorbeikommen, du sollst ein paar Werke mitbringen. Ihr würdet gemeinsam welche aussuchen und sie würde sie ausstellen und dir Bescheid geben, sobald jemand eines kaufen wolle. Das ist nicht dasselbe wie eine Galerie, aber es ist ein Anfang.

Vorsichtig klopfe ich an deine Zimmertür, als ich wieder zu Hause bin. Es dauert einen Moment, bis du öffnest.

»Ich habe eine Überraschung für dich«, sage ich und dränge mich an dir vorbei, obwohl ich fast sicher bin, dass du das eigentlich nicht willst. Du hättest auch nicht gewollt, dass ich überhaupt bei dir anklopfe. Erst heute Abend, vielleicht auch erst morgen früh, wäre alles wieder so gewesen wie vorher.

Ich rufe die Internetseite des Cafés auf meinem Smartphone-Browser auf. Ich mag den Namen. »Hier«, sage ich und gebe dir das Handy. »In dem Café kannst du ein paar deiner Bilder aufhängen, und wer möchte, kann eins kaufen.«

Misstrauisch starrst du mich an. Dein Gesicht ist selten so ernst und unsicher, aber dann scrollst du durch die Website. »Das ist sehr hübsch«, sagst du schließlich.

Ich erkläre dir, was ich mit der Besitzerin vereinbart habe. Du nickst. Übermorgen musst du erst nachmittags arbeiten, an dem Tag wollen wir wieder hinfahren. Sofort fängst du damit an, Bilder auszusuchen. Ich lege mich aufs Bett, manchmal sage ich: »Nein, das passt nicht«, oder: »Probier doch mal das mit dem Goldlack«, als würden wir uns auf eine Party vorbereiten. Normalerweise bist du diejenige, die mir sagt, was ich anziehen soll. Bestimmt eine Stunde lang durchstöbern wir deine Sammlung, bis wir ein paar hübsche Bilder ausgesucht haben. Mittlerweile *lächelst du wieder. Sobald wir fertig sind, machen wir eine lange Liste mit Rezepten für Häppchen und Salate für deine Party. Die Zutaten werden mehr kosten, als wir eigentlich ausgeben wollten, aber immerhin ist es dein dreiundzwanzigster Geburtstag, und du sagst immer, ab fünfundzwanzig ist man alt.*

»Und jetzt?«, fragst du. Der Aprilnachmittag ist trübe, aber es regnet nicht.

»Jetzt gehen wir raus«, schlage ich vor.

Wir ziehen unsere Jacken über und fahren zum Treptower Park. Wir suchen uns fast immer Spazierwege am Wasser. Ich kann mir dann besser einbilden, dass das Meer gar nicht so weit entfernt liegt. Du findest jedes Gewässer schön, egal, wie brackig es ist.

»Herzlichen Glückwunsch zum Geburtstag«, sage ich und hole ein kleines Geschenk aus meiner Tasche.

»Der ist doch erst morgen«, sagst du.

»Ich weiß. Aber ich wollte dir gern jetzt schon was schenken.«

»Du hast mir doch schon etwas geschenkt.« Wir bleiben stehen, du umarmst mich sehr lange. »Danke.«

»Gern«, sage ich unsicher, obwohl ich lieber tausend andere Dinge sagen würde. Das kleine Café in einer Seitenstraße in Lichterfelde wird dir nicht den großen Durchbruch bringen. Es wird dir auch nicht helfen, an einer Kunstakademie aufgenommen zu werden. Doch anscheinend ist es für den Augenblick genug, und deshalb ist »Gern« das Einzige, was mir als Antwort einfällt.

Nachdem du mich wieder losgelassen hast, nimmst du mir das winzige Päckchen ab. Es nimmt etwa ein Viertel deiner Handfläche ein, größer ist es nicht.

Wir setzen uns auf eine Bank am Wasser. Du packst dein Geschenk aus, ein geflochtenes Armband in verschiedenen Blautönen. Dazwischen habe ich dunkelrote Steinchen geknotet. Die glatt geschliffenen Granate passen so gut zum Blau und zu den Klamotten, die du am liebsten trägst, und das Blau passt zu deinen Augen, auch wenn du das wahrscheinlich nicht bemerkst. »Das ist wunderschön«, sagst du. »Hast du das gemacht?« »Ja. Ich musste eine Weile üben, bis ich das Muster gleichmäßig hinbekommen habe.« Du greifst nach meinen Händen und begutachtest meine Arme. »Wo ist deins?«, fragst du. »Meins? Wieso meins?« »Na, ist das kein Freundschaftsarmband?« Ich zögere. Darüber habe ich nicht nachgedacht. Ich wollte dir einfach nur etwas Selbstgemachtes schenken. Ich wollte dir nicht irgendetwas kaufen, was dir jeder andere auch kaufen kann. Du lächelst. »Dann mache ich dir eins.« Wir lehnen uns aneinander und blicken auf das Wasser, während es langsam dunkel wird.

Drei Tage später, nachdem wir deine Bilder ins Café gebracht haben, schenkst du mir tatsächlich ein selbst geknüpftes Armband. Offenbar hattest du weniger Freude an der Arbeit als ich, es wirkt etwas schief geknotet. Trotzdem ist es das schönste Geschenk, das ich je bekommen habe.

Jolie und ich treffen uns vor dem Club. Er ist noch ziemlich leer, aber das ahnten wir schon, vor Mitternacht ist selten etwas los. Wir bestellen unsere Getränke und setzen uns an die Bar, während sich die Ersten auf die Tanzfläche wagen.

»Ich glaube, man kann sich auch Songs wünschen«, meint Jolie, während sie das Etikett von der Bierflasche abpult.

»Du siehst extrem gelangweilt aus«, bemerke ich.

»Bin ich auch, deshalb sage ich das ja.«

»Dann wünsch dir doch was.«

Sie dreht sich um, überblickt den Raum, findet jedoch offenbar niemanden, der sie anspricht. »Lohnt sich noch nicht«, stellt sie fest. »Wieso wolltest du auch so früh herkommen?«

»Weil ich sonst vorher eingeschlafen wäre. Bei Tanja ist nach neun nicht mehr viel los.«

»Sie hätte mitkommen sollen.«

Ich zucke mit den Schultern und trinke einen Schluck Bier. »Wollte sie aber nicht«, erkläre ich. »Sie war schon zu müde, außerdem Jolie seufzt, zumindest glaube ich, dass sie seufzt, ich sehe nur, wie sich ihre Schultern heben und wieder senken und sie Luft gegen den Pony pustet. Plötzlich lässt sie sich vom Barhocker gleiten, sie sieht selbst überrascht aus, nunmehr neben mir zu stehen, als hätte ihr Körper einen Entschluss gefasst, der gerade erst ihr Gehirn erreicht. »Lass uns einfach tanzen. Ist doch egal, dass noch so wenig los ist. Die anderen kommen erst in einer halben Stunde, und ich habe keine Lust, bis dahin nur herumzusitzen.«

Eher widerstrebend stehe ich ebenfalls auf. Ich hatte bisher eindeutig zu wenig Alkohol, es wäre klüger gewesen, sich erst mal eine Flasche Wein zu holen und irgendwo auf eine Bank zu setzen, aber draußen regnet es, da ist kein Platz für angetrunkene Gespräche auf verlassenen Spielplätzen.

Jolie stolziert zu dem DJ, auf einen Zettel kritzelt sie ihren Songwunsch, den er mit einem Nicken absegnet.

»Was hast du dir gewünscht?«, frage ich, als sie wieder neben mir sitzt.

»Was von Mumford and Sons. Sobald er den Song spielt, gehen wir auf die Tanzfläche, und dort bleiben wir mindestens bis um vier. Eher fünf.«

»Na gut«, sage ich, aber leise genug, dass meine Zustimmung in der Musik verrinnt.

Wir leeren das Bier, während wir auf Jolies Lied warten, und bestellen zwei neue. Drei, vier Songs spielt der DJ, dann nehmen wir unsere Flaschen und Jolie zieht mich auf die Tanzfläche, die immerhin nicht mehr ganz so leer ist. Nach und nach strömen die Leute herbei, oder die Tanzwütigen, die Nachtschwärmer, wie auch immer man heißt, wenn man das Wochenende in einem Rausch aus Musik, Alkohol und Vergessen verbringt, aus endlosem Spaß, »Hör auf zu denken«, sagt Jolie, »du denkst ja die ganze Musik leise.« Dabei tue ich das nicht, ich denke nicht, ich trinke das Bier und danach einen Cocktail und noch ein Bier, und ich tanze mit Jolie und ihren Freunden, und dann kommt er tatsächlich.

Ich wende den Kopf in dem Moment Richtung Eingang, in dem Juran den Club betritt, er lächelt, ganz langsam läuft er auf uns zu, ohne Fedora diesmal, eine Jeans, ein helles Hemd, die beiden oberen Knöpfe geöffnet, und ohne ein einziges Wort zu sagen, nimmt er uns die schon wieder leeren Flaschen ab.

Mit vollen Flaschen kehrt Juran zurück, er unterhält sich mit einem von Jolies Freunden, locker wippen sie zum Takt der Musik.

»Entweder ihr bleibt hier und tanzt mit uns oder ihr setzt euch an die Bar«, ruft Jolie ihnen zu, also hören sie auf zu reden, und dann durchströmt die Melodie uns alle, ich schließe die Augen und lasse mich vom Rhythmus auffangen, alles ist egal, Hauptsache, die Musik bleibt, und irgendwann öffne ich die Augen und Juran und ich finden uns einander gegenüber, die anderen sind verschwunden. Alle.

Für einen Moment bleibe ich stehen, für einen Moment bleibt Juran stehen, sein Blick ist wie ein Sommertag, ich gehe einen Schritt auf ihn zu, vielleicht auch zwei. Meine Hände legen sich auf seine Taille, und seine Hände legen sich auf meine, während der Rhythmus uns wieder einfängt oder uns zumindest anstößt, denn wir tanzen zu etwas völlig anderem, zu einem Lied, das nur in unseren Köpfen existiert.

Ich stelle mich auf die Zehenspitzen, ganz nah bin ich an Jurans Ohr. »Ich dachte, du kommst nicht«, sage ich, und Juran sagt: »Wieso hätte ich nicht kommen sollen?«

Darauf weiß ich keine Antwort, keine jenseits von »Weil ich so komisch bin«. Und damit ich aufhören kann, ihn anzusehen, damit ich endlich woanders hinschauen kann, lehne ich mich gegen ihn, er umarmt mich, ich glaube, wir tanzen nicht mehr.

Sehr lange stehen wir so da, irgendwann blicke ich doch wieder auf, und als wir uns küssen, ist das so, als hätten wir nie damit aufgehört, als wäre der Moment vor sechs Tagen nahtlos in diesen hinübergeglitten, und diesmal weiche ich nicht zurück, diesmal halte ich ihn fest, denn noch einmal werde ich kein Glück haben, noch einmal wird er nicht einfach so wiederkommen, also besser, wir bleiben einfach nur hier stehen und küssen uns, so lange es geht, doch es geht nicht lange. Jemand rempelt uns an, wir straucheln auseinander, inzwischen ist die Tanzfläche so voll, dass jeder gerade so auf seinem Viertel Quadratmeter herumhampeln kann. Juran nimmt meine Hand, wir gehen zu den anderen, die draußen vor der Tür stehen und rauchen und über etwas lachen, das Jolie gerade erzählt hat. Sie reicht mir ihre Flasche, ich trinke sie fast leer.

»Wir wollen noch weiterziehen«, erklärt sie. »Die Musik wird langsam lästig, zu viel Charts-Schrott. Was meint ihr?«

Ich zucke mit den Schultern, meine Meinungen sind allesamt davongeschwemmt von der Musik, jemand anders wird sie aufsammeln und mitnehmen, und falls nicht, bleiben sie eben hier liegen und werden morgen früh, heute früh zusammen mit den Glasscherben aufgefegt.

Juran hält noch immer meine Hand. Auch, nachdem wir die Jacken angezogen haben, auch, während wir durch die Straßen schlendern, Jolie und ihren Freunden hinterher, ein Pulk aus Worten und Gelächter, wir beide ein Anhänger aus Schweigen, da ist nur Jurans Wärme und Jurans Nähe, ich lehne mich gegen ihn und er legt den Arm um mich, und auch wenn das unbequem ist, so zu laufen, bleiben wir beieinander.

Mathilda hat eine kubanische Cocktailbar vorgeschlagen, natürlich, sie kennt alle Cocktailbars Berlins, die kannte sie schon damals, als sie bei Jolie und mir wohnte. Sie blieb nicht lange, bald zog sie wieder aus, weil sie Jolies Erschöpfung und Jolies Blässe und Jolies erstes Lebensende nicht sehen wollte, trotzdem ist sie diejenige, bei der meine beste Freundin jetzt wohnt, bis sie in ihre eigene Wohnung ziehen kann.

Samstags werden in der Bar Salsa-Stunden auf einer kleinen Tanzfläche in der Mitte des Raumes angeboten. Die Tische stehen eng beieinander, die bunten Wände sind voller Strandbilder und mit Rumflaschen gefüllter Regale, wir quetschen uns an den einzigen Tisch, der noch frei ist, eigentlich bietet er nur Platz für vier Personen, aber der Barbesitzer holt ein paar Klappstühle aus einem

Abstellraum, und die Leute an den umliegenden Tischen rücken noch enger zusammen und prosten uns lächelnd zu, und dann bestellen wir unsere Cocktails. Ich habe gerade die Hälfte von meinem getrunken, als Jolie mich einfach auf die Tanzfläche zerrt.

»Ich führe«, sagt sie.

»Klar tust du das«, nuschle ich, meine Zunge ist schwer, aber in meinem Bauch gluckert eine ungewohnte Leichtigkeit.

An den Grundschritt erinnere ich mich dunkel, Jolie hat ihn mir vor ein paar Jahren einmal beigebracht, rechts, rechts, tippen, links, links, tippen, immer mit den Hüften schwingen, das ist eigentlich das Wichtigste, ohne Beine kann man Salsa tanzen, aber niemals ohne Hüften. Ein paar von Jolies Freunden gesellen sich dazu, Jolie lässt mich los, auf einmal stehe ich allein auf der Tanzfläche, für eine Sekunde oder zwei, und dann ist Juran da, er zieht mich viel enger an sich, als Jolie es getan hat, und ich sehe nichts anderes mehr als seine Augen, sie sind saphirblau mit einem gräulichen Ring um die Pupille.

Der Tanzlehrer stoppt die Musik, er erklärt einen neuen Schritt, eine Art Drehung, ich weiß nicht, ob wir noch bei Salsa sind oder schon bei Merengue, aber Juran scheint sich besser auszukennen als ich, er gibt einfach den Schritt vor und ich folge ihm, und je länger wir tanzen, desto mehr kribbelt sein Blick in meinem Bauch. Er lässt mich los, nur seine Finger umschränken noch meine, und für einen Moment zögert er, als würde er mir eine stumme Frage stellen, bevor er nach draußen geht, ganz locker hält er meine Hand. Ich lasse ihn nicht los.

Auf der Straße hört man die Musik aus der Bar, man hört Gespräche von einem Balkon, ansonsten ist die Nacht hier Nacht, eine Großstadtnacht zwar, doch immerhin das. Ein, zwei Häuser gehen wir weiter, dann dreht sich Juran zu mir um, und wieder küssen wir uns. Diesmal ist der Kuss anders, nicht fragend und vorsichtig, da ist kein Tasten mehr, keine Zurückhaltung. Ich dränge mich so eng an Juran, wie es geht, und wo genau seine Hände gerade entlangwandern, spüre ich schon nicht mehr, nur die Hitze, die seine Berührungen auslösen, nur seine Nähe, die noch viel zu wenig ist, sie ist erst ein Anfang. Langsam fahre ich mit den Fingern unter sein Hemd, über seine warme Haut, ich vergesse, wo wir sind, vielleicht vergesse ich sogar, wer wir sind, und auf einmal weicht Juran ein Stück zurück.

Mühsam öffne ich die Augen, in meinem Kopf dreht sich alles, von ihm, von dieser Nacht, von der Musik, vom Alkohol.

»Was ist?«, bringe ich mühsam hervor, es ist so schwer, Worte zu finden, da sind so viele in meinem Kopf, aber sie fliegen durcheinander. »Willst du nicht?«

»Doch«, sagt er, seine Stimme klingt rau und zittrig. »Aber nicht so.« Damit löst er sich aus meiner Umarmung, viel zu weit voneinander entfernt stehen wir mitten auf dem Bürgersteig, und die Kälte der Herbstnacht dringt durch meine dünne Kleidung.

»Wie dann?«

»Anders«, antwortet er nur.

Hilflos blicke ich ihn an, ich verstehe nicht, was er meint. Bitte, lass mich jetzt nicht allein, denke ich, und Juran kitzelt mit den Fingerspitzen über meinen Handrücken, seine Finger verschränken sich mit meinen.

»Wir sollten wieder reingehen«, sagt er leise, und auch wenn er noch immer ein Stück von mir entfernt steht, ist sein Blick viel zu nah, ich kann ihn nicht mehr ansehen, ohne ihn küssen zu wollen, also wende ich mich ab und schaue zu der hell erleuchteten Bar.

»Okay«, sage ich.

Nebeneinander schlendern wir zurück. Als ich die Tür öffne, treffen mich die Hitze und die Musik mit voller Wucht.

Jolie tanzt noch immer, diesmal mit dem kubanischen Tanzlehrer.

»Morgen«, flüstert Juran mir zu und schreibt eine Adresse auf einen Bierdeckel, den er in meine Handtasche steckt. »Morgen Abend. Wirst du da sein?«

Ich nicke, sehr langsam, bedächtig. »Ja. Ich werde da sein.«

Kapitel 17

Der Abend ist ruhig, die Luft schwer und feucht. Ich ziehe meine Mütze aus der Jackentasche und setze sie auf, sogar die Handschuhe streife ich über, während ich auf die S-Bahn warte, die kurz darauf einfährt. Die Adresse, die Juran auf den Bierdeckel gekritzelt hat, befindet sich in Weißensee, einem Stadtteil, in dem ich mich absolut nicht auskenne. Ich werde über eine Stunde brauchen.

Die Stadt winkt mir zu, aber ich winke nicht zurück, ich versuche, mich auf nichts zu konzentrieren, auf die Leere in meinem Kopf, doch natürlich drängen sich die Gedanken an Juran immer wieder in den Vordergrund, die Erinnerung an unseren Kuss, der immer noch in meinem Bauch rumort, und dann denke ich an Ben, und während ich aus der Bahn steige und die Treppe zum anderen Bahnsteig hochlaufe, hole ich das Handy hervor, bestimmt zum fünfzehnten Mal heute, und suche Bens Nummer heraus.

Bevor ich mich selbst davon abhalten kann, drücke ich auf das Telefonhörersymbol. Es dauert einige Sekunden, bis Ben abnimmt.

»Hey! Na, wie ist es bei Tanja?«, fragt er.

»Ganz nett. Wir waren heute mit Miriam im Aquarium.«

Die Ringbahn fährt ein, ich suche mir einen Platz am Fenster.

»Und was machst du jetzt?«

Jetzt fahre ich zu einem Typen, den ich erst vor einer Woche in einer verwunschenen Villa kennengelernt habe, über den ich fast nichts weiß, dem ich mich aber näher fühle als dir, der auf eine Art lächelt, dass ich es spüren kann, selbst wenn ich es nicht sehe, der Dinge in mir weckt, die ich all die Jahre verschüttet habe, weil immer andere Sachen wichtiger waren, vor allem deine Sachen, aber ich will das nicht mehr, ich will leben, ich will spüren, dass ich lebe.

»Nichts Besonderes«, sage ich. Unwillkürlich denke ich an den Zettel mit Lisa Strohbergers Nummer darauf, aber wenn ich Ben jetzt danach frage und er zugibt, dass diese Frau tatsächlich zu ihm gehört, dass er eine Affäre mit ihr hat, schlafe ich vielleicht mit Juran, nur um mich an Ben zu rächen oder weil ich glaube, dass es dadurch in Ordnung wäre, und dann werde ich nie erfahren, ob es auch etwas anderes zwischen uns gegeben hätte, zwischen Juran und mir, ob das, was ich fühle, in Wahrheit gar nichts mit Ben zu tun hat.

»Caja?«

»Ich bin unterwegs.«

Der S-Bahn-Waggon wird voll, die Luft ist stickig und verbraucht.

»Unterwegs wohin?«, fragt Ben.

»Ich fahre nur so durch die Stadt«, antworte ich.

Ewig lang zuckelt die Ringbahn dahin, ohne jemals irgendwo anzukommen.

»Triffst du dich noch mit Jolie?«

»Ja«, antworte ich nach einem Zögern.

»Okay, dann grüß sie von mir. Ich muss die Buchhaltung nachholen.«

Jetzt?, denke ich. Sonntagabend ist Ben meist so erledigt, dass er noch früher einschläft als sonst. »Mach ich.«

Wir legen auf, für einen Moment starre ich auf das Foto, auf die dunkelblonden Haare, die graublauen Augen, das schmale Kinn, drei Jahre etwa ist das Bild alt. Ben hatte die Firma nicht, er hatte die Verantwortung nicht, er lächelte noch, wenn sein Blick meinen traf, und manchmal küsste er mich einfach so.

Die Bahn hält am Treptower Park, und ich springe auf und sprinte nach draußen, wo noch Luft zum Atmen ist, tief sauge ich sie ein. Jetzt bin ich schon mal hier, also kann ich genauso gut einen Spaziergang unternehmen. Juran wird nicht auf mich warten, er wird genügend andere Pläne haben, und falls er nicht mehr da ist, wenn ich komme, wird mich das nicht stören, kein bisschen.

Ich verlasse das Bahnhofsgebäude und gehe den Weg am Wasser entlang, den Nathalie und Leira hundertmal gegangen sind, mindestens. Ein paar Boote ruhen am Ufer, ein Jogger überholt mich, auf einem Parallelweg blinkt das rote Halsbandlicht eines Hundes, es sind kaum Menschen unterwegs. Im Gegensatz zu Tanja hatte ich nie Angst im Dunkeln, weder als Kind noch als Jugendliche. Ich setze mich auf eine Bank, gegenüber leuchten die Fenster in heimeligen Wohnungen. Vielleicht läuft in diesem Moment irgendwo in diesem Park Nathalie herum, vielleicht ist sie die Frau, die sich gerade von rechts nähert, vielleicht sind ihre Haare inzwischen viel länger, doch als das Laternenlicht auf die Fremde fällt, wirkt das Gesicht zu alt, zu kantig.

Wahrscheinlich kommt Nathalie gar nicht mehr hierher.

Nach einer Weile erhebe ich mich wieder und spaziere zur S-Bahn zurück. Ich werde zu Juran fahren. Ich werde ihn nicht küssen, wir werden uns nur ein bisschen unterhalten, und sobald wir fertig sind damit, sobald wir festgestellt haben, dass wir uns langweilig finden, werde ich wieder gehen und morgen aufwachen und den nächsten Tag auch und zweiunddreißig Jahre alt sein, und dann werde ich zu Ben zurückkehren und mit ihm herausfinden, ob es da noch etwas gibt, das uns verbindet, und ob es genug ist, um ein Kind auszuhalten, und falls nicht, werde ich mir eben einen Plan machen, wie alle Menschen, deren Leben plötzlich zerbröckelt und die sich einen neuen Weg suchen müssen, jeden Tag geschehen solche Dinge tausendfach, auch ich halte das aus.

Davor werde ich Nathalie suchen und ihr das Handy zurückgeben und ihr sagen, dass Albträume nur Träume sind, aber Liebe immer Liebe, und dann werde ich nicht weiterwissen, weil ich das Leben genauso wenig verstehe wie alle anderen, und hoffen, dass sie einen Weg findet, allein zurechtzukommen.

Die Wohnung liegt auf dem Gelände einer ehemaligen Fabrik, das mit Grünflächen aufgebrochen wurde, sogar ein Walnussbaum wächst in der Mitte des Innenhofes, auf dem Gras liegen vereinzelte Früchte. Die rote Backsteinfassade der hufeisenförmig angeordneten und miteinander verbundenen Gebäude wirkt einladend, aus hohen Fenstern strömt warmes Licht. Ich muss eine Weile suchen, bis ich die richtige Hausnummer finde. Den Namen auf dem Bierdeckel kann ich nicht entziffern, also vergleiche ich ihn mit denen auf den Klingelschildern, bis ich einen finde, der Jurans Gekritzel zumindest ähnelt.

Nur wenige Sekunden nach meinem Klingeln ertönt der Summer. Ich betrete das Treppenhaus, es ist in einem warmen Maisgelb gestrichen, Wandlampen verbreiten gerade genug Licht. Mit jeder Etage, die ich höher steige, werde ich langsamer, obwohl es mich gleichzeitig immer stärker weiterzieht, ich denke an unterschiedliche Gelbtöne, an ein Lied aus Nathalies Playlist, an Nanju, der immer dann besonders behäbig lief, wenn man ihn irgendwo verscheuchen wollte.

In der oberen Etage, der vierten, ist eine Wohnungstür nur angelehnt. Zweimal klopfe ich dagegen, bevor ich sie aufschiebe. Dahinter erstreckt sich ein loftartiges Appartement, ein weiter, offener Raum, rechts mit einer wellenförmigen Wand, geradeaus eine breite Fensterfront vor einem Balkon, ein weißer Schreibtisch steht dort, überhaupt dominieren helle, klare Farben, überwiegend Weiß. Unsicher bleibe ich stehen und schaue mich um. Auf der linken Seite befindet sich hinter einer gläsernen Wand die Küche, von dort aus kommt der Duft nach Gewürzen und gekochtem Reis. Gerade verlässt Juran den Raum und kommt auf mich zu. Etwas liegt in seinem Gang, ein ganz eigener Schwung, den ich sonst noch nie an jemandem gesehen habe.

»Hallo«, begrüßt er mich, das Lächeln hinter den ungewohnt ernsten Gesichtszügen verborgen. »Ich dachte schon, du kommst nicht mehr.«

»Tut mir leid, meine Schwester hatte zu viele Pläne für heute. Ich konnte erst weg, als sie ins Bett gegangen ist. Hast du gekocht?«

Er nickt. »Bist du hungrig?«

Ich hänge meine Jacke an einem der Haken an der Wand auf. »Ein bisschen. Wem gehört diese Wohnung?«

Er geht voraus, auf die Küche zu. »Einer Freundin von Jolie. Sie ist Astrophysikerin, aber gerade für ein Forschungsjahr in Indien.«

Die gekachelte Glaswand erinnert mich an das Sprechzimmer eines HNO-Arztes, bei dem ich vor einigen Jahren einmal war. Der Raum selbst ist zwar klein, aber mit nachtblauen Schränken hübsch und modern eingerichtet. »Und du darfst hier wohnen?«

»Sie vermietet ihre Wohnung häufiger. Gerade stand sie leer. Und weil sie eine der Wände bemalen wollte, das selbst aber nicht kann, darf ich umsonst hier wohnen.« Prüfend hebt Juran den Deckel eines Topfes an, Dampf steigt auf, und zu dem Duft der Gewürze mischt sich der von gekochtem Gemüse.

»Das sieht lecker aus«, stelle ich fest, während ich ebenfalls in den Topf schaue.

»Curry sieht nie lecker aus, aber es schmeckt hervorragend. Du wirst sehen.« Nun lächelt er doch, endlich, mir war nicht bewusst, wie sehr ich darauf gewartet habe. Augenblicklich fällt sämtliche Anspannung von mir ab, auch wenn mein Puls schneller schlägt als sonst.

»Setz dich schon mal.«

Neben der Küche, schon fast vor der Fensterfront zum Balkon, befindet sich ein kleiner Esstisch mit vier Sitzplätzen. Besteck und Gläser hat Juran bereits verteilt, also setze ich mich auf einen der Stühle und warte, bis er sich mit zwei gefüllten Tellern zu mir gesellt.

»Danke.« Ich verrühre etwas Reis mit der Gemüsesauce und koste vorsichtig.

Aufmerksam sieht Juran mich an. »Und? Zu scharf?«

»Geht«, hauche ich. Langsam legt sich das Brennen in meinem Mund, nach den ersten Bissen gewöhne ich mich sogar ein wenig daran. »Ich esse nicht so oft scharf«, erkläre ich.

»Tut mir leid, ich hätte dich vorher fragen sollen.«

»Hättest du nicht. Du hättest auch nichts kochen müssen.«

Kurz schiebt er die Hand in meine Richtung, als wollte er sie auf meine legen, zieht sie dann jedoch wieder zurück.

Es ist lange her, dass ich mich so gefühlt habe. Leicht und glücklich und trotzdem aufgeregt, weil sich das, was vor mir liegt, in warmer Dunkelheit verbirgt. Alles, was ich sonst bin, sammelt sich außerhalb des Appartements, es schwirrt durch die Stadt dort draußen, es fliegt zwischen Häuserreihen entlang und lässt sich in Bäumen nieder, und ich sitze hier mit dem, was übrig bleibt, was auch immer das ist, ich würde mich selbst nicht erkennen, seit einigen Tagen erkenne ich mich schon nicht mehr.

»Ich würde ja Musik anmachen«, beginnt Juran, beendet den Satz jedoch nicht.

»Mach doch«, antworte ich, also steht er auf und geht auf die Anlage zu, die auf einem Sideboard neben dem Esstisch thront.

»Was willst du hören?«

Kurz überlege ich, dann hole ich das fremde Handy aus der Tasche und wähle Nathalies Lieblingsplaylist aus, die, die ich in letzter Zeit immer höre. Das erste Lied schleicht sich durch die Lautsprecher der Anlage.

Wir essen schweigend, eigentlich habe ich keinen Hunger, obwohl das Curry sehr gut schmeckt.

»Woran denkst du?«, fragt Juran, und da ich kaum antworten kann, »an dich«, sage ich: »An jemanden, den ich nicht kenne.«

Fragend sieht er mich an.

Ich trinke einen Schluck Wasser, und schließlich erzähle ich ihm von dem Tag, an dem ich Nathalies Handy fand, von ihren Texten, von den Fotos, von der Musik, davon, dass ich hin- und hergerissen bin zwischen dem Wunsch, sie zu finden, und dem, sie nicht zu finden. »Manchmal bin ich nicht sicher, ob sie überhaupt echt ist«, erkläre ich. »Auf eine Art ist sie immer dabei, egal, wohin ich gehe, aber sie bleibt mir trotzdem fremd, sie ist nur jemand, den ich aus einem Gerät herauslese. In Wahrheit könnte sie eine völlig andere sein. Vielleicht mag ich sie gar nicht, vielleicht mag sie mich nicht, vielleicht hasst sie mich, weil ich in ihren Sachen herumgestöbert habe. Vielleicht sind ihre Gedanken nur ein winziger Teil von ihr, den man sonst nie bemerkt und der gar nicht zum Rest passt.«

Während der ganzen Zeit, in der ich gesprochen habe, lag Jurans Gabel neben dem Teller. Nun nimmt er sie erneut in die Hand und stochert in seinem Essen herum, bis er mich wieder ansieht. »Es gibt nur eine Möglichkeit, das herauszufinden«, meint er dann. »Ich glaube, du kommst gar nicht darum herum, sie kennenzulernen.«

Ich beiße mir auf die Unterlippe. »Dann wird sie echt«, murmle ich.

»Ja. Das wird sie. Aber jeder echte Mensch ist besser als eine Fantasie. Jetzt ist sie nur ein Teil von dir selbst, mehr nicht.« Er lächelt. »Wenn du sie nicht allein treffen willst, kann ich dich gern begleiten.«

»Das würdest du tun?« Viel zu schnell rutschen die Worte heraus, als hätte ich die ganze Zeit nur auf sein Angebot gewartet, dabei habe ich nicht gewartet, ich wollte nur endlich jemandem davon erzählen, jemandem, der nicht Jolie ist, weil sie eben manche Dinge doch nicht versteht. Ich wollte endlich von diesem Leben in meinem erzählen, das sich inzwischen so sehr darin eingenistet hat, dass ich manchmal überlegen muss, ob eine Erinnerung wirklich meine ist oder ob sie zu Nathalies gehört, dass ich manchmal das Gefühl habe, zwei Vergangenheiten zu besitzen, aber keine Zukunft.

»Ja. Natürlich.« Jurans Stuhl gleitet über das Laminat, er steht auf und sammelt unsere Teller ein, meiner ist noch halb voll. »Wir können später noch etwas essen«, meint er, bevor er das Geschirr in die Küche trägt.

Später, denke ich, sage jedoch nichts, sondern stehe auf und folge ihm.

»Welche Wand sollst du eigentlich bemalen?«, frage ich dann.

Er dreht sich zu mir um und tritt auf mich zu. Eigentlich will ich zurückweichen, eigentlich will ich verschwinden, aber natürlich tue ich das nicht, ich erwidere nur Jurans Blick, ich versuche zu ergründen, was er denkt, was er fühlt, ob er überhaupt etwas fühlt. »Ich zeige sie dir«, sagt er leise, nimmt meine Hand und führt mich zu der wellenförmig angelegten Wand, hinter der sich, wie ich nun weiß, das Badezimmer befindet. Bisher ist sie in einem kühlen Platingrau gestrichen.

»Hast du schon eine Idee?«

Nachdenklich verschränkt er die Arme hinter dem Kopf und betrachtet die leere Fläche vor uns. »Nicht wirklich. Ich habe ein paar Skizzen angefertigt, aber die sind bisher sehr grob. Meine ersten Entwürfe gefielen Liana noch nicht.«

»Zeigst du sie mir?«

»Die Skizzen? Klar.«

Wir gehen zu dem Schreibtisch vor der Balkontür. Er ist bedeckt mit Skizzenblättern und Stiften, ein paar Zeichnungen wurden mit Bleistift angefertigt, andere mit Pastell- oder Ölkreiden. Nacheinander schaue ich sie mir an, ziehe Blätter zur Seite, um die betrachten zu können, die darunter liegen. Jurans Entwürfe sind sehr unterschiedlich, manche zeigen Landschaften, einige sind surrealistisch, andere wirken eher geometrisch abstrakt. »Du hast da schon ziemlich viel Arbeit reingesteckt«, stelle ich fest.

»Na ja. So lange brauche ich für einen schnellen Entwurf nicht.«

»Hast du einen Favoriten?«

Zielstrebig nimmt er eine Skizze auf, eine Hügellandschaft im Sonnenuntergang. »Ich finde sie ein bisschen zu kitschig, aber ich glaube, Liana könnte sie gefallen.«

»Hat sie dir Vorgaben gemacht?«

Er schüttelt den Kopf. »Das nicht, aber ich hatte den Eindruck, dass ihr von meinen ersten Vorschlägen einige zu düster waren. Sie hätte gern etwas Weiches, Hübsches.«

»Hm.« Noch einmal studiere ich die ausgebreiteten Entwürfe. »Wie wäre es mit dem hier?« Ich ziehe das Abbild eines stillen Sees hervor. Dahinter erstreckt sich ein intensiv grüner Wald, alles wirkt ruhig und idyllisch, doch wenn man die Spiegelungen im Wasser genauer erkundet, bemerkt man die Schatten darunter, als bewegte sich etwas in der Tiefe unter der Oberfläche.

Nur kurz sieht er das Bild an, dann fokussiert er mich, und in der Andeutung seines Lächelns verbirgt sich etwas, wie die Schatten im See kann ich es jedoch nicht greifen. »Wieso ausgerechnet das?«, fragt er.

»Ich weiß nicht genau. Es passt besser zu dir als die toskanischen Hügel.«

Fast spüre ich die Wärme seiner Haut, obwohl uns mindestens ein halber Schritt voneinander trennt. Schnell wende ich mich ab, bevor ich versucht bin, diesen letzten Rest Distanz zu überwinden.

»Es geht nicht um mich, schließlich ist das nicht mein Appartement.«

»Wenn du magst, können wir auch zusammen etwas entwerfen.«

»Nein.«

Die Antwort kommt so rasch, dass ich ihn nun doch wieder ansehe. »Wieso nicht?«, frage ich verunsichert.

Noch immer hält sein Blick mich fest. »Du bist an der Reihe. Du hast an meinen Wandbildern in Caorle und hier mitgewirkt, es wird Zeit, dass du etwas Eigenes anfängst.«

»Bist du deshalb sauer auf mich?«

In seinen Augen glimmt ein Lächeln. »Nein, natürlich nicht. Du sollst nur aufhören, dich in meinen Werken zu verstecken.«

»Ich verstecke mich nicht.«

Ganz sanft nur neigt er den Kopf.

»Okay, vielleicht ein bisschen.«

Unter den herausgerissenen Blättern sucht er den Skizzenblock hervor. »Ich wollte noch einen letzten Entwurf anfangen, der mir seit heute Mittag im Kopf herumgeisterst.«

Zeichnen steht eigentlich nicht ganz oben auf meiner Prioritätenliste für heute Abend, andererseits weiß ich gar nicht, was genau überhaupt darauf steht. Vielleicht sollte ich einfach wieder gehen, vielleicht störe ich ihn sogar.

Ich schlendere zur Balkontür und blicke auf den Hof, der von den ehemaligen Fabrikgebäuden umschlossen wird. Aus vielen Wohnungen fließt Licht und zaubert eine heimelige Atmosphäre, als wäre das ein geheimer Rückzugsort, nach außen hin vor neugierigen Blicken verborgen. Der Balkon wurde hübsch gestaltet, mit Blumenkästen und einladenden Sitzmöbeln, vom Dach baumeln Windspiele aus Glas, die glitzernd das Licht auffangen.

Juran tritt hinter mich, ich spüre seine Nähe, am liebsten würde ich mich zurücklehnen, gegen ihn, bis er die Arme um mich legt, bis ich seinen Atem in meinen Haaren spüre, doch ich bleibe unbeweglich stehen und starre ich in die Wärme hinaus, während mir selbst entsetzlich kalt ist.

»Okay«, sage ich dann. »Ich hole meinen Skizzenblock.«

An ihm vorbei gehe ich zu meiner Tasche, die neben der Jacke an einem Garderobenhaken hängt. Eine Weile wühle ich sinnlos darin herum, ich suche nach etwas, das ich nicht finden will, aber natürlich finde ich es dennoch, so klein ist dieser A5-Block schließlich nicht.

»Du musst nicht …«, setzt Juran an.

»Ich weiß.« Gar nichts weiß ich, ich verstehe nicht einmal, was hier gerade geschieht, wieso ich hier bin, wieso wir plötzlich über unsere Bilder reden anstatt über uns, anstatt gar nicht zu sprechen, aber vielleicht ist das alles, was er jemals von mir wollte, vielleicht ist da gar nichts anderes zwischen uns.

Ich schalte Nathalies Musik aus. Schweigend setzen wir uns auf zwei Stühle, den Blick hinaus in den Hof gerichtet. Jurans Bleistift kratzt über das Papier, mein Stift ruht nur in meiner Hand.

»Diese Frau, deren Handy du besitzt«, beginnt er.

»Nathalie.«

»Was fasziniert dich so an ihr?« Er macht keine Pause, während er spricht, seine Hand arbeitet weiter, seine Gedanken arbeiten weiter.

»Keine Ahnung«, will ich sagen, aber das wäre eine Lüge. »Ihre Verlorenheit«, antworte ich stattdessen. »Diese Offenheit.«

»Offenheit? Inwiefern?«

Nachdenklich klopfe ich mit dem Bleistift auf das Blatt. »Es ist so, als bräuchte sie jemanden, dem sie alles erzählen kann, aber diesen Jemand gibt es nicht mehr. Seit ihre Freundin gestorben ist, fühlt sie nur noch die dadurch entstandene Leere, und sie versucht, sie nicht mehr zu spüren, indem sie einem Gerät ihre Gedanken und Erinnerungen anvertraut. Aber ich glaube, das hilft ihr nicht, weil das Handy natürlich nicht antwortet. Es lässt all die offenen Fragen einfach stehen. Wahrscheinlich ist es ihr deshalb egal, wo es sich befindet und was damit passiert.«

»Was, wenn sie es absichtlich bei dir hat liegen lassen? Um ihre Fragen und Erinnerungen auf diese Weise loszuwerden?«

»Das habe ich auch schon überlegt. Keine Ahnung, was dann ist.«

Nun hält Juran doch inne und sieht mich an. Etwas brennt in meinem Bauch, er ist so weit weg, alles ist immer so endlos weit entfernt.

»Manchmal habe ich das Gefühl, ich vermisse sie, obwohl ich sie gar nicht kenne. Leira, meine ich.«

»Nathalies Freundin?«

»Ja, genau.«

Diesmal ist sein Lächeln nur eine Ahnung, etwas Verborgenes in seinen Augen. »Wieso? Wieso vermisst du sie?«

»Ich weiß es nicht.« Ich lege den Block neben mich und stehe auf, meine Beine kribbeln, ich bin zu unruhig, um weiter sitzen zu bleiben. »Immer fehlt irgendetwas«, erkläre ich, obwohl das natürlich keine Erklärung ist.

»Siehst du das wirklich so?«

Nervös bleibe ich stehen. »Ich weiß nicht. Vielleicht.«

Nun erhebt er sich ebenfalls, doch er bewegt sich nicht von seinem Stuhl fort, als wäre er in meine Gedanken versunken, als versuchte er, sie für mich zu verstehen. »Das Vermissen ist ein Teil von uns. Es macht uns besser, glaube ich. Und etwas müssen wir doch wollen, oder? Wir müssen irgendwohin gehen können.«

Etwas verändert sich in unserem Blick, plötzlich tränkt ihn eine Intensität, die vorher fehlte, die wir vielleicht unterdrückt haben, die ich ganz sicher unterdrückt habe. »Wir können aber nicht immer nur vermissen«, sage ich leise und gehe auf ihn zu, vor Juran bleibe ich stehen, sehr dicht, ich halte seinen Blick fest.

Auf einmal gibt es keine Fragen mehr. Ich lege eine Hand auf Jurans Bauch, er streicht meinen Arm entlang, und als wir uns küssen, zieht er mich näher an sich. Es ist so leicht, sich in seine Berührungen fallen zu lassen, leichter als alles, was ich jemals zuvor getan habe. Mein Herz klopft in meinen Bauch hinein, doch ich kann es ignorieren, alle Gedanken kann ich ignorieren, nur Juran nicht, er ist viel mehr als alles andere, viel größer, viel intensiver.

Nur kurz löse ich mich von ihm, um ihm das T-Shirt über den Kopf zu streifen, seine Hände wandern unter meinen Pullover, seine Finger spielen auf meiner Haut, als wäre ich ein Instrument, und die Melodie, die er spielt, klingt nach Meer und Sehnsucht, sie klingt nach ihm und nach mir.

Wir bewegen uns auf das Bett zu, das von einem Vorhang verborgen war, noch im Laufen verlieren wir Stück für Stück unsere Kleidung, bis auf die Unterwäsche, als wäre diese letzte Barriere notwendig, als bräuchten wir noch Zeit, und ich brauche noch Zeit, ich will alles gleichzeitig, ich will seine Nähe, bis mehr Nähe nicht mehr geht, und ich will den Weg dahin so langsam wie möglich, so unendlich ausgedehnt, damit er niemals einfach enden kann.

Nebeneinander fallen wir auf das Bett, ohne uns auch nur für einen Augenblick loszulassen.

»Caja«, flüstert er, und ich bin nicht sicher, ob er meinen Namen schon einmal gesagt hat, ob ich wusste, wie es klingt, wenn diese vier Buchstaben auf seiner Zunge tanzen, ob ich mir die Wärme darin nur einbilde.

Für einen Moment halten wir inne und sehen uns nur an, unsere Beine sind ineinander verschlungen, ich fühle seinen Bauch an meinem, und diesmal küssen wir uns sehr zaghaft, wir erspüren jede Bewegung, jeden Sekundenbruchteil an Nähe, nichts davon geht verloren. Selbst als wir die letzten Barrieren entfernen, bleiben wir so eng wie möglich beieinander, selbst als unser Kuss wieder drängender wird, halten wir uns aneinander fest. Wir sind eine Komposition aus auf die Haut gehauchtem Atem, aus im gleichen Takt schlagenden Herzen, jede Berührung erweitert die Melodie, jede Bewegung intensiviert den Rhythmus.

Ich schließe die Augen, als Juran in mich dringt, und öffne sie gleich wieder, um ihn weiter anschauen zu können. Wir sind so leise, nur manchmal raschelt das Laken, nur manchmal höre ich unseren Atem, immer wieder küssen wir uns, ohne dabei innezuhalten. Immer größer wird der Druck in meinem Unterleib, ich dränge mich Juran entgegen, das Blut pulsiert durch meine Adern, fast schon fiebrig heiß, und dann sammelt sich alle Energie in meiner Mitte, noch einmal atme ich tief ein, bevor sich der Druck entlädt. In Wellen erfasst er meinen gesamten Körper, bis ich erschöpft zurücksinke.

»Caja«, flüstert Juran erneut und streicht mir ein paar Haare aus der Stirn.

Für einen Moment bleibe ich reglos liegen, ich öffne die Augen, die ich irgendwann wohl doch wieder geschlossen habe. »Juran«, wispere ich, wir lächeln das gleiche Lächeln.

Seine Hand ruht auf meiner Wange und fährt nun daran entlang, meinen Hals hinab. Wieder küssen wir uns, minutenlang, wieder erwacht sehnsüchtiges Prickeln in mir, und diesmal bewegt sich Juran sehr langsam, fast schon vorsichtig, bis er sich plötzlich an mich presst und anschließend auf mich sinkt.

Ich umarme ihn, halte ihn fest, Lichtflecken tanzen über die Decke.

Sachte löst sich Juran von mir und legt sich neben mich. Unsere Handrücken ruhen aneinander, noch immer atmen wir schneller.

»Bleibst du hier?«, fragt er.

»Möchtest du, dass ich bleibe?«, frage ich zurück.

Er wendet den Kopf zu mir, dann dreht er sich auf die Seite und streichelt über meinen Bauch. »Rate.« Sein Lächeln ist so einladend und nah, dass es in meiner Brust schmerzt.

»Du willst, dass ich bleibe. Ich will, dass ich bleibe.«

Er küsst mich, und während er das tut, zieht er eine Decke über uns. Die lauschige Wärme umhüllt uns, es gibt kein Draußen mehr.

»Wenn du bleibst«, sagt Juran in unsere Dunkelheit hinein, »verrate ich dir, was es zum Nachtisch gibt.«

Ich ziehe ihn an mich, wir rollen uns zur Seite, bis ich auf ihm liege. »Wenn ich bleibe, dauert es noch ein bisschen bis zum Nachtisch.« Seine Arme umschlingen mich, ich lehne meine Stirn gegen seine, seine Mimik erahne ich nur.

»Wir haben alle Zeit der Welt«, antwortet er leise.

»Die brauchen wir auch.«

Seine Finger folgen dem Verlauf meiner Wirbelsäule, auf meinen Hüften bleiben sie liegen. Während meine Lippen seine suchen, lasse ich mich fallen, in diese wärmende Düsternis um uns herum, in Jurans Berührungen, in die gestohlenen Momente, die sich so tief in mich graben, dass ich sie nie wieder verlieren werde. Was auch immer als Nächstes geschieht, diese Nacht gehört uns.

Kapitel 18

Der Gesang der Vögel weckt mich. Wäre nicht das entfernte Quietschen einer Straßenbahn, könnte ich mir einreden, mich gar nicht mehr in Berlin zu befinden, sondern weit weg, in Renzis Villa, auf einer einsamen Insel, auf einem Hof auf dem Land.

Juran wirkt jünger im Schlaf, ganz ruhig liegt er neben mir, die Decke halb von den Schultern gerutscht. Vorsichtig ziehe ich sie ein Stück hoch und drehe mich auf den Rücken. Zwischen die Erinnerungen an die letzte Nacht drängen sich Bilder aus meinem Traum, doch sie sind so verschwommen, dass sie mir immer wieder entgleiten. Trotzdem verschwinden sie nicht, ich spüre sie, ohne sie greifen zu können.

Nach einer Weile reglosen Daliegens stehe ich auf, streife mir den Pullover über und schlendere in die Küche, um mir ein Glas Wasser zu holen. Unsere Teller vom Vorabend stehen noch neben dem Herd, den Nachtisch habe ich nie gesehen. Neugierig öffne ich den Kühlschrank. Zwischen Joghurtbechern, Käse und einem angebrochenen Glas mit getrockneten Tomaten wartet ein Schüsselchen Mousse au Chocolat mit Himbeeren. Rasch nehme ich mir einen Joghurt und schließe die Kühlschranktür wieder, bevor ich in Versuchung gerate, Jurans Dessert allein aufzuessen.

So leise wie möglich schiebe ich die Balkontür auf. Kalte Morgenluft empfängt mich, dennoch trete ich hinaus und blicke auf den ruhig daliegenden Hof. Aus einem Haus kommt gerade eine Familie, ein Mann, eine Frau, drei Kinder. Durch den Hauptzugang verlassen sie das Gelände, das sich nun, nachdem die fröhlichen Morgenstimmen der Kinder verschwunden sind, wieder schläfrig zusammenrollt.

Der Balkon weist Richtung Südosten. Noch wirkt das Licht goldenrosa. Von einem der Korbstühle nehme ich mir eine flauschige Decke und wickle mich darin ein, bevor ich mich hinsetze, um den Joghurt zu essen. Ich sollte nachsehen, ob meine Schwester mir geschrieben hat, bin jedoch zu versunken und lasse mich wieder in die letzten Stunden fallen, als gäbe es kein Davor und kein Danach.

Nach einer Weile wird mir trotz der Decke zu kalt. Ich stehe auf, bringe den leeren Joghurtbecher in die Küche und schließe die Balkontür. Juran hat sich kaum bewegt, eingekuschelt liegt er im Bett, doch ich will ihn nicht wecken. Stattdessen streife ich mir Socken über und trete vor den Schreibtisch, um jetzt, bei Tageslicht, erneut Jurans Entwürfe durchzusehen. Einzeln betrachte ich sie, manche länger, manche nur kurz, bis ich bei dem Bild mit dem See und dem Wald hängen bleibe, und auf einmal erinnere ich mich wieder an meinen Traum. Schnell, bevor er mir entgleiten kann, greife ich nach meinem Skizzenblock und setze mich auf den Boden, mit dem Rücken an die Wand gelehnt. Der erste Strich wird zu dick, etwas zittrig, der zweite besser, sie wachsen nebeneinander und verästeln sich nach oben. Immer mehr Bäume sprießen auf meinem Papier, doch sie wirken unheimlich, wie tot, nichts lebt zwischen ihnen.

Sehr lange starre ich auf das Bild, es dauert, bis ich den Kopf hebe und geradewegs Jurans Blick begegne. Ich habe ihn nicht gehört.

»Was ist das?«, fragt er. Er fragt es leise, als würde eine zu laute Stimme etwas zerstören, das sich in der Stille der Zeichnung versteckt.

»Ein Traum«, erwidere ich.

Juran und ich und der Wald und Nathalies Erinnerungen, es ist, als würden all diese Dinge in mir zusammenfließen, als gäbe es eine Stelle in meiner Seele, die leer war, und jetzt füllt sie sich mit den letzten Tagen, die vorher nur ziellos umherwirbelten, sanft schweben sie zu Boden und bleiben dort liegen.

»Wessen Traum?« Er setzt sich neben mich.

»Nathalies. Es ist ihr Albtraum. Also, noch nicht, das ist ja nur eine sehr grobe Skizze.«

»Willst du ihn malen? Brauchst du eine Leinwand? Farben? Anderes Papier?«

Ich lehne den Kopf gegen seine Schulter. »Später. Nicht jetzt.«

Stumm betrachte ich unsere Hände, wie selbstverständlich verschränken sie sich ineinander, und ich schließe die Augen, während die Gedanken an Ben immer schwerer werden, während sie in unseren Kokon sickern, nur mühsam halte ich die Tränen zurück.

»Man kann gleichzeitig endlos glücklich und endlos traurig sein«, murmle ich.

»Ja. Ich weiß.« Er rückt ein Stückchen von mir weg, ich öffne die Augen, er sieht mich an. »Kann ich dir helfen?«

Langsam schüttle ich den Kopf. »Eher nicht, nein.« Entschlossen stehe ich auf, ohne ihn loszulassen, notgedrungen erhebt er sich ebenfalls. »Allerdings könntest du mir jetzt deinen Nachtisch anbieten.«

Er lächelt nicht, wie ich es erwartet hätte, sondern beugt sich vor und küsst mich, ein Kuss, der augenblicklich tief in mich fährt, und gerade als ich die Arme um ihn schlinge, gerade als ich mich an ihn dränge, lösen sich seine Lippen von meinen. »Was willst du heute unternehmen?«, fragt er.

»Ich weiß nicht«, erwidere ich benommen. »Oder doch, ich weiß es.« Damit küsse ich ihn wieder, ich lösche alle Worte aus, denn sie werden ohnehin wiederkommen, sie werden sich einnisten und mit ihnen alle Gedanken, und solange ich kann, werde ich sie wegdrängen. Solange ich kann, werde ich glücklich sein.

* * *

»Hast du Lust auf einen Spaziergang?«, fragt Juran.

Mein Kopf ruht auf seinem Bauch, bis eben hat er mir aus *Liebe in Zeiten der Cholera* vorgelesen, das er sich aus Riccardos Bibliothek ausgeliehen hat.

»Ich weiß nicht.«

Noch immer scheint die Sonne, keine einzige Wolke befleckt den Himmel.

Ich rutsche von Jurans Bauch und lege mich neben ihn. »Wohin möchtest du gehen?«

Er lässt die Hand mit dem Buch sinken und wendet sich mir zu. »Was ist mit den Orten, die Nathalie erwähnt hat? Hattest du nicht vor, sie alle zu suchen?«

»Ja. Ein paar Sachen habe ich schon abgehakt.«

»Was ist noch offen?«

Eher widerwillig erhebe ich mich, verlasse das Bett und hole Nathalies Smartphone und mein Notizbuch. »Viel ist es nicht. In ihren Texten bleibt sie sehr unspezifisch, und ihre Fotos sind meist Momentaufnahmen mit wenig Hintergrund.« Ich blättere durch

bis zur letzten beschriebenen Seite. »Das hier ist alles, was ich habe.«
Damit reiche ich Juran das Heft.

Nur kurz schaut er sich die Liste an. »Such etwas aus, dort fahren wir dann hin«, meint er, als er mir das Büchlein zurückgibt.

»Jetzt?«

Er lächelt und zieht mich an sich. »Irgendwann heute sollten wir mal das Haus verlassen, oder? Meinst du nicht?«

»Ich meine nicht, nein.« Mit geschlossenen Augen lausche ich seinem Herzschlag, er ist so gleichmäßig, so ruhig. »Meinetwegen könnten wir einfach hierbleiben.« Ich spüre seine Hand in meinen Haaren, atme seinen Geruch tief ein, nur der Geruch nach Jurans Haut, mehr nicht, nichts Künstliches verdeckt ihn. »Aber du hast natürlich recht. Ein Spaziergang wäre nett.« Mühsam kämpfe ich mich aus der zufriedenen Schläfrigkeit, in die mich der Tag gehüllt hat.

Wir gehen duschen und schaffen es nur knapp, nicht wieder im Bett zu landen, sondern uns stattdessen anzuziehen.

Mit der S-Bahn fahren wir bis zur Friedrichstraße und spazieren von dort an der Spree entlang, immer der Sonne entgegen. Anfangs ist das Spreeufer noch belebt, in den Cafés an der Straße und den Cocktailbars in der Nähe des Hauptbahnhofes tummeln sich die Menschen, doch je weiter wir laufen, desto ruhiger werden die Abschnitte.

»Gibt es etwas, das du unbedingt einmal erleben willst?«, frage ich, nachdem wir die Regierungsgebäude hinter uns gelassen haben.

»Vieles.« Er lacht ein kurzes, sehnsüchtiges Lachen. »Kanada, Südafrika, Indien. Eigentlich würde ich jedes Land der Welt gern einmal sehen. Aber wirklich erleben … Ich glaube, den *Día de los Muertos*, den Tag der Toten in Mexiko.«

»Davon habe ich schon mal gehört. Wieso ausgerechnet den?«

»Weil ich den Gegensatz faszinierend finde. Hier in Deutschland zum Beispiel ist der Tod immer etwas Ernstes, die Menschen haben Angst davor. In Mexiko gehört er zum Leben dazu. Einmal im Jahr verbindet sich die Welt der Toten mit der der Lebenden, die Verstorbenen werden begrüßt, weil sie eben gar nicht wirklich verschwinden. Alles ist bunt, es gibt Musik, Masken und Kostüme, sogar für die Kinder ist das eine aufregende Angelegenheit. Alle gehören dazu. Das einmal mitzuerleben, wäre ein Traum.«

»Mexiko ist ganz schön weit weg.«

»Ja, ich weiß. Ich reise dann einfach weiter bis Patagonien.« Obwohl er lächelt, liegt eine tiefe Sehnsucht in seinem Blick, als gäbe es schon seit Jahren diesen Plan, doch nie konnte er ihn umsetzen.

»Damit wärst du für eine ganze Weile beschäftigt.«

»Das stimmt, aber für irgendetwas muss der Winter in Valencia und Salamanca ja gut gewesen sein. Spanisch kann ich fast so gut wie Englisch.«

Nicht zum ersten Mal, seit Juran mir von seinem Leben erzählt hat, frage ich mich, wie es sich anfühlt, immer unterwegs zu sein und nirgendwo wirklich zu Hause. Er wirkt glücklich mit dieser Entscheidung, nichts hält ihn auf.

»Was würdest du machen, wenn du in Mexiko wärst?«

»Das Gleiche wie überall. Ich würde Straßenbilder malen, bei Leuten wohnen, immer mal schauen, ob ich bei einem Freiwilligenprojekt mithelfen kann. Zum Glück finde ich mit meiner Tischlerausbildung immer etwas Sinnvolles zu tun.«

Ein Schwan watschelt auf der Rasenfläche neben uns, neugierig sieht er uns hinterher.

»Wohin willst du als Nächstes?«, frage ich vorsichtig, weil ich nicht sicher bin, ob die Zeit nach unseren gemeinsamen Tagen etwas ist, woran ich jetzt denken möchte.

Er schiebt seinen Hut ein Stückchen zurück. »Das weiß ich noch nicht genau. Ich wollte nach günstigen Zugtickets schauen und dann einfach dahin fahren, wohin es mich am meisten zieht. Da der Winter bald kommt, definitiv in den Süden. Magda hat so viel von dem Künstlerhaus auf Sizilien erzählt, in dem sie vorher gelebt hat, dass ich überlege, dort zwei oder drei Monate zu bleiben.«

Seine Finger kitzeln meine Hand, ich sehe ihn an, bleibe aber nicht stehen, um ihn zu küssen, obwohl das alles ist, was ich gerade tun möchte.

»Willst du nicht mitkommen?« Nun ist er derjenige, der stehen bleibt. Sein Blick tastet über mein Gesicht, mein Herz schlägt ihm entgegen.

»Ich …«, setze ich an.

»Du bist verheiratet«, beendet er meinen Satz.

»Ja. Das auch. Und ich muss sehr viel Arbeit aufholen. Und Entscheidungen treffen. Und … Ich weiß nicht, Juran. Ja, ich möchte mit dir mitkommen, es wäre mir völlig egal, wohin. Aber es geht nicht.«

Er schließt die Arme um mich, für eine Weile atmen wir nur den Geruch des anderen, ohne etwas zu sagen, und ich frage mich, ob ich wirklich so viel arbeiten muss oder unbedingt hier, ob ich wirklich Entscheidungen treffen muss und nicht schon längst getroffen habe, von dem Moment an, in dem ich Juran gestern geküsst habe, oder davor, als ich in dem Pavillon in Italien stand, oder noch früher, als Juran und ich ins Meer gegangen sind. »Ich denke darüber nach«, murmle ich gegen Jurans Oberkörper, der Reißverschluss seiner Jacke ist offen, sodass ich die Wärme seiner Haut spüren kann.

»Gut.«

Unser Kuss ist sehr vorsichtig. Trotz der letzten Nacht, trotz des langen Vormittags fühlt er sich neu an, ungewohnt, immer wieder ist er anders, als würden wir uns damit etwas erzählen.

»Wann willst du denn aufbrechen?«, frage ich leise.

»Ich weiß nicht. Erst einmal muss ich das Wandbild malen.« Noch immer hält er mich fest, noch immer halte ich ihn fest.

»Lass dir Zeit damit.«

Statt einer Antwort lächelt er nur.

Wir lösen uns voneinander und laufen weiter.

»Wieso eigentlich hier?«, fragt Juran.

»Wieso hier?«

»Wieso gehen wir hier spazieren? Welche Geschichte gehört hierher?«

»Das war ihr Urlaub«, erkläre ich und überquere den Rasenstreifen zur Uferbefestigung. Ich setze mich auf den steinernen Rand, Juran nimmt seinen Rucksack ab und lässt sich neben mich sinken, unter unseren Füßen das dunkle Wasser. »Wenn man jung ist und nicht viel Geld hat, nutzt man im Sommer alle Draußenplätze, um preiswert das Leben zu genießen.«

»Ja. Das kenne ich.« Lächelnd streicht er über meine Hand, seine Berührung ist wie ein Schmetterlingsflügel, sehr zart und so zerbrechlich, dass sie eine einzige falsche Bewegung zerstören kann.

»Warte. Ich lese es dir vor.« Aus der Tasche hole ich Nathalies Handy und scrolle vor bis zu einem der ersten Einträge. »Es wird etwas dauern, ich muss das auf Englisch übersetzen«, ergänze ich.

Juran nickt und lehnt sich auf die Ellbogen gestützt zurück.

Liebeskummer

Es ist einer der ersten richtigen Sommertage. Wir waren zum Mittagessen bei deinem Vater in Wilmersdorf. Seine Frau hat gekocht, aber es war nicht besonders lecker. Zu viel Fett, zu viel Fleisch, nicht so wie das Essen bei deiner Mutter. Seit sie letztes Jahr wieder nach Graz gezogen ist, können wir uns bei ihr leider nicht mehr zum Essen einladen.

Dein Vater hat, wie immer, kaum etwas gesagt und noch weniger gefragt. Dafür hat seine Frau die meiste Zeit von Menschen erzählt, die wir beide nicht kennen. Leider erwartet er trotzdem, dass du einmal im Monat bei ihm vorbeischaust, obwohl er sich nach der Trennung deiner Eltern vor ein paar Jahren kaum um dich gekümmert hat.

»Ich schulde dir was«, sagst du, nachdem wir endlich den Nachtisch gegessen und das Haus verlassen haben.

»Du schuldest mir nie was«, sage ich.

»Doch. Heute schon. Ohne dich hätte ich die beiden umgebracht und im Garten verscharrt.«

Ich hake mich bei dir ein. »Du wolltest dir doch ein neues Sommerkleid kaufen. Lass uns shoppen gehen, und du lädst mich auf ein Eis ein.«

»Deal.«

Trotz des schönen Wetters sind die Arkaden voll. Du bist still und probierst kaum etwas an, deshalb schlage ich dir vor, lieber in den Schlosspark zu gehen.

»Was hältst du davon, wenn wir nach Hause zurücklaufen?«, fragst du. »Immer an der Spree entlang und vom Alex dann Richtung Norden?«

»Wie lange dauert das?«, frage ich.

»Keine Ahnung. Zwei oder drei Stunden.«

Wir gehen los. Du schweigst die meiste Zeit, obwohl die ersten warmen Tage des Jahres immer die sind, die wir am meisten lieben, vor allem, wenn wir ausnahmsweise beide frei haben. Wann immer es geht, verbringen wir sie draußen. Wir wollen keine Minute Sonnenzeit verpassen.

»Was ist los?«, frage ich.

Du steckst die Hände in die Taschen deiner Shorts und schaust nach vorn. »Nichts«, sagst du.

Ich lasse dich in deinem Schweigen. Manchmal brauchst du eine Weile, bis du reden willst. Ich laufe auch dann gern neben dir, wenn du still bist, das ist immer noch mehr, als gar keine Zeit mit dir zu verbringen.

»Patrick hat mit mir Schluss gemacht«, sagst du, als wir bestimmt schon seit einer Stunde unterwegs sind.

»Patrick? Ihr wart doch gar nicht wirklich zusammen.«

Noch immer starrst du geradeaus, aber deine Augen schimmern. »Ich weiß«, sagst du nach einer Weile. Du kennst Patrick noch aus der Schule. Zusammen mit anderen Freunden seid ihr ins Kino oder Billard spielen gegangen, aber erst nach dem Abitur hat er dich wirklich bemerkt. Vor anderthalb Jahren habt ihr zum ersten Mal miteinander geschlafen. Du warst glücklich, dann traurig, als er sich in ein anderes Mädchen verliebte. Und dann wieder glücklich, als die Beziehung vorbei war und er zu dir zurückkam.

»Patrick ist ein Idiot. Er liebt dich nicht. Außerdem gibt es Hunderte von Typen, die dich haben wollen, und sie wären alle besser als der.«

»Ich weiß«, sagst du, aber es klingt nicht so, als wüsstest du das wirklich.

Inzwischen sind wir schon längst am Tiergarten vorbei. An der Friedrichstraße kaufen wir uns ein Eis und zwei Flaschen Weißwein, dann gehen wir weiter, immer am Fluss entlang.

»Du wirst dich in jemand anderen verlieben«, sage ich. »Ganz sicher.«

»Ich weiß das, Nathalie. Aber jetzt fühlt es sich nicht so an. Ich dachte immer, er bemerkt mich nie, und als er mich bemerkt hat, fühlte sich auf einmal alles richtig an.«

»Aber nicht echt«, sage ich.

»Ich weiß es nicht.«

Weil unsere Beine müde sind, setzen wir uns im Monbijoupark ans Ufer und schauen auf die Museumsinsel.

»Das Leben kann so einfach sein«, sagst du. »Nur du und ich, eine Flasche Wein und ein Park. Was brauchen wir sonst noch?«

»Eine schimmelfreie Wohnung und ab und zu etwas zu essen«, sage ich.

Du lächelst, aber es ist ein trauriges Lächeln.

»Vielleicht läuft er vor dir weg«, sage ich. »Du bist schön, du bist witzig, du bist kreativ, und du willst immer mehr, als da ist. Damit kann nicht jeder umgehen.«

»Ich will immer mehr, als da ist?«, fragst du. Deine Haare leuchten in der Sonne. Ich würde dir das gern sagen. Ich würde dir gern sagen, dass es eigentlich nicht nur deine Haare sind, die leuchten, sondern alles an dir, aber es würde komisch klingen, und es würde dir nicht helfen, weil Patrick offensichtlich niemand ist, der dieses Leuchten sehen kann.

»Na ja. Du weißt schon, was ich meine.«

Du lachst und schüttelst den Kopf, aber du fragst nicht noch mal nach.

»Wir sollten das jeden Sommer machen«, sage ich.

»Was? Uns in dämliche Typen verlieben und von ihnen abserviert werden?« Du trinkst einen großen Schluck aus der Flasche, den letzten.

»Nein, das ganz bestimmt nicht. Ich meinte, wir sollten jeden Sommer mit einer Flasche Wein am Spreeufer entlanglaufen oder uns in den Park setzen und aufs Wasser schauen.«

»Es ist Mai. Wir haben noch keinen Sommer.« Du öffnest die zweite Flasche Wein.

»Egal. Der Sommer beginnt, wenn es warm wird. Und wir sitzen draußen und schauen den Schiffen zu, also ist es warm und Sommer. Das hier ist unser Urlaub. Wir müssen dafür kein Geld ausgeben, und wir müssen nicht in engen Flugzeugen oder vollen Zügen sitzen.«

»Ach, liebste Nathalie Mielke.« Du lässt dich gegen mich fallen. Deine Stimme klingt müde und nuschelig, aber fröhlicher als vorhin. »Wenn ich so einen Typen, der mich wirklich liebt, nie finde, heiratest du mich dann?«

»Ja. Ich heirate dich dann.«

Du lachst zufrieden, und ich lache auch, aber mein Herz klopft so schwer, dass ich kaum noch atmen kann.

Jurans Augen sind geschlossen, als wäre er eingeschlafen, doch nach ein paar Sekunden richtet er sich auf und sieht mich an. »Hat sie es ihr jemals gesagt?«, fragt er.

»Nein, ich glaube nicht.« Ich betrachte das Foto der beiden, Nathalie und Leira, die Haare im Wind.

Konzentriert blickt Juran sich um. »Wir könnten ihr etwas dalassen, vielleicht kommt sie auch allein hierher.«

»Was denn?«

Er zieht den Rucksack auf seinen Schoß und holt die Straßenkreiden hervor. »Lassen wir uns überraschen.«

Gleichzeitig stehen wir auf.

»Ich weiß nicht, wie oft sie hier tatsächlich spazieren geht. Der Park, der in ihrem Text vorkommt, liegt viel weiter in der anderen Richtung.«

Juran zuckt mit den Schultern. »Wir sind aber jetzt hier.« Sein Blick scannt den Weg ab, wahrscheinlich sucht er die beste Fläche für eine Zeichnung. »Es muss ja nur etwas Kleines sein. Andere Farben habe ich leider nicht mit.«

»Aber die Kreiden steckst du immer ein?«

»Ja. Die schon.«

»Wieso?«

Schwungvoll setzt er den Rucksack wieder auf, die Metalldose mit den Kreiden in den Händen. »Ich weiß nicht genau. Wahrscheinlich, weil sie so vergänglich sind.«

»Macht dich das nicht manchmal traurig?« Ich denke an das Dschungelbild in Triest, das er während eines Trips mit Pablo und Amber gezeichnet hat, kurz bevor Jolie, Ludwig und ich in der Stadt ankamen. Zu gern hätte ich es fotografiert, zu gern würde ich es noch einmal sehen.

»Nein. Gar nicht. Das ist wie mit der Musik. Einige Stücke sind komplett improvisiert, die kann ich nie genau so wiederholen. Erst recht nicht, wenn ich nicht allein spiele. Trotzdem sind sie da. Der Stein merkt sich, was ich einmal auf ihn gemalt habe, ein paar Menschen merken sich das Bild, das sie gesehen haben. Und genauso ist die Musik immer noch in der Luft. Auch wenn der Ton selbst nicht mehr hörbar ist, verschwindet er nicht.«

Unwillkürlich blicke ich mich um, als könnte man die Musik, die hier einmal gespielt wurde, immerhin noch sehen. Natürlich sehe ich nichts, jedenfalls keine Musik, doch als ich vorsichtig die Hand ausstrecke und sie langsam niedersinken lasse, habe ich das Gefühl, Furchen in das zu ziehen, was unsichtbar um uns herum gespeichert wurde. »Die Vorstellung mag ich«, stelle ich fest.

»Hilfst du mir?« Juran reicht mir die Box, ich wähle ein helleres Orientrot aus, weil ich finde, dass das gut zu Leira passen könnte, sie in einem roten Mantel. Sie würde elegant aussehen, sie würde durch Menschenmengen schneiden, nie würde ihr jemand im Weg stehen. An einer Mauer setze ich an, locker ziehe ich die Umrisse dieses Mantels, ich male den Menschen hinein, so wie ich mir Leira vorstelle, so wie sie auf dem Foto lächelt.

»Du brauchst mich gar nicht«, sagt Juran, als ich aufblicke. Wie von selbst habe ich die Figur beendet, Leira von hinten, sie blickt zurück, dennoch wirkt sie weit entfernt, wie jemand, den man gerade so noch erkennen kann. Ihre Gesichtszüge erinnern nur entfernt an die Frau auf dem Foto.

»Nein«, antworte ich vorsichtig, weil ich nicht sicher bin, was das bedeutet. »Ich habe das Gefühl, sie war die ganze Zeit bei mir. Genau so. Ich habe sie nur nicht gesehen.«

Ein Stückchen weiter setzt Juran mit seiner Zeichnung an. Es werden mehrere Gebäude, Wohnhäuser in einer schmalen Straße, die in der Mitte ein Gewässer durchtrennt.

»Was ist das?«, frage ich.

»Amsterdam«, antwortet Juran. »Dorthin wollten sie doch, oder?«

»Ja. Dorthin wollten sie.« Schweigend helfe ich Juran, manchmal beobachte ich ihn einfach nur, während er vollkommen konzentriert ist, nicht ein einziges Mal blickt er auf, selbst dann nicht, als Spaziergänger stehen bleiben, um ihm zuzuschauen und als ein Hund an seinem Bein schnüffelt. Nur manchmal tritt er einen Schritt zurück und taxiert sein Werk, bevor er kleinere Stellen korrigiert.

Als er fertig ist, dreht er sich zu mir um. »Willst du Nathalie auch zeichnen?«

»Nein.« Ich sammle die Kreiden ein und packe sie in die Metalldose zurück. »Sie muss selbst herkommen.«

Für zwei, drei Minuten betrachten wir unser Mauerbild. Es wirkt echt und lebendig, und ich mag die Ausstrahlung, die die Frau in Rot verströmt, diese fröhliche Sicherheit. Fast ist es so, als nickte sie mir zu, vor ihr die Stadt, in die sie immer wollte. Ich hole Nathalies Handy hervor und nehme mit ihrer Kamera ein Foto auf, für den Fall, dass sie in den nächsten Tagen nicht hier vorbeikommt, bestimmt wird sie das nicht tun, und unter einen neuen Eintrag in ihr Tagebuch füge ich das Bild ein und die Worte: *Sie wartet auf dich.* Mehr nicht.

Das Smartphone stecke ich wieder ein, dann taste ich nach Jurans Hand. »Was hast du geschrieben?«, fragt er, also erzähle ich ihm kurz von dem Tagebucheintrag, der sich gleichzeitig falsch und richtig anfühlt, denn natürlich steht es mir nicht zu, zwischen ihre Gedanken meine eigenen zu setzen, doch andererseits ist es gar nicht meiner, es ist Leira, die über die Schulter hinweg Nathalie zulächelt, als wäre sie schon längst vorausgegangen, während Nathalie irgendwo zwischen einem alten und einem neuen Leben hängen geblieben ist.

Nebeneinander setzen Juran und ich uns ins Gras und schauen aufs Wasser.

»Hast du Nathalie eigentlich jemals gegoogelt?«, fragt Juran nach einer Weile.

Ich wende den Kopf. »Nein, ich wollte nicht. Sie ist … Sie existiert hier, nur hier. Wenn ich etwas über sie im Internet finde, wird sie eine reale Person. Und ja, ich weiß, wie bescheuert das klingt.«

»Ich dachte nur, wenn du sie wirklich finden willst, wäre das wohl am einfachsten.«

Nachdenklich starre ich auf das gegenüberliegende Ufer, wo ebenfalls ein paar Spaziergänger die letzten Sonnenstrahlen genießen. »Es wäre am einfachsten, ja. Ich glaube, ich weiß zumindest, wo Leira und sie gewohnt haben, falls das die Adresse ist, die im Routenplaner bis vor etwa einem Jahr am häufigsten verwendet wurde.«

»Wieso gehst du nicht dorthin?«

Ich zucke mit den Schultern. Ein Ausflugsschiff fährt vorbei, einige Touristen winken uns zu, wir winken zurück. »Sie lebt dort nicht mehr. Nach Leiras Tod ist sie mit ihrem Freund zusammengezogen, aber seitdem gibt es kaum Suchanfragen im Routenplaner. Die meisten sind aus der Zeit davor.« Neben Juran lege ich mich ins Gras und blicke in den Himmel, dessen Farbe heute eine Zweiundzwanzig ist oder Dreiundzwanzig vielleicht.

Er streckt sich neben mir aus, unsere Arme liegen dicht beieinander. Es ist derselbe Himmel, den wir sehen, jetzt, hier, in diesem Augenblick, und ich werde es überstehen, dass wir bald schon nicht mehr in denselben Himmel schauen, dass das Wetter für uns unterschiedlich sein wird, die Temperaturen, die Tagesplanung, eine neue Amber wird in sein Leben treten, vielleicht auch eine neue

Caja, und auch das ist okay, auch damit werde ich zurechtkommen.

»Juran?«

»Ja?«

»Wirst du manchmal an mich denken?«

»Ich werde immer an dich denken.«

* * *

Die S-Bahn fährt ein, doch ich bleibe auf dem Bahnhof stehen, bis die Türen wieder zugleiten und die Bahn losfährt, ich lasse mich auf eine Bank fallen und schließe die Augen.

Scheiße, denke ich. *Scheiße, Scheiße, Scheiße.*

Und dann rufe ich Jolie an. Meine Hand zittert, alles an mir zittert, und ich wünschte, ich könnte wieder in unseren Kokon zurück, in Jurans und meine unantastbare Welt.

»Hey, Caja. Keine Sorge, ich hab schon genug Sekt für deinen Geburtstag gekauft. Du wirst dich betrinken können.«

»Ich habe mit Juran geschlafen«, sage ich.

Für ein paar Sekunden ist es still. Ich stehe auf, um den Bahnsteig bis zum Ende hinunterzulaufen.

»Wann?«, fragt Jolie schließlich.

»Wie, wann? Gestern Abend. Und nachts. Und heute.«

»Oh, oh.« Sie seufzt.

»Wieso ›oh, oh‹? Wäre es am Samstag besser gewesen?«

»Irgendwie schon, ja. Da warst du betrunken, das hätte sich erklären lassen.«

»Vielleicht war ich ja gestern auch betrunken.«

»Warst du?«

»Nein.«

»Siehst du? Das meine ich. Außerdem …« Sie zögert, etwas schwingt in ihrer Stimme, und ich bin überrascht, dass sie überhaupt so irritiert wirkt, dass sie nicht schon längst damit gerechnet hat.

»Was, außerdem?«

»Außerdem ist es ein Unterschied, ob man einmal mit jemandem schläft oder einen ganzen Tag lang nichts anderes tut.«

»Inwiefern?«, frage ich.

»Einmal ist einfach nur Sex. Den ganzen Tag, das ist Verliebungssex, Caja. Damit kannst du nicht einfach zu Ben zurückgehen und glauben, dass alles so ist wie vorher. Oder eher, dass ihr das einfach ignorieren könnt und gemütlich eure Ehe repariert, als gäbe es nur euch beide und die Probleme, die ihr vorher schon hattet, aber nicht noch diesen anderen Mann.«

»Es gibt ja auch eine andere Frau.«

»Vielleicht. Das wissen wir nicht.«

»Okay. Das wissen wir nicht.« Ich lehne mich gegen das Geländer am Ende des Bahnsteigs. »Und nein, ich habe nicht mit Ben darüber geredet«, nehme ich Jolies nächste Frage vorweg.

»Ich weiß.« Wieder seufzt sie. »Es ist ja nicht so, dass ich mich nicht für dich freue. Aber du bist nicht wie ich, du wirst das nicht genießen und dann weiterziehen. Du wirst dir nur blutende Wunden schlagen, die sehr, sehr langsam heilen werden.«

»Jetzt wirst du pathetisch«, antworte ich und wünschte, Jolie stünde hier neben mir, ich wünschte, wir könnten einfach in die nächste Cocktailbar gehen, alles wäre leichter danach, ich würde Ben anrufen, aber ich wäre dabei nicht allein.

»Willst du herkommen?«, fragt Jolie. »Mathilda geht nachher zu ihrem Freund.«

»Ich würde gern, aber ich muss unbedingt arbeiten.« Die zweite S-Bahn fährt ein. Diesmal lasse ich sie nicht davonfahren, sondern suche mir im ersten Abteil einen Sitzplatz.

»Wollen wir uns morgen treffen?«

»Ich …«

»Du bist schon mit Juran verabredet?«

Ich beiße mir auf die Unterlippe, um mich von dem albernen Kribbeln im Bauch abzulenken, während sich der Zug langsam in Bewegung setzt. »Ja.«

»Okay. Dann sehen wir uns am Mittwoch bei Lisbeth. Kommt er auch?«

»Bist du verrückt? Tanja ist die Letzte, der ich von ihm erzählen würde. Und meine Tante die Vorletzte.«

»Immerhin kommt Ben noch vor Tanja und deiner Tante«, meint Jolie trocken.

»Du bist blöd.«

»Du auch. Bis Mittwoch, ja?« Sie legt auf, ich starre auf mein Telefon. Bestimmt hundertmal scrolle ich durch die Kontaktliste. Bestimmt hundertmal rufe ich Ben nicht an.

Kapitel 19

Wir sitzen auf dem Boden und betrachten die graue Wand, die nicht mehr grau ist, sondern weiß, darauf die ersten Umrisse einer Hügellandschaft in Lindgrün. Heute Nacht noch hat Juran sie umgestrichen, weil Weiß eine bessere Basis für das sonnige Toskanagelände ist, das sich Liana als Motiv ausgesucht hat. Die erste Grünschicht und den klaren Himmel haben wir in der letzten Stunde aufgetragen.

»Ich weiß nicht«, sage ich und rühre in meinem Müsli herum. »Dieser italienische Flair passt nicht so gut, der Rest der Wohnung ist ja eher praktisch und kühl. Und wenn man weiß, dass sich gleich dahinter die Toilette befindet ...«

Juran lacht, stellt seine Müslischale ab und steht auf. »Finde ich auch.« Vorsichtig streicht er mit dem Finger über die Wand, die Farbe scheint schon fast trocken zu sein.

»Wie würdest du sie einrichten, wenn sie deine wäre?«

»Meine? Die Wohnung?« Überrascht blickt er sich um, als hätte er das Appartement vorher noch nie wirklich wahrgenommen. »Ich würde mehr Farbe an die Wände bringen und anderes Licht.«

»Was für Licht?«

»Gemütliches.« Lächelnd setzt er sich wieder neben mich. »Ich würde als Erstes ein anderes Bett aussuchen. Eines, das größer und bequemer ist.«

Beide blicken wir auf das etwas wackelige IKEA-Standardbett mit der harten Matratze.

»Und ich würde viel mehr Bücher haben. Vielleicht in alten Obstkisten, die ich vorher angemalt habe.«

»Überall an den Wänden verteilt?«

»Ja, genau.« Er nimmt meine Hand. »Den Schreibtisch würde ich an die Wand stellen und vor dem Terrassenfenster das Licht zum Zeichnen nutzen. Dort würde ein Sofa stehen. Und natürlich meine ganzen Arbeitsmaterialien.«

»Auch in Obstkisten?«

»Vielleicht. Oder in einem Holzregal, das würde ich selber bauen.«

»Würdest du auch das Bett selber bauen?«

»Wahrscheinlich.« Sehr intensiv sieht er mich an und küsst mich, löst sich aber rasch wieder von mir. »Und der Kleiderschrank käme definitiv raus.«

»Du kannst nicht alles in Obstkisten aufbewahren.«

»Kann ich nicht?« Er lacht und schüttelt den Kopf. »Obstkisten wären es auch nicht. Ich mache Dinge gern selbst oder überlege vorher genau, ob ich sie überhaupt brauche. Wahrscheinlich würde ich ein hohes Bett bauen, darunter gäbe es Schubfächer für Kleidung.«

»Würden die auch für meine Sachen reichen?«

»Würdest du mit mir hier wohnen?« Trotz des Lächelns klingt seine Stimme ernst.

Ich wende den Blick ab und ignoriere das Kribbeln, das sich in meinem Magen ausbreitet. »Vielleicht«, sage ich sehr leise.

»Dann ja. Sie würden auch für deine Sachen reichen. Du darfst einfach nicht viel mitbringen.«

»Wir würden ja sowieso selten etwas anhaben.« Ich lächle ihn an, stehe jedoch auf, bevor die lockere Stimmung wieder näher wird, intensiver, und laufe langsam durch den Raum. »Diese Glaswand mit den Metallrahmen hier gefällt mir nicht so gut. Ich würde die Küche entweder offen lassen oder hinter einer normalen Wand verstecken.«

»An manchen Stellen könnte man den Putz abschlagen, dann sieht man den Stein darunter.«

Ich nicke, der rote Backstein hätte etwas Rustikales, Rohes, was gut in die Arbeitsecke mit den Malutensilien passen würde.

Juran steht ebenfalls auf. »Es ist schon lange her, dass ich mir über solche Dinge Gedanken gemacht habe«, sagt er, während er seine Hand auf eine der Wände legt, als könnte er den Stein darunter fühlen. »Selbst das Zimmer, in dem ich während meiner Ausbildung gewohnt habe, habe ich nicht wirklich eingerichtet. Mein Kram lag da nur so herum, ich hatte kaum Möbel, nur eine Kommode, mehr nicht.«

»Hättest du denn gern eine eigene Wohnung?«

Nachdenklich zieht er die Augenbrauen zusammen. »Ich weiß es nicht. Ich hatte nie einen richtigen Grund, an einem Ort zu bleiben.« Sein Blick dringt so tief, dass ich mich wieder abwende.

»Ein paar Pflanzen wären noch hübsch«, versuche ich abzulenken.

Diesmal antwortet er nicht. »Caja«, sagt er leise, nur mühsam schaffe ich es, ihn anzusehen.

»Ich wollte nicht … Das war nur eine Spielerei, mehr nicht. Ich wollte nicht über irgendeine Zukunft reden.«

»Ich weiß.« Zum ersten Mal liegt etwas unter seinem Lächeln, das fast wie Traurigkeit wirkt. Die ganze Zeit habe ich nicht darüber nachgedacht, ob ich ihn ebenfalls verletze, ich bin davon ausgegangen, dass unsere Momente nur der Beziehung zwischen Ben und mir schaden oder dem, was davon übrig ist. Ich habe mich nie als jemanden gesehen, der in Jurans ruhelosem Leben eine wirkliche Bedeutung haben könnte.

»Es tut mir leid.« Langsam gehe ich zu ihm und umarme ihn.

»Dir muss nichts leidtun.« Die Traurigkeit verschwindet, nur das Lächeln bleibt zurück. »Es macht sogar Spaß, mir vorzustellen, wie diese Wohnung aussehen würde, wäre sie meine. Oder unsere.«

»Okay.« Ich lasse ihn wieder los und betrachte das gerade erst begonnene Wandbild. »Wollen wir weitermachen?«

»Ich muss erst noch etwas in der Skizze ergänzen und dann die Grundrisse auf der Wand auftragen.« Vom Boden hebt er das Skizzenblatt auf, läuft damit zum Schreibtisch und beginnt, es zu bearbeiten, während ich unsere leeren Schüsseln in die Küche trage und abspüle.

Ruhig verlasse ich die Wohnung und gehe mit meinem Handy in der Hand nach unten auf den Hof. Es ist fast Mittag, um diese Zeit macht Ben häufig eine kurze Pause und holt sich etwas zu essen, meist die erste Mahlzeit des Tages.

Schon nach dem ersten Läuten nimmt er ab. »Hey, Caja.«

»Hallo.« Ich hocke mich auf die oberste der drei Stufen zum Hauseingang, vor mir erstreckt sich der ruhige Innenhof.

»Wie ist Berlin?«

»So wie immer.« Für einen Moment zögere ich. »Ben?«

»Ja?«

Tief atme ich ein, nur mühsam kann ich die Wörter greifen. Sie wehren sich mit aller Kraft, sie bilden störrische, unsichere Sätze. »Ben, ich habe … ich habe mit jemandem geschlafen.«

Sehr lange bleibt es still. Vielleicht steht er gerade irgendwo im Supermarkt, vielleicht sitzt er in dem vietnamesischen Restaurant, in dem sich Oliver und er immer ein Essen gönnen, wenn sie einen größeren Auftrag erhalten haben, vielleicht hat er gerade etwas in eine Tabelle eingegeben und dreht sich nun vom Monitor weg, hin zu dem schmalen Fenster am oberen Rand des Kellerbüros.

»Ben?«

»Ich … Ich muss das erst verdauen, Caja.«

»Ich weiß. Entschuldige. Tut mir leid, das war … ich hätte …«

Keine Ahnung, was ich hätte machen sollen. Ihn vorwarnen? Lieber eine Mail schreiben, statt anzurufen? Ein Nachricht schicken mit *Wir müssen reden*? Alles kommt mir falsch vor, die ganze Situation ist falsch, doch dann denke ich an Juran und das warme Kribbeln kehrt in meinen Bauch zurück und vermischt sich auf merkwürdige Weise mit dem nervösen Pochen meines Herzens, bis mir übel und schwindelig wird. Ich will eigentlich nur zurück nach oben, und letztlich, wird mir bewusst, kann nichts davon Ben wirklich wehgetan haben. Seit Ewigkeiten reden wir immer weniger miteinander, seit Ewigkeiten bin ich nur noch ein Accessoire in der gemeinsamen Wohnung. Juran hat nichts mit Ben und mir zu tun, denn die Caja, die mit ihm malt, die mit ihm durch die Straßen spaziert und ihm Nathalies Tagebucheinträge vorliest, die Caja, die ihn küsst, die kennt Ben schon längst nicht mehr. Wahrscheinlich hat er sie nie gekannt.

»Wieso erzählst du mir das überhaupt?«, fragt Ben. Er klingt sehr gefasst, neutral, vielleicht genervt.

»Hätte ich es dir nicht erzählen sollen? So wie du mir nichts von Lisa Strohberger erzählt hast?«

Wieder schweigt er, doch diesmal ist die Stille eine andere. Ich bilde mir ein, Ben atmen zu hören, ich spüre das Rasen seiner Gedanken. »Spionierst du mir hinterher?«, fragt er schließlich nach endlos langer Zeit.

»Ich habe ihre Nummer beim Waschen in deiner Hose gefunden.«

»Das ist doch fast Hinterherspionieren.«

»Nein, Ben. Das ist einfach nur deine Dreckwäsche für dich waschen. Bitte schön, gern geschehen.«

Ich will uns festhalten. Ich will unsere Gedanken festhalten, unsere Gefühle, die Wut, die sich gerade zwischen uns ausbreitet, aber ich schaffe es nicht, meine Hände zittern, meine Stimme zittert, und es gibt sie nun mal, es gibt Juran, und es gibt offenbar auch Lisa Strohberger, und Ben und mich, uns gibt es schon lange nicht mehr.

»Sei nicht albern, Caja. Wieso musst du immer gleich so beleidigt reagieren? Lisa Strohberger habe ich einmal getroffen. Okay, zweimal, aber ….« Er macht eine kurze Pause. »Aber ich habe nur einmal mit ihr geschlafen und das hinterher bereut. Ich hätte es dir nicht erzählt, weil es nichts mit uns zu tun hat.«

»Eben. Nichts hat irgendwas mit uns zu tun. Tut mir leid, dass ich dich belästigt habe.« Damit lege ich auf und schalte das Handy aus, ich wische die Tränen beiseite und zucke zusammen, als jemand meine Schulter berührt.

»Alles in Ordnung?«, fragt Juran sanft und setzt sich neben mich, viele Kubikzentimeter Luft zwischen uns.

»Ja. Geht schon.«

»Hast du mit deinem Mann telefoniert?«

Ich nicke und beobachte zwei Kohlmeisen, die um den Walnussbaum herumtanzen und ab und zu etwas vom Boden aufpicken, vielleicht Jurans Worte, die merkwürdig klingen, fehl am Platz. Mein Mann. »Es lief nicht so gut«, erkläre ich.

»Ja, das konnte ich bis oben hören.«

»Ben und ich«, setze ich an, weiß aber eigentlich gar nicht, was ich erklären will. »Wir kennen uns gar nicht mehr«, sage ich dann, doch es klingt schwer und kraftlos, nichts davon trägt unsere ersten Jahre, als wir noch voller gemeinsamer Pläne waren, nichts davon trägt die langen Nächte, in denen wir redeten, statt zu schlafen, nichts davon trägt die freudige Nervosität, wenn wir aufeinander warteten. Jolie hat recht. Alles ist spannend und aufregend, wenn es neu ist, doch irgendwann nutzt es sich ab. Wie ein elektronisches Gerät bekommt die Beziehung Macken, manche Funktionen werden unzuverlässig oder fallen aus, immer wieder stürzt sie ab, der Akku hält kaum noch, und selbst wenn man die defekten Teile austauscht, läuft sie mit jedem Tag schlechter. Bis man so viel in eine Reparatur investieren muss, dass es sich gar nicht mehr lohnt.

Unwillkürlich frage ich mich, ob das bei Juran und mir auch so wäre. Wenn wir gemeinsam reisen würden, die Welt entdecken, wenn wir gemeinsam und allein malen würden, wenn wir zusammen wohnen würden, in einem Loft wie diesem oder an einem völlig anderen Ort, wenn wir Monate, Jahre hinter uns ließen, würde unsere Beziehung auch Stoßstellen bekommen, würde sie manchmal nicht mehr reagieren, würde sie immer langsamer werden?

Ich schaue ihn an, sein Blick wirkt so offen, so nah, dass ich mir all das nicht vorstellen kann, aber letztlich habe ich auch mit Ben nie so weit gedacht.

»Liebst du ihn noch?«, fragt er.

»Keine Ahnung. Selbst wenn, weiß ich nicht, ob das überhaupt von Bedeutung ist.«

»Liebe ist immer von Bedeutung«, antwortet er, und würde das jemand anderes sagen, würde ich es albern und kitschig finden.

Mit einem Ruck stehe ich auf. »Lass uns was anderes machen.«

Juran ergreift meine ausgestreckte Hand, dicht vor mir bleibt er stehen, doch er bewegt sich nicht. Ich umarme ihn, seine Nähe durchströmt mich.

»Wollen wir das Bild weitermalen?«, fragt er.

»Nein.« Die makellose Landschaft wäre mir jetzt zu viel, zu viel Rosa, zu viele Versprechen. »Ein Spaziergang wäre schön.«

Er löst sich von mir. Zögernd sieht er mich an, ich spüre seine Frage.

»Was ist?«

»Wir können zu dem Haus gehen, in dem Nathalie und Leira gewohnt haben. Es steht in Wedding, hast du gesagt, oder?«

»Ja. Fast schon Prenzlauer Berg.«

»Also? Was denkst du?«

Wieder schaue ich zu dem Walnussbaum, doch die Kohlmeisen sind längst davongeflogen. »Na gut. Keine schlechte Idee.«

Wir laufen nach oben, um unsere Sachen zu holen. Ich werfe einen Blick auf Jurans ausgebesserte Skizze, sanftgrüne Hügel, rosafarbenes Licht, dunklere Wälder. Zwischen Weinreben hindurch streift eine Katze, die an die aus Renzis Garten erinnert, zielstrebig läuft sie auf eine andere zu. Sie ist schwarz. Kohlrabenschwarz.

*　*　*

Es ist nur irgendein Haus. Ich weiß nicht, was ich erwartet habe, doch irgendetwas habe ich wohl erwartet, sonst würde ich nicht enttäuscht auf das Wohngebäude blicken. Fünf Etagen Altbau, weißer Anstrich, von der Haustür blättert die rostbraune Farbe.

Ein Name auf der Klingelleiste wurde überklebt. Ich kratze an dem Zettel herum, bis *Hader* erscheint, dann streiche ich ihn wieder fest.

»Sind sie das?«, fragt Juran.

»Das waren sie zumindest.«

»Wollen wir klingeln?«

Ich zögere, und bevor ich antworten kann, hat Juran bereits den Klingelknopf gedrückt.

»Was sagen wir denn jetzt?«, flüstere ich.

»Hallo. Wir würden gern mit Ihnen über Gott sprechen«, schlägt Juran vor.

Etwas knackt in der Gegensprechanlage, doch man hört keine Stimme, vielleicht ist die Technik defekt. Noch wahrscheinlicher ist allerdings, dass dienstags kurz nach zwei einfach niemand zu Hause ist.

»Na toll. Und jetzt?«, grummle ich.

»Zu wem wollen Sie denn?«

Überrascht drehe ich mich um. Hinter uns steht ein Mann, etwa fünfzig Jahre alt, mit dichtem, langem Bart. Der Schädel ist kahlrasiert, und die tätowierten Oberarme sind etwa so breit wie meine Oberschenkel. »Ähm, zu«, rasch werfe ich einen Blick auf den Namen, der auf dem Klebezettel steht, »Günther.«

»Das bin ich. Friedrich Günther.«

Das wäre so ziemlich der letzte Name, den ich hinter dieser Gestalt vermutet hätte.

Er drängt sich zwischen uns hindurch und klappert mit dem Schlüssel im Schloss herum, in der geöffneten Tür bleibt er stehen. »Ich wohne fast ganz oben. Kommt einfach hinterher und erzählt mir, was ihr von mir wollt, dann entscheide ich, ob ich euch in die Wohnung lasse.«

Kurz übersetze ich Juran den Vorschlag, während wir Friedrich folgen, und versuche, so schnell wie möglich herauszudestillieren, weshalb wir überhaupt hier sind. »Ich habe das Handy einer Frau gefunden, von der ich glaube, dass sie in Ihrer Wohnung gewohnt hat«, fasse ich schließlich zusammen.

»Bei mir wohnt keine Frau. Und ich habe auch keine Ahnung, wo meine Vormieterin jetzt lebt.«

»Ja, ich weiß. Es ist nur so … Sie erzählt sehr viel über sich. Ich meine, auf dem Handy, da finden sich viele Einträge, und ich glaube, dass sie jemanden verloren hat und jetzt nicht mehr so gut zurechtkommt, und ich wollte einfach wissen, ob es ihr gut geht oder …« Das war es dann wohl mit meinem Destillat. Immer, wenn ich es irgendjemandem zu erklären versuche, Jolie oder Juran oder nun diesem bärigen Fremden, finde ich ausschließlich dünne, belanglose Sätze, die nichts von dem transportieren, was mich bewegt, nichts von dem, was Nathalie bewegt. Sie lebt nur eines von Milliarden von Leben, sie ist nur irgendein Mensch, so wie ich nur irgendein Mensch bin. »Ich wüsste gern, wer sie eigentlich ist«, schließe ich kraftlos.

Inzwischen sind wir vor der Wohnungstür angekommen. Ich schnaufe ein wenig vom gleichzeitigen Reden und Treppen steigen, offenbar wird es dringend Zeit, wieder mehr Fahrrad zu fahren.

Friedrich wendet sich zu mir um. Abwechselnd taxiert er Juran und mich, kommt aber anscheinend zu dem Schluss, dass wir, selbst wenn wir Schusswaffen und Macheten bei uns tragen würden, keine Chance gegen ihn hätten. »Klingt so, als wäre das eine längere Geschichte«, fasst er auf Englisch zusammen. »Ich koche uns jetzt einen Tee, und dann erzählst du das alles von vorn.«

Er macht nicht nur Tee, sondern stellt auch einen Teller mit Haferkeksen auf den Tisch, während Juran und ich auf dem gemütlichen weißen Hussensofa Platz nehmen. Die Wohnung wirkt sehr ordentlich, in einem riesigen Aquarium schwimmen bunte Fische, auf den Fensterbrettern stehen Pflanzen, die lebendiger aussehen als alle, die ich jemals besessen habe, und an der petrolfarbenen Wand gegenüber hängt ein großes, gerahmtes Foto von einer blutrot belaubten Baumkrone, aus der Froschperspektive aufgenommen.

Mit einer Kanne und drei Teetassen auf einem Tablett kehrt Friedrich ins Wohnzimmer zurück.

»Dann leg mal los«, wendet er sich an mich, nimmt das Teesieb aus der Kanne und füllt die heiße Flüssigkeit in die Tassen. Sowohl Honig als auch Zucker befinden sich auf dem Tablett, daneben ein Kännchen mit Milch.

Diesmal beginne ich von vorn. Ich beginne bei Nanju und dem Zettel an meiner Tür, ich beginne bei dem Versuch, die Displaysperre zu knacken, bei den ersten Nachrichten, bei den Tagebucheinträgen, doch ich deute immer nur an, ich deute Nathalie und Leira nur an.

Während ich erzähle, trinken wir Tee und essen Kekse, nur selten unterbricht mich Friedrich mit einer Frage, und erst, als ich fertig bin, denke ich kurz darüber nach, dass wir uns bei einem Fremden befinden und dass, wenn uns dieser Fremde einfach vergiften würde, wir auf weiß lackierten Dielen sterben würden, in einer Wohnung wie aus einem Einrichtungskatalog.

»Und du bist hier, weil du dir anschauen wolltest, wo diese Nathalie gewohnt hat?«, fragt Friedrich nun.

Ich schenke mir Tee nach. »Ja, so in der Art. Genau weiß ich das nicht. Wahrscheinlich habe ich gehofft, diese Wohnung würde noch so aussehen wie damals.«

Friedrichs Lachen ist rau, aber ansteckend, sein ganzes Gesicht strahlt dabei. »Sie war ziemlich heruntergekommen. Hier hat sich seit Ewigkeiten niemand mehr um Renovierungen gekümmert. Liegt aber zu einem großen Teil an der Hausverwaltung.«

Ja, ich weiß, will ich sagen, verkneife mir das aber und übersetze stattdessen Juran unseren Dialog.

»Wir können auch auf Englisch weiterreden«, bietet Friedrich in seinem sauberen Britisch an. »Da fällt mir was ein …« Unvermittelt steht er auf und verschwindet in einem angrenzenden Zimmer, Leiras Schlafzimmer, ich bin fast sicher. Kurz darauf kehrt er zurück, in seiner Hand etwas verborgen, das er, nachdem er wieder auf dem Sessel Platz genommen hat, auf den Tisch legt.

Ein Stoffarmband aus indigo- und pfauenblauen Fäden mit eingeknüpften Granatsteinen, das Muster wurde sorgsam und gleichmäßig geknotet. »Das ist Leiras«, sage ich.

»Es lag in dem Zimmer zwischen den Dielen. Ich habe es gefunden, als ich kurz vor meinem Einzug den Boden abschleifen wollte.«

»Und du hast es behalten?«

Er lächelt, die chinesische Teetasse zerbricht fast in seiner breiten Hand. »Ich bin davon ausgegangen, dass es irgendwann jemand abholt.«

Vorsichtig nehme ich es auf und betrachte es. »Es ist wirklich sehr schön«, sage ich in einen Raum hinein, in dem keine Nathalie ist, schon lange nicht mehr.

»Wenn du diese Frau findest, gib es ihr zurück.«

»Ich soll es behalten?« Überrascht blicke ich auf.

»Wieso nicht? Ich werde es bestimmt nicht tragen, auch wenn es mir gut stehen würde.«

Lächelnd verstaue ich das Armband in der kleinen Innentasche meiner Handtasche. »Danke«, sage ich dann.

Während wir den Tee austrinken, erzählt uns Friedrich von seiner Bluegrass-Band, in der er Banjo spielt, einmal im Monat treten sie in einem kleinen Neuköllner Club auf, mehr einer Bar mit Bühne eigentlich, in der das Bier schal schmeckt und die Cocktails nur nach Alkohol. Als wir uns verabschieden und das Haus verlassen, empfängt uns ein sonniger Nachmittag.

»Das war jetzt ganz anders, als ich erwartet habe«, sage ich zu Juran.

»Ja, aber trotzdem spannend. Ich würde sogar zu einem Konzert von ihm gehen, obwohl Bluegrass wirklich nicht meine Musik ist. Was machen wir jetzt?«

Eher unbewusst haben wir uns auf den Weg in Richtung S-Bahn gemacht.

»Keine Ahnung. Wie spät ist es eigentlich? Meine Schwester wollte mich eigentlich anrufen, sobald sie Miriam aus dem Kindergarten abholt. Wir müssen heute noch Geburtstagskuchen backen.« Ich angle mein Handy aus der Tasche, das ich ganz vergessen habe, wieder einzuschalten.

»Geburtstag?«, fragt Juran.

»Ja. Meiner. Morgen. Wir fahren zu meiner Tante.«

Angesichts meines schleppenden Tonfalls verzieht Juran das Gesicht zu einem fragenden Grinsen. »Darf ich auch kommen?«, fragt er.

Ich lasse die Hand sinken. »Besser nicht. Meine Schwester stellt sonst zu viele Fragen.«

»Wieso? Ich könnte einfach nur ein Freund von dir sein.«

Für einen Moment blicke ich ihn nur an, bevor ich den halben Schritt, der uns trennt, überwinde. »Ich kann nicht so tun, als wärst du nur ein Freund von mir«, sage ich leise. »Jedenfalls keinen ganzen Nachmittag lang.«

»Sehen wir uns dann morgen gar nicht?«

»Das kommt darauf an, ob ich abends vorbeikommen darf oder nicht.«

Juran umarmt mich, es fällt mir schwer, ihn wieder loszulassen. »Ausnahmsweise darfst du.«

»Okay. Aber nur, wenn du mir nichts schenkst.«

Er küsst mich und sagt dann trocken: »Ich bin ja wohl Geschenk genug.«

Lachend stoße ich ihn weg, aber nur ein bisschen. Wir gehen weiter, während ich mein Handy einschalte. Tanja hat tatsächlich angerufen und mehrere Nachrichten geschickt, in denen sie fragt, wo ich bleibe, ob ich noch Zartbitterkuvertüre mitbringen kann, ob ich auch Windeln in Größe vier mitbringen kann, ob ich noch lebe, ob ich heute überhaupt noch mal nach Hause komme.

»Schreibt ihr euch immer so viel?«, fragt Juran, nachdem er einen Blick auf die ganzen Nachrichten geworfen hat.

»Nein. Sie ist nur … Ich weiß auch nicht.«

Mittlerweile sind wir in Gesundbrunnen angekommen, wo uns U- und S-Bahn in unterschiedliche Richtungen transportieren werden, und ich verstehe selbst nicht, wieso es sich so schwer anfühlt, einen Tag ohne Juran überstehen zu müssen, obwohl ich doch nicht mehr fünfzehn bin, obwohl ich mich nicht zum ersten Mal verliebt habe.

»Ich schreibe dir«, verspricht er und küsst mich, dann schlendert er den S-Bahn-Steig entlang bis zu der Treppe, die ihn zur U-Bahn führen wird, ich sehe ihm so lange hinterher, bis er verschwunden ist. Während ich auf meinen Zug warte, lese ich noch einmal Tanjas Nachrichten und antworte ihr möglichst entspannt, mit einer angemessenen Menge an Entschuldigungen, und obwohl mir das Smartphone keine weiteren Nachrichten anzeigt, schaue ich, ob Ben inzwischen geschrieben hat. Hat er nicht.

Ein andermal, denke ich und steige in die Bahn.

In dem Moment vibriert das Telefon.

»Ich bin Vespa gefahren«, sagt Ludwig, ein Rauschen in der Leitung, als würde er direkt aus den Siebzigern anrufen.

»Ehrlich? Mit Renzi?« Ich rede so leise wie möglich, obwohl der Waggon nicht sehr voll ist.

»Ja. Es waren nur zwei Stunden, aber sie fühlten sich an wie ein halbes Leben.«

»Ist das etwas Gutes oder etwas Schlechtes?«

»Etwas Gutes. So lebendig habe ich mich schon lange nicht mehr gefühlt.«

Eine Großfamilie strömt durch die Tür, zum Glück springen die Kinder direkt in das weiter hinten liegende Fahrradabteil.

»Hast du dich verletzt?«

»Natürlich nicht.« Die Entrüstung in seiner Stimme klingt sehr klar durch, unwillkürlich muss ich lächeln.

»Also fahrt ihr noch mal?«

Diesmal zögert Ludwig mit seiner Antwort. »Vielleicht. Es war eine aufregende, bereichernde Erfahrung, doch ich muss sie nicht unbedingt wiederholen. Sie warf mich in die Vergangenheit zurück. Eine Rückkehr in die Gegenwart ist dadurch umso … schmerzhafter.«

Die Frage nach dem Warum verkneife ich mir. »Woher hattet ihr die Vespa?«

»Von einem Freund von Riccardo. Der Verkehr ist allerdings nicht mehr so entspannt wie früher. Ich habe mich geweigert, auch nur in die Nähe einer Stadt zu geraten. Riccardo wollte ursprünglich viel weiter.«

»Das war sicher schlau. Also, dass ihr einen Bogen um die Städte gemacht habt.«

»Wie geht es euch? Was macht Jolie?«

»Uns geht es gut. Wir waren tanzen, wir genießen auch das Leben.«

»Und Juran? Habt ihr euch getroffen?«

Mein Blick verfängt sich in den Gewächsen, die die S-Bahn-Strecke säumen, viel zu schnell fahren wir vorbei. Etwas schwingt in Ludwigs Frage mit, als wüsste er, dass Juran und ich nicht nur zwei Menschen sind, die ein paar Gespräche miteinander geteilt haben, doch vielleicht bilde ich mir das nur ein. Ganz sicher sogar. »Ja, wir haben uns auch getroffen«, sage ich daher viel zu spät.

»Er erinnert mich an mich, als ich jung war.« Ludwig seufzt. »Diese Lust, die Welt zu entdecken. Dieses Interesse an Menschen.«

»Das bist du doch immer noch alles«, antworte ich.

»Vielleicht. Aber nicht mehr so ungezwungen. So unvoreingenommen. Ich bilde mir viel schnellere Urteile.«

»Deshalb sammelt man doch auch Lebenserfahrung, oder nicht? Um nicht mehr alles ausprobieren zu müssen.«

»Vielleicht.« Er lacht ein kurzes, raues Lachen, sein Atem geht schwer. »Ich werde mich jetzt ein wenig hinlegen. Der Vormittag hat mich stark gefordert.«

»Das glaube ich. Viele Grüße an die anderen.«

Langsam lasse ich die Hand mit dem Telefon sinken und schiebe es in die Tasche meiner Jeans. Ludwig auf einer Vespa, das hätte ich gern gesehen.

Nach einer Weile hole ich das Armband aus der Tasche. Vorsichtig lege ich es auf mein Handgelenk. Es würde perfekt passen, zu meinen Augen und meinen Armen, es würde zu mir passen, doch ich nehme es wieder ab und stecke es in die Tasche zurück, wo es sicher ist, wo es nicht verloren gehen kann. Nicht noch einmal.

Kapitel 20

Es ist noch dunkel, als ich aufwache, und noch bevor ich es versuche, weiß ich, dass ich nicht wieder einschlafen werde. Viel zu aufdringliche Unruhe krabbelt durch meinen Körper bis in den Kopf, ich denke tausend Gedanken gleichzeitig, und kein einziger von ihnen ist warm und beruhigend, sie sind alle kalt und abweisend, also stehe ich auf und setze mich auf den Schreibtischstuhl, weil es kein Sofa in diesem Loft gibt.

Als nachtgrauer Schatten steht meine Reisetasche neben der Tür, wo ich sie gestern Abend abstellte, weil Tanja mir zu meinem Geburtstag nur das schenkte: Sie warf mich raus. Oder besser, sie ahnte, dass ich mich nicht immer mit Jolie traf, wenn ich unterwegs war, erst recht nicht, als ich nachts wegblieb, und wenn es keine Geheimnisse mehr gibt, kann ich auch gleich offiziell bei Juran wohnen.

Mein Blick fällt auf die Umrisse seines Körpers, die sich unter der Decke abzeichnen. Trotz des Kuchengelages bei Tante Lisbeth kochte er abends noch für mich, wir versuchten, einen Film zu schauen, kamen aber nicht weit, und später erzählte er mir Geschichten aus seiner Kindheit, so lange, bis ich zum Klang seiner Stimme einschlief.

Tante Lisbeth sagte einmal, wenn man nicht schlafen kann, kann man genauso gut Dinge erledigen. Sie wischt dann nachts die Küche oder sortiert Schränke um, aber hier gibt es nichts für mich zu sortieren oder zu wischen, ich weiß nicht einmal, wo sich die Reinigungsutensilien befinden, also stehe ich wieder auf, um meinen Laptop zu holen, und entwerfe eine Übersicht über alle offenen Aufträge mit Deadlines, ich beantworte ein paar schon zu lange unbeantwortete Mails, ich überlege, wie die nächsten Wochen aussehen werden, ob ich wirklich alle in der Zwischenzeit eingegangenen Aufträge annehmen sollte. Zum ersten Mal seit etwa anderthalb Jahren erlaube ich mir diesen Luxus, erlaube ich mir das Zögern, das Abwägen, ich plane Zeiträume für unabhängige Kreativität, und dann klappe ich den Laptop wieder zu und suche das Bild von Nathalies Albtraum. Im Licht der Schreibtischlampe male ich es erneut, diesmal mit Jurans Aquarellfarben, doch es wird zu hell, zu wässrig, ich brauche Farben, die die Düsternis und die Helligkeit gleichermaßen ausdrücken, die den Wandel festhalten.

Müde schiebe ich die Unterlagen beiseite. Meine Augen wollen sich ausruhen, nur mein Körper hält dagegen, die letzten Tage halten dagegen.

Es ist kurz nach halb vier, als ich Ben auf unserer Festnetznummer anrufe. Er nimmt nicht ab, er hatte schon immer einen so tiefen Schlaf, dass ihn sogar ein Erdbeben nicht wecken könnte, selbst wenn der Putz auf seinen Kopf rieseln würde. Ein Streit zwischen uns kann seinem Schlaf erst recht nichts anhaben. Ich versuche es noch ein zweites Mal, wieder ohne Reaktion, dann lege ich mein Handy beiseite und betrachte meine Zeichnung.

Etwas raschelt vom Bett her, Juran richtet sich auf. »Was machst du da?«, fragt er, erhebt sich und kommt, in die Bettdecke gewickelt, zu mir.

»Ich weiß es nicht genau. Ich glaube, ich versuche, dieses Bild fertig zu malen, aber irgendwas ist falsch. Oder eigentlich ist sehr vieles falsch, ich weiß nur einfach nicht, was genau.«

Juran zieht einen Stuhl heran und setzt sich neben mich. »Dein Kopf ist gerade voller anderer Sachen«, sagt er leise. »Du solltest ihn nicht zwingen.«

»Ich weiß nicht.« Unschlüssig schiebe ich einen Bleistift hin und her. »Früher hat mir das immer geholfen. Wenn mich etwas beschäftigt hat und ich mich kaum konzentrieren oder nicht schlafen konnte, hat mir das Zeichnen so eine Art Ruheraum gegeben. Ich konnte die Dinge, vor denen ich Angst hatte, visualisieren, ich konnte ihnen ein Gesicht, einen Namen geben, und dann erschienen sie mir gleich viel weniger groß.«

»Das ist aber nicht deine Angst, sondern ihre. Es ist Nathalies. Oder?«

Ich nicke und blicke ihn an, und obwohl er schläfrig wirkt, sind seine Augen wach und aufmerksam, wahrscheinlich sind sie das immer. »Ja, es ist Nathalies.«

»Dann kann es dir nicht helfen.«

»Und wenn doch?«

Er legt einen Arm um mich, die Nacht fühlt sich weniger dunkel an, seit er neben mir sitzt.

Ich blicke auf mein Handy, das die ganze Zeit über keinen Laut von sich gegeben hat. Keine Nachricht von Ben. Vielleicht ist mein Kopf der einzige, in dem die Auseinandersetzung so angeschwollen ist, dass sie alles andere überdeckt. Oder fast alles, denn Juran überdeckt sie nicht, und als er jetzt aufsteht und mich anlächelt und sagt: »Wenn du nicht schlafen kannst, malen wir eben das Wandbild weiter«, und als ich antworte: »Oder wir machen etwas anderes«, spüre ich, wie sie sich zurückzieht zu einem kleinen, dunklen Knäuel, und auch wenn es nicht verschwindet, weiß ich, dass es mich wenigstens für die nächsten Stunden in Ruhe lassen wird.

* * *

Rosa Abendsonnenlicht glitzert zwischen den toskanischen Weinreben. Gestern Abend habe ich das Bild kaum wahrgenommen, doch jetzt, als ich aufwache und Juran davor hocken sehe, den Blick konzentriert auf sein Werk gerichtet, reißt es mich mit aller Deutlichkeit in die Gegenwart zurück. Er ist fast fertig. Vielleicht fehlen noch ein paar Stunden Arbeit, um alle Details zu vervollständigen, doch dann gibt es nichts mehr für ihn zu tun, er hat seinen Auftrag erledigt, danach kann er seine Sachen packen und weiterreisen.

»Guten Morgen«, sagt er, ohne den Blick abzuwenden. »Kaffee ist in der Espressokanne.«

Ich schaue auf die Uhr über der Küchentür, es ist bereits vormittags, trotzdem beschwert die Müdigkeit meine Beine, jede Bewegung fällt mir schwer. Statt aufzustehen, könnte ich einfach den gesamten Tag verschlafen, am besten auch den nächsten und den übernächsten, und wenn ich wieder aufwache, ist das Problem mit Ben erledigt und Juran befindet sich schon längst auf dem Weg nach Sizilien, wir müssen uns nicht voneinander verabschieden.

»Woran denkst du?«, fragt er, diesmal sieht er mich doch an.

»An tausend Dinge. Dass du bald weiterreisen wirst, zum Beispiel.« Neben ihm setze ich mich auf den Boden. »Woran denkst du?«

»Nicht daran, dass ich bald weiterreisen werde.« Er lächelt und schiebt seinen Teller mit belegten Broten und Gemüse zu mir.

»Doch, ganz sicher denkst du daran. Aber es ist nett von dir, mir das nicht auf die Nase zu binden.« Ich beiße von dem Brot mit Hummus ab. Die Nachtwache hat mich hungrig gemacht.

»Du warst noch nicht bei Nathalie. So lange werde ich also bleiben.«

»Gut. Dann werde ich sie wohl nie wirklich suchen.«

Nun zieht er die Augenbrauen zusammen, kurz überlege ich, ob ich etwas Falsches gesagt habe, als er antwortet: »Ich weiß, wo sie arbeitet.«

»Was? Woher?«

»Google natürlich. Ich bin nicht sicher, ob das wirklich sie ist. Dazu müsste ich das Foto von ihr noch mal sehen.« Auf dem Handy öffnet er die Website eines Energieberatungsunternehmens, unter den Mitarbeiterinnen und Mitarbeitern findet sich tatsächlich ein Foto von ihr, nur dass sie ernster wirkt als auf dem Displaybild, die Haare glatt zusammengebunden, leicht geschminkte Augen und eine Kette über der weißen Bluse. Neben dem Foto finden sich die Kontaktdaten, Mailadresse und Telefondurchwahl, ich müsste nur die Nummer anrufen und wüsste, wie ihre Stimme klingt.

»Das ist sie«, murmle ich. »Ganz sicher.«

Auf der Zeitung, mit der Juran den Boden vor dem Wandgemälde abgeklebt hat, notiert er die Nummer, bevor er sein Handy wieder zur Seite legt. »Ich habe sie einfach nur hier aufgeschrieben«, sagt er. »Wir müssen nicht anrufen, wir können auch aus Versehen Farbe drüberkleckern und überhaupt vergessen, dass es diese Telefonnummer gibt. Das ist deine Entscheidung. Ich gehe jetzt einkaufen, wir haben fast nichts mehr zu essen da.«

»Lass mich einkaufen gehen.« Sofort springe ich auf, auch wenn meine Beine ächzen, auch wenn mein ganzer schläfriger Körper augenblicklich in Protesthaltung verfällt. »Wenn ich mich schon einfach bei dir einniste, kann ich ja auch mal einen Beitrag leisten. Das Kochen übernehme heute ich.«

»Na gut. Immerhin habt ihr in Caorle niemanden vergiftet.« Er steht ebenfalls auf und küsst mich, bevor er in die Küche geht. Mit zwei gefüllten Kaffeetassen kehrt er zurück und stellt eine auf den Nachttisch, während ich im Bad verschwinde und mich anziehe.

Gerade als ich nach meiner Handtasche greife und aufbrechen will, fällt mir das Armband wieder ein. Ich setze mich aufs Bett, ziehe es aus der Tasche und lege es mir noch einmal vorsichtig um. Auch wenn es zu mir passen würde, es gehört mir nicht. Ich habe keine Wahl. Ich muss es Nathalie zurückgeben.

In dem kleinen türkischen Gemüseladen ein paar Straßenecken weiter kaufe ich alles, was ich für Nathalies vegetarische Lieblingsburger brauche. Mit den Taschen setze ich mich auf eine Parkbank, obwohl ein kühler Wind weht, in meine Jacke gewickelt lehne ich mich an. Die nächtlichen Ängste kehren zurück, und ich will sie nicht schon wieder zu Juran schleppen, viel zu sehr belagere ich ihn mit meinen Problemen, obwohl wir nicht einmal zusammen sind, nicht richtig, und so, wie die Dinge gerade stehen, auch niemals sein werden.

Mein Herz verkrampft sich, wenn ich an Jurans Abreise denke, mehr noch als bei dem Gedanken an Ben, viel mehr, trotzdem ist das etwas, das ich zuerst klären muss. Ich muss von vorn anfangen, alles sortieren, ich kann nicht mit Juran anfangen, das wäre zu einfach.

Unschlüssig hole ich das Handy hervor. Wahrscheinlich wird er mich ignorieren, oder er hat sich heute freigenommen, um meine

Sachen zusammenzupacken. Seit drei oder vier Monaten hat er mein Atelier nicht mehr betreten, doch vielleicht räumt er gerade jetzt die Farben in einen Karton und nimmt das Porträt von der Wand, das ich von ihm gemalt habe, kurz bevor wir zusammengekommen sind. Ja, das Porträt wird er als Erstes abnehmen und in den Müll werfen und nie mehr an diesen Moment denken, in dem ich von der Zeichnung aufgesehen, ihn angelächelt und gedacht habe, sobald ich ihm das Bild zeige, wird er verstehen, was ich für ihn empfinde.

Dreimal klingelt es, bis er abhebt. »Caja«, sagt er, und er klingt genauso erschöpft wie ich.

»Hallo, Ben. Ich wollte … Es tut mir leid, dass ich dich so angefahren habe.« Tief atme ich ein und wieder aus, ich atme in die Stille am anderen Ende der Leitung.

»Mir auch«, erwidert er ein paar Sekunden später. »Ich weiß, dass wir Probleme haben, Caja, und ich weiß, dass wir so tun, als wären sie nicht da. Aber dass du … Das hat mich überrannt.«

»Es tut mir leid«, wiederhole ich, diesmal drängen sich die Tränen in meine Stimme. Nur mühsam kann ich sie hinunterschlucken, und als ein paar Passanten an mir vorbeigehen, senke ich den Kopf.

»Was machen wir jetzt?«

»Ich habe keine Ahnung.«

Wieder schweigt er, und als er erneut spricht, klingt seine Stimme noch schwerer. »Dieser … dieser andere Mann. Bedeutet er dir etwas?«

»Ja.« Einen Moment herrscht Schweigen.

»Viel?«, fragt Ben schließlich.

Das zweite Ja kostet mich Kraft, Bens Fragen bohren in meinen

Magen und in meine Brust, doch zurücknehmen kann ich meine Antwort nicht mehr, und letztlich will ich es auch nicht.

»Wenn du dich verliebt hast, Caja … Kommst du dann überhaupt noch einmal nach Graz zurück?«

Ich schlucke und wische ein paar Tränen ab. »Ich glaube schon«, sage ich leise.

»Aber du weißt es nicht.«

»Ben, es geht doch nicht nur um mich. Seit Monaten, oder nein, seit mindestens anderthalb Jahren verschwindet alles, was uns einmal miteinander verbunden hat, mit jedem Tag wird es weniger, und ich habe schon lange das Gefühl, dass nicht mehr viel davon übrig ist.«

»Und das ist meine Schuld?«

»Nein, natürlich nicht. Nicht nur.«

Etwas klappert im Hintergrund. »Caja, ich muss in Ruhe über alles nachdenken, und wahrscheinlich musst du das auch. Lass uns morgen noch einmal telefonieren, ja?«

»Okay.«

Damit legt er auf, und ich bleibe noch eine Weile sitzen, so lange, bis der Regen anfängt. Erst dann stehe ich auf. Erst dann gehe ich zu Juran zurück.

***

Nathalie klang fremd am Telefon, distanziert, und als ich ihr stotternd erklärte, wer ich bin, und sie fragte, ob ich ihr das Handy vorbeibringen soll, reagierte sie kühl, fast abweisend. Immerhin stimmte sie dem Treffen zu und nannte mir sogar ihre Adresse.

Nun stehe ich vor dem vieretagigen Wohnhaus in Charlottenburg, die maisgelbe Fassade des Altbaus wirkt frisch gestrichen, und aus der Ferne hört man das beständige Rauschen von der Autobahn.

»Willst du allein hochgehen?«, fragt Juran, der meine Hand hält, und ich nicke, als ich ihn loslasse und an die Gegensprechanlage trete.

»Ich glaube, das ist besser. Sie klang ziemlich irritiert am Telefon. Wenn wir sie zu zweit überfallen, wird es nur komisch.«

»Verstehe ich. Ich warte in dem Café da drüben.« Er deutet auf das Lokal gegenüber. Mit einem Kuss verabschiedet er sich, für einen Moment blicke ich ihm hinterher, bevor ich auf den Knopf neben dem Namen *Mielke* drücke.

Fast sofort antwortet sie. »Ja?«

»Hallo? Hier ist Caja. Caja Rodinger. Ich habe Sie …«

»Kommen Sie hoch.«

Der Summer ertönt, und wieder hänge ich an dem »Sie« fest. Nathalie kennt mich nicht, sie kennt keine windzerzausten Fotos von mir, keine Lieblingskuchen, keine Songs, die in Endlosschleifen meinen Raum fluten, sie weiß nicht, dass in meinem Körper alles durcheinandergerät, sobald ich Juran ansehe, sobald ich nur an ihn denke.

Sie öffnet die Tür, kurz bevor ich den obersten Treppenabsatz erreiche, bleibt jedoch im Rahmen stehen.

»Guten Tag«, sage ich viel zu förmlich und strecke ihr die Hand entgegen, die sie mit einem überraschend festen Griff nimmt.

»Wie haben Sie mich gefunden?«, fragt sie, und natürlich habe ich befürchtet, dass sie das wissen will, ich habe lange nach einer passenden Antwort gesucht, noch bevor ich sie angerufen habe, aber ich dachte, wir würden zu dem Zeitpunkt bereits in ihrer Küche oder in ihrem Wohnzimmer sitzen, ich dachte, wir hätten schon ein paar Worte ausgetauscht, uns angelächelt, eventuell sogar einen Kaffee getrunken, ich dachte, wir würden uns duzen.

»Ich … Wenn ich ehrlich bin, habe ich die Displaysperre geknackt, weil sich niemand gemeldet hat, um das Handy zurückzufordern.«

»Okay.« So etwas wie ein Lächeln schleicht sich in ihr Gesicht, obwohl das noch lange keine vollständige Erklärung war, eigentlich gar keine Erklärung. Immerhin tritt sie nun einen Schritt beiseite, sodass ich an ihr vorbei in den Flur gehen kann.

Etwas irritiert streife ich die Schuhe von den Füßen und lege die Jacke auf einen Umzugskarton, weil es keine Garderobenhaken oder Abstellflächen gibt. Auch das Wohn- und Schlafzimmer, das wir als Nächstes betreten, beherbergt kaum Möbel. In einer Ecke steht ein schmales Jugendbett, mit einer Patchwork-Tagesdecke ordentlich gemacht, vor dem Fenster gibt es einen Tisch und zwei Stühle. All ihr Hab und Gut lagert in übereinandergestapelten Kartons und Kisten, nicht einmal die Klamotten sind irgendwo aufgehängt, keine Fotos hängen an den Wänden, nur ein Bild, ein einziges Bild mit abstrakten, weichen Mustern in Zitronengelb, Enzian- und Nachtblau und einem intensiven Smaragdgrün. Ich bleibe davor stehen, zwischen den dunklen Tönen schlängelt sich das gelbe Band, mal etwas breiter, mal sehr dünn, aus dem Farbspiel wird Bewegung, und erst nach einigen Sekunden bemerke ich, dass das Gelb zunehmend dunkler wird, die Blau- und Grüntöne jedoch gleichermaßen heller. Groß sind die Unterschiede nicht, ich muss sie förmlich suchen, so geschickt hat Leira die Nuancen verändert.

»Möchten Sie etwas trinken?«, fragt Nathalie. Sie steht mitten im Zimmer, verloren zwischen den kahlen Wänden, und ich weiß, ich sollte wieder gehen, doch es gelingt mir nicht.

»Ein Wasser?«, frage ich.

Sie nickt und verschwindet im Flur, Küchenschränke werden auf- und zugeklappt, der Wasserhahn rauscht, eine halbe Minute später kommt sie zurück und stellt zwei gefüllte Gläser auf den Tisch.

Vorsichtig setze ich mich. »Sie wohnen wohl noch nicht lange hier?«, frage ich.

»Etwa vier Monate. Bevor ich zu meinem Freund, also Ex-Freund, gezogen bin, habe ich meine Möbel verkauft. Er hatte ja schon alles. Hier muss ich mich erst einrichten.« Ganz offensichtlich muss sie das, aber sie sagt das so, als könnte das »Ich« jeder sein, nur nicht sie selbst.

Ich trinke einen Schluck Wasser und blicke aus dem Fenster auf einen kleinen Innenhof, der genauso kahl wirkt wie das Zimmer. Vier Monate, das heißt, sie hat etwa ein halbes Jahr lang mit Matthias zusammengewohnt, vielleicht etwas länger. Leider kann ich sie nicht fragen, wann ihm aufgefallen ist, dass etwas fehlt, oder ob ihr das aufgefallen ist, ob ihr bewusst wurde, dass es auch nie kommen wird, egal, wie sehr sie darauf wartet.

»Das mit Ihrem Kater tut mir leid«, sagt sie, und ich zucke zusammen, weil ich in den letzten beiden Wochen diesen Verbindungspunkt zwischen Nathalie und mir schon wieder vergessen habe.

»Sie konnten ja nichts dafür. Er war eigentlich eine Wohnungskatze und ist mir entwischt. Straßen und Autos kannte er einfach nicht.«

Aufmerksam sieht sie mich an, für einen Moment fühlt es sich so an, als wüsste sie, wer ich bin, als würde sie mich so gut kennen wie ich sie, doch dann senkt sie den Blick auf ihre Fingernägel.

»Ich sollte Ihnen Ihr Handy zurückgeben«, setze ich an, und Nathalie nickt auf ihre Nägel, und ich krame in meiner Tasche, zum letzten Mal werde ich das Telefon darin suchen, zum letzten Mal werde ich es in die Hand nehmen, dabei gibt es noch immer ein paar wenige Einträge, die ich nicht gelesen habe, Lieder, die ich nicht gehört, und zahlreiche Rezepte, die ich nicht nachgekocht habe. So vieles möchte ich sie fragen, nur passt keine dieser Fragen hierher, in die Distanz zwischen uns, sie würden in stumme Leere fallen und dort unnatürlich laut verhallen.

»Danke«, sagt Nathalie leise, als ich das Gerät auf dem Tisch platziere, sie nimmt es nicht, es bleibt zwischen unseren Gläsern liegen.

»Kommst du zurecht?«, frage ich. Plötzlich bricht da etwas in mir, ich kann das Knacken fast hören und mich nur mühsam davon abhalten, aufzustehen und Nathalie zu umarmen.

»Ja«, erwidert sie nervös, sie nippt an ihrem Wasser.

»Dann gehe ich wohl besser«, sage ich, wieder antwortet sie mit einem einfachen »Ja«, und schon ist es zu spät, schon muss ich aufstehen und meine Tasche nehmen und hinaus in den Flur gehen und die Jacke überstreifen, ich muss mich verabschieden, und für Nathalie wird es mich nicht wirklich gegeben haben, ich werde nur diese merkwürdige Fremde sein, die ihr etwas zurückgegeben hat, das sie nie vermisste.

»Pass auf dich auf«, sage ich noch, es klingt albern und unpassend, und dann verlasse ich die Wohnung, die Tür schließt sich hinter mir, sehr langsam steige ich die Treppenstufen hinunter, gehe ich auf die Straße hinaus und auf das Café zu, in dem Juran wartet. Erst als ich es betrete, erinnere ich mich an das Armband in meiner Tasche.

Nur ein paar wenige Tische stehen in dem Raum, vor dem Fenster gibt es eine Sitzbar aus dunklem Kirschholz, auf der sich auch Juran niedergelassen hat. Er blättert in einer Tageszeitung und schaut erst auf, als ich mich neben ihn setze.

»Und, was gibt es Neues?«, frage ich.

»Den Bildern nach zu urteilen, gab es einen großen Verkehrsunfall, und die VW-Aktien sind weiterhin eine Katastrophe.« Er schiebt die Zeitung beiseite. »Du bist schneller zurück, als ich gedacht habe. Ich konnte noch nicht mal Kuchen bestellen.«

»Umso besser. Kuchen ist genau das, was ich jetzt brauche. Oder Schnaps.«

»Fang lieber mit dem Kuchen an.«

Als hätte sie uns gehört, taucht in dem Moment eine Kellnerin auf. Ich entscheide mich schnell für die Mousse-au-Chocolat-Birnen-Torte und einen Chai Latte, Juran nimmt einen zweiten Cappuccino und einen Pflaumen-Streuselkuchen. Nachdem die Kellnerin gegangen ist, dreht er sich zu mir. »War es so schlimm?«

»Nein, schlimm nicht.« Ich ziehe die Zeitung zu mir, ohne sie wirklich anzusehen, mein Blick wandert hinaus auf die Straße, auf den breiten Bürgersteig, auf dem nur vereinzelt Menschen vorbeischlendern. »Nur, na ja, ungewohnt. Ich weiß gar nicht genau, wie ich mir unsere Begegnung vorgestellt habe, aber ich glaube, ich bin davon ausgegangen, dass wir uns sofort verstehen würden. Immer dann, wenn ich etwas von ihr gelesen habe, hatte ich das Gefühl, sie erzählt mir von sich, als wären wir gute Freundinnen, und heute wurde mir bewusst, dass wir das nicht sind. Natürlich nicht.«

»Aber es fühlt sich so an, als hättest du sie verloren«, ergänzt er leise.

Die Kellnerin stellt unsere Getränke und die Kuchenteller vor uns ab.

»Ja. So fühlt sich das tatsächlich an. Es ist so … bescheuert, eigentlich, aber ich vermisse sie. So als wäre ich ihr noch etwas schuldig. Als hätten wir unsere Geschichte nicht zu Ende gelebt.« Gedankenverloren stochere ich mit der Gabel in dem Tortenstück herum.

In meiner Tasche vibriert es, im ersten Moment erwarte ich tatsächlich, dass Nathalie anruft. Ich kenne die Nummer nicht, auch nicht die ausländische Vorwahl, irritiert sehe ich Juran an, während ich abnehme.

»*Ciao*, Caja?«, sagt eine weibliche Stimme, die mir bekannt vorkommt, die ich jedoch nicht sofort zuordnen kann.

»Hallo? *Sì?*«, antworte ich, erhebe mich und signalisiere Juran, dass ich zum Telefonieren nach draußen gehe.

»Hier ist Magda«, sagt die Köchin. Ihre Stimme klingt so traurig, dass sich mein Herzschlag beschleunigt. »Was … was ist passiert?«, frage ich, während sich die Tür zu dem Café hinter mir schließt.

Magda zögert, ich spüre förmlich, wie sie nach den richtigen Worten sucht, und dann sagt sie einfach: »*Ludwig è morto*«, den Rest verstehe ich nicht, die Mischung aus Italienisch und Englisch wird übertönt von dem Rauschen in meinen Ohren, mir wird so schwindlig, dass ich mich an der Fensterbank festhalten muss, und dann lege ich einfach auf.

Juran tritt neben mich und führt mich zurück ins Café, auf denselben Platz, auf dem ich vorher gesessen habe. Schweigend wartet er, bis der Schwindel wieder nachlässt, bis das Rauschen aus meinen Ohren verschwindet.

»Das war Magda«, sage ich, meine Stimme klingt nicht nach mir, sie klingt nach niemandem, nach keinem echten Menschen. »Ludwig ist tot.«

Für ein paar Sekunden starrt mich Juran nur an. »Wie, tot?«, fragt er irritiert. »Wann ist er gestorben? Weshalb?«

»Ich weiß es nicht. Ich habe kein Wort verstanden, nur, dass er tot ist.« Ich trinke meinen Chai Latte, doch außer der Süße des Zuckers schmecke ich kaum etwas.

»Warte hier«, sagt Juran und verlässt nun seinerseits das Café, läuft zwischen zwei an den Straßenrand gepflanzten Linden hin und her, während er telefoniert, und ich will eigentlich gar nicht wissen, wie Ludwig gestorben ist, ich will gar nichts darüber wissen, denn dann lebt er noch, in meiner Welt sitzt er immer noch am Meer und hebt ab und zu den Blick von seinem Buch auf die Wellen, die sich sanft auf den Strand wälzen und wieder zurückziehen.

Ein paar Minuten später kehrt Juran zurück. Ich habe meinen Tee ausgetrunken und anscheinend meinen Kuchen aufgegessen, auch wenn ich das nicht mitbekommen habe. Nur der dunkle Schokoladengeschmack in meinem Mund erinnert noch daran.

»Okay«, sage ich. »Erzähl es mir, damit ich es hinter mir habe.«

Juran rückt seinen Stuhl näher an meinen. Seine Augen wirken dunkler als sonst, der graue Ring um seine Pupille wird fast verborgen von dem Saphirblau der restlichen Iris. »Er war morgens im Meer schwimmen, wie jeden Tag. Nur heute ist er nicht zurückgekommen.« Juran zögert, und ich fürchte schon, dass er mir jetzt die grausamen Einzelheiten darlegt, wie seine Leiche gefunden wurde, in welchem Zustand. »Magda hat sich Sorgen gemacht, weil er vormittags immer zu ihr in die Küche kommt, um eine

Tasse Tee mit ihr zu trinken. Als er heute nicht kam, ist sie ihn zusammen mit den anderen suchen gegangen. Am Strand lag nur seine Kleidung, also haben sie die Küstenwache alarmiert. Sie haben ihn im Wasser gefunden. Anscheinend ist er an einem Herzinfarkt gestorben.« Während er redet, nimmt Juran meine Hände in seine, sanft streichelt sein Daumen über meinen Handrücken.

»Okay« sage ich leise. »Es ging also schnell? Er hat nicht gelitten?«

»Nein. Magda sagt, wenn er sich hätte aussuchen können, wie er stirbt, wäre das genau so passiert.«

Gerade richte ich mich auf. Sie hat recht. Alles, was er noch wollte, war, seine letzten Tage am Meer zu verbringen, und das hat er getan. Mit einem seiner besten Freunde. »Wann wird er beerdigt?«, frage ich.

»Erst in ein paar Wochen, glaube ich. Sein Sohn wurde informiert. Er wird alles organisieren, aber es wird wohl etwas dauern, bis er aus Kanada anreisen kann.«

Ich drehe mich zum Fenster. Es dämmert bereits. Juran und ich sind mittlerweile die letzten Gäste im Café, die Kellnerin reinigt gerade den Kaffeeautomaten.

»Was jetzt?«, frage ich. Auf einmal fühle ich mich wie auf einer Insel, die von einem Sturm umtost wird, und nach und nach zerstört er alle Verbindungen zum Festland, die Brücken, die Boote, nur zwei sind noch übrig, sie tragen beide einen Namen mit J, doch bald schon werden auch sie unerreichbar weit weg sein, hinausgeweht aufs Meer, und ich bleibe allein auf meiner sinkenden Insel zurück.

»Jetzt gehen wir nach Hause.«

Kapitel 21

Es ist die Zeit der schlaflosen Nächte. Ewige Dunkelheit beherbergt die intensivsten Gefühle, sie enden nirgendwo, sie beginnen nirgendwo, sie sind einfach da und nisten sich in die Stille, sie beobachten mich, oder vielleicht beobachte ich sie. Doch als sich langsam der Morgen in die Nacht drängt, bleibt etwas zurück, ein unhörbares Flüstern, das langsam anschwillt, nicht lauter wird, aber präsenter. Kraftlos krieche ich ins Bett zurück, zu Juran, zu seiner Wärme. Sie hüllt ein, ohne zu verbrennen, sie verbindet mich mit ihm, und ich muss wohl wieder eingeschlafen sein, denn als ich das nächste Mal die Augen öffne, liegt er nicht mehr neben mir, sondern steht vor der Terrasse, die Haare noch schlafzerzaust. Die Sonne tastet über seinen nackten Oberkörper, während er das Bild betrachtet, mit dem ich die nächtlichen Stunden gefüllt habe, die dunklen Bäume, die langsam heller werden, von Schwarzbraun über gräuliches Rehbraun hin zu einem warmen Ockerton, die im Hintergrund noch kahl und verkohlt wirken, doch in den mittleren Reihen zarte hellgrüne Blätter ausbilden und in den vorderen Reihen vereinzelt Blüten zeigen, cremeweiße Lindenblüten, rosa Kastanienblüten, dazwischen Kiefern und Fichten, Brombeerranken umwuchern eine Lichtung, sie ist nicht groß, doch das Gras darauf wächst, jung und frisch, betupft in Löwenzahngelb und Gänseblümchenweiß und Veilchenblau, Hummeln und Schmetterlinge tanzen darüber, an dem Stamm einer jungen Kiefer klettert ein Eichhörnchen hinauf.

»Das sieht nicht aus wie ein Albtraum«, sagt Juran, bevor er aufblickt. »Es erinnert nur noch daran.«

Langsam kommt Juran auf das Bett zu, setzt sich jedoch nur ans Fußende. »Wie fühlst du dich?«

»Müde. Irgendwie … unwirklich, glaube ich. Und du?«

Er zögert, nur für einen Sekundenbruchteil schweift sein Blick zu dem Wandbild, das fast fertig ist. »Unruhig«, gibt er zögernd zu.

»Das dachte ich mir schon.«

»Caja«, sagt er und robbt auf mich zu, er küsst mich, sehr lange, dann legen wir uns unter der Decke eng umschlungen nebeneinander. »Ich habe an die Künstlervilla auf Sizilien geschrieben«, murmelt er. »Sie haben eine eigene Website, und es gibt eine Art Manager für das Haus. René, ein deutscher Künstler. Von Oktober bis Januar haben sie noch ein freies Zimmer. Man zahlt einen monatlichen Beitrag für das Essen und etwas für die Erhaltung des Hauses. Ansonsten ist es wie bei Riccardo, wir würden einfach mithelfen, wo es etwas zu helfen gibt.«

»Wir?«

»Falls du mitkommen möchtest.«

»Das fragst du bestimmt jede Frau, die du auf deinen Reisen aufsammelst.«

»Nein«, sagt er. »Ich nehme nie jemanden mit.«

»Wieso nicht?«

Seine Finger auf meinen Hüften spielen eine stumme Melodie, während sein Blick abtaucht, wahrscheinlich in Erinnerungen an andere Frauen, fast glaube ich, sie in seinen Augen zu erkennen, sehr schlank, lange schimmernd blonde Haare, immer das, obwohl sicher nicht alle so aussahen wie Amber, ich sehe nicht aus wie Amber. »Ich weiß nicht«, sagt er schließlich. »Es war nie so wie jetzt.«

Wäre er irgendein Typ, ich würde ihm nicht glauben. Ich würde die Augen verdrehen oder über seine Worte lachen, aber Juran schenkt sie mir ganz ehrlich, statt Blumen oder Pralinen, sie müssen nicht eingepackt, nicht erst gekauft werden, sie sind einfach da und hinterlassen ein warmes Prickeln auf meiner Haut.

Der Winter wäre weniger grau auf Sizilien. Wir würden am Meer spazieren gehen und in den Bergen wandern, wir würden gemeinsame Bilder malen. Ich würde mehr über sein Leben erfahren, das für mich noch voller Lücken ist, von dem ich nur Bruchstücke kenne, winzige Auszüge. Ich würde mehr über Juran selbst erfahren. Vielleicht würde mich nerven, dass er ewig wach bleibt und den halben Tag verschläft, vielleicht würde sich unser Alltagsrhythmus angleichen, selbst dann, wenn wir uns nicht mehr so sehr nacheinander sehnen wie jetzt. Wir würden zusammen kochen und zu Weihnachten seine Familie besuchen, wir würden reden und schweigen, wir würden keine Minute des Tages einfach verstreichen lassen, jede einzelne würde ihre Spur in uns hinterlassen.

»Woran denkst du?«, fragt er.

»Daran, wie es wäre, wenn ich wirklich mitkommen würde.«

»Und? Wäre es schön?«

»Ja. Sehr schön.«

Er lächelt und küsst mich, dann rückt er wieder ein Stückchen von mir ab und sieht mich an. »Komm doch mit«, sagt er leise. »René hat mir Fotos von der Umgebung geschickt. Das Haus liegt zwischen Palermo und Cefalù. Man fährt mit dem Zug bis Termini und kann von dort abgeholt werden. Sie haben Orangenbäume, im Februar könnten wir die ersten Früchte ernten. Bald gibt es Granatäpfel und Oliven. Außerdem haben sie mehrere Katzen, drei Ziegen und einen großen Garten, einen wirklich riesigen Garten. Größer als Riccardos. Zum Meer ist es nicht weit. Und sie haben Vereinbarungen mit Restaurants und Kulturinitiativen aus der Umgebung, sodass man dort auftreten und Ausstellungen organisieren und etwas Geld verdienen kann. Im Winter sind es natürlich weniger, weil weniger Touristen kommen als im Sommer und vieles geschlossen ist.«

»Wovon leben wir dann?«

»Ich habe immer meine Musik. Und du hast immer deine Illustrationen.«

»Und wenn das nicht reicht?«

»Es wird reichen.«

Ich kann mich nicht erinnern, wann sich jemals etwas so richtig angefühlt hat, so frei. Die Bilder liegen klar vor mir, die Landschaft, das Haus, Jurans und mein Zimmer, es gibt keinen Grund, etwas anderes zu wollen als dieses Leben. Ein Leben mit Juran.

»Zum Haus gehören zwei Autos, die man für Einkäufe und Ausflüge nutzen kann«, erzählt er weiter. »Wir können uns die Insel anschauen oder, bevor wir abreisen, eine längere Rundreise planen. Im Februar fahren wir an die Ostküste nach Taormina, wenn dort die Mandelbäume blühen, und dann besteigen wir den Ätna, oder wir bleiben bis zum Frühjahr, wenn schon mehr Schnee abgeschmolzen ist, und besteigen ihn dann. Wenn die Touristsaison beginnt, finden wir leichter einen Job. Wir können auf einer Bio-Farm aushelfen und lernen, wie man Mandelmus herstellt oder Olivenöl oder Ziegenkäse, und sobald wir die gesamte Insel gesehen haben oder genug von ihr haben, ziehen wir weiter.«

»Wohin?«

»Nach Spanien. Oder Portugal. Oder Marokko. Oder wir sparen alles, was wir sparen können, und reisen nach Brasilien.«

»Oder Mexiko.«

»Ja. Oder Mexiko.«

Es fällt mir schwer, ihn nicht zu küssen. Es fällt mir schwer, an etwas anderes zu denken als an diese handgezeichneten Pläne voller Farben.

»Okay«, sage ich. »Ich komme mit.«

Er wirkt so überrascht, dass es mich irritiert, doch augenblicklich entspannen sich seine Gesichtszüge zu einem Lächeln, und diesmal küsst er mich nicht nur kurz, sondern sehr lange, bis unsere Bewegungen fahrig und drängend werden, und dann liegen wir nebeneinander und blicken an die Decke und beobachten, wie sich unsere gemeinsame Zukunft ausbreitet. Sie kuschelt sich zwischen uns und blinzelt uns im Halbschlaf an, und wir tätscheln sie vorsichtig, als hätten wir Angst, sie zu vertreiben.

Wir reden wenig, während langsam der Nachmittag beginnt. Juran beendet die Toskanalandschaft, ich beende Nathalies Traumbild, und als ich wirklich fertig bin und die Farbe getrocknet ist, wickle ich die Leinwand umständlich in mehrere Lagen Zeitungspapier.

»Was hast du damit vor?«, fragt Juran.

»Ich bringe es ihr vorbei.«

»Einfach so?«

»Ja, einfach so.«

Aber *einfach so* erscheint mir dann doch zu wenig, ich kann das Bild nicht vor ihre Tür legen wie einen fallen gelassenen Werbeflyer, ich muss ihr etwas dazu schreiben, selbst wenn es nicht viel ist. Also setze ich mich an den Schreibtisch, sehr lange grüble ich über die richtigen Worte, die einfach nicht kommen. Schließlich sind sie nur halbrichtig, doch sie müssen reichen.

Als ich fertig bin, stecke ich den Brief in einen Umschlag und schiebe ihn zwischen die Zeitungspapierlagen, sicherheitshalber klebe ich ihn fest.

»Ich mache mich auf den Weg«, sage ich, das Bild unter den Arm geklemmt.

»Willst du, dass ich mitkomme?« In seinem Malshirt hockt Juran auf dem Boden und schließt sorgfältig die gebrauchten Farbdosen.

»Nein. Ich fahre nur hin und wieder zurück. In zweieinhalb Stunden bin ich wieder hier.«

Mit einem Lächeln verabschiedet er mich, doch diesmal liegt mehr darin als sonst, ein Versprechen vielleicht, die Vorfreude auf unsere gemeinsame Zeit, und als ich hinaustrete in den trüben Nachmittag, kommt mir die Gegenwart so unwirklich vor wie ein ungeplanter Zwischenhalt auf einem schäbigen Bahnhof, von dem man so schnell wie möglich wieder aufbrechen möchte.

Mehrmals klingle ich bei *Mielke*, doch niemand öffnet. Ich blicke nach oben, für den Fall, dass Nathalie aus dem Fenster nach unten schaut, bis mir einfällt, dass ihre Wohnung zum Hinterhof hinausgeht und zur Straße hin kein Fenster hat.

Gerade als ich überlege, mit welcher Begründung ich bei einem Nachbarn klingeln soll, öffnet sich die Haustür und ein junges Pärchen drängelt vorbei. Freundlich lächelnd fange ich die Tür auf und betrete das Haus und dann den Seitenflügel. Innen wirkt das Gebäude düsterer als bei meinem ersten Besuch, die rotbraun gestrichenen Wände verschlucken das wenige Licht, das durch die kleinen Fenster fällt.

Das Bild stelle ich neben Nathalies Tür ab. Mehrmals drehe ich es hin und her, bis ich sicher bin, dass ihr die Ecke des Umschlags, der zwischen dem Zeitungspapier herausragt, auffallen wird, bevor sie die Verpackung abreißt und dabei versehentlich den Brief zerfetzt. Falls sie sich das Bild überhaupt ansehen wird und es nicht einfach entsorgt. Ich will mich bereits abwenden, als ich ein Klappern an der Wohnungstür höre, die sich sofort darauf öffnet.

Stumm sieht Nathalie mich an. Ihre Haut ist blass, die Haare sind ungekämmt, und im Gegensatz zu gestern trägt sie keine Bügelfaltenhose mit Bluse, sondern eine Jogginghose und einen schlabbrigen Pullover.

»Ich wollte nicht stören«, setze ich an.

»Haben Sie aber.«

»Ich weiß. Es ist nur … Ich wollte etwas vorbeibringen.« Mit einer fahrigen Handbewegung deute ich auf die eingewickelte Leinwand. »Und ich habe noch etwas, das in eurer alten Wohnung liegen geblieben ist.« Aus der Handtasche hole ich das Armband, das ich fast schon wieder vergessen habe. Ich reiche es Nathalie, die es vorsichtig entgegennimmt.

Gedankenversunken betrachtet sie es, immer wieder fährt sie mit dem Daumen über die geflochtenen Bänder, über die perfekt geschliffenen Granatsteinchen. »Sie hat es nie getragen«, sagt Nathalie leise. »Sie wollte es nicht verlieren, deshalb lag es auf ihrem Nachttisch. Später habe ich ihr schönere Sachen geschenkt als das hier, aber es hatte immer eine besondere Bedeutung.« Sie sieht auf, ihre Augen schimmern, unwirsch wischt sie eine Träne beiseite. »Ich habe es zwar gesucht, als ich ausgezogen bin, aber weil ich es nicht finden konnte, dachte ich, sie hätte es doch verloren.« Langsam streckt sie den Arm aus. »Nimm du es. Ich brauche es nicht.«

Ich zögere. »Es gehört mir nicht«, sage ich.

Nathalie lächelt, ein trauriges Lächeln. »Du hast meine Texte an sie gelesen, oder? Ich weiß nicht, warum, aber ich glaube, es gehört dir mehr als irgendwem sonst.«

Unsicher nehme ich das Armband entgegen und versuche, aus Nathalies Gesichtsausdruck herauszulesen, ob sie wütend ist oder verletzt, weil ich in ihrem Handy herumgeschnüffelt habe, doch was auch immer sie fühlt, es bleibt mir verborgen. Die Tränen sind verschwunden, nur die Müdigkeit klammert sich noch an die Schatten unter ihren Augen. »Danke«, erwidere ich daher nur, lege das Armband jedoch nicht an, sondern verstaue es sorgsam wieder in der Tasche. »Ich lasse dich dann wieder in Ruhe«, sage ich, und Nathalie nickt. Sie nimmt das Bild und schließt ohne ein weiteres Wort die Tür hinter sich.

Einige Minuten, nachdem ich das Haus verlassen habe, klingelt mein Handy. Jolie.

»Ich habe den Job«, ruft sie mir durch die halbe Stadt entgegen.

»Das weißt du jetzt schon?«, sage ich überrascht. »Hattest du nicht gerade erst das Bewerbungsgespräch?«

»Ja, aber ich war die Letzte. Kurz danach haben sie sich entschieden und mich gleich angerufen, während ich noch in der S-Bahn saß. Oder sitze. Das war vor drei Minuten.«

»Herzlichen Glückwunsch!« Langsam laufe ich die Straße hinunter, in die falsche Richtung, zum weiter entfernt liegenden S-Bahnhof, und trotzdem nehme ich während des Laufens alles auf, den Anblick der Häuserfassaden, die Fußgänger, die Supermärkte, die kleinen Geschäfte dazwischen, als wäre ich diejenige, die gerade erst hierhergezogen ist und sich ihre neue Umgebung erschließen möchte.

»Danke.« Jolie klingt wirklich glücklich, nicht zögernd oder unsicher, nicht unschlüssig.

»Du freust dich also über die Zusage, obwohl das heißt, dass du jetzt länger in Berlin bleibst?«

»Ja. Ja, wirklich. Morgen Vormittag kriege ich den Schlüssel zu meiner Wohnung. Kommst du vorbei?«

»Klar komme ich vorbei.«

Für einen Moment ist es still. Ich überlege, ob ich ihr mitten in diese Freude hinein von Ludwig erzählen soll, doch ich würde die Worte nicht hervorbringen können, sie würden in meinem Hals stecken bleiben.

»Es ist irgendwie komisch, weißt du? Erst hat mir das alles wirklich Angst gemacht. Ich wollte heute gar nicht nach Potsdam fahren. Aber jetzt, jetzt fühlt es sich völlig anders an.«

»Vielleicht hattest du keine Angst vor dem Bleiben, sondern Angst vor dem Weiterziehen. Die Pause wird dir guttun.«

»Ja, du Philosophin. Kann sein.« Ich kann das Lächeln in ihrer Stimme hören.

»Wann fängst du an?«

»Erst Anfang November. Bis dahin habe ich noch einen Monat. Genug Zeit, um die neue Wohnung einzurichten. Du, ich muss jetzt auflegen, ich wollte heute für Mathilda kochen. Als Dankeschön, dass ich bei ihr wohnen durfte.«

»Viele Grüße«, sage ich, obwohl ich weiß, dass Jolie meinen Gruß gleich wieder vergessen wird, sie vergisst solche Dinge immer.

»Bis morgen.«

Unter einer Platane bleibe ich stehen und angle das Armband hervor, und diesmal zögere ich nicht, als ich es umlege. Ich knote es fest und betrachte es sehr lange, und erst sieht es komisch an mir aus, wie etwas Ausgeborgtes von jemandem, der einen ganz anderen Geschmack hat als ich, doch nach einer Weile verändert sich das Gefühl. Nathalie hatte recht. Das Armband gehört zu mir.

***

»Am schnellsten geht es natürlich, wenn wir fliegen«, sagt Juran neben mir. »Aber wenn es nicht unbedingt sein muss, fliege ich nicht.«

»Warum nicht?« Ich tauche den Pinsel in das frisch zusammen- gemischte Waldgrün, um ein paar Schatten zu verstärken und das Wandbild mit diesen letzten Pinselstrichen zu beenden.

»Aus ökologischen Gründen. Na ja, und weil ich Flugangst ha- be.«

»Wirklich? Das hätte ich nicht gedacht. Du wirkst in allem, was du tust, so offen und mutig.«

»Ich kann sehr gut schauspielern.« Er zwinkert mir zu, bevor er weiter auf einem mit Farbe bekleckerten Zettel unsere Reiseroute nach Palermo plant. »Ich finde, Menschen sind für den Boden ge- macht, nicht für die Luft. Das Fliegen überlasse ich lieber den Vö- geln.«

»Und den Schmetterlingen.«

»Ja. Denen auch.«

»So wird es aber schwer, bis nach Mexiko zu kommen.«

Bedächtig nickt er. »Mir fällt schon etwas ein, wenn es so weit ist.«

Mit einigen feinen Strichen verstärke ich die Konturen an einer Zypresse, dann trete ich ein Stück zurück. Diesen Moment, wenn ein Bild fertig ist, wirklich fertig, kann ich immer nur schwer greifen. Immer könnte ich noch etwas verbessern, immer noch etwas hinzufügen oder entfernen. Ich muss einfach beschließen, dass ich es nicht besser einfangen werde.

»Wie reist du, wenn du allein unterwegs bist?«, frage ich, während ich die Pinsel ausspüle.

»Ich trampe oder fahre mit Leuten mit, die ich vorher kennengelernt habe. Wenn ich genug Geld habe, nehme ich den Zug oder Bus. Oder ich suche nach den besten Angeboten, weil das Ziel häufig gar nicht so wichtig ist.«

»Ist es nicht?« Ich lege die Pinsel zum Trocknen auf ein Küchentuch auf dem Boden und hocke mich daneben.

»Nicht immer, nein. Hätte Magda nicht so von dem Haus auf Sizilien geschwärmt, hätte ich jetzt auch kein konkretes Ziel gehabt.« Er legt das Handy beiseite, auf dem er Preise recherchiert hat.

»Früher, als wir noch zusammenwohnten, sind Jolie und ich manchmal zum Flughafen gefahren und haben uns vorgestellt, in einen der Flieger zu steigen.« Ich ziehe die Beine an und umschlinge sie mit den Armen. »Wir kannten uns noch nicht mal besonders lange, vielleicht zwei oder drei Monate. Sie hatte einen Studentenjob am Geografieinstitut, und ich habe mich mit dem Kindergeld und der Waisenrente durchgeschlagen und immer, wenn es ging, in der Buchhandlung einer Freundin von Tante Lisbeth ausgeholfen. Wenn wir Geld übrig hatten, sind wir an die Ostsee oder in den Spreewald gefahren.« *Spreewald* sage ich auf Deutsch, und Juran nickt, als wüsste er, was ich meine. »Weit gereist sind wir nie zusammen. Dann wurde sie … Dann passierte einfach zu viel auf einmal, und danach hat Jolie den Rest ihres Studiums so schnell wie möglich durchgezogen und ist für ihren Doktor nach Spanien gegangen.« Am Anfang hielt sie die Distanz noch überwindbar. Erst ein paar Jahre später brachte sie immer mehr Wasser zwischen sich und Berlin und kehrte immer seltener zurück.

»Also hast du das nie gemacht? Du bist nie einfach irgendwohin gereist, ohne vorher zu planen?«

»Nein. Ich habe das nie gemacht.«

Er lächelt und küsst mich, und als er anschließend das Wandbild betrachtet, sagt er leise: »Von Sizilien aus machen wir das. Zusammen. Wir lassen uns einfach zu unserem nächsten Ziel treiben.«

Mein Bauch kribbelt schon bei dem Gedanken daran, bei dem Gedanken an mehrere Monate mit Juran, an einen Herbst auf einer wunderschönen italienischen Insel, an die Sonne, das Meer. Alles liegt so unwirklich weit weg, obwohl es längst geschieht, obwohl wir schon mittendrin sind, und während Juran aufsteht, um Kerzen anzuzünden und Nudeln zu kochen, hole ich meinen Laptop und rufe meine Mails ab, und mit einem Schlag verwandelt sich das warme, vorfreudige Kribbeln in ein dumpfes Pochen, das so sehr in meine Beine zieht, dass meine Knie nachgeben und ich mich hinsetzen muss.

Liebe Caja,

normalerweise bist du diejenige, die mir Nachrichten schreibt, wenn wir uns gestritten haben, aber diesmal habe ich das Gefühl, dass mir der schriftliche Weg hilft, meine Gedanken zu ordnen. Haben wir uns überhaupt gestritten? Oder haben wir längst damit aufgehört?

Es ist mir wichtig, dir zu vermitteln, dass ich über unsere letzten Gespräche nachdenke. Ich habe mich zu sehr auf die Firma konzentriert. Sie kostet so viel Kraft, und anfangs hat sie auch so viel Geld gekostet, dass kein Raum für andere Dinge geblieben ist. Ich habe dich für selbstverständlich gehalten. Je länger ich über alles nachdenke, desto mehr wird mir bewusst, wie sehr ich dich vermisse. Auch das habe ich im Alltag verdrängt. Es hätte mich zu sehr abgelenkt, denn die Verantwortung für die Firma stand für mich immer im Vordergrund. Natürlich habe ich damit gerechnet, dass mich die ersten Monate fordern würden. Doch am Anfang hatte ich mir vorgenommen, mir nicht alle Zeit durch den Aufbau des Unternehmens nehmen zu lassen. Das ist mir eindeutig nicht gelungen.

Bitte, Caja, verzeih mir. Es tut mir leid, dich Abend für Abend allein gelassen zu haben.

Das mit Lisa war ein Ausrutscher. Wie genau es dazu kam, kann ich dir nicht einmal erklären. Ich bin aber davon ausgegangen, dass wir beide diese schwierige Phase meistern würden. Daher habe ich versucht, die Begegnung mit Lisa einfach zu vergessen.

Jetzt weiß ich, dass wir viel mehr dafür tun müssen, um unsere Ehe zu verbessern, als nur auf entspanntere Zeiten zu warten. Ich habe schon mit Oliver gesprochen. Wir planen sowieso seit Längerem, einen weiteren Angestellten einzustellen und die Buchhaltung abzugeben. In den nächsten Tagen wollen wir die Kosten kalkulieren und eruieren, ob wir uns noch eine Teilzeitkraft leisten können. Das würde mich deutlich entlasten. Ich hätte wieder mehr Zeit. Wir könnten am Wochenende Ausflüge unternehmen oder Essen gehen, ohne dass ich die ganze Zeit an die Arbeit denke. Falls du dir überhaupt wünschst, wieder mehr mit mir zu unternehmen. Ich jedenfalls bin bereit, etwas dafür zu tun. Damals, vor fünf Jahren, habe ich dich geheiratet, weil ich den Rest meines Lebens mit dir verbringen wollte. Daran hat sich nichts geändert.

Du musst mir nicht sofort antworten. Mir ist es nur wichtig, dir zu sagen, dass ich mich bereits entschieden habe.

In Liebe

Dein Ben

»Ist alles in Ordnung?«, fragt Juran. Ich muss wohl sehr entsetzt aussehen oder getroffen oder überrascht, ich weiß nicht einmal, was das für ein Gefühl ist, das Bens Worte in mir auslösen.

»Ja, alles in Ordnung.« Mit einem bemühten Lächeln klappe ich den Laptop zu. »Es ist nur eine Mail … Nicht so wichtig. Soll ich beim Kochen helfen?«

Prüfend sieht er mich an. »Das Pestoglas kriege ich allein auf, danke«, sagt er schließlich und verschwindet mit einem Lachen in der Küche.

Während unseres viel zu späten Abendessens bemühe ich mich, heiter und zufrieden zu wirken, und nur manchmal streift mein Blick den Computer, der noch auf dem Schreibtisch steht, und das Wandbild mit seiner übertriebenen Romantik, und dann denke ich, dass Dinge nie zueinandergehören, dass immer etwas heraussticht und einen durcheinanderbringt und dass ich mir nichts sehnlicher wünsche, als jetzt sofort mit Juran in Sizilien zu landen, mit ihm am Meer spazieren zu gehen und an nichts mehr außerhalb unseres Lebens dort zu denken. Ich werde endlich wieder richtig durchatmen können.

Kapitel 22

Mein Shirt ist schweißnass, als ich kurz vor sieben aufwache. Ich friere unter der Decke, trotz Jurans Wärme, also schäle ich mich darunter hervor und verschwinde im Bad.

Nach einer raschen Wäsche ziehe ich mir ein frisches Oberteil an und kehre ins Zimmer zurück, wo die Morgendämmerung bereits Schatten an die Wände zeichnet. Obwohl es noch zu früh ist, krieche ich nicht wieder ins Bett, sondern streife meine dicken Socken über und klappe den Laptop auf.

Bestimmt drei Mal lese ich Bens Mail, bestimmt hundert Mal blicke ich zu Juran, bevor ich beginne, eine Antwort zu tippen.

Lieber Ben,

vielen Dank für deine Nachricht. Eigentlich wollte ich erst in Ruhe über alles nachdenken, bevor ich dir antworte, doch momentan gibt es keine Ruhe. So oft wache ich nachts auf und fühle mich rastlos, und dann wandere ich umher, dann suche ich etwas, das diese Rastlosigkeit fesseln kann, finde jedoch nichts. Ich kann sie nicht malen, ich kann sie in kein Bild bannen, denn letztlich ist die Unruhe selbst nur ein Symptom, und das, was ich zeichnen müsste, um sie zu vertreiben, sitzt noch tiefer. Doch wie zeichnet man Einsamkeit? Wie zeichne ich all das zwischen uns, das ich vermisse? Die Nähe, die gemeinsame Zeit, die Pläne, die Spontaneität, das Lachen? Ein Bild dafür finde ich nicht, oder ich will es nicht finden, weil ich mir angewöhnt habe, nicht mehr darüber nachzudenken, und damit ging es mir in den letzten Monaten gut. Oder besser: Ich kam zurecht. Ich hatte Nanju, wenigstens ihn.

Ich hätte mir gewünscht, dass du früher bemerkst, wie wir uns verlieren, dass du nicht so tust, als gäbe es immer noch Zeit, wieder zueinander zurückzufinden. Für dich war unsere Ehe etwas Aufschiebbares, eine dieser unangenehmen Pflichten, die man irgendwann erledigen muss, die Steuererklärung zum Beispiel, aber nicht heute, heute warst du immer zu müde dafür. Und ich dachte, ich könnte warten, und während all des Wartens habe ich die Kraft dafür verloren. Offenbar gehöre ich nicht zu den Menschen, deren Geduld über Jahre reicht, während das, was einmal Pläne waren, zu Ideen wird, und das, was einmal Ideen waren, zu Träumen. Alles schwebt in dieser Dunstglocke des Alltags, in der kaum etwas wirklich geschieht, in der wir immer nur auf das Morgen hoffen, an dem wir wieder Zeit für unsere Träume, Ideen, Pläne finden.

Das ist das eine.

Das andere ist dieses bohrende Gefühl, das ich schon so lange mit mir herumschleppe. Ich habe es zu den anderen Gefühlen geworfen, zu der Rastlosigkeit, zu der Einsamkeit, ich habe es nicht einmal wirklich bemerkt. Es hat mich selbst überrannt. Damals, als ich zu dir sagte, dass ich auch keine Kinder haben möchte, habe ich gelogen. Oder nein, ich habe nicht gelogen, ich habe nur geglaubt, einen Wunsch nach Kindern hat man oder eben nicht, und du hattest ihn nicht, also brauchte ich ihn eben-

so wenig. Doch irgendwann ist dieser Wunsch einfach aufge-
taucht, erstaunlicherweise schon vor Jahren, als ich ihn gar
nicht erkannte. Vor der Gründung eurer Firma, vor Olivers
und deiner großen Idee. Du und ich, wir spazierten an der
Mur entlang, wie wir das manchmal an den Wochenenden ta-
ten, um uns die Stadt zu erschließen, und dann liefen wir die
Stufen zur Burg hinauf, immer wieder blieben wir stehen und
blickten auf unseren neuen Heimatort hinunter. Und als wir
oben ankamen, hatte ich für einen Moment das Bedürfnis, mein
Kind hochzuheben und auf die Steinmauer zu setzen und mit
ihm auf die Stadt zu schauen, während ich es umklammere,
damit es nicht hinunterfällt, und erst dann, als dieser Wunsch
schon sehr konkret in mein Bewusstsein drang, erst dann fiel
mir ein, dass ich ja gar kein Kind habe. Dabei war ich mir für
einen Moment so sicher, wir wären zu dritt die Stufen hinauf-
gestiegen, obwohl das nicht so idyllisch verlaufen wäre, das Kind
hätte sich beschwert, es hätte lieber die Bahn oder den Lift ge-
nommen, es hätte ein Eis haben wollen, und auch wenn die
Idylle ebenfalls nur in meinem Kopf herrschte, brauchte ich ein
paar Minuten, bis ich mich von der Erkenntnis, dass es dieses
Kind nicht gab, erholte.

Es war ein Junge, Joel, und er wäre zu dem Zeitpunkt knapp
vier Jahre alt gewesen. Wir haben ihn in Spanien gezeugt, als
wir Jolie besucht haben, wir waren frisch verliebt, und an die-
sem einen Wochenende fuhren wir beide nach Vigo ans Meer,
aber es war stürmisch, und Regen peitschte auf die Straßen, also
blieben wir in unserer Unterkunft und verließen das Haus nur,
um etwas Essen und Wein zu besorgen. Wir hatten die Kondo-
me vergessen, aber ich war mir sicher, dass ich bald meine Tage

bekommen würde, nichts würde passieren, und ich merkte gar nicht wirklich, dass die Menstruation ausblieb, bis sie anderthalb Wochen zu spät, gerade als wir nach Berlin zurückflogen, doch einsetzte. Manchmal dachte ich darüber nach. Manchmal wunderte ich mich über das Ziehen im Bauch, das mir während des Urlaubs ein, zwei Tage lang zusetzte, obwohl wir doch das Gleiche gegessen hatten. Ich wunderte mich, dass ich schon nachmittags müde wurde, schob es jedoch auf die Hitze, und erst viel später, als dieser Junge nicht oben mit uns auf dem Burggelände herumspazierte, erinnerte ich mich wieder daran. Vielleicht hätten wir uns getrennt, weil unsere junge Liebe ein ungeplantes Kind nicht ausgehalten hätte, falls es das überhaupt war und nicht nur etwas, das erst durch den Verlust ein Wunsch geworden ist. Vielleicht hätten wir uns entschieden, es nicht zu behalten. Mein Körper hat uns wahrscheinlich diese Entscheidung abgenommen, er hat versucht, mit mir darüber zu reden, doch ich ignorierte ihn, wie ich so viele Wünsche ignoriere, weil anderes wichtiger ist.

Es kann nichts anderes mehr wichtiger sein, Ben. Du und ich, wir müssen unsere Leben sortieren und die Stellen suchen, an die der jeweils andere gehört, und wenn wir keine Stellen finden, müssen wir akzeptieren, was das bedeutet. Falls doch, brauchen wir Zeit füreinander. Sehr viel Zeit.

Caja

Murmelnd dreht Juran sich auf die andere Seite. Ich habe das dringende Bedürfnis, mich an ihn zu kuscheln, doch vor mir flimmert der Text an Ben, er sickert in den morgenstillen Raum, und plötzlich weiß ich, dass die Reise mit Juran unmöglich ist. Sie wäre nur eine Flucht, mehr nicht, und Juran ist niemand, zu dem ich flüchten möchte, um allem anderen aus dem Weg zu gehen. Ich möchte, dass er jemand ist, zu dem mich alles hinzieht, mein Körper, mein Herz, meine Zukunft.

Ich muss von ihm weggehen, um sicher zu sein, dass ich zu ihm zurückkehren möchte.

* * *

Juran und ich, wir konnten nichts essen, nachdem wir lange miteinander geredet hatten, sehr ruhig, sehr überlegt. Ich hätte so gern bessere Erklärungen für meine Entscheidung gefunden. Ich hätte ihm so gern gesagt, dass ich mit ihm gehen will, unbedingt, dass ich aber schon einmal mit jemandem gegangen bin, und ich wollte nicht vergleichen, ich will keine Liste aufsetzen und Punkte sammeln unter *Pro Ben* und *Pro Juran*, ich will nicht eine Gegenwart leben, die nur die Kopie meiner Vergangenheit ist.

»Du bist heute sehr schweigsam«, stellt Jolie fest, während sie den tiefgekühlten Apfelstrudel in den alten Gasherd schiebt, der einzige Gegenstand, der neben der Spüle ihre Küche bevölkert.

»Ich weiß. Ich muss dir etwas erzählen, aber ich weiß nicht so recht, wie.«

Langsam dreht sie sich zu mir um und sieht mich ernst an. »Du meinst, dass Ludwig gestorben ist?«

»Woher weißt du das?«

Sie lächelt schwach. »Magda hat mich gestern angerufen. Sie

wollte wissen, wie es dir geht, und weil ich keine Ahnung hatte, hat sie es mir erzählt.«

»Tut mir leid. Ich wollte dir nicht deine Freude über den neuen Job vermiesen und dachte, es ist besser, es dir persönlich zu sagen.«

»Ich weiß.« Sie umarmt mich, für ein paar Sekunden halten wir uns in dieser leeren Küche aneinander fest.

»Also? Wie geht es dir?«

Ausweichend zucke ich mit den Schultern. »Keine Ahnung. Zu viel auf einmal.« Ich beuge mich vor und blicke in den Ofen, wo der Apfelstrudel natürlich noch nicht aufgetaut ist. »Außerdem habe ich mich dagegen entschieden, mit Juran nach Sizilien zu reisen.«

»Ihr wolltet nach Sizilien? Zusammen?«

Offenbar habe ich vieles nicht erzählt. In möglichst knappen Worten versuche ich, die Ereignisse der letzten Tage zusammenzufassen. Nathalies Bild und Nathalies Wohnung, das Armband, Ludwig, mein Umzug zu Juran, Sizilien, Bens Mail, auf einmal gehen so viele Dinge zu Ende, die gerade erst angefangen haben, und nichts davon kann ich festhalten, und erst, als mir die Stimme versagt, spüre ich die Tränen.

»Okay. Verstehe. Du bleibst hier bei dem Apfelstrudel, und ich gehe noch mal los und hole uns Sekt. Wir brauchen Alkohol.«

Sie nimmt ihre Jacke und verschwindet nach draußen, und ich bleibe in der leeren Zweizimmerwohnung zurück, hinter staubigen Fenstern klappert der Tag. Etwa eine Viertelstunde später ist Jolie wieder da, mit zwei Flaschen Sekt und zwei Gläsern, die wohl aus demselben kramigen Secondhandladen stammen, in dem wir die Gabeln und Teller für den Kuchen gekauft haben.

»Ich verstehe es immer noch nicht«, sagt Jolie etwas später. Auf unseren Tellern liegt heißer Apfelstrudel, sie nippt an ihrem Sekt, und ich bin so müde, wahrscheinlich kuschle ich mich später ins Bett und schlafe bis zum nächsten Morgen, wenn meine Entscheidung nichts Frisches mehr ist, sondern etwas, womit sicher und gefestigt der Tag beginnt. »Wieso machst du es nicht? Wieso fährst du nicht mit Juran mit und schaust, was passiert?«

Wir sitzen im zukünftigen Wohnzimmer auf dem Parkett, durch das geöffnete Fenster blinzelt die Sonne. Die Geräusche von der Straße wehen herein, Autos, eine Fahrradklingel, die Bremsen des Busses, der unten an der Haltestelle anhält. Neben uns steht Jolies Kiste, der erste persönliche Gegenstand, mit dem sie ihr neues Zuhause eingerichtet hat. Sie hat bereits nachgesehen, das Cyanometer befindet sich tatsächlich darin.

»Weil das die einfache Entscheidung ist, Jolie. Für Juran und gegen Ben, das ist das, was sich jetzt richtig anfühlt, weil es neu und aufregend ist. Ich müsste nicht nachdenken, ich könnte einfach glücklich sein.«

»Und was ist daran falsch?« Ihr Vanilleeis schmilzt, doch sie lässt die Gabel sinken und sieht mich aufmerksam an.

»Die einfache Entscheidung ist nicht automatisch die richtige. Für eine Weile würde das gut gehen, für ein paar Wochen, Monate, vielleicht sogar für ein, zwei Jahre. Doch was ist, wenn ich wirklich ein Kind haben möchte, obwohl das in so ein Leben gar nicht passt? Was, wenn diese Entscheidung nur einfach ist, weil sie gerade die richtigen Lücken schließt, sie aber nicht wirklich füllt, sondern nur überdeckt, und darunter ist noch immer alles leer? Was dann? Ich muss mir absolut sicher sein. Und dafür kann ich nicht mit Juran reisen, dafür kann ich auch nicht einfach nach Graz zurückfahren. Ich würde alles vermissen oder nichts vermissen, und beides ist momentan nicht das, was ich brauche.«

»Du bist komisch, Caja. Wirklich. Niemand sagt, dass du ewig mit Juran zusammenbleiben musst. Den Winter auf Sizilien zu verbringen, ist doch großartig, ob mit ihm oder ohne ihn. Und wenn das nicht klappt, weißt du auch gleich, dass ihr sowieso nicht zusammenpasst. Aber gut. Nehmen wir an, du reist weder mit Juran mit noch fährst du zurück zu Ben. Was würdest du stattdessen machen?«

»Ich würde etwas machen, das nichts mit den beiden zu tun hat. Zum Beispiel … Ich weiß nicht.« Nachdenklich fahre ich mit dem Finger über den Glasrand, bevor ich noch einen Schluck Sekt trinke. »Zum Beispiel zum Flughafen gehen und den ersten bezahlbaren Flug buchen, der für diesen Tag buchbar ist. Und für den man kein Visum braucht natürlich.«

Einen Moment lang breitet sich die Stille im Zimmer aus.

»Okay«, sagt Jolie schließlich. »Dann machen wir genau das. Wir packen deine Sachen, fahren zum Flughafen, und du nimmst den ersten Flug.«

»Nein« Ein Stückchen beuge ich mich nach vorn, mir wird etwas schwindlig, doch ich fühle mich so klar und leicht wie schon lange nicht mehr. »Nein, Jolie. Wir. *Wir* packen unsere Sachen. Wir fahren zum Flughafen und nehmen den erstbesten Flug. Wenigstens für ein, zwei Wochen, bis dein Job losgeht, wenigstens so lange reisen wir zusammen.«

Erst schweigt sie, doch dann überzieht ein Lächeln ihr Gesicht, ihr ganzes Gesicht, und sie nickt und legt die Gabel beiseite und streckt mir die Hand entgegen. »Gut. Wenn du das wirklich durchziehst, komme ich mit. Wir machen das zusammen. So wie wir das immer wollten.«

Kapitel 23

Ich habe keine Ahnung, ob das, was ich in meiner Reisetasche trage, auch das ist, was ich benötige. Ich habe keine Ahnung, ob meine letzten Aufträge schnell genug bezahlt werden, damit das Geld für eine Reise reicht. Ich habe keine Ahnung, ob Jolie und ich uns nicht bereits nach drei Tagen zerstreiten werden, immerhin ist es schon Jahre her, dass wir zusammengewohnt haben, es ist schon Jahre her, dass wir so viel Zeit am Stück miteinander verbracht haben. Doch es ist ein früher Sonntagmorgen, der letzte Septembertag des Jahres,

»München«, sagt Jolie. »Stuttgart. Paris. London. Helsinki. Amsterdam. Köln. Wien. Düsseldorf. Budapest.«

»Ich habe mir das aufregender vorgestellt«, antworte ich. »Nach Düsseldorf wollte ich jetzt nicht unbedingt.«

Um uns herum sammeln sich Menschen, die ebenfalls die Anzeige studieren, Rollkoffer gleiten über die glatten Fliesen. Juran nimmt meine Hand und hält sie fest, und ich weiß nicht, ob ich ihn später wieder loslassen kann.

»London?«, fragt Jolie.

Und dann sehe ich es, weiter unten auf der Tafel, in vier Stunden startet die Maschine. »Reykjavik.«

»Wie, Island? Jetzt? Da ist es doch schon den halben Tag lang dunkel.«

»Nicht viel mehr als hier.« Ich blicke Jolie an, ich blicke unsere Tage und unsere Nächte an, hundert Jahre alte Tage, hundert Jahre alte Nächte voller Gespräche, voller Träume, die nie mehr waren als das. »Wenn wir Glück haben, sehen wir die Polarlichter.«

»Na gut.« Sie lächelt. »Fliegen wir zu den Polarlichtern.«

Danksagung

Dieser Roman ist in einer Phase entstanden, in der das Schreiben für mich etwas zäh geworden war. Ich will es nicht Sinnkrise oder Schreibblockade nennen, das klingt dann gleich nach verrauchtem Arbeitszimmer mit einem Schreibtisch voller zerknülltem Papier und halbleeren Whiskeygläsern, doch ein bisschen hatte es durchaus davon (ich mag nur keinen Whiskey). In der Zeit hatte ich das Gefühl, es gibt nicht mehr wirklich etwas, das ich zu der vielfältigen Welt der Literatur beitragen könnte, ohne nur zu wiederholen, und vielleicht habe ich das auch nicht getan. Trotzdem war Caja eine der ersten Figuren seit längerer Zeit, die mich wirklich mitgenommen hat, die bei mir war, selbst wenn ich nicht schrieb. Also muss ich wohl in erster Linie ihr danken.

Trotzdem gibt es auch reale Menschen, die der Geschichte geholfen haben, das zu werden, was sie ist. Zuallererst wäre da meine Lieblingsagentin Franzi, die mir das unendliche Vertrauen entgegenbringt, dass ich aus einem lückenhaften Exposé und schwafeligen Anfängen einen Roman machen kann, und die Großartiges geleistet hat, um für dieses Buch ein passendes Zuhause zu finden.

Dann Emily und Nora, die sehr geschickt wieder das gelöscht haben, was wirklich nicht sein muss, und die Stellen gefunden haben, an denen ich vor mich hingeschludert habe. Natürlich waren es nur sehr wenige. Fast gar keine.

In meinem Schreiballtag unverzichtbar: mein Büro, das beste Büro der Welt, das einzige, in dem ich je arbeiten möchte. Ohne das wäre ich jetzt Floristin (die armen Blumen).

Bartosz, der mich während des Schreibens immer so gut unterstützt hat, wie man weltfremde Künstlerseelen nur unterstützen kann.

Meine Familie und meine Freunde, sowieso immer.

Geli, für alles, mehr schreibe ich hier nicht. Du hast schon eine Widmung bekommen.

Und euch, den LeserInnen, die ihr Bücher kauft und verschenkt und mit an den Strand oder in die Hängematte nehmt, weil die Realität für niemanden von uns je genug ist. Macht weiter so. Wir brauchen euch.